KNAUR

Im Knaur Taschenbuch Verlag ist bereits folgendes Buch des Autors erschienen:
Giftspur

Andreas Franz / Daniel Holbe:
Todesmelodie
Tödlicher Absturz
Teufelsbande
Die Hyäne

Über den Autor:
Daniel Holbe, Jahrgang 1976, lebt mit seiner Familie in der Wetterau unweit von Frankfurt. Insbesondere Krimis rund um Frankfurt und Hessen faszinieren den lesebegeisterten Daniel Holbe schon seit geraumer Zeit. So wurde er Andreas-Franz-Fan – und schließlich selbst Autor. Als er einen Krimi bei Droemer Knaur anbot, war Daniel Holbe überrascht von der Reaktion des Verlags: Ob er sich auch vorstellen könne, ein Projekt von Andreas Franz zu übernehmen? Daraus entstand die »Todesmelodie«, die zu einem Bestseller wurde. Nach drei weiteren Krimis, in denen er Julia Durant und ihr Kommissariat weiterleben ließ, war »Giftspur« Daniel Holbes erster eigenständiger Kriminalroman, dem nun der zweite folgt.

DANIEL HOLBE

Schwarzer Mann

Kriminalroman

KNAUR

Besuchen Sie uns im Internet:
www.knaur.de

MIX
Papier | Fördert gute Waldnutzung
FSC® C014496

Originalausgabe August 2015
Knaur Taschenbuch

Ein Imprint der Verlagsgruppe
Droemer Knaur GmbH & Co. KG
Maria-Luiko-Straße 54, 80636 München

Redaktion: Regine Weisbrod
Umschlaggestaltung: ZERO Werbeagentur, München
Umschlagabbildung: Gettyimages/belterz
Satz: Adobe InDesign im Verlag
Druck und Bindung: GGP Media GmbH, Pößneck
ISBN 978-3-426-51648-5

Kontaktadresse nach
EU-Produktsicherheitsverordnung:
produktsicherheit@droemer-knaur.de

9 8 7 6

Sophie, mein Henkersmädel,
komm, küsse mir den Schädel!
Zwar ist mein Mund ein schwarzer Schlund
– doch du bist gut und edel!

Christian Morgenstern
Galgenbruders Lied, um 1905

PROLOG

Veith näherte sich der Anhöhe ohne Hast. Der Galgen schien im Takt seiner Schritte zu wanken, die Luft roch nach gemähtem Heu. Außerdem nach Schafdung. Unterhalb der Kuppe, auf die man die Säulen des Galgens gemauert hatte, stand ein Schäferwagen. Stille lag über der Herde. Der Hund schlug nicht an, witterte keine Gefahr, denn zwischen ihm und der Anhöhe lagen Buschwerk und ein Zaun. Der Pfad führte leicht bergan, gerade, wie mit einer Schnur gezogen. Wie musste es für all jene Verurteilten gewesen sein, die ihren letzten Gang antraten, die baumelnde Schlinge stets vor Augen. Als warte der Knoten auf sie, mit aufgerissenem Maul. Doch Veith dachte nur an das Frühstück. Gebackene Eier, die auf ihn warteten, vielleicht zwei Streifen Speck. Wie auf Kommando krähte zwischen den wenigen Häusern des Dorfes ein Hahn. Er fröstelte. Zog sich das grobe Leinenhemd vor der Brust zusammen. Der Sommer neigte sich dem Ende zu, die Ernte war längst eingefahren.

Unter seinen Füßen knisterte es, Reisig lag am Wegrand verstreut. Er erschrak, blickte sich um. Die alte Angst. Auch nach so vielen Jahren wurde er sie nicht los. Ein halbes Leben, lebenslang. Als seine Augen keinerlei Bewegung ausmachen konnten, verlangsamte sich der Puls wieder. Seine Gedanken kehrten zu dem Galgen zurück. Sandsteinbrocken von ungleichmäßiger Farbe und Größe, dazwischen Mörtel.

Zwei doppelt mannshohe Säulen, sechs Schritt auseinander. Obenauf der Querbalken; junges Holz offenbar, denn die Witterung hatte ihm kaum zugesetzt. Wie viele Männer ihren Tod hier bereits gefunden haben mochten, Veith wusste es nicht.

Er hatte sich vorgenommen, sich nicht allzu tief in das dörfliche Geschehen einzubringen. Nicht auffallen, wenig preisgeben. Beobachten, statt beobachtet zu werden, auch wenn er wusste, dass dies kaum mehr als ein Wunschtraum war. Jeder der eingeschworenen Gemeinschaft wusste um ihn und seine Vergangenheit.

Er war ein Aussätziger.

Manche wechselten die Straßenseite, wenn sie ihm entgegenkamen. Angewidert. Verängstigt.

Als trüge er die Pest in sich.

Ein schwarzer Mann.

Aus dem Schatten der Steinsäulen trat eine Gestalt. Dunkel gewandet, ihre Konturen verschwammen in dem unförmigen Stoff. Veith erkannte nicht, ob es ein Hut oder eine Kapuze war. Ein mulmiges Gefühl überkam ihn. Dann aber trug ihm die Morgenbrise eine freundliche Begrüßung entgegen. Er lächelte verhalten und hob schweigend die Hand. Die Jahre hatten ihn argwöhnisch werden lassen; bitter. Als er sein Gegenüber fast erreicht hatte, musste er gähnen. Er hielt kurz inne, rieb sich die Augen.

»Es ist einfach zu früh für mich.«

Ob es seiner Müdigkeit geschuldet war, dass er die schattenhafte Bewegung nur zeitversetzt wahrnahm? Ein plötzliches Stechen durchfuhr ihn, als sei er von einem Brandpfeil getroffen. Als breitete sich das Feuer von seinem Hals in den Brustkorb aus. Er schnappte nach Luft, taumelte, griff sich an den Hals. Die Arme wurden schwer wie Ambosse, die Knie weich wie frisch gestampfte Butter.

»Wer hat Angst vorm schwarzen Mann?«, dröhnte in seinem Kopf der Kinderreigen. *Niemand!,* schrie eine weit entfernte Stimme die Antwort. Er verlor die Kontrolle über seine Sinne, spürte es an seinen Fußgelenken kitzeln und seine Hände überhaupt nicht mehr. Dachte impulsartig darüber nach, was wäre, wenn sich nun unkontrolliert seine Blase entleeren würde. Banale Sorgen angesichts seiner Lage. Doch auch das Gehirn verweigerte zunehmend den Dienst. Schien taub zu sein für die Panik, die ein solcher Kontrollverlust instinktiv auslöst.

Ein Ruck durchfuhr seinen Körper. Dann eine Illusion von Schwerelosigkeit. Veith spürte die Hitze in seinen Kopf schießen.

»Wenn er aber kommt?«, sang es höhnisch weiter.

Dann sterben wir.

1984

Mit ihren Stahlhelmen und den hölzernen Gewehrschäften wirkten die Männer unheilvoll und deplaziert. Ein Außenstehender hätte den Eindruck gewinnen können, dass der Krieg nicht bereits seit fast vierzig Jahren entschieden sei. Eine letzte Bastion der Wehrmacht, verschanzt zwischen hohen Nadelbäumen und moosgrünem Stein. Lauernd auf Iwan, die rote Gefahr. Tatsächlich schien es Parallelen zu geben, zumindest was das Feindbild betraf. Doch unter den olivgrünen Schutzwesten, in schwarzen Uniformen und mit verdunkelten Gesichtern lauerte hier ein Spezialkommando der GSG 9. In ihren Händen lagen Maschinenpistolen und Scharfschützengewehre aus dem Hause Heckler & Koch. Die Muskeln bis aufs äußerste angespannt. Aufkommende Nervosität wurde sofort mit eisernem Griff unterdrückt, so als könne man sie ins Metall pressen. Manche standen, andere kauerten. Die Luft roch nach Herbst.

Das Gelände um den alten Bergbauernhof war unübersichtlich. Ungemähte Hänge mit zerschlissener Einzäunung, mittendrin ein eingesunkener Traktoranhänger, auf den Anhöhen ringsum Wald. Einer der Schützen kauerte hinter dem Anhänger, ein anderer hatte Posten auf einem Hochsitz bezogen. Ein Bachlauf durchschnitt das Gelände, in dem Gebäude waren Bewegungen zu erkennen. Einige Fenster entlang der verschindelten Außenwand standen offen. Ge-

blümte Gardinen schwangen sanft. Im Inneren schien alles ruhig.
Otto tastete nach seinen Zigaretten. Ein durchtrainierter, sehniger Mann Anfang dreißig. Tiefe Furchen im Gesicht, glattrasiert, mit einem zentimeterlangen Schnitt auf der Wange. Der Preis des Nassrasierens. Er schob die Kartonpackung wieder zurück. Entschied, dass keine Zeit fürs Rauchen sei, blickte stattdessen auf die Armbanduhr. Der Einsatzbefehl konnte jeden Moment erfolgen. Er prüfte den Sitz seiner Weste, wippte mit dem Kopf. Es lag eine friedliche Stille über dem abgeschiedenen Anwesen. Das nächste Dorf war einige Kilometer entfernt, nicht mehr als eine Siedlung, dahinter wieder Einöde. Eine Bewegung ließ Otto aufblicken. Sein Kollege Wilhelm hob mit zusammengekniffenen Augen den Zeigefinger. Jetzt hörte er es auch. Ein Brummen, nein, eher ein Knattern. Ein Motorrad näherte sich. Gedämpfte Stimmen erklangen, schlugen in Erregung um. Die Zufahrt war gesperrt, doch wenn es eine geländegängige Maschine war, konnte sie praktisch von überall her kommen. Ein Waldarbeiter? Oder war es am Ende einer der Linksextremen, die den Hof in Beschlag genommen hatten? Hatte es nicht geheißen, alle von denen seien *im* Haus versammelt?
Sie hatten ein verdammtes Problem. Der Einsatz war akribisch geplant. Beobachten, analysieren, Zugriff. Nötigenfalls belagern und Sperrfeuer, wie damals, 1972, in Frankfurt. Tränengas und Ausräuchern. Personenschäden unbedingt vermeiden. So lautete die Devise, und sie war mehr als eine Empfehlung. Sämtliche Bewohner der Kommune sollten lebendig verhaftet werden. Die Erklärung lag auf der Hand. Es musste sich eine V-Person unter ihnen befinden, auch wenn niemand das laut aussprach.

»Verdammte Terroristen«, stieß Otto hervor, und fast zeitgleich wurde der Befehl erteilt. Ein Dutzend Männer eilten in geduckter Haltung auf das Gebäude zu. Scheiben klirrten, gedämpfte Schreie aus dem Inneren. Kümmert sich jemand um den Fahrer des Mopeds?, fragte er sich noch, als er aus dem blendenden Sonnenlicht in den Schatten abbog. Eine wild mit den Armen fuchtelnde Gestalt sprang ihm entgegen, reflexartig riss er den Lauf seiner MP5 nach oben. Freund oder Feind? Es wurde geschossen, vollautomatische Salven. Splitternd, wie in einer Schießbude auf dem Jahrmarkt, flogen Schindeln von der Hauswand. Das Letzte, was Otto sah, war eine junge Frau in einem roten Wickelkleid, das seltsam ausgebeult wirkte. Sie hielt schützend die Hände davor. Dann hörte er das Schreien eines Säuglings, welches die Mündungsfeuer für einen Augenblick verstummen ließ. Er spürte ein warmes Pulsieren in der Brust. Blut füllte seine Lungen, er hustete. Und starb.

2013

MONTAG

Knacksend durchdrang die Messerklinge den hauchdünnen Widerstand. Splitter lösten sich, doch kaum etwas fiel hinunter. Sie drückte die Klinge tiefer, bis mit einem kaum hörbaren Plopp das Innerste erreicht war. Bangend, ob sie die Faktoren Zeit und Größe richtig eingeschätzt hatte, wartete sie auf das, was geschah. Dann ergoss sich ein signalgelber Lavastrom über ihren Daumen, und Sabine Kaufmann fluchte. Nur eine Minute länger. Dann wäre es das perfekte Frühstücksei gewesen.

Kriminalkommissarin bei der Frankfurter Mordkommission. Das war sie in den vergangenen Jahren gewesen. Eine Ermittlerin mit dem scharfen Blick fürs Detail. In der Presse hatte man ihr ein eidetisches Gedächtnis bescheinigt. Fotografische Wahrnehmung. Aber zum einen war diese Fähigkeit nach wie vor ein wissenschaftlich umstrittenes Phänomen, und zum anderen konnte sie es nicht steuern. Doch so oder so war Sabine Kaufmann an einigen vielbeachteten Morduntersuchungen beteiligt gewesen und hatte sich ihre Lorbeeren verdient.

Frustriert schlug sie die Tageszeitung auf. Von draußen drang gleißende Morgensonne in die Küche. Sabines Wohnung lag auf dem Heilsberg in einer hoch gelegenen Siedlung am südlichen Zipfel Bad Vilbels. Frankfurt war nur einen Steinwurf entfernt, wenige Fahrminuten, und doch war alles anders. Ein neuer Job, seit acht Monaten, ein neuer Bezirk, eine neue Mordkommission. Sie war zu ihren Wurzeln zurückgekehrt. Dorthin, wo ihre Mutter Hedwig noch immer lebte. Um geregeltere Arbeitszeiten zu haben und mehr Zeit für sie. Sabines Mutter litt an paranoider Schizophrenie, schubweise, und zuweilen verfiel sie in Alkoholexzesse.

Die Schlagzeilen langweilten die Kommissarin. Lag es am Sommer oder lag es an der Stadt? Nichts geschah, *gar* nichts. Ihrer Mutter ging es gut wie lange nicht mehr, und die letzte Mordermittlung lag Wochen zurück. Gute Gründe, zufrieden zu sein, wenn man es nüchtern betrachtete. Doch Sabine Kaufmann war eine Frau, die die Herausforderung suchte. Je mehr Tage vergingen, ohne dass etwas passierte, desto frustrierter war sie. Hinzu kam die wachsende Sorge, wie es künftig um ihren Arbeitsplatz bestellt sein würde. Ihren Partner, Ralph Angersbach, hatte man bereits an ein anderes Präsidium verliehen. Und wenn sich am Ende des Jahres herausstellen würde, dass eine Handvoll Gewaltdelikte die Präsenz einer Mordkommission nicht rechtfertigten, bedeutete es das Aus für ihren Schreibtisch in Bad Vilbel. Über das Danach wagte Sabine nicht zu spekulieren.

»Ich habe deinen Vater gesehen.«

Das Klirren des Messers ließ Sabine zusammenfahren. Sie schenkte ihrer Mutter einen entgeisterten Blick.

»Bitte noch mal.«

»Dein Vater«, Hedwig machte ein Allerweltsgesicht, als sei es das Normalste überhaupt, »er ist hier.«

Argwöhnisch musterte die Kommissarin ihr Gegenüber, als befände sie sich in der ersten Phase einer Vernehmung.

»Papa hat sich vor zwanzig Jahren nach Spanien abgesetzt. Was zum Henker sollte er hier wollen?«

»Ich habe ihn nur gesehen, nicht gesprochen.«
»Wo denn?«
»Hier in der Altstadt.«
»Warum ... Was hat er gemacht? Bist du dir ganz sicher?« Es blieb ihr nichts anderes übrig, als sich auf das Gespräch einzulassen. Einen Bezug zu ihrem Vater hatte Sabine Kaufmann nie gehabt, denn auch vor seinem Ausstieg war er praktisch nie da gewesen. Mit den Hochs und Tiefs, den wechselnden Gefährten ihrer Mutter und der Trunksucht hatte Sabine allein klarkommen müssen. *Er* hatte den leichten Weg gewählt.
»Ich bin ihm nicht nachgelaufen. Plötzlich war er verschwunden. Doch du darfst mir ruhig glauben, dass er es war.«
»Ist schon gut, Mama.« Sabine griff nach Hedwigs hageren Fingern, die nervös an einem Brötchen spielten. »Es spielt keine Rolle für uns, okay? Es gibt nichts, was er von uns fordern könnte. Im Gegenteil. Sollte er hier aufkreuzen, erinnern wir ihn an die ausgebliebenen Unterhaltszahlungen.«
Sie tauschten ein flüchtiges Lächeln.
»Ich habe kein gutes Gefühl dabei«, sagte Hedwig, nachdem eine Weile verstrichen war.
Sabine Kaufmann schluckte den letzten Bissen ihres misslungenen Eis herunter. Auch ihr Unbehagen verstärkte sich.

Das Schweigen war das Schlimmste. Johann Gründler zuckte zusammen, als er das Klirren des Schlüsselbunds vernahm. Es schlug einige Male gegen das hölzerne Türblatt. Eine massive Stalltür, zwei Meter unter der Erde. Wie ein Gefängnis des Mittelalters. Gründler kannte sein Verlies besser, als ihm lieb war. Wusste um den getrampelten Erdboden des Kartoffelkellers, die Kriechgänge und Schwachstellen des Gehöfts. Doch all dies half ihm nicht. Sein Fußgelenk wurde von einer kalten, rostigen Eisenschelle umklammert. Die kalte Hand des Teufels. An einer Öse befand sich eine Kette mit fingerdicken Gliedern. Ebenfalls rostig, keine zwei Meter lang. Sie endete in einem Loch in der Steinmauer, und er vermutete, dass auf der anderen Seite der Wand ein schwerer Gegenstand an ihr befestigt war. Der Kerker war muffig und kühl. Er hatte nicht den geringsten Schimmer, wie viele Tage er sich bereits hier unten befand. Die Tür schwang knarrend auf, greller Lichtschein wanderte über den Boden und fraß die Schatten.

Johann Gründler zuckte zusammen, blinzelte. Sah den halben Laib Brot und die Wasserflasche unter dem Arm des schwarz Verhüllten. Er hatte nie auch nur ein Wort gesprochen. Nicht auf sein Schreien reagiert, sein Wimmern, sein Betteln. Johann hatte verschiedene Phasen durchlebt, für die es mit Sicherheit ausnahmslos psychologische Fachbegriffe gab. Panik, Gleichgültigkeit, Todessehnsucht. Kontrollverlust. Doch am schlimmsten war das Schweigen. Die Ungewissheit, was mit ihm geschehen würde. Was der Entführer mit ihm bezweckte. Warum er ihm das antat. Warum ihm. Suchend wanderte der Blick des Unbekannten durch das Halbdunkel. Die Flasche war noch nicht leer getrunken, dennoch hob er sie auf. Er tauschte stets die Flaschen aus, ließ nie mehr als eine im Raum. Anders beim Brot, doch bis auf eine Ausnahme hatte er hier auch noch nie etwas übrig gelassen. Gründler war sich sicher, mangelernährt zu sein. Fünf Kilogramm leichter, mindestens. Einmal hatte er es gewagt, nach *mehr* zu fragen. Daraufhin – er war sich dessen absolut sicher – hatte er ein hämisches Kichern vernommen. Die einzige Reaktion, die er dem Fremden

bisher entlockt hatte. Und dann hatte es zweimal überhaupt nichts zu essen gegeben.
Er war kein gläubiger Mensch, weiß Gott nicht.
Doch er fand sich immer häufiger betend wieder. Flehend, dass er nicht hier unten sterben müsse.
Nicht auf diese Weise.

Der forstgrüne Lada schüttelte sich noch einmal, als Ralph Angersbach den Zündschlüssel drehte. Er stieß die Tür auf und stieg aus. Knisternd kühlte der Motor aus, es roch nach verbranntem Öl. Zumindest lag Ralph der Geschmack auf der Zunge. Dann roch er den Räucherqualm und korrigierte sich. Metzger Neifiger hatte Wildschweinwürste im Ofen. Oder etwas in dieser Richtung. Im Grunde hatte er immer irgendeinen Kadaver in der Tenne baumeln, irgendwelche Koteletts neben seiner rasselnden Bandsäge liegen. Denn auch wenn nicht gerade Jagdsaison war, gab es stets etwas zu schlachten. Ralph wäre beinahe über einen Eimer rotstichiges Wasser gestolpert, über dessen Rand ein vollgesogener Lappen hing. Taumelnd gelangte er durch einen schmalen Gang, der das Schindelhaus von der Tenne trennte, zum Zerlegeraum, aus dem das Radio klang. Angersbach war sich sicher, dass es sich um einen Volksempfänger aus den dreißiger Jahren handelte, aber er hatte diese Theorie nie überprüft. Er wand sich durch die fettigen Plastikbänder, die als Fliegenvorhang im Türrahmen baumelten. Von Neifiger fehlte jede Spur. Der Kommissar runzelte die Stirn. Ein Mann, der deutlich über zwei Zentner wog, löste sich nicht einfach in Luft auf. Er ließ seinen Blick wandern, machte den Hals lang und schritt in Richtung des halbdunklen Schuppens. Etwas knarzte, Ralph lugte vorsichtig um die Ecke. Eine Katze reckte sich, machte einen Buckel, scheinbar entrüstet über die Störung. Dann aber wand sie sich von ihrem Holzstapel hinab auf den Erdboden und rieb sich an der olivgrünen Cargohose des Kommissars. Er beugte sich hinab, kraulte ihr den flauschigen Nacken. Das Schnurren hätte kaum lauter sein können, dann flog irgendwo eine Tür, und das Katzentier stob panisch davon.

»Ralph!« Tosend und mit rollendem R posaunte Neifiger seine Freude in die Welt. »Was drückst'n dich hier im Schatten rum?«

»Habe dich gesucht.«

Der Hüne näherte sich erstaunlich behende. Er packte den Kommissar an die Schulter, so kräftig, dass es nicht auffiel, dass ihm ein Finger fehlte. Neifiger – neun Finger. Wenn man den Dialekt verstand, eigentlich logisch. Seinen Realnamen verwendete jedenfalls kaum einer. Der Atem des Metzgers roch nach Alkohol, und Angersbach wusste nun, wo er gewesen war.

»Mirabelle?«

»Pflaume. Neues Rezept. Magst probieren?«

Wer über die notwendigen technischen Mittel verfügte, der brannte Schnaps. Das war in der Wetterau so und im Vogelsberg nicht anders. Angersbach schüttelte den Kopf.

»Bin auf Abruf. Außerdem habe ich keine Lust, blind zu werden. Sag mir lieber, was es so Wichtiges gibt.«

Neifiger rieb sich die Handflächen an seiner Schürze. Rote Schlieren zogen sich darüber. Er wandte sich um in Richtung Zerlegeraum. Darin angekommen, hob er den Deckel einer Tiefkühltruhe an. Eine Feder knackte. Angersbach erkannte obenauf dicke Koteletts, eingeschweißt, darunter mit Reif überwucherte Vakuumbeutel.

»Du weißt genau, dass ich kein Fleisch mehr esse«, brummte er.
Neifiger zuckte die Schultern. »Deine Sache. Aber das Zeugs hier soll seit Tagen abgeholt werden.«
»Und?«
»Der Alte meldet sich nicht. Geht weder ans Telefon noch bekommt man ihn zu Gesicht.« Er räusperte sich. »Ich wäre ja mal vorbeigefahren, aber erstens muckt mein Wagen, und zweitens«, er räusperte sich erneut, »na ja, du weißt schon.«
Angersbachs Augen weiteten sich. »Du bist den Lappen los?«
»Hm.«
Er blickte hilfesuchend zum Himmel. »Dir ist echt nicht mehr zu helfen. Und jetzt?«
»Na ja«, Neifiger verzog den Mund, »Kurzstrecken und so kann ich ja trotzdem …«
»Stopp, ich will's gar nicht hören!«, unterbrach Angersbach ihn. »Überspann den Bogen nicht, ich bin immer noch Polizeibeamter. Was ist denn mit diesem Typ? Du erwartest doch nicht etwa, dass ich da Privatdetektiv spiele, oder?«
»Ich denk, du jobbst jetzt in Lauterbach? Also kannst du doch mal nachforschen.«
»Wegen eines Kunden, der sein Fleisch nicht abholt?«
»Er ist mehr als zwei Tage drüber. Gilt man da nicht als vermisst?«
Ralph gab auf. »Hast du einen Namen?«
Der Fleischer murmelte eine Antwort, er notierte.
»Was ist mit der Kleinen?«, fragte Neifiger dann unwillkürlich.
»Janine?« Angersbach hüstelte. Er hatte seine Halbschwester sozusagen geerbt. Von der gemeinsamen Mutter, die vor einem Dreivierteljahr gestorben war. Mitsamt einem Haus in der südlichen Wetterau, wo er seitdem lebte. Janine war sechs-

undzwanzig Jahre jünger, ein Nesthäkchen, und Ralph hatte nicht den blassesten Schimmer, wie viele Halbgeschwister es womöglich noch gab. Janine war der Grund, weshalb er sich gegen den Austausch gesträubt hatte. Weshalb er jeden zweiten oder dritten Tag heim nach Okarben fuhr. Fünfundsiebzig Kilometer pro Strecke. Alles, um zu einem Teenager zu gelangen, zu dem er kaum Bezug hatte. Die ablehnte, was er tat. Rebellierte, wenn er etwas von ihr verlangte.

Angersbach winkte ab. »Frag nicht.«

»Pack ihr was Leckeres ein.« Neifigers Offerte kam von Herzen, doch der Kommissar schüttelte lächelnd den Kopf.

»Vergiss es. Mit Hammelkeule oder Lammkoteletts werde ich ihr wohl kaum imponieren.«

Neifiger machte keinen Hehl aus seinem Unverständnis darüber, dass man kein Fleisch essen wollte. Allerdings hatte er längst begriffen, dass man einem Angersbach nicht hineinreden konnte.

»Ihr seid ja total verkorkst«, murrte er nur, während das Telefon des Ermittlers sich fiepend bemerkbar machte.

Hedwig Kaufmann mochte die Tagesstätte nicht, und insgeheim konnte Sabine sie gut verstehen. Es gab offene Angebote für Menschen mit psychischen Erkrankungen. Sozialarbeiter und Therapeuten, die zwischen ihnen umherwuselten. Alle freiwillig, alles zwanglos. Und doch war es ein Ort, an dem sich Irre sammelten. Verrückte Menschen, jeder mit eigenen Marotten, einige von ihnen deutlich mehr neben der Spur als Hedwig.

»Das macht mich erst richtig krank«, hatte sie seinerzeit gesagt. Gute Phasen bedeuteten, dass sie die Tagesstätte total ablehnte und keine Medikamente nehmen wollte. Das kostete Sabine tägliche Überzeugungsarbeit und Beharrlichkeit und ließ sich nur in enger Absprache mit den Mitarbeitern der Tagesstätte bewältigen. Hedwig verstand es geradezu meisterhaft, Ausreden zu finden, um nicht hingehen zu müssen. Kreislauf, Wetter, keine Begründung ließ sie aus. Und wenn der Körperhaushalt ihrer Medikamente nicht ausgeglichen war, zog der Strudel sie abwärts in die Psychose. Mittlerweile war Sabine halbwegs versiert in diesen Dingen, und sie erkannte früh verräterische Signale. Sie beharrte auf dem Besuch der Tagesstätte und scheute sich nicht, ihre Mutter daran zu erinnern, was bei ihrem letzten Absturz geschehen war. Abgedunkelte Wohnung, verschimmeltes Essen. Hochprozentiger Alkohol und undefinierbare Ängste vor allem, was sich außerhalb der eigenen Wände abspielte.

Hedwig Kaufmann nahm ihre Medizin und besuchte die Einrichtung. Diese Punkte standen nicht mehr zur Debatte. Und dennoch …

»Ich möchte heute lieber zu Hause bleiben.«

Sabine stand auf der Fußmatte vor der geöffneten Wohnungstür ihrer Mutter und warf einen ungeduldigen Blick auf die Uhr. Sie kam nicht gerne zu spät zum Dienst, ob es einen Toten gab oder nicht. »Darüber brauchen wir nicht zu diskutieren.«

Wie eine Mutter, die mit ihrem Vierjährigen darüber sprach, dass er eine Regenjacke anziehen muss. Nur dass sie die Tochter war – und beide erwachsen.

»Du verstehst das nicht. Ich möchte *heute* nicht gehen …«

»Was ist denn heute anders als sonst?«

Hedwig Kaufmann druckste herum und zupfte an ihren Ärmeln. »Es ist wegen deines Vaters«, gestand sie dann.

Sabine war davon überzeugt, dass ihr biologischer Erzeuger sich irgendwo an der Costa Brava befand. Doch sie musste behutsam sein.

»Was ist mit ihm? Hast du ihn noch mal gesehen?«

Hedwig nickte und reckte den Kopf zur Seite, als wollte sie die Umgebung hinter ihrer Tochter checken. »Er stand gestern auf der anderen Straßenseite.«

»Wo?«

»Na gegenüber der Tagesstätte. Er hat mich beobachtet.«

Der Körper war seltsam verrenkt, was wohl darauf zurückzuführen war, dass er kopfüber hing. Der Mann baumelte an einem Seil, das beide Fußgelenke umschlang. Die Schlinge wirkte professionell, das stach Angersbach als Erstes ins Auge. Ein fachmännischer Henkersknoten, wie man ihn aus Western kannte, mit neun Wicklungen. Auch sonst gab es Elemente, die durchaus von Sergio Leone inszeniert hätten sein können. Die steinernen Säulen, der Balken, der Strick. Mittagssonne, unter deren beinahe senkrechtem Stand der Körper einen kreisrunden Schatten warf. Eine außerhalb des Ortes gelegene Kuppe. Pferdegeruch, nein, Schafe. *Bist du schon so lange in der Stadt, dass du Gäule mit Pulloverschweinen verwechselst?*

Angersbach räusperte sich, zwei Uniformierte traten stumm beiseite. Er fühlte sich ein wenig unbehaglich, kannte er doch keinen der Anwesenden. Seit seiner Zeit in Lauterbach waren zwanzig Jahre vergangen, die meisten Jahre hatte Ralph in Gießen Dienst geleistet. Präsidium Mittelhessen, nicht Osthessen, dessen Hauptsitz in Fulda war. Es war fast wie römische Besatzungslager. Fulda, Lauterbach, Alsfeld, Gießen, Friedberg, Bad Vilbel. Bogenförmig umspannten die Städte

Wetterau und Vogelsberg, auf dessen Kuppen sich unzählige Gemeinden befanden. Aus einem der Dörfer stammte Ralph, in einem anderen hatte er seine Kindheit und in einem dritten seine Jugend verbracht. Kinderheim, Pflegefamilie, die fast zwangsläufigen Krisen im jungen Erwachsenenalter. Doch er hatte es geschafft. War der drohenden Abwärtsspirale, in die so viele Heimkinder gerieten, entkommen. Und nun stand er nach all den Jahren wieder hier; ausgerechnet ein Austauschprogramm hatte das bewerkstelligt, was er selbst stets auf die lange Bank geschoben hatte.

»Angersbach, Mordkommission.«

Unbeeindruckt blickte der Notarzt von seinem Klemmbrett auf, es war verkratzt und abgestoßen. Angersbach fragte sich, wie viele Totenscheine darauf wohl schon unterzeichnet worden waren. Die auffällig großen Nasenflügel des Arztes hoben sich schnaufend auf und ab. »Höchste Zeit, dass mal einer kommt.«

»Was meinen Sie?« Angersbach sah zu den Kollegen der Spurensicherung hinüber. Sie rauchten und schienen nichts Eiliges zu tun zu haben.

»Einer muss den Typ da mal runterholen«, war die gereizt klingende Antwort. »Ich kann so nicht arbeiten.«

Ralph entschied sich, nicht darauf einzugehen. »Was können Sie mir über Todesursache und -zeitpunkt sagen?«

»Der Tod dürfte vor einigen Stunden eingetreten sein. Ich tippe auf sechs Uhr früh, plus/minus eine halbe Stunde. Ohne Gewähr! Die Todesursache kenne ich noch nicht.«

Minimum fünf Stunden, rechnete Angersbach nach und legte den Kopf seitlich. Er bat den Arzt, kurz zu warten, um sich mit den Kollegen der Spurensicherung abzusprechen.

Der Wind frischte auf, was dem Beobachter guttat. In dem Ford Focus stand die Luft, obwohl die Fenster heruntergelassen waren. Eine Schmeißfliege kroch über die Armaturen, immer wieder fanden Insekten ihren Weg ins Wageninnere. Empfindlich berührt wedelte die Hand umher, ein tiefes Summen ertönte. Er parkte auf einer Anhöhe, verborgen zwischen Buschwerk und niedrigem Gehölz. Gerade so weit entfernt, dass niemand der Beamten seinen Kombi erspähen konnte, und nah genug, um durch den Feldstecher alles beobachten zu können. Kein Detail entging den scharfen Augen. Unter den Tränensäcken zeichneten sich kreisrunde Druckstellen ab, schon seit Stunden beobachtete er den Tatort. Zufrieden schnalzte die Zunge, der Oberlippenbart kitzelte. Ralph Angersbach hatte soeben die Bühne betreten. Kommissar Angersbach. Das Heimkind, das es zu etwas gebracht hatte. Der verlorene Sohn, der in seine Heimat zurückgekehrt war.

Vorhang auf, es war *sein* Spiel – auch wenn er noch nicht den blassesten Schimmer davon hatte.

Sabine Kaufmann hatte ihre Mutter gefahren, wie sie das oft tat. Auf dem Weg hatte sie erneut versucht zu ergründen, wie die Sache mit ihrem Vater vor der Tagesstätte zu beurteilen war.

»Wie hast du ihn denn bemerkt?«

»Er stand wohl schon da, als ich hinkam. Zumindest kam mir der Typ bekannt vor. Richtig sicher war ich mir aber erst, als ich aus dem Küchenfenster geblickt habe. Eine ganze Stunde später, nebenbei erwähnt.«

»Und du hast ihn dann eindeutig identifiziert?«

Typisch Polizistin. Hedwig hatte lamentiert: »Glaubst du mir immer noch nicht? Ja, verdammt, ich habe ihn erkannt! Ich war fünfzehn Jahre mit diesem Mann verheiratet.«

»Warum hast du niemanden verständigt?«

»Wenn nicht mal meine Tochter mir glaubt?« Der Vorwurf machte Sabine betroffen, doch Hedwig sprach sofort weiter. »Hinterher hieße es dann wieder, ich habe Wahnvorstellungen.«

Tatsächlich wäre Sabines nächste Frage die nach Hedwigs Medikamenten gewesen.

Hast du sie auch wirklich durchgehend genommen?

Fühlst du dich irgendwie anders als sonst?

Doch sie traute sich nicht. Stattdessen: »Ich möchte dir glauben, und deshalb fahre ich dich auch hin, obwohl es schon ganz schön spät ist. Wenn du möchtest, hole ich dich auch ab.«

»Hmm.«

»Ich laufe auch um den Block und halte nach ihm Ausschau, falls es dich beruhigt.«

»Du kennst ihn doch nur als Kind«, wehrte sich Hedwig, aber Sabine blieb standfest.

»Ich spreche notfalls alle Herren zwischen fünfzig und siebzig an.«

Hauptsache, ihre Mutter ging in die Einrichtung.

Hauptsache, sie schlitterte nicht in eine Paranoia.

Doch was, wenn ihr Vater sich tatsächlich rührte?

Wenn ihm das Geld ausgegangen war, die zwanzigjährigen Bikinischönheiten ihm nicht mehr nachliefen, ihm die Schulden über den Kopf wuchsen? Alles schon vorgekommen.

Rund um die Tagesstätte war weit und breit kein Verdächtiger zu sehen gewesen. Sie hatte die Leiterin informieren wollen, doch diese war noch nicht da. Also hatte Sabine ihrer Mutter das Versprechen abgenommen, sich sofort bei ihr zu melden, wenn sie etwas bemerkte.

Wenig später parkte sie ihren Twizy vor der Polizeistation im Riedweg. Ein Neunziger-Jahre-Bau, zweigeschossig, mit türkisfarbenen Fenstern. Es war wie gewohnt ruhig im Gebäude, Bad Vilbel war keine Metropole des Verbrechens.

Als der Kopf von Konrad Möbs, dem Dienststellenleiter, im Türspalt seines Büros auftauchte, tat Sabine so, als sähe sie ihn nicht. Spielte an ihrem Handy und mied Blickkontakt, in der Hoffnung, dass er sie nicht ansprechen würde. Nicht ohne triftigen Grund. Nicht, solange es keine Leiche gab. Denn sie hatte nicht die geringste Lust darauf, Aufgaben zu übernehmen, die Möbs sich ausdachte, um sie in mordfreien Zeiten zu beschäftigen.

»Zum Glück sind Ferien«, hatte Angersbach gesagt, »sonst würden wir am Ende in irgendwelchen Schulen Präventionsprojekte durchführen müssen.«

»Sie sind doch ein Experte für Halbstarke.« Sabine hatte gelacht. Immerhin lebte ihr Kollege mit einem schwierigen Teenager zusammen – zumindest bezeichnete er das Mädchen zuweilen so. Sabine sah in Janine nicht mehr als eine heranwachsende Frau, die eine schwierige Zeit durchlebte. Auch wenn das Ergebnis womöglich das gleiche war. Ralph Angersbach hatte es gut – viel besser als sie. Kein Möbs, keine Machokollegen. Stattdessen vier Wochen Dienst auf Abruf in seiner alten Heimat. Es schien auch eine Arbeitsbeschaffungsmaßnahme zu sein. Ein Tausch von Kollegen zwischen zwei benachbarten Präsidien. Klar, dass man in Gießen und Friedberg da sofort auf einen von ihnen kam. Alle anderen waren ja zu wichtig.

Griesgrämig näherte Sabine sich dem verwaisten Büro. Sie hatte sich den Wechsel von Frankfurt gewünscht, ja, gezielt darauf hingearbeitet, um mehr Struktur zu haben, beständigere Dienstzeiten, ein geordnetes Privatleben. Sie sah den Aufprall nicht kommen. Lief mitten in ihn hinein, quiekte erschrocken, als die Plastikflasche zu Boden klatschte und sich Wasser über ihren Fuß ergoss. Das Handy flog in die Pfütze, ihre Schulter pochte, es gluckerte. Mirco Weitzel. Schönling des Reviers, blond, athletisch und – sie hätte es schwören können – zuweilen gepudert. Doch im Augenblick war er nichts weiter als ein Überfall. Sabine schnellte nach unten, um ihr Handy zu retten, bevor das Wasser ihm zusetzte. Die gleiche Idee hatte auch Weitzel, und prompt knallten ihre Köpfe aneinander. Unerbittlich wie ein Holzhammer, Übelkeit überkam Sabine.

»Verdammt!« Sie richtete sich auf und tastete nach ihrer Stirn. Kniff benommen die Augen zusammen, registrierte aber, dass ihr Kollege das Telefon in seiner Linken hielt.

»Zwei Jahre altes Modell.« Er grinste gequält. »Ich hoffe, das war es wert.«

»Was wert?« Sabine war noch nicht so weit, seinen Gedanken zu folgen.

»Na, das doppelte Schädeltrauma. Du hast einen ganz schön harten Schädel.« Er zwinkerte verstohlen. »Nicht persönlich gemeint.«

Sabine verzog den Mund zu einem Lächeln. »Danke fürs Retten.«

Sie wand sich an ihrem Kollegen vorbei, bevor dieser sie in ein Gespräch verwickeln konnte. Geordnetes Privatleben. Sabine biss sich auf die Unterlippe. Sie hoffte inständig, dass die Bilder im Kopf ihrer Mutter nur Hirngespinste waren. Doch

dann fragte sie sich, ob es fair war, sich zu wünschen, dass ein anderer am Rand einer Psychose stand. Soll er doch hier sein, schloss sie grimmig. Ihr Vater, von dem sie nie etwas gehabt hatte. Was sollte er ihr schon anhaben können?
Unser Leben wirst du nicht auf den Kopf stellen, schwor sich die Kommissarin.

Es mussten mindestens zwei Personen sein. Eine Frau und ein oder zwei Männer. Da er von keinem bisher das Gesicht gesehen hatte und ihre schwarze Einheitskleidung kaum Rückschlüsse zuließ, konnte er sich nur an Körperhaltung und Größe orientieren. Die Mangelernährung schlug ihm zudem auf den Verstand, lähmte seine Synapsen. Auf seinem Arm waren ihm irgendwann Einstichmale aufgefallen. Hatte man ihm Drogen verabreicht? Halluzinierte er? Fieberhaft suchte er den winzigen roten Punkt auf der Haut, doch er fand ihn nicht mehr. Auch der andere Oberarm war unversehrt. Hatte er sich das Ganze am Ende eingebildet? Oder war die Wunde längst verheilt?
Es begann zu rauschen. Die Beklemmungen kehrten zurück, das Denken tat weh. Wie lange würde er noch durchhalten, bevor er dem Wahnsinn verfiel?
Gierig schob Gründler sich einen Bissen Brot in den Mund. Er kaute ihn dreißig Mal. So lange, bis der Speichel die Stärke in Zucker aufspaltete. So lange, bis er die Süße schmecken konnte. Hoffte dabei, dass das Sättigungsgefühl wenigstens für eine Weile andauern würde. Völlig unerwartet flammte das Licht auf, er hatte nicht damit gerechnet, so schnell wieder Besuch zu bekommen. Schweigend zerrten zwei kräftige Hände ihn von der Wand weg und lösten die Schelle. Er

wollte die entzündete Haut reiben, doch schon packte man ihn und zog ihn hoch. Als seine Schulter am Oberkörper entlangglitt, spürte er die weiblichen Konturen. War er bereits so schwach, dass sie ihm die Frau schickten? Eine nicht gerade hochgewachsene Person, aber von beeindruckender Härte.

»Warum tun Sie mir das an?«

Wenn überhaupt jemand der Empathie fähig war, dachte er in seiner Panik, dann sie.

Keine Antwort. Stattdessen ein Stoß ins Kreuz, der ihn in Richtung Nebenraum dirigierte.

Ein Halogenscheinwerfer auf fleckigem Stativ hüllte den Raum in grelles Licht und verdunkelte alles, was außerhalb seines Scheins lag. An der schmalen Wand stand ein Holzstuhl. Zweihundert Jahre alt, mit farbenfroher Blümchenlackierung auf der Lehne. Johann Gründler kannte das antike Möbel nur zu gut, denn es gehörte ihm. Hinter dem Stuhl war die Wand mit einem alten, rosafarbenen Laken verhängt. Eine Zeitung lag auf dem Boden, sofort versuchte er, den Aufmacher zu lesen. Doch man gewährte ihm kein Verschnaufen. Bevor er sichs versah, hockte er nach vorn gebeugt auf dem Stuhl. Er knarzte. Es war schon lange wieder eine Behandlung mit Leim nötig. Für eine Sekunde bildete er sich ein, das Huschen einer zweiten Gestalt zu erkennen, dann hob sich ein großer Karton vor seine Augen. Eine Art Sakko legte sich über seine Schultern, man zupfte daran herum und zwang seine Hände in Richtung der Ärmelöffnungen. Dann wurde der Oberkörper unsanft nach hinten geschoben. Geblendet von dem Scheinwerfer, versuchte Johann zu erkennen, was geschah. Doch seine Reflexe folgten der Wahrnehmung nur zögerlich, seine Arme kribbelten, und die Beine waren wie Blei.

Zeitungspapier raschelte, irgendwo im Schatten schien jemand nervös auf einen Kugelschreiber zu drücken.
Kugelschreiber. Klicken. Er hörte es nachhallen, als es längst nicht mehr zu hören war. Doch etwas störte ihn. Passte nicht ins Bild.
Minuten später befand sich Johann Gründler wieder in seinem Verlies. Angekettet. Nach dem Flutlicht kam ihm die Schwärze noch finsterer vor. Er vergrub den Kopf zwischen den Händen, als könne er ihr entfliehen. Ein verzweifeltes Schluchzen, dann konnte er seine Tränen nicht mehr halten.
Das Auslösegeräusch der Kamera verhallte in seinem Wimmern.

Sabines Blick wanderte vis-à-vis, ihre Ego-Wand fing ihn ein. Sie hielt einen Moment inne. Die meisten ihrer Kollegen besaßen so etwas. Eine freie Ecke Wand, bei einigen eher versteckt und zu Hause, bei anderen war sie der Blickfang im Büro. Diplome oder Urkunden, sei es von Sportwettkämpfen oder beruflichen Auszeichnungen. Zeitungsartikel. Sabine Kaufmann hatte während ihrer Zeit bei der Mordkommission eine Handvoll spektakulärer Fälle zur Aufklärung gebracht. Ihr fotografischer Blick war der Presse einen Dreispalter wert gewesen, damals, als ein Killer »Stairway to Heaven« an seinen Tatorten spielen ließ. Oder die Befreiung ihrer damaligen Vorgesetzten, 2007, aus dem Verlies eines psychopathischen Serientäters. Highlights für die Öffentlichkeit. Was danach geschah, was es mit den Beteiligten machte, das interessierte keinen mehr. Neben drei gerahmten Artikeln, die jeweils ihr Foto zeigten, hingen zwei weitere von Angersbach. Sabine atmete pfeifend aus und sah dann auf seinen leeren Platz. Sie seufzte, als ihr Blick auf ein Memo fiel. Konrad Möbs ließ bitten.

»Kommen Sie, wenn es passt, bitte in meinem Büro vorbei«, entzifferte sie seine Sauklaue. Im Klartext bedeutete das, dass sie *sofort* zu erscheinen hatte. Doch für einen Kaffee war noch Zeit. Immerhin hätte er sie bereits auf dem Gang zu sich rufen können. Sabine Kaufmann war sich sicher, dass er sie vorhin gesehen hatte. Sie und Mirco Weitzel. So viel musste man ihm lassen: Konrad Möbs entging praktisch nichts, am wenigsten die Dinge, die man lieber vor ihm verbergen wollte. Ein Stich zuckte durch ihr Zwerchfell. Sie mochte überhaupt nicht daran denken, welche Phantasien Möbs sich in seinem Kopf über sie und ihren Kollegen zusammenspann. Dabei war da nichts. *Und wird auch nie etwas sein,* dachte Sabine entschlossen.

Sie betätigte zwei Knöpfe, und das Mahlwerk verrichtete kreischend seinen Dienst. Der Vollautomat, ein Sonderangebot für zweihundertneunundvierzig Euro, war kaum zwei Monate alt. Ein leichter Kalkrand hatte sich am Wassertank abgesetzt, Staub haftete am Deckel des Bohnenbehälters. Zeit für eine erste Grundreinigung, dachte sie, während ihr heißer Röstduft in die Nase stieg. Die Investition hatte sich gelohnt, wenngleich es ein wenig dekadent erschien. Doch das Leben war zu kurz für schlechten Kaffee, darin waren Sabine und ihr kauziger Partner sich einig. Sie zog eine Grimasse. Wer würde die Kaffeemaschine mitnehmen, sollten sich ihre Wege einmal trennen? So weit hatten die beiden nicht gedacht. Nicht denken wollen. *Wie gut, dass ich nicht zu Michael gezogen bin,* dachte die Kommissarin. Oder er zu ihr. Das würde auch nicht mehr passieren. Warum die Dinge unnötig verkomplizieren?

Als wollte sie den Kaffeeautomaten beruhigen, dass sich Mama und Papa schon nicht scheiden lassen würden, tätschelte Sabine das schwarze Plastikgehäuse. Dann umrundete sie den Schreibtisch zu ihrem Platz. Im Postfach fand sie eine E-Mail vor, die sie stutzig machte. Sie kam von Petra, einer Kollegin aus Friedberg, mit der sie seit einem gemeinsamen Einsatz vor einigen Monaten losen Kontakt hielt. Ein Einsatz, bei dem ein guter Freund gestorben war. Praktisch in Petras Armen. Sie bat um Rückruf, Sabine dachte an Möbs, wählte dann aber die Nummer.

»Petra Wielandt.«

»Hallo, Sabine Kaufmann hier.«

»Ach. Das ging ja schnell.«

»Deine Mail klang so kryptisch«, Sabine gluckste, »und außerdem wartet dieser Giftzwerg Möbs auf mich. Da kommt mir jede Verzögerung recht.«

Petra lachte nicht, sondern räusperte sich nur. Es folgte eine sekundenlange Pause. »Wie fange ich am besten an«, sagte sie dann.

»Worum geht es denn? Ist wer gestorben?« Ein böser Fauxpas, zum Glück reagierte Petra nicht darauf.

»Hier in der Abteilung geht um, dass wir bald Kollegen werden könnten. Direkt, wenn du verstehst.«

Sabine kniff die Augen zusammen, ihre Gedanken rasten.

»Sind wir doch bereits.« Petra gehörte zur Mordkommission der Kripo Friedberg. So wie sie selbst auch, nur dass ihr Dienstort Bad Vilbel war. *Verdammt.* »Moment. Du meinst doch nicht …«

»Wie gesagt, es ist nur ein Gerücht. Aber es heißt, du würdest bald zu uns kommen.«

»Spinnen die?« Ihre Stimme überschlug sich. »Das können die doch nicht einfach so entscheiden!« Sabines Herz schlug

vor Aufregung bis zum Hals. Wie ein kleiner Boxer, der unaufhörlich ihr Brustbein malträtierte.
»Ich wollte dich nur vorwarnen.«
»Danke.«
Sabine Kaufmann verabschiedete sich, nachdem Petra ihr noch versichert hatte, dass die Kripo Friedberg ein netter Verein sei und es doch auch ein angenehmer Nebeneffekt wäre, direkte Kolleginnen zu sein. Die Kommissarin bejahte höflich, wollte davon jedoch nichts wissen. Bad Vilbel. Das war ihr Zuhause, und zwar nicht, weil sie besonders heimatverbunden war. Aber sie war nicht grundlos hierhergezogen, hatte das Präsidium Frankfurt nicht leichtfertig eingetauscht. Das Risiko, nach einem Jahr versetzt zu werden, hatte man ihr als äußerst gering dargelegt. Sabine schnaufte noch immer vor Erregung. Ihr Blick fiel auf Möbs' Notiz, und sie schnellte nach oben. Jetzt, genau in dieser Laune, gehe ich zu ihm. Bevor der Frust verflogen ist. Denn wenn das, was er von ihr wollte, auch nur im Entferntesten mit ihrer Versetzung zu tun hatte, sollte er sich besser warm anziehen.

Eine Minute später stand Sabine vor dem Büro ihres Chefs.
»Setzen Sie sich doch bitte.«
Seine Stimme war bittersüß. Zynisch und die Überlegenheit ausspielend, die seine Position mit sich brachte. Konrad Möbs war Bad Vilbeler Urgestein, seit vielen Jahren Leiter der Dienststelle. Es war kein Geheimnis, dass er mehr aus seiner Karriere hätte machen können, doch er schien mit dem, was er hatte, vollkommen zufrieden zu sein. Eine Beförderung hätte ihn von Bad Vilbel weggeführt, das wollte er nicht. Man munkelte, er würde am liebsten in seinem Sessel einschlafen,

wenn er einst das Zeitliche segnen sollte. Mit der dauerhaften Präsenz einer Mordkommission, die direkt dem K10 der Kripo Friedberg unterstand, hatte er sich bis jetzt nicht anfreunden können. Erst im Frühjahr hatten zwei Morde die Stadt erschüttert, kaum dass Sabine und ihr Kollege ihren Dienst aufgenommen hatten. »Unsere Ressourcen nutzen und dann selbst die Lorbeeren einheimsen«, war sein Kommentar dazu gewesen. Diesen Standpunkt hatte er nicht geändert. Eher verschärft: »Nach der Wahl haben die ihren Zweck erfüllt und werden wieder abgezogen. Bis dahin dulden es die einen, weil sie sich nicht nachsagen lassen wollen, dass ihnen die Sicherheit der Gemeinden egal sei. Und die anderen rühren mit der aufgestockten Polizeipräsenz fleißig die Wahlkampftrommel.«

An dieser Logik mochte zwar nichts grundlegend falsch sein, aber er machte sich das Ganze doch recht einfach. Bad Vilbel zählte im Verbund mit Karben zum bevölkerungsreichsten Gebiet der Wetterau. Dazu kam die unmittelbare Nachbarschaft zu Frankfurt. Spürbar schwappte das Verbrechen aus dem Großstadtsumpf in Richtung Provinz. Wie weit auch immer die Welle rollte: Bad Vilbel bekam stets etwas davon ab.

Möbs räusperte sich und bedachte die Kommissarin mit einem prüfenden Blick. »Das K10 wird aufgelöst.«

»Bitte was?« Die Vorwarnung durch Petra Wielandt schwächte den Schock nur minimal ab. Möbs schien es regelrecht zu genießen, wie ihr die Farbe aus dem Gesicht wich. Wie ihre Kinnlade herunterklappte und die Augenbrauen Richtung Decke schnellten.

»Das K10 ist praktisch am Ende«, wiederholte er. »Punktum.«

»Ich bin nicht taub«, antwortete sie frostig. »Ich möchte wissen, wieso. So eine Entscheidung trifft man schließlich nicht zwischen Tür und Angel.«
»*Wir* können da ohnehin nichts machen.« Möbs hob die Schultern, Sabine hätte schwören können, ein kurzes Grinsen aus seinen Mundwinkeln flüchten zu sehen. »Es liegt an Friedberg. Dort wird die Politik gemacht. Wir stehen ganz unten und müssen uns fügen.«
»Moment.« Sabine hatte sich einigermaßen gesammelt. Sie rief sich ihren Vertrag ins Gedächtnis. Zwei neue Planstellen, befristet für ein Jahr. Eine davon gehörte ihr. Einsatzort Bad Vilbel, beginnend zum Ersten des Jahres. »Vor Silvester gehe ich nirgendwo hin.«
Der Wandkalender hinter Möbs' Rücken bekräftigte sie. Es war August. Doch in seinem Gesicht lag dieser gewisse Ausdruck, eine Mixtur aus Allwissenheit und Arroganz, gegen die Sabine machtlos war.
»Warten wir es ab.« Er spielte mit dem Löffel seiner Kaffeetasse und zog Muster in den Schaum. Mitgefühl war bei ihm ebenso wenig zu erkennen wie Loyalität. Warum stellte er sich nicht hinter sie? Für jeden popeligen Beamten hätte er es doch auch getan, so viel war sicher. Sabine kochte innerlich, zwang sich aber, ruhig zu bleiben.
Nach einer unerträglichen Pause blickte Möbs auf. Aber sein Blick ging an ihr vorüber, ins Leere. Als sei sie überhaupt nicht da. *Dieser selbstgefällige Saukerl.* Sabines Finger gruben sich in ihre Jeans.
»In ein paar Wochen sind Landtagswahlen, bis dahin können Sie hier noch eine ruhige Kugel schieben.«
Für eine Sekunde trafen sich ihre Blicke. War es ihre Schuld, dass es keine Amokläufer oder Lynchmobs gab, die Bad Vil-

bel aufmischten? Sie wollte etwas Entsprechendes sagen, aber ihre Kehle war wie zugeschnürt.

»Womöglich findet Herr Angersbach ja Gefallen in seiner alten Heimat. Dann ist er schon mal versorgt. Und für Sie ergibt sich auch noch eine Verwendung.« Er bleckte großspurig seine Zähne. »Nur eben nicht hier.«

Jetzt reicht es, verdammt!

Für Sabine Kaufmann geschah es ebenso unerwartet wie für ihn. Ihre Handballen schlugen wie Meteoriten auf die Tischplatte. Wutentbrannt feuerte sie Konrad Möbs einen Schrei entgegen. Ein Kugelschreiber wirbelte durch die Luft, wie in Zeitlupe hob sich ein Tsunami aus der randvollen Tasse und ergoss sich über das umliegende Papier. Möbs sprang alarmiert auf, noch bevor die lauwarme Pfütze auf seine Hose regnen konnte. Tropfen platschten auf das graue Vinyl. Vornübergebeugt auf ihre vor Schmerz pulsierenden Hände gestützt, keuchte Sabine erneut: »Es reicht. Eben reicht's.«

Möbs war kreidebleich, sammelte sich aber schnell. Er war nicht wesentlich größer, aber sicher doppelt so schwer wie die Kommissarin. Doch diesmal gelang es ihm nicht, ihr zuvorzukommen. Kaum dass er zu einem »Frau Kaufmann« ansetzte, schnellte auch schon ihr Zeigefinger bedrohlich vor seine Brust.

»Sie haben jetzt Sendepause!« Sabine zischte die Worte zwischen zusammengebissenen Zähnen hervor. »Ich lasse mich keinen Tag länger von Ihnen behandeln, als sei ich ein Krebsgeschwür, ein Parasit oder sonst etwas. Sie haben eine Mordkommission im Haus, und das noch für mindestens vier Monate. Finden Sie sich damit ab, verdammt. Keiner pfuscht Ihnen ins Handwerk, dasselbe erwarte ich von Ihnen.«

Ein letztes Auffunkeln ihrer Augen, dann wandte sie sich um. Schritt aus dem Zimmer, ohne eine Reaktion abzuwarten. Kurz bevor die Tür knallte, setzte sie noch einen nach: »Ich nehme heute frei. Das Handy schalte ich aus. Nur damit Sie's wissen.« *Rums.* Ein Wunder, dass es die Tür nicht aus dem Rahmen schlug.

Sollte sich doch ein anderer um den Laden kümmern. Sabine atmete durch und eilte zurück in ihr Büro. Sie schloss die Tür von innen ab, was sie noch nie zuvor getan hatte. Überlegte, ob sie Angersbach anrufen sollte. Ihre Mutter sollte sie besser nicht belasten, auch wenn Hedwig, wenn es ihr gutging, eine sehr gute Zuhörerin war.

Mirco Weitzel war ein Kollege. Vor drei Wochen hatte Sabine mit ihm einen Film im Autokino besucht. Nichts weiter, auch wenn Weitzel sich womöglich mehr von der Sache erhofft hatte. Doch Sabine Kaufmann war mit Michael Schreck zusammen, dem gefragtesten Computerforensiker der Frankfurter Polizei. Zumindest offiziell. Ein Seufzer rollte aus den tiefsten Abgründen Sabines Kehle hoch. *Michael.*

Warum dachte sie, wenn es ums Reden ging, erst zuallerletzt an ihn? Sie vergrub ihren Kopf zwischen den Händen und sehnte sich nach einer einsamen Höhle. Doch je länger sie verharrte, umso schmerzlicher wurde ihr bewusst, dass es solch eine Höhle für sie nicht gab.

Nie geben würde.

Die Fakten waren schnell zusammengefasst. Der Tote war männlich, Mitte fünfzig. Ein verbrauchtes Gesicht, das älter wirkte. Vom Leben gezeichnet. Doch der Arzt traf seine Schlussfolgerungen nur äußerst behutsam. Eine Leiche, die

über mehrere Stunden kopfüber an einem Strick herabhing, sah nicht unbedingt nach Schema F im Lehrbuch aus.
»Zur Todesursache kann ich nur Vermutungen anstellen«, schloss er seinen Bericht. »Aber dem ersten Anschein nach dürfte er erstickt sein.«
Angersbach legte sich unwillkürlich die Hand auf den Hals. »Erstickt? Ich hätte eher auf Hirnblutungen getippt.«
Der Mediziner machte aus seiner Verachtung gegenüber Laiendiagnosen keinen Hehl. »Natürlich werde ich den Kopf auf Blutungen untersuchen, schauen Sie sich nur mal die Retinae an.« Er verzog den Mund. »Das sind die Netzhäute.«
»Ja, ich weiß«, erwiderte Angersbach unterkühlt. Er wünschte sich Professor Hack herbei, den Leiter des rechtsmedizinischen Instituts in Gießen. Und das sollte etwas heißen. Hack war ein ziemlicher Kauz, doch seine bissigen Kommentare wären dem Kommissar weitaus lieber gewesen als ein lustloser Arzt, mit dem er nicht warm wurde. *Durchhalten,* sagte er sich im Stillen. *Wenn es gut läuft, wirst du ihn nie wiedersehen.* Auf wie viele Morde würde die Region um Lauterbach es in drei Wochen schon bringen? Ein blöder Zufall, dass ausgerechnet jetzt einer geschehen war.
Unbeeindruckt von seiner offensichtlichen Unkonzentriertheit, überschüttete ihn sein Gegenüber mit Fachjargon, redete von Hypertonie, Hirnschwellung, Sehverlust und epileptischen Anfällen.
»Ein qualvoller Tod«, sinnierte Angersbach und erntete ein Achselzucken.
»Bevor es zu solcherlei Dingen kommt, ist es durchaus möglich, dass man das Bewusstsein verliert. Das Atmen fällt mit der Zeit immer schwerer, weil das Zwerchfell auf die Lungenflügel drückt. Die schweren Organe, Sie wissen schon. *Das*

dürfte die eigentliche Qual dabei gewesen sein. Atmen gegen Widerstand, dazu noch mit begrenztem Lungenvolumen. Rauschen im Kopf, das Herz hämmert. Wobei Letzteres eine subjektive Wahrnehmung ist.«

»Danke, das genügt.« Angersbach rang sich ein Lächeln ab. Immerhin tat der Doc nichts als seine unangenehme Pflicht.

»Wie Sie meinen. Ich mache die Papiere fertig, dann können Sie ihn mitnehmen. Die Leichenschau darf dann der Kollege in Kassel vornehmen.«

»Kassel?« Angersbach riss die Augen auf. Mal abgesehen davon, dass es bis dorthin eineinhalb Autostunden waren, kannte er dort absolut niemanden. »Ich wollte ihn eigentlich in Gießen haben.«

»Bitte. Ist mir vollkommen wurst.«

Angersbach schritt zurück zur Spurensicherung. Es gab Fuß- und Reifenabdrücke, doch nichts ließ auf einen eindeutigen Anhaltspunkt hoffen. Eine alte Patronenhülse, 9 mm. Diese war so angelaufen, dass davon auszugehen war, sie läge dort schon länger.

»Silvestergeballer«, murmelte einer der Kollegen durch seinen Vollbart. Angersbach hatte aufgehört zu versuchen, sich die Namen zu merken. Warum auch? Der Kollege kam aus Fulda. Er würde wohl kaum wieder mit ihm zu tun haben, und wenn, konnte er die Kontaktdaten in der Fallakte finden. Die Kollegin, noch vermummt in ihren Schutzanzug nebst Mundschutz, widersprach sofort: »Das ist aber keine Schreckschusspatrone.«

»Als würde sich da in der Walachei jeder dran halten.«

Bevor das nächste Argument kam, entschied sich Angersbach, die Diskussion abzukürzen. »Ins Labor damit, bitte. Dann wissen wir's genau.«

Sie zog den Mundschutz unters Kinn, zum Vorschein kam eine äußerst attraktive Frau. Das Gesicht mit den feinen Zügen passte überhaupt nicht zu der rauhen Stimme. Sie hob ihre Kladde, um sich etwas zu notieren.

»Wie war doch gleich Ihr Name?«

»Ralph Angersbach.«

»Angersbach?« Sie deutete mit dem Daumen hinter sich. »Wie dieses Nest vor Lauterbach? Mit dem Baumarkt?«

Ralph nickte. »Schreibt sich auch genauso.«

»Kommen Sie von dort?«

»Nein, aus Okarben.«

Das war Blödsinn. Er wohnte nur in Okarben. Angersbach schüttelte den Kopf. »Nein, das heißt, ich komme schon von hier.«

»Ja was denn nun?«

»Ich stamme ursprünglich schon aus der Ecke.« Warum um alles in der Welt ließ er sich überhaupt derart ausfragen?

Sein Gegenüber legte den Kopf schief und grinste. Spöttisch, wie er fand.

»Was ist los? Ich wollte Sie nicht in Verlegenheit bringen.«

Tun Sie nicht, verdammt!, schrie es in seinem Kopf. Er hüstelte und verzog das Gesicht.

»Es ist kompliziert. Ich bin zum Austausch hier oben. Eigentlich gehöre ich in die Wetterau.«

Doch im Grunde gehörte Ralph Angersbach nirgendwo so richtig hin. Ihm fehlte der Bezug zum Begriff »Heimat« ebenso wie der zu seinen leiblichen Eltern. In diesem Augenblick wünschte er sich eine schlagfertige Frau an seine Seite. Sabine Kaufmann zum Beispiel. Oder sogar Janine. Jemanden, der ihm Halt gab. Vertrautheit. Oder auch mal Paroli bot.

»Herr Angersbach?«
Ralphs Kopf flog herum, er erblickte einen Uniformierten, der offenbar sehr aufgebracht war. Ein Typ wie ein Elitesoldat, jung, durchtrainiert, kantiges Profil, stahlblaue Augen. Die Ausbildung konnte noch nicht lange zurückliegen. Was brachte ihn derart aus der Fassung?

»Das bin ich. Was gibt's?«

»Wir haben eine Identifizierung.«

»Machen Sie's nicht so spannend.« Angersbach wurde ungeduldig. »Ist es ein Promi? Sie zittern ja vor Aufregung.«

»Es ist Veith Gruber.« Er stockte. »Z-Zweifel ausgeschlossen.«

»Veith Gruber.« Angersbachs Gehirn schaltete einen Bruchteil langsamer als das seiner Kollegen.

»Gruber?« Die beiden Forensiker fragten fast monoton, dann klappte auch schon Angersbachs Kinnlade hinunter.

Veith ›Granaten-Gruber‹. Verurteilt in den Achtzigern wegen Mittäterschaft an mindestens zwei Sprengstoffanschlägen. Schießerei mit der Polizei, bei der ein Beamter getötet worden war. Mitgliedschaft in einer terroristischen Vereinigung. Begnadigt als letzter inhaftierter Terrorist nach fast neunundzwanzig Jahren Gefängnis. Ein Aufschrei in den Medien. Roter März, seine Gruppe, war längst aufgelöst. Eine neue Gefahr sei nicht zu erwarten, auch wenn hin und wieder Gerüchte aufflammten. Gruber war gerade mal zweiundfünfzig, als er die Haftanstalt Schwalmstadt im Frühjahr verlassen hatte.

Geläutert, wie es hieß. Öffentlich Reue hatte er allerdings nie gezeigt.

Die Meldung hätte ungünstiger nicht eintreffen können. Ein gellendes Glockenspiel, der Signalton, den Sabine in labilen Phasen für ihre Mutter reserviert hatte. Nicht einmal die Polizeiwache hatte einen eigenen Klingelton, und hätte Sabine darüber in diesem Augenblick entscheiden müssen, wären Möbs und Konsorten allesamt auf die Blockierliste gewandert. Ihre Nerven lagen blank, das Glockenspiel ließ sie regelrecht zusammenfahren.

Eine SMS. Nicht das schlechteste Zeichen, folgerte sie. Sabine Kaufmann kannte die Phasen ihrer Mutter. Das Gute an psychotischen Schüben: Sie folgten einem gewissen Schema. Zeitlich konnten die Stufen sich deutlich voneinander unterscheiden, aber der Aufbau war in der Regel gleich. Verdachtsmomente. Unbestimmte Ängste. Diese Signale mussten ihr entgangen sein. Hedwig verließ das Haus ohnehin nur, um zur Tagesstätte zu gehen. Einkäufe erledigte sie, wenn überhaupt, auf dem Heimweg. Oder mit ihrer Tochter. Das stellte die Früherkennung unter einen ungünstigen Stern. Soziale Kontakte außerhalb der Einrichtung hatte Hedwig praktisch keine. Die wenigen Menschen aus ihrer Vergangenheit hatte sie durch ihre Krankheit oder die Alkoholexzesse verprellt. Oder es waren ihresgleichen. Menschen, auf die man ohnehin besser nicht baute, wie Sabine insgeheim dachte. Der ehemalige Lebensgefährte, besser Saufkumpan, ihrer Mutter schoss ihr in den Sinn. Sie verdrängte ihn schnell wieder.

Dann das Formulieren von Ängsten. Ausflüchte, um den Alltag nicht angehen zu müssen. Erste Abkapselung. Symptome, die jeder normal tickende Mensch aufweisen konnte. Sie musste sich nur an die eigene Nase fassen. Der Ärger mit Möbs. Das Fehlen Angersbachs. Die Ungewissheit ihrer Zukunft. Michael. Sabine seufzte. Es war doch vollkommen normal, Tage zu haben, an denen man sich unter die Decke verkriechen und der Welt den Stinkefinger zeigen wollte. Das allein … doch sie musste sich korrigieren. Hedwig Kaufmann igelte sich ein, wenn paranoide Ängste sie heimsuchten. Wenn der Postbote, die Menschen zwischen den Supermarktregalen oder gar das Wetter eine persönliche Bedrohung darzustellen schienen.

Hatte Sabine auch diese Phase verpasst?

Er ist wieder da. Komm schnell.

Die SMS war eindeutig. Es gab nur eine Möglichkeit, herauszufinden, ob ihre Mutter halluzinierte oder die Wahrheit sagte.

Der Twizy aalte sich durch den Verkehr, sie hatte sich weder abgemeldet noch anderweitig aufgehalten. Der PC lief, die Kaffeemaschine war angeschaltet, das Licht im Büro brannte. Sabine parkte wenig elegant auf einem halben Parkplatz, prüfte mit einem Auge, ob sie die Einfahrt nebenan nicht blockierte, und eilte dann fluchend weiter. Zwei Autos blockierten drei Markierungen. Der normale Wahnsinn. Wahrscheinlich war sie es, die am Ende das Knöllchen erhielt.

»Frau Kaufmann, auf ein Wort bitte.«

Sibylle Diebacher streckte den Kopf aus der Bürotür. Eine schlaksige Person jenseits der fünfzig, dezent geschminkt, mehr als einen Kopf größer als die Kommissarin. Naturfarbene Kurzhaarfrisur, bei der das Grau das Dunkelblond längst dominierte. Sie trug ein grünes T-Shirt mit dem aufgestickten Logo der Kirche.

Als Frau Diebacher ihr einen Stuhl anbot, schüttelte Sabine den Kopf. »Danke. Ich möchte schnell zu ihr.«

»Es geht wieder los, hm?«

»Halten Sie es für eine Psychose?«
Sabine runzelte die Stirn. Es war etwas grundlegend anderes, ob sie selbst über ihre Mutter urteilte oder ob andere das taten. Die Leiterin räusperte sich.
»Ihre Mutter sprach von einem Mann, der sie beobachte. Ihr Vater, wenn ich das richtig verstanden habe? Kann das denn sein?«
»Ich traue ihm jedenfalls eine Menge zu«, gab Sabine zurück, lenkte dann aber ein. Frau Diebacher konnte schließlich nichts für ihren Frust. »Unter uns gesagt: Ich habe ihn noch nicht gesehen. Es gibt also keine Gewissheit.«
»Was haben Sie vor?«
»Ich habe Mama gesagt, sie solle sich melden. Deshalb bin ich hergekommen. Er ist angeblich wieder da. Das möchte ich gern überprüfen.«
»Tun Sie das. Sagen Sie mir vorher nur bitte, ob sie ihre Medikamente regelmäßig genommen hat.«
»Hat sie.«
»In Ordnung.« Sibylle Diebacher deutete in Richtung der Gemeinschaftsräume. »Sie ist in der Bücherei. Dorthin zieht sie sich hin und wieder zurück.«
Sabine nickte und bedankte sich. Sie wusste, warum Hedwig sich dort gerne aufhielt, wenn es ihr schlechtging.
Keine Fenster.

Hedwig Kaufmann lugte aus der hintersten Ecke des Raumes hervor, sie saß auf einem abgenutzten Sitzsack. Ein Buch befand sich nicht in ihrer Nähe.
»Endlich«, wisperte sie.
»Ich bin gekommen, so schnell es ging. Ist alles okay?«
Blöde Frage, dachte sie, und Hedwig quittierte sie mit der passenden Antwort.

»Wie soll alles in Ordnung sein mit *ihm* vor der Tür?«
»Wo hast du ihn gesehen? Wieder an der Bushaltestelle?«
Hedwig erhob sich kopfschüttelnd. »Hinter dem Haus.«
Eine Seitenstraße, leicht steigend, führte dort vorbei, wie Sabine wusste. Ihre Mutter geleitete sie in die Damentoilette, was ihr unbehaglich war, dann zu dem schmalen Fenster oberhalb der Waschbecken. Hedwig schien erpicht darauf zu sein, sich nicht im Fenster zu zeigen, und verbarg sich in einer der Kabinen. Außer den beiden war zu Sabines Erleichterung niemand da. Sie drehte den Kopf, reckte sich, suchte die Straße ab. Ein Müllauto fuhr gelb blinkend vorbei. Im Schneckentempo. Sie wartete.
»Und?«
»Müllabfuhr. Ich kann noch nicht alles einsehen.«
Der Wagen fuhr an. Angespannt, als rechnete sie tatsächlich mit einem grau gekleideten Geheimagenten mit Kamera oder Fernglas, der sich im Halbschatten verbarg, wartete die Kommissarin. Unwillkürlich streifte ihre Hand die Hüfte, wo bei Einsätzen das Holster zu sitzen pflegte. Das Orange quälte sich weiter bergan. Kein grauer Mann. Kein Voyeur, kein Attentäter. Das einzig Graue, was Sabine zu sehen bekam, war ein parkender Ford Focus.
Den Mann am Steuer kannte sie nicht.

Der Galgen befand sich auf halbem Weg zwischen den Ortschaften Hörgenau und Hopfmannsfeld. Beschauliche Nester mit Fachwerkhäusern, jeweils um die dreihundert Einwohner. Rundherum die typische Landschaft; Wiesen, Koppeln und bewaldete Kuppen. Mathilde Bellermann öffnete nach einer gefühlten Ewigkeit. Ihre Haltung war gebückt, sie musste um die achtzig sein. Eine dicke Brille grub sich tief in das müde Gewebe ihrer Nase. Das weißgraue Haar war strähnig, sie trug einen dunklen Faltenrock und eine geblümte Bluse. Eine Gemeinsamkeit mit der schönen Frau, die das sepiafarbene Hochzeitsfoto über der Telefonkommode im Flur zeigte, war kaum noch zu erahnen. Das Haus lag am Ortsausgang, der Galgen war von hier nicht zu sehen. Enges Fachwerk, schiefe Räume. Seit Mai hatte sie ihr Obergeschoss an Veith Gruber untervermietet.

Die Nachricht über den Tod ihres Mitbewohners nahm sie mit Bestürzung auf.

»Jescheschmorije!« Das Sudetendeutsch machte aus ihrem Ausruf nach Jesus und Maria ein kaum verständliches Kauderwelsch. »Was ist denn passiert?«

»Wir müssen von einem Mord ausgehen.«

»Diese Welt ist so schlecht«, seufzte sie und lotste den Kommissar in Richtung Küche. Er war heilfroh, dass sie ihm keine Löcher in den Bauch fragte, wie Angehörige oder Sensationslustige das gern taten. Die Details dosierte er mit Bedacht, konnte aber nicht alles verheimlichen.

»Das Erhängen deutet auf ein äußerst persönliches Motiv hin. Kennen Sie jemanden, der Gruber dermaßen gehasst hat?«

Die alte Frau atmete schwer. »Ich weiß von seiner Vergangenheit.«

»Das war nicht meine Frage.«

»Es ist aber womöglich die Antwort.«

»Wie meinen Sie das?«

»Wir sind gerade mal dreihundert Einwohner. Wie viele von ihnen, glauben Sie, haben *nicht* gewusst, wer da bei mir wohnte?«

»War das ein Problem?«

»Anfangs ja.« Sie nickte. »Doch mein Mann hatte hier über viele Jahre einigen Einfluss. Ortsvorsteher. Das kommt mir jetzt zugute.« Sie lächelte kurz. »Früher habe ich es oft verflucht. Na, und *ganz* früher stand ich einmal als Fremde hier. Heimatlos. Daran habe ich mich erinnert, als Herr Gruber bei mir einziehen wollte. Er hat mir persönlich nichts getan, von daher …« Sie sprach nicht weiter, und schließlich räusperte Angersbach sich. »Veith Gruber hat also kein Geheimnis daraus gemacht, dass er Terrorist war?«

»Ich habe es drei Tage nach seinem Einzug erfahren. Von ihm. Da wusste ich es aber bereits von meiner Nachbarin. Wie gesagt, für mich kein Grund, ihm wieder zu kündigen.« Sie seufzte. »Wir haben keine Kinder. Ich bin froh … ich *war* froh, jemanden im Haus zu haben. Er war sehr ruhig. Verbrachte viel Zeit draußen in der Natur und an seinem Kompuhter.«

Sie sprach es tatsächlich so aus, Angersbach schmunzelte. Er hielt es für vermessen, die Frau zu korrigieren. Jemanden, der einen Weltkrieg miterlebt und seine Heimat verloren hatte.

»Darf ich diesen Computer sehen?«

»Ich weiß nicht.« Frau Bellermann wirkte mit einem Mal nervös. Angersbach blieb beharrlich. »Er könnte uns bei der Aufklärung helfen.«

»Aber es wäre ihm vielleicht nicht recht. Er klappte ihn immer zu, wenn ich in seine Nähe kam. Dabei sehe ich ohnehin nicht mehr gut. Er sagte, es seien sehr private Dinge darauf.«

Internetpornos? Bombenpläne? Angersbach schämte sich für seine Gedankenblitze. Doch er wollte diesen Laptop.

»Bei seiner Vergangenheit und dem Hass, der ihm entgegengebracht wurde … Ich bin mir sicher, dass wir etwas Hilfreiches darauf finden werden.«

»Dürfen Sie das denn ohne einen Gerichtsbefehl?«

Scheinbar sah sie Fernsehkrimis. Angersbach lächelte herzlich und nickte dann.

»Wenn Sie ihn mir aushändigen.«

Sie seufzte. »In Ordnung, ich hole ihn. Aber bitte seien Sie nachsichtig, ich bin nicht mehr so flink wie früher.« Ein Lächeln umspielte ihre Mundwinkel. »Ich war einmal eine richtig gute Läuferin, damals«, das Lächeln erstarb, »vor dem Krieg.«

Angersbach legte seine Hand auf die ihre. »Das glaube ich Ihnen. Bemühen Sie sich nicht mit der Treppe. Das sollen die Kollegen der Spurensicherung übernehmen. Ich werde ihnen deutlich sagen, dass die in Herrn Grubers Zimmer kein Chaos hinterlassen sollen.«

»Danke.« Mathilde Bellermann lächelte wieder, es kam von Herzen, das spürte der Kommissar. Doch dann sagte sie etwas, was ihn irritierte.

»Bitte nehmen Sie das nicht falsch auf«, begann sie.

»Ja?«

»Sie haben einiges von Veith Gruber.«

Angersbach war sich nicht sicher, ob er das gut oder schlecht finden sollte, und sagte erst mal gar nichts.

Schwärze. Stille. Deprivation.

Johann Gründler wusste um die Gefahren, die ihn umgaben. Schreiendes Schweigen und Wände, die ihm millimeterweise entgegenrückten. Mal schneller, mal langsamer, aber in stetiger Bewegung. Schatten, die ihn aufzufressen drohten, und das selbst dann, wenn alles finster war. *Gerade dann.* Von irgendwoher drang immer etwas Licht in sein Verlies, gerade

ausreichend, um Konturen vor seine brennenden Augen zu zeichnen.
»Was wollt ihr, verdammt?!« Es war ein heiserer Schrei, dem Fausttrommeln folgte. Er warf sich auf den rauhen, kühlen Boden und schlug wimmernd darauf ein. Strampelte wie ein trotziges Kind im Supermarkt. Noch immer stach das grelle Licht hinter seinen Augen, wie Stricknadeln, die tief in sein Gehirn gebohrt worden waren. Dann vernahm er eiliges Trappeln. Sofort war er wieder bei Sinnen, schnellte nach oben. Die Kette rasselte. Es quiekte, dann raschelte es. Ratten. Johann Gründler begann zu keuchen.
Die haben sie dir reingesetzt.
Er lauschte, doch kein weiteres Geräusch drang in sein Ohr. Sofort folgte der Zweifel.
Hast du sie dir nur eingebildet?
Er hatte von weißer Folter gelesen. Wusste, wie wirkungsvoll man mit einfachsten Methoden die Psyche eines Menschen brechen konnte. Kaum jemand hatte es seinerzeit ignorieren können, als Details über Guantanamo in den Medien ausgeschlachtet worden waren. Und es geschah weiterhin. Nicht nur im Geheimen. Isolationshaft war schon vor Jahrzehnten praktiziert worden, und das Gesetzbuch billigte sie nach wie vor.
Gründler begann zu singen. So laut er konnte. Der Widerhall tat ihm in den Ohren weh, doch er schmetterte unbeirrt die drei Strophen von »Stille Nacht« hervor. Das erstbeste Lied, das ihm in den Sinn gekommen war. Wer konnte schon wissen, ob es nicht längst Winter war.
Sie würden ihn nicht brechen. Lodernde Entschlossenheit wärmte ihn, als das Lied längst ausgesungen war und seine Kiefer mahlten. Am Anfang seiner Haft hatte er irgendwann

mit dem Zählen begonnen. Versucht, den Sekundentakt beizubehalten, was bei Zahlen über tausend schier unmöglich war. Wie viele Sekunden bis zum nächsten Laib Brot? Das einzig wiederkehrende Ereignis, so viel hatte er schnell erkannt. Doch er war gescheitert. Bei 4985. Wie oft er sich verzählt hatte, wusste er nicht. Ob er es über zwei Stunden geschafft hatte, er konnte es nicht mit Gewissheit sagen. Das Zeitgefühl war das erste, das in ihm gestorben war. Johann Gründler fröstelte. Ihm war wieder kalt, erloschen die Glut. Er kroch zurück auf seine Matratze und rollte sich ein, so gut es die Kette zuließ.

Leise weinte er.

Es duftete nach Harz. Warum es ihn ausgerechnet hierherzog, hätte Ralph Angersbach beim besten Willen nicht zu beantworten vermocht. Die Stürme der vergangenen Jahre waren nicht spurlos an den Douglasien vorbeigegangen. Wie Streichhölzer knickten die schlanken Stämme ein, doch die Bruchstellen waren von meterlangen Fasern gesäumt. Blutende Wunden, Splitterbrüche, aus denen das Harz noch Wochen später austrat. Im Hintergrund gluckste das Wasser der in Stein gefassten Quelle. Ein Rastplatz lud zum Verweilen ein, verwitterte Holzflächen mit den üblichen Schnitzereien und Schmierereien gelangweilter Dorfjugend. Wie lange mochte es her gewesen sein. Ralph verzog den Mund und legte den Kopf schief. Seine Blicke folgten dem schillernden Bachlauf. Kaum vorstellbar, dass nur eine Viertelstunde mit dem Auto entfernt die Schwalm schon ein respektabler Fluss war. *Kaum vorstellbar*, dachte er weiter, *dass du es bis hierher gebracht hast.*

Ralph Angersbach war 1971 geboren worden. Einem Jahr, in dem kein Monat vergangen war, ohne dass von dreisten Überfällen oder Polizeiaktionen die Rede war. Stadtguerilla. Patientenkollektiv. Begriffe, die für ihn nichts weiter als Worthülsen waren. Er hatte Teile seiner Kindheit in einem Erziehungsheim verbracht und die meisten Erinnerungen daran verdrängt. Ohne seine engagierte und gutherzige Pflegefamilie, die ihn aus dem Heim geholt hatte, wäre er dort untergegangen. Entweder als Täter oder als Opfer, da machte Ralph Angersbach sich keine Illusionen. Drogen, Kriminalität, Gewalt. Es waren ausnahmslos düstere Bilder, die in ihm ruhten. Tief vergraben. *Kaum vorstellbar, dass es dich hierhin zurückverschlagen hat.* Seitdem seine Pflegeeltern sich voneinander getrennt hatten – sie war mit einem anderen liiert, und er hatte sich an die Ostsee verabschiedet –, war der Kontakt zu ihnen eingeschlafen.

Missmutig entsann Ralph sich der letzten Minuten des Gesprächs mit Frau Bellermann. *Was zum Teufel habe ich von Gruber? Die Körpergröße? Die Statur? Meinetwegen. Aber ich sehe bei weitem nicht so alt aus.* Unwillkürlich warf er einen Blick auf das neue Smartphone, das er wie einen Spiegel anhob. Doch mehr als seine Konturen zeichneten sich nicht in dem dunklen Glas ab. Nein. Seine Haut war gesünder, weniger zerfurcht. Blondes, strohiges Haar. Demnach musste die alte Dame etwas anderes gemeint haben. Innere Werte, was auch immer. Die Aura eines begnadigten Terroristen. *Wunderbar.*

Ralphs Daumen fuhr über das bildlose Display. Er drückte nicht, spürte nur die aufgeklebte Schutzfolie unter der Hornhaut. Ärgerte sich über zwei hartnäckige Luftblasen, die er nicht wegbekam. Unter einer war das Staubkorn zu erkennen, unvorstellbar, wie viel Auswirkung ein einziges Körnchen haben konnte. Ralph wartete auf einen Anruf, eine Menge Arbeit wartete auf ihn. Doch er hatte sich zu einer Pause gezwungen. Einkehren, zur Ruhe kommen, alte Dämonen verjagen. Nichts davon gelang ihm so recht, also ließ er seine Gedanken zurück zu Veith Gruber wandern.

Frau Bellermann hatte sich beim Verabschieden noch einmal danach erkundigt, ob der Mord etwas mit dessen Vergangenheit zu tun habe. Zwingend damit zusammenhänge. Er hatte es natürlich nicht definitiv bestätigen können, aber der Verdacht lag auf der Hand. Aufgrund der Todesumstände konnte es sich wohl nur um einen Racheakt handeln. Es würde in der Vergangenheit gegraben werden. Presse bis zum Abwinken. Womöglich würden andere Dienststellen mitmischen wollen. Angersbach konnte es ihnen nicht verdenken. Er spielte die Möglichkeiten im Kopf durch. Terrorist kommt frei, zieht sich in ein beschauliches Nest auf dem Land zurück. Jemand erkennt ihn und richtet ihn hin. Ende. Und die Boulevardmedien werden das Ganze so drehen, dass man Grubers Mörder sogar noch verstehen kann. Ein Terrorist, der nicht bereut, verdient keine Resozialisierung. Ein Terrorist, der Menschenleben auf dem Gewissen hat. Selbst innerhalb seiner Kollegen würde das Ganze auf gewisse verhaltene Sympathien treffen. Vielleicht sogar bei ihm selbst.

»Nein.« Angersbach erschrak vor seiner eigenen Stimme. Er hatte seinen Gedanken nicht laut aussprechen wollen, doch es verlieh ihm die nötige Entschlossenheit.

Er würde Grubers Hinrichtung genauso verbissen verfolgen wie jeden anderen Mord.

Professor Wilhelm Hack erwartete Angersbach wie gewohnt mürrisch. Die beiden kannten einander schon einige Jahre. Das Polizeipräsidium Mittelhessen befand sich in Gießen, hier hatte der Kommissar die längste Periode seiner Laufbahn verbracht. Im Gegensatz zu anderen Kollegen, die Hack aufgrund seiner launischen Überheblichkeit mieden, mochte er den alten Kauz irgendwie. *Hackebeil,* so sein Spitzname, hatte ein Glasauge, mit dem er nicht selten seine Gesprächspartner verunsicherte. Dazu einen morbiden Humor, wie er unter Menschen, die tagtäglich mit dem Tod konfrontiert werden, wohl unvermeidlich war. Doch am eindrucksvollsten waren sein unerschöpfliches Fachwissen – und die zahlreichen Anekdoten, die er in petto hatte.

»Sie kommen mit leeren Händen?« Die Stimme polterte Angersbach entgegen, und er zuckte unwillkürlich zusammen.

»Ähm, ja.« Er näherte sich dem Rechtsmediziner und kniff die Augen zusammen. »Der Tote ist doch längst da, oder?« Er ahnte Schreckliches. Kassel? Doch seine Befürchtungen zerplatzten in der nächsten Sekunde.

»Das Galgenmännchen hat doch nur einen Steinwurf von Ihrem legendären Hammelmetzger gebaumelt.« Hack lachte auf und beugte sich zur Seite, als suche er etwas in Ralphs Händen. »Ich vermisse die Koteletts.«

Angersbach verdrehte die Augen und winkte ab.

»Keine Sorge. Wie's aussieht, fahre ich da noch öfter vorbei in nächster Zeit.«

»Will ich auch hoffen.« Hackebeil marschierte los ins Gebäudeinnere. »Ein Dutzend genügt, vielleicht noch zwei Keulen. Können auch tiefgekühlt sein.« Er kicherte heiser, während er eine Tür aufstieß. »Dann folgen Sie mir mal unauffällig in meinen Zerlegeraum.«

Angersbach schluckte. Hack schien heute in Höchstform zu sein.

Die Obduktion nahm ihren gewöhnlichen Verlauf. Hack beschwerte sich nicht einmal darüber, dass ein fauler Notarzt, auf den er nur allzu gerne schimpfte, sich um eine Leichenschau am Sterbeort gedrückt hatte. Bei einem Toten, der kopfüber an einem Galgen hing und dort von weitem zu sehen war, überwogen andere Faktoren. Außerdem war er sich durchaus im Klaren darüber, wer der Mann war, der da nackt auf seinem Metalltisch lag.

»Granaten-Gruber. Mann, das waren verrückte Zeiten damals.« Hacks Worte verloren sich in weiter Ferne, Angersbach hatte gelernt, die Außenwelt zu ignorieren, wenn er sich konzentrierte. Etwas am Körper des Toten erforderte seine Aufmerksamkeit. Er beugte sich nach vorn. Im Brustkorb befand sich ein beinahe quadratisches Mal. Beim genauen Hinsehen umschloss es ein Loch. Rotbraun umrandet, nach innen dunkler werdend.

»Ist es das, wofür ich es halte?«

»Ein Einschussloch, ja.« Der Professor nickte.

»Aber an der Kleidung war kein Blut. Sonst hätte man das doch am Tatort untersucht.«

»Da haben Sie aber eine hohe Meinung von diesen fahrenden Ärzten.« Hack klang zynisch, doch Angersbach fragte nicht nach, woher diese Haltung rührte. Es hatte keinen Sinn, den alten Mann von seiner festgefahrenen Meinung abbringen zu wollen.

»Post mortem, oder?«

»Weiß ich noch nicht. Aber überflüssig.«

»Wieso?«

»Wenn ich ein Opfer so aufhänge, dann brauche ich ihn nicht abzuknallen. Das widerspricht sich. Am Amazonas zum Beispiel werden Gefangene verfeindeter Stämme kopfüber an

Baumstämme gebunden. Die Krieger nehmen rundherum Platz und beobachten den langsamen Tod. Das Blut kann aufgrund der Schwerkraft nicht mehr vernünftig zirkulieren, das Herz beginnt zu rasen. Im Kopf …«

»Danke«, unterbrach ihn der Kommissar, »so viel weiß ich auch schon.«

Hack hasste es, unterbrochen zu werden, ließ ihn aber gewähren.

»Bis dato ging ich davon aus, dass die Todesart gewählt wurde, um den Mann so lange wie möglich zu quälen. Warum also hat man ihn erschossen?«

»Eine Exekution bleibt es«, warf Hack ein und rieb sich am Kinn, »doch die Qual wurde verkürzt, da stimme ich Ihnen zu. Warum, das müssen Sie rausfinden. Aber fischen wir das Projektil doch erst mal raus.«

Die Säge begann zu brummen, Veith Grubers Brustkorb wurde aufgetrennt. Angersbach schaltete wieder um in seine Gedankenwelt. Er musste nicht alles mitbekommen, hatte keine Lust auf die alten Kindheitsbilder, die ihn hier unten, in Hackebeils Reich, nur allzu oft einholten. Eine Hausschlachtung mit anschließender Zerlegung und Fleischbeschau. Gang und gäbe, irgendwer musste es ja schließlich tun, wenn der Sonntagsbraten auf den Tisch sollte. Und die Würste. Und der Schinken. Ralph Angersbach war nicht ohne Grund vor geraumer Zeit zum Vegetarier geworden.

Plötzlich fiel ihm etwas ein, und er schrak auf.

»Die Kleidung!«, entfuhr es ihm. Er sah sich suchend um, erblickte etwas, das danach aussah. Das Schmatzen von Hacks Fingern, als er die Lungenflügel entnahm und auf die Waagschale plumpsen ließ, endete abrupt.

»Wie bitte?«

»Es gab keine Beschädigung, keine Löcher«, erklärte der Kommissar eilig. »Das hätte uns doch auffallen müssen.«
»Blut ist auch keines daran. Meinen Sie, der Gute wurde erschossen, nachdem er bereits tot war?« Hack kratzte sich am Kopf.
»Oder man hat ihm die Kleidung gewechselt«, dachte Angersbach laut. Doch weshalb sollte sich jemand so viel Mühe machen?
Der Professor notierte das Gewicht der Lunge, schnitt sie dann mit einem Skalpell auf. Es schmatzte erneut. »Heureka!« Ein metallischer Klang ertönte. Das Projektil.
Angersbachs Gedanken rasten.
Erhängt und erschossen. Oder andersherum. Nicht mehr viel übrig von Sergio Leone, bei dem selbst eine Galgenszene etwas Romantisches hatte. Mehr Quentin Tarantino. Eine Hinrichtung an einem spektakulären Ort. Und eine Menge Details, die ebenso viele Fragezeichen hervorriefen.

Der Focus verschwand hinter einem Stapel Holz, welches seit Jahren hier aufgeschichtet war. Moos überwucherte die unteren Scheite auf der Wetterseite, es roch schon lange nicht mehr nach Harz. Die Plane, mit der es einst abgedeckt gewesen war, hatte sich in einer Ecke gelöst. Wildgräser und Ästchen wucherten zwischen der abblätternden Rinde. Die noch immer in Handschuhen steckenden Finger flogen über die Tastatur eines ultraleichten Netbooks.
Angersbach hatte eine Tasche gepackt, die er in seinen Lada gehievt hatte. Vermutlich Wechselkleidung. Er würde die Fahrt nach Gießen, zur Rechtsmedizin, nutzen, um zu Hause vorbeizufahren. Berechenbar. Vorhersehbar.

Zeit genug, um das wenig gesicherte Haus, in dem Angersbach vorübergehend ein Zimmer bezogen hatte, vorzubereiten. Ein Klick, dann schob sich der Stecker eines USB-Kabels in die Seite des Computers. Irgendwo quittierte ein Piepen die Aktion. Modernste Überwachungstechnik, alles penibel aufeinander abgestimmt. Sobald der Kommissar seinen Weg zurück hierher fand, würde keine seiner Bewegungen mehr unbeobachtet bleiben.

Ralph Angersbach blieben noch eineinhalb Wochen, bis seine Dienststelle ihn wieder zurück in die Wetterau rief.

Zehn Tage, um den Mord an Veith Gruber zu klären.

Zehn Tage zu leben.

Angersbach fuhr langsam durch die alte Dorfstraße. Die Häuser in der Wetterau sahen plötzlich anders aus. Keine halbrunden Schindeln, weniger Fachwerk. Dafür auch weniger Höfe, die dem Verfall preisgegeben waren, weil alle Welt in Richtung Frankfurt umsiedelte. Der Vogelsbergkreis, so ungern man sich das eingestand, war seit Jahren Opfer einer Landflucht. Aber vielleicht sah auch nur er das so schwarz, dachte der Kommissar, als er den Lada parkte. Er stieg aus und wandte sich um, ans Abschließen dachte er erst, als er einige Schritte gegangen war. Er fluchte leise. Der Schlüssel hakelte. Der Wagen konnte seine osteuropäische Herkunft und das Alter kaum verleugnen.

Von Janine hörte er wie üblich zuerst laute Musik. Nachbarn waren keine zu sehen, ein Glück. Es grenzte an ein Wunder, dass sich in den eng beieinanderstehenden Häusern noch niemand über Ruhestörung beschwert hatte. Doch wer konnte schon wissen, wie viele Versuche es zu Lebzeiten seiner Mutter bereits

gegeben hatte. Sie und Janine hatten jahrelang hier gelebt, mit weiteren Personen, so viel wusste Angersbach. Für den Rest musste er nur eins und eins zusammenzählen, zum Beispiel, wenn die alte Dame vis-à-vis sein Kopfnicken nur mit stummer Verachtung im Blick erwiderte. Er stampfte die hölzernen Treppenbohlen hinauf. Speedmetal, Death Metal, was auch immer. Ein kreischender Soundtrack für das, was ihm bevorstand.
Auf das Klopfen reagierte sie nicht. Er drückte die Klinke. Sofort rollte ihm eine Welle kalten Rauchs entgegen. Dann ein hysterischer Schrei.
»Fuck! Tür zu! Ich hab nichts an!«
Eine unsichtbare Kraft trat von innen gegen das Holz. Angersbach zog gerade rechtzeitig die Hand zurück.
»Ich bin's«, rief er. »Wollte nur Bescheid sagen …«
»Hast du ja jetzt!«
Dröhnen. Hatte sie etwa die Musik lauter gedreht? Angersbach schüttelte den Kopf. Für eine gewisse Phase seines Lebens war die Vorstellung, eigene Kinder zu haben, verlockend gewesen. Doch mangels der richtigen Partnerin hatte es sich nicht ergeben. Plötzlich eine Halbschwester als Ziehtochter zu haben hatte diesen Wunsch so irreparabel zerschlagen wie eine in feinste Scherben zerberstende Porzellanvase.
Er betrat die Küche. Er fand kein Schlachtfeld vor – immerhin etwas, obgleich es alles andere als sauber war. Auf dem Tisch lag eine halbleere Tüte Tagliatelle. Wenigstens hat sie warm gegessen, dachte Ralph. Dann fiel ihm die Kühltasche ein, die er im Kofferraum vergessen hatte. Er wog in Gedanken seine Müdigkeit gegen feuchtmuffigen Plastikgeruch ab, der ihn am folgenden Tag erwarten würde, holte die Tasche, wischte sie aus und verstaute die Kühlakkus im Gefrierfach. Schritte näherten sich.

»Hast du wieder tote Tiere chauffiert?«
»So könnte man es sagen.« Angersbach lachte spöttisch. Janine hatte durchaus ihre Momente. Er schenkte ihr ein Lächeln, doch sie reagierte mit kühler Härte.
»Zieh's bloß nicht ins Lächerliche.«
»Hatte ich nicht vor. Ich betrachte es nur ironisch, weil ich die Koteletts ja nicht selbst …«
»Eben!«, unterbrach sie ihn schroff und breitete die Unterarme aus wie ein angriffslustiger Gockel. »Du brüstest dich überall mit deinem ›Ach ich bin doch Vegetarier‹-Scheiß und dann so was. Ekelhaft.«
Angersbach versuchte krampfhaft zu verstehen, worauf sie hinauswollte. So langsam dämmerte es ihm.
»Ich bin dir nicht konsequent genug? Ist es das?«
Janine stampfte schnaubend zum Küchentisch. Wollte sie ihn in ihrer unerwarteten Wut mit Nudelnestern bewerfen? Doch sie machte erst am Kühlschrank halt. Riss die Tür auf.
»Butter. Eier. Milch.« Sie gestikulierte ausladend. »Zum Kotzen!«
Logisch. Der klassische Eltern-Kind-Konflikt. Ralph war ein Kriminalbeamter. Janine verabscheute die Obrigkeit. Er hörte gerne Hardrock, für Janine war das zu soft. Er aß kein Fleisch, ihr ging das nicht weit genug. Hilfesuchend wanderte Angersbachs Blick über die Arbeitsplatte. Leere Bier- und zwei Tequilaflaschen. Ein halber Teller mit verschrumpelten Kartoffelecken.
»Solange es Massentierhaltung und Fließbandtötungen gibt, tut niemand genug«, hörte er sie schelten, und im Grunde gab es dem auch nichts entgegenzusetzen.
Trotzdem. »Ja, Madame, aber jeder kleine Schritt zählt. Ich gehe nicht missionieren, weil man damit meist nur das Ge-

genteil erreicht. Und ich kann morgens gut in den Spiegel schauen.«

»Aber …«

»Lass mich ausreden!« Janine zuckte kurz, denn er hatte einen unerwartet energischen Ton angeschlagen. »Mehr geht immer, das weiß ich auch, aber eins nach dem anderen. Der eigene Körper muss mitgehen, verstehst du, das solltest du dir mal zu Herzen nehmen.«

»Pff. *Ich* habe die letzten Tage absolut vegan verbracht.«

Angersbach lachte schallend auf. »Pommes, Chips und Bier.« Er deutete kopfschüttelnd auf die Ablage. »Der Inbegriff veganen Lebens!«

»Leck mich doch.« Die Tür flog schallend zu wie so oft.

Angersbach kam ein Buch in den Sinn, welches er unlängst in Händen gehalten hatte. *Mit Fundamentalisten diskutieren* oder so ähnlich. Vielleicht sollte er es lesen.

Er setzte Wasser auf und suchte nach der Salzmühle. Dann griff er die Nudeltüte. 100 % Hartweizengrieß. Kein Ei. Seine Mundwinkel zuckten. *Blöde Kuh.*

Aber irgendwie mochte er sie. Immerhin waren sie eine Familie. Er überlegte spontan, ob er sich bei Sabine Kaufmann melden solle. Am Nachmittag hatte er es schon einmal versucht, doch es war nur die Mailbox zu hören gewesen. Widerwillig, weil er nicht gern auf dem Bildschirm tippte, schrieb er eine SMS.

Angersbach legte das Telefon in Sichtweite, es regte sich nichts, er ging zum Herd und rührte das Nudelwasser um. Das Kochfeld brauchte ewig, stellte er fest, dann zuckte er. Er hatte vergessen, den äußeren Heizring zuzuschalten. Unbewusst huschten seine Augen in Richtung Tür, als schäme er sich. Zum Glück war Janine nicht zu sehen. Sie würde ihn den Rest des Abends wahrscheinlich meiden wie der Teufel das

Weihwasser. Blickwechsel zum Handy, eine Prise Salz ins Wasser, außerdem eine Prise Provencekräuter. Gedankenverloren schüttete der Kommissar nach geraumer Zeit das Wasser ab, kippte Öl über die Nudeln, griff zum Pesto und nahm wieder Platz. Missmutig stellte er fest, dass er den perfekten Zeitpunkt zwischen al dente und Glibbermasse verpasst hatte. Außerdem verbrannte er sich die Zunge.

Warum ging ihm heute bloß alles gleich an die Substanz?

War es der tote Ex-Terrorist? Beziehungsweise: Gab es überhaupt so etwas wie Ex-Terroristen? Mörder konvertierten nach ihrer Haftverbüßung auch nicht zu Ex-Mördern. Zu resozialisierten Gewaltverbrechern allenthalben. Aber mit derartigen Spitzfindigkeiten sollten sich andere befassen.

War es die Brutalität der Tat? Oder die Aussicht, ein ganzes Dorf des Mordes zu verdächtigen? Eisiges Schweigen wäre dann wohl das geringste Übel. Er, ein Fremder, auch wenn er aus derselben Region stammte. Clint Eastwood gegen ein Dorf voller Halunken, die mit ihren Flinten hinter mit Brettern vernagelten Fenstern hockten. Der Galgen am Horizont, eine Schlinge am Balken. *Bretter. Balken.*

Wie von einer Hornisse gestochen, fuhr er nach oben. Der Teller klapperte, seine Hand schlug auf die Stirn.

»Verdammter Mist!«

Wie hatte er dieses Detail übersehen können? Ausgerechnet er, der den unheimlichen Ort seit Kindertagen kannte. Seine Finger flogen nur so über das Display, er wischte sich durch die Kontakte, bis er Neifigers Namen las.

»Servus, mein Guter. Was rausgefunden?«

Um Himmels willen. Die Vermisstenanzeige.

»Ähm, noch nicht«, wand er sich heraus, »aber dafür was anderes.«

Neifiger lachte prustend. »Das Galgenmännchen. Hab's schon gehört. Geschieht ihm wohl recht, oder?«

»Hm. Muss ich darauf antworten?«

»Schon gut. Was wolltest du wissen?«

»Der Galgen.«

Ein langgezogenes »Jaaaa?« erklang.

Angersbach fuhr fort: »Zeit meines Lebens kenne ich ihn nur als nackte Steinsäulen. Seit wann liegt da wieder ein Querbalken drauf?«

Neifiger überlegte, man konnte die Mühlen praktisch mahlen hören. »Gute Frage. Jetzt, wo du's sagst.«

»Finde das bitte für mich raus. Ich bin in der Wetterau, komme erst morgen gegen Mittag wieder hoch.«

Der Metzger versprach, sich darum zu kümmern, und der Kommissar hoffte, dass sich diese Bemühungen nicht darauf beschränkten, im Dorfgemeinschaftshaus rundenweise Schnaps zu trinken und Klatsch auszutauschen.

Jemand hatte sich nicht nur eine besonders grausame Mordmethode ausgedacht, sondern offenbar auch den Ort der Tötung mit äußerster Sorgfalt vorbereitet. Es war ein richtiger Balken, keine Dachlatten. Der Harzgeruch kam ihm in die Nase. Sosehr Ralph sich dazu zwang, keine voreiligen Schlüsse zu ziehen, seine Gedanken kehrten immer wieder zum Galgen zurück. Zwei Mann. Minimum. Einer alleine hatte das unmöglich vorbereiten können. Bestätigte dieser Anhaltspunkt die Theorie eines Lynchmords?

Er kam nicht mehr dazu, beklommen zu sein. Sabine Kaufmanns Foto erschien auf dem Bildschirm, eine Melodie ertönte. *Alphabeat* von David Guetta, der Song aus einer Renaultwerbung für eines ihrer Elektrofahrzeuge. Mirco Weitzel hatte ihm das eingestellt, unter der Bedingung, dass sie dies nie

erführe. Es war kein Geheimnis, dass Weitzel der Kommissarin schöne Augen machte, und Sabine hasste es, wenn Angersbach sie wegen ihres Wagens aufzog.
»Akku leer?«, begrüßte er sie.
»Im wahrsten Sinne. Und bei Ihnen?«
»Waren wir nicht schon mal beim Du?«
»Hm, ja, Entschuldigung.« Tatsächlich hatten sie es nie in Stein gemeißelt, aber sie duzten sich mittlerweile mehr, als dass sie das Sie verwendeten. Ganz offensichtlich war Sabine Kaufmann sonst wo, aber nicht bei der Sache.
»Störe ich gerade?«
»Nein. Sorry, ich hatte mich schon längst melden wollen. Stressiger Tag. Was gibt's denn bei Ihnen, äh, bei dir?«
»Morgen dürfte es in allen Zeitungen stehen. Mord am Galgen. Ein ehemaliges Mitglied vom Roten März. Ich wollte nur mit jemandem darüber plaudern, den ich nicht erst seit ein paar Tagen kenne.«
Es war schon verrückt. Sabine und Ralph kannten einander ja ebenfalls erst seit Anfang des Jahres. Sie hatten zudem keinen leichten Start gehabt. Die Frotzeleien über ihr Auto, seine ungehobelte Art. Sie redete zu viel, er zu wenig. Sie zeigte Gefühle, er mimte den Harten. Und am Ende war er womöglich doch der Empathischere. Außerdem war bis heute nicht geklärt, wer von beiden im Zweifelsfall der Ranghöhere war.
»Kann ich nachher noch einmal anrufen?«, bat seine Kollegin. »Ich möchte nur schnell nach meiner Mutter sehen, vorher habe ich keine Ruhe.«
Angersbach fragte sich, weshalb sie überhaupt angerufen hatte. Überhaupt machte ihn die fahrige Art, das Verschlucken von Silben, die Gehetztheit misstrauisch. Sabine Kaufmann

war, meistens, eine beherrschte Ermittlerin. Etwas zu einfühlsam vielleicht – über diesen Punkt konnten sie endlos diskutieren –, aber auch distanziert und gelassen, wenn es darauf ankam.

»Ist alles in Ordnung bei dir?«

»Später, okay?«

Sabine hatte versprochen, auf dem Nachhauseweg bei ihrer Mutter vorbeizufahren. Hedwig war mit ihrer Gruppe im Schwimmbad gewesen, widerwillig zwar, doch sowohl die Kommissarin als auch Sibylle Diebacher hatten auf sie eingewirkt, dass sie daran teilnehmen sollte.

»Und wenn er auch da ist?«, hatte Hedwig kleinlaut gefragt.

»Dann hast du ein Dutzend Freunde, die auf dich achtgeben.« Die Leiterin hatte schmunzelnd ergänzt: »Außerdem fahre ich heute selbst mit. Und Ihre Tochter ist nur einen Steinwurf entfernt.« Tatsächlich lag das Schwimmbad der Polizeistation näher als die Tageseinrichtung.

Sabine Kaufmann schlenderte durch den Supermarkt. Wog verkrüppelten Lauch in der Hand, sie hatte Lust, etwas Besonderes zu kochen. Doch nicht mit verschrumpelten Zutaten. Stattdessen nahm sie Paprika, eine Handvoll Chilischoten, Petersilie. Mexikanisch statt kantonesisch, Hauptsache, sie konnte sich die Zeit vertreiben. Im Vorbeigehen angelte sie sich eine Tüte Cashewnüsse, dann ging es weiter zu den Konserven und zur Fleischtheke. Ihre Gedanken drifteten kurz ab zu Ralph Angersbach. Sie sollte ihn vielleicht besser anrufen, schob dieses Vorhaben aber beiseite. Stattdessen tippte sie eine SMS an ihre Mutter, als sie in der Warteschlange stand und die Weinflasche beobachtete, wie sie sich auf dem Waren-

laufband rollte. Auch ihre erste Nachricht, kurz nach dem Betreten des Ladens, war ohne Reaktion geblieben.
Zehn Minuten später parkte der Twizy vor dem Wohnblock auf dem Heilsberg. Das Haus hätte einen freundlichen Anstrich bitter nötig gehabt, alles war grau und schattig. Depression schien vorprogrammiert, auch die Aussicht von den Balkonnischen machte das nicht besser. Wände, Dächer, Gestrüpp. Kein Vergleich zu modernen Mehrfamilienhäusern. Beinahe ein Vorteil, dass Mama sich drinnen einschließt, dachte Sabine bitter. Das Wohnungsinnere hatten die beiden Frauen so annehmlich wie möglich hergerichtet.
Ihr wurde es mulmig, denn üblicherweise antwortete ihre Mutter auf Textnachrichten. Zum Telefonieren fehlte ihr oft der Elan, außerdem merkte man beim Sprechen, wie müde sie die Medikamente machten. Doch für eine SMS reichte es in der Regel stets.
Brauchst du was? Kaufe noch ein.
Keine Reaktion.
Minuten später der zweite Versuch.
Stehe jetzt an der Kasse.
Nichts.
Im Auto hatte sie Ralph Angersbach angerufen, obgleich ihr überhaupt nicht der Sinn nach einem Telefonat stand. Testen, ob das Handy funktionierte. Die Zeit totschlagen, die sie benötigte, um vom Laden zu ihrer Mutter zu gelangen. Für Angersbachs Mordfall hatte sie kaum Platz im Kopf, und sie ärgerte sich, nicht wenigstens die Sache mit Möbs angesprochen zu haben. Doch zuerst war ihre Mutter an der Reihe.
Sabine stellte die Papiertüte auf den Boden. Sie kippte zur Seite, daraufhin klemmte sie sie zwischen die Waden. Sie drückte die Klingel. Keine Reaktion. Dann lauschte sie. Wasser. Hed-

wig schien im Bad zu sein, das erklärte, weshalb sie nicht geantwortet hatte.

Sabine nestelte ihren Schlüssel hervor. Als sie die Tür aufstieß, kam ihr viel zu warme Luft entgegen. Die Rollläden waren heruntergelassen, ein einzelnes Teelicht flackerte inmitten des runden Glastisches. Wäsche stapelte sich auf dem Sessel.

Ich bin doch erst hier gewesen, sinnierte Sabine, die der Anblick erschreckte. Er war ihr nicht fremd, doch es ging diesmal so schnell. Von den ersten Anzeichen bis hin zur totalen Abkapselung vergingen Tage, wenn nicht Wochen. Üblicherweise. Doch was war das Erste, was man über Psychosen lernte? Sie folgen keinen Regeln.

»Mama?«

Unter der Badezimmertür drang Licht hervor. Baden. Im Sommer. Nach dem Schwimmbad. Sie konnte erst seit einer halben Stunde zu Hause sein, kombinierte Sabine. Sie schob die Einkaufstüte ins Innere und schloss die Tür. Dann huschte sie durch den Raum. Klopfte. Keine Antwort.

»Mama, ich bin's.«

Sie kündigte sich an, dann drückte sie auch schon die Klinke hinab. Die Tür war verriegelt.

»Verdammt.« Sabine überlegte fieberhaft. Von außen konnte man nicht absperren, also musste sie nicht erst den Rest der Wohnung durchsuchen. Jemand musste im Bad sein, und es konnte sich dabei nur um Hedwig handeln. Und wenn sie nicht antwortete … Einen letzten Versuch gab sie ihrer Mutter noch.

»Mama, mach bitte auf. Ich bin's, Sabine. Sonst ist keiner hier.«

Innen gluckerte es kurzzeitig anders. Oder war es Einbildung? Sabine seufzte und schickte sich an, sich gegen die Tür zu stemmen. Kaum über eins sechzig, zierlich. Was nützte ihr alles Krafttraining, wenn sie doch nur fünfzig Kilo gegen ein

Türblatt aufbringen konnte. So viel Physik verstand sie gerade noch.
Sie eilte zurück zu ihrer Tasche. Angelte das Portemonnaie, entnahm ihm eine Fünfcentmünze. Rasch schob sie das Kupferstück in den Schlitz des Türschließers. Drehte nach links – es ging leichter als erwartet –, bis das Sichtfeld von Rot auf Grün wechselte.
Endlich war der Weg zum Badezimmer frei.

Hedwig Kaufmann ruhte in hoch schäumendem Badewasser. Die Augen zu Schlitzen verengt, überall brannten Kerzen. Eine war vom Wannenrand hinuntergefallen, Wachs klebte auf den Fliesen. Sabine drehte das Wasser ab, es stand nur noch Millimeter unterhalb des Randes. Der Schaum knisterte, und der Überlauf schluckte gurgelnd die Wassermenge. Dampf stand unter der Decke.
»Mama!« Panisch tätschelte die Kommissarin ihre Wangen. Sie waren warm, nein, sie glühten förmlich. Hedwigs Kopf kippte zur Seite. Kraftlos, als sei sie ohnmächtig. Hatte sie sich den Kopf gestoßen? Nicht genug gegessen oder getrunken? Ein Kreislaufkollaps?
Sabine überlegte fieberhaft, wie sie ihre Mutter am besten aus der Wanne bugsieren konnte. Sie drehte den Ablauf auf, versuchte, sie anzusprechen. Ihr Puls war kräftig, ein gutes Zeichen, aber kam nur langsam. Atmung war keine zu hören. Die aufgeweichte Haut machte es schwer anzusetzen, und Sabine Kaufmann hatte bis auf eine Ersthelferschulung auch keinerlei Erfahrung im Umgang mit pflegebedürftigen Menschen.
»Mama, komm schon«, ächzte sie. Sie wollte Hedwig aus ihrer entwürdigenden Lage befreien, bevor sie den Notarzt rief. Dann entdeckte sie die leere Blisterpackung Schlaftabletten.

DIENSTAG

Der nächste Morgen brachte dem Kommissar eine Handvoll Telefonate, allerdings keines mit Sabine Kaufmann. Er duschte ausgiebig und rasierte sich. Dabei drehten sich seine Gedanken um Veith Gruber.

Wikipedia hatte nur ein paar wenige Informationen ausgespuckt, am aktuellsten war die Kontroverse um dessen Begnadigung. Nichts Neues, dieselbe altbekannte Diskussion. Das System war einfach nicht auf die Resozialisierung von politisch motivierten Tätern eingestellt. Wie konnte es das auch? Schließlich ging es nicht um die Reue über eine Tat, es ging um die Ablehnung ebenjenes Systems. Angersbach prustete Wassertropfen aus, die ihm beim Rasieren unter der Dusche in den Mund rannen. Es war nicht seine Debatte. Oder doch? Eine glühende Kämpferin gegen alles, was »normal« war, lebte immerhin mit ihm unter einem Dach. Janine schlief noch, kein Wunder, die Musik hatte bis nach zwei Uhr aus ihrem Zimmer geklungen.

Keine Nachricht von Metzger Neifiger. Und um dessen Fall hatte er sich auch noch nicht gekümmert. Dafür eine Meldung aus der Forensik, die ihm Hack unbedingt persönlich mitteilen wollte. Angersbach wählte seine Nummer. Der Rechtsmediziner meldete sich förmlich, wie es selten der Fall war. Welche Laus mochte ihm über die Leber gelaufen sein?

»Angersbach hier. Sie wollten mir etwas mitteilen?«

»Das wird aber auch Zeit.« Hackebeil klang noch mürrischer als gewöhnlich.
»Ich habe es eben erst abgehört, Verzeihung.«
»Nicht mein Problem, wenn Ihnen die Informationen flöten gehen. Aber noch schlimmer wäre es, wenn ich mir auf die alten Tage von irgendwelchen Jungspunden in meine Arbeit pfuschen lassen würde.«
»Was ist passiert?« Angersbach war noch nicht wach genug, um Hacks Aussage zu analysieren. Enttäuschung sprach aus ihr, aber auch trotzige Entschlossenheit.
Ein wütendes Schnauben war die Antwort. »Wiesbaden. *Das* ist passiert. Leiche weg, Beweise weg. Aber die ganze Arbeit durfte *ich* vorher machen.«
»Moment.« Angersbachs Herz stolperte. »Haben die Grubers Leiche abgeholt?«
»Na klar, wen sonst? Für Oma Erna und die anderen Stichproben aus der Region interessiert sich doch keiner.«
»Aber weshalb? Haben die Sie nicht informiert?«
»Papperlapapp. Ein knapper Anruf, dann flog auch schon die Tür auf, und alles wurde eingetütet. Inklusive meiner Notizen und der Audioaufnahme. Eine Handvoll Formulare fliegen hier noch rum, das war's.«
»Verdammt. BKA oder LKA?«
»LKA. Das letzte Mal, als ich derart eingeschüchtert wurde, stand ich umringt von einem Stamm Halbwilder …«
Doch Angersbach klinkte sich aus Hacks Anekdote aus. Warum befasste sich das Landeskriminalamt mit einem Ex-Terroristen? Begnadigt per Entschluss des Bundespräsidenten und damit offiziell geläutert. Der Rote März existierte nicht mehr, schon seit Jahren, außerdem wäre die Sache dann wohl ein Fall für die Bundesbehörden gewesen.

»Haben die gar nichts verlauten lassen, warum sie Gruber haben wollen?«

»Nein. Und glauben Sie mir, ich *habe* gefragt. Doch da kamen nur diese Bürokratenfloskeln von übergeordneter Instanz et cetera. Doch ich habe etwas behalten.«

Angersbach traute seinen Ohren kaum.

»Sie haben *was?*«

»Ich habe die Fotos von dem Projektil. Und einige weitere Aufnahmen. Das Einzige, was ich auf den PC kopiert hatte.« Das spitzbübische Schmunzeln schien mit durchs Telefon zu schwingen. »Muss ich wohl vergessen haben. Ich bin auch nicht mehr der Jüngste, wie Sie wissen, und bei Stress bin ich schnell mal überfordert.«

Angersbach schüttelte grinsend den Kopf.

Hack fuhr fort: »Die Sache mit dem Projektil hat mich ziemlich lange beschäftigt, deshalb habe ich auch angerufen. Es ist alt.«

»Inwiefern alt?«

»Steinalt. Dreißig, vierzig Jahre.«

»Na danke.« Angersbach war Anfang vierzig. Steinalt war für ihn etwas anderes. »Wie kommen Sie darauf?«

»Die Form der Kugel, das Material. So etwas habe ich lange nicht mehr gesehen. Wenn ich die Hülse hätte, könnte ich es genau bestimmen.«

Ralph erinnerte sich an die beschlagene Patronenhülse, an der sich die Gemüter der Spurensicherer erhitzt hatten. Das LKA schoss ihm in den Sinn.

»Mist. Wir haben eine Hülse«, sagte er schnell. »Ich kümmere mich darum.« Er wimmelte Hack ab und versuchte, jemanden in Lauterbach zu erreichen. Besetzt. Er würde es von unterwegs noch mal versuchen.

Behutsam legte Angersbach das Ohr an das beklebte Türblatt von Janines Opiumhöhle. Das war nicht in Ordnung, das wusste er. Sie kiffte, zweifelsohne, aber er hatte sie seit Monaten nicht zu Hause mit einem Joint erwischt. Dennoch: Die alten Opiumhöhlen im kolonialen China konnten seiner Phantasie nach nicht viel anders gewesen sein. Dunkel, stickig, abgelegen. Man trat nur mit gewissen Vorsätzen ein. Um einen weiteren Eklat zu vermeiden, beließ Angersbach es bei einer Notiz auf dem Küchentisch.

Guten Morgen, Janine
Wollte Dich nicht wecken. Muss wieder hoch in den Vogelsberg. Du kannst am Wochenende gerne mal mitkommen, in der Pension ist Platz ohne Ende.
Ruf mich mal an, wenn Du magst.
Ralph

Beides würde nicht passieren, das war dem Kommissar klar. Der Lada nahm zuerst die B3 Richtung Friedberg, dann einen Schlenker durch die Ackerflächen und am Florstädter Kreuz auf die B275. Er versuchte, die Gedanken an seine verkorkste Familiensituation in der Wetterau zurückzulassen. Der Fall bot genug, worüber sich nachzudenken lohnte. Als Nächstes stand die Vernehmung der Zeugin an, die Gruber am Strick baumelnd vorgefunden hatte. Eine Joggerin, die eine frühmorgendliche Runde mit ihrem Hund gedreht hatte. Wie so oft. Gassigänger und Pilzsammler. Keine Personengruppe stieß öfter auf Tote wie diese beiden, zumindest auf dem Land. Zumindest behaupteten das die Populärwissenschaftler.
Was Janine wohl den ganzen Tag treiben würde? Sie hatte Ferien, ein Grund mehr, sich Sorgen zu machen. Doch sie war

zeit ihres Lebens ohne die Führung Erwachsener durchgekommen. Ihre gemeinsame Mutter jedenfalls hatte sich nicht um Erziehungsfragen geschert, so viel schien sicher. Jetzt von Janine zu erwarten, dass sie sich ihm unterordnete, war ebenso sinnlos, wie das gesamte Leben nach ihrem Rhythmus umzugestalten. Angersbach hatte mit dem Gedanken gespielt, sich freistellen zu lassen. Doch er hatte sich Bad Vilbel verschrieben, mindestens für ein Jahr, außerdem hätte seine Halbschwester ihn vermutlich ausgelacht. Er seufzte. Würde ihnen jemals eine normale Geschwisterbeziehung gelingen? Oder war es am Ende normal so, wie es war? Waren sie nicht ohnehin eher wie Vater und Tochter, im ewigen Konflikt miteinander? Eine Generationenkluft zwischen ihnen, die auf immer unüberwindlich war? Und außerdem: Woher sollte ausgerechnet er wissen, was »normal« war?

Ralph Angersbach, das Heimkind. Der Pflegesohn, der seinen leiblichen Vater nie kennengelernt hatte. Er sollte nun ein Urteil darüber fällen, was eine normale Vater-Kind-Beziehung war?

Genau genommen waren sie schon länger kein Paar mehr.

Sabine Kaufmann kauerte wie ein Häufchen Elend in grauer Jogginghose auf dem Sofa. Der dritte Kaffee dampfte auf dem Tisch. Das Kapuzenshirt war zu groß, Klamotten von Michael Schreck. Viel zu groß, aber unglaublich bequem. Er hatte keine Viertelstunde gebraucht, von Frankfurt bis Bad Vilbel, als es am Vorabend eskaliert war.

Als er vor dem Mietshaus gehalten hatte, trugen in Signalfarben gekleidete Fremde eine Person in Richtung des Rettungswagens. Jeder Handgriff schien Teil einer perfekt einstudierten Choreographie zu sein. Einer stieg hinten ein, ein Tropfbeutel wurde weitergereicht, sie wirkten kein bisschen angestrengt. Kein Wunder. Hedwig Kaufmann wog kaum fünfzig Kilo, schätzte Michael. Schreckensbleich und das einzig wirklich Kranke an der unbehaglichen Szene schien Sabine zu sein. Sie stand zitternd auf dem Zugangsweg, ein Arzt redete auf sie ein. Das meiste der Worte verhallte im Nichts, doch nicht alles.

»Geschlossene Psychiatrie?«

Die Gegenwart kehrte zurück. Es war Michael, von dem dieselbe Frage kam, die sie dem Arzt auch schon gestellt hatte. Vermutlich eine Reflexhandlung. Psychiatrie bedeutete für die meisten das, was man aus Filmen kannte. *Einer flog übers Kuckucksnest*. Nicht vollkommen absurd, aber die Realität sah ganz anders aus.

Michael hatte sich in den Sessel gesetzt, hielt Distanz, wich jedoch nicht von Sabines Seite. Sie verhielten sich nicht mehr wie ein Liebespaar, führten aber auch keinen Trennungskrieg. Womöglich lag hier das Problem. Dass sie weder das eine noch das andere waren. Vielleicht hatten sie deshalb auch noch nicht an die große Glocke gehängt, dass sie seit einigen Wochen getrennt waren.

Sabine zuckte resigniert die Schultern und beantwortete Michaels Frage: »Was bleibt ihnen anderes übrig?«

Die Schlaftabletten waren noch nicht lange genug in Hedwigs Magen gewesen, um ernsthafte Schäden anzurichten. Das Gewebe war schlimmere Exzesse gewohnt, hatte Sabine gedacht, ohne es zu wollen. Drei Stunden hatte sie im Krankenhaus verbracht, zwei weitere damit, Kleidung und Hygieneartikel zusammenzupacken und hinzubringen. Sobald Hedwig Kaufmann sich von ihrem Kreislaufkollaps erholt hatte, würde sie für drei Wochen nach Gießen gehen. Bei Selbst- oder Fremdgefährdung war eine Unterbringung schnell in die Wege geleitet, und Sabine wusste aus leidvoller Erfahrung, dass dies der einzige Weg war. Niemals wäre ihre Mutter freiwillig in die Psychiatrie gegangen, was hatten sie schon alles versucht. Andererseits konnte eine Klinik auch niemandem helfen, der sich nicht gerade in einer Krise befand. Privatkliniken mit entsprechenden Angeboten einmal außen vor, aber so etwas war in Deutschland unbezahlbar.

Der Selbstmordversuch allerdings schuf die nötige Rechtsgrundlage für eine zeitweise Unterbringung, auch wenn es der Kommissarin unglaublich weh tat. Zum einen, weil sie sich Vorwürfe machte, die Zeichen nicht rechtzeitig erkannt zu haben. Zum anderen, weil sie ihrer Mutter Vorwürfe machte. Wollte sie sie nun auch noch verlassen?

Ausgerechnet jetzt?

»Michael, ich glaube, ich schaff das alles nicht.« Sie schluckte einen Kloß herunter, so dick, dass es schmerzte.

»Was kann ich tun?«

»Sei einfach da.« Sie blinzelte und rang sich ein Lächeln an. »Ich weiß, wir wollten getrennte Wege gehen. Das ist auch in Ordnung. Aber wenn wir jemals so etwas wie Freunde waren oder sein wollen …«

»Scht.« Michael legte den Zeigefinger vor den Mund. »Ich gehe nirgendwohin.«

»Danke.«

»Soll ich dich nachher fahren?«

»Nein, danke. Aber vielleicht am Abend. Ich muss heute eine Menge klären, auch beruflich. Darf ich später einfach anklingeln?«

»Jederzeit.«

Es waren Eigenschaften wie diese, jene tiefe Güte und das endlose Verständnis, die Sabine an Michael so liebte. Und diese fast selbstlose Aufopferung, die sie irgendwann so eingeengt hatte. Dabei war es genau das, wonach die meisten Menschen ihr Leben lang erfolglos suchten. Was dem Ganzen die Krone aufsetzte, war aber, dass am Ende Michael selbst die Beziehung für beendet erklärt hatte. Doch das Gedankenkarussell raste viel zu schnell, um sich über solcherlei Dinge den Kopf zu zerbrechen.

Zwei bis drei Tage Krankenhaus, drei Wochen Psychiatrie. Krampfhaft versuchte die Kommissarin, dem Ganzen etwas Positives abzugewinnen. Das Gespenst ihres Vaters würde in dieser Zeit verpuffen. Daran, dass es eine eingebildete Bedrohung gewesen war, hatte Sabine im Grunde keinen Zweifel mehr. Womöglich fand sich auch eine bessere Medikation. Es wurden doch ständig neue Mittel entwickelt, eben *weil* es im Feld der psychischen Erkrankungen kein Allheilmittel gab. Schmerzen, Blutdruck, Diabetes. Für alles gab es Standards. Bei Psychopharmaka suchte man teilweise jahrelang nach der idealen Kombination. Doch das war Job der Ärzte, schloss Sabine ihre Gedanken ab. Sie hatte einen eigenen Job, und hierüber musste sie sich dringend mit Ralph Angersbach austauschen. Er wartete sicher längst auf ihren Anruf. Um nicht völlig unvorbereitet zu sein, entschied sich Sabine Kaufmann, rasch im Internet nach dem Galgenmord zu sehen, den er gestern erwähnt hatte.

Sie wartete geduldig, bis ihr Kollege das Gespräch annahm. Dass Angersbach sein Handy meist eine halbe Minute lang ignorierte, war eine Unart, die sie ihm nicht mehr abgewöhnen würde. Insgeheim bewunderte sie es sogar ein wenig, denn im Gegensatz zu Ralph war Sabine ihrem Smartphone verfallen. Apps für dies, Apps für jenes. Michael Schreck war daran nicht ganz unschuldig. Erst unlängst hatten sie ein neues Gerät bestellt, denn zwei Jahre, so sagte er, seien – computertechnisch betrachtet – eine inakzeptable Ewigkeit.

»Ich sitze gerade im Auto«, begrüßte Ralph sie schließlich mit abgehackter Stimme.

»Nicht zu überhören.«

Sabine sah ihn vor sich, als säße sie neben ihm. Die anthrazitfarbene Cargohose, irgendein verwaschenes Karohemd. Auf dem Knie balancierend das Gerät mit aktiviertem Lautsprecher. Ein Dinosaurier, irgendwie, aber ein gewiefter Ermittler. Ob er schon etwas ahnte? Ob die Gerüchte bis nach Lauterbach gedrungen waren? Es gab nur einen Weg, das herauszufinden.

»Was gibt's Neues?«

Sie stellten die Frage akkurat gleichzeitig, lachten kurz auf. Doch es klang bei beiden nicht ausgelassen. Angersbach gewährte ihr den Vortritt.

»Du klingst müde. Alles in Ordnung?«

Sabine räusperte sich. »Mama hat gestern Schlaftabletten geschluckt. Sie musste in die Notaufnahme, als Nächstes kommt sie in die …«

Ein langgezogenes »Waaas?« schnitt ihr für einen Moment das Wort ab.

»Ein Selbstmordversuch. Sie war in einer Krise, und ich habe es nicht mitbekommen.« Sabine überlegte kurz. »Daran gibt's wohl nichts zu beschönigen. Deshalb ist es gut möglich, dass ich müde klinge. Die Nacht war kurz, aber ich habe ja jetzt den ganzen Tag Zeit.«

Es mochte zynisch geklungen haben, obwohl sie es nicht gesteuert hatte. Doch Angersbach sprang darauf an.

»Wie meinst du das? Kommt da noch mehr?«

»Allerdings.« Sabine spürte, wie ein Teil der Rage von gestern Morgen zurückkehrte. Sie musste Möbs' Visage nur vor sich sehen, und schon …

»Ich habe mich selbst beurlaubt. Eine weise Entscheidung, letzten Endes.« Sie lachte spitz. »Gestern früh bin ich mit Möbs derart aneinandergeraten – das hätten Sie mal sehen sollen.«

»Du.«

»Was?«

»Wir duzen uns, schon wieder vergessen?«

Sabine schnaufte. »Verwirr mich jetzt nicht. Also zurück zu Möbs. Er und die Häuptlinge in Friedberg scheinen unsere Stellen absägen zu wollen.«

Ein plötzliches Poltern ließ Sabine Kaufmann zusammenzucken, im Hintergrund fluchte eine Stimme. Sie schien sich zu entfernen. Sie nahm das Handy vom Ohr und prüfte, ob die Verbindung noch stand.

»Hallo? Bist du noch dran?«, quäkte es aus dem Lautsprecher. Sie erschrak erneut.

»Klar. Was zum Teufel machst du?«

»Ich musste bremsen. Handy ist abgestürzt.«

Sabine rollte die Augen und warf den Kopf zurück. Man durfte es wahrlich keinem erzählen.

»Gönnen Sie sich doch wenigstens mal einen Mann im Ohr, wenn Sie schon keine Freisprechanlage installieren wollen. So ein kleines Headset spürt man doch gar nicht. Sie sind ja eine Gefahr für den Straßenverkehr.«

»Wieso, ich habe doch gebremst. Jeder andere hätte vor lauter Telefonieren dem Vordermann die Stoßstange geküsst. Du hast mich übrigens schon wieder gesiezt.«

»Ups. Da siehst du mal, wie voll mein Kopf ist.«
»Was genau hat er denn gesagt?«
»Seine üblichen Machtspielchen. Aber er hat mich halt auf dem völlig falschen Fuß erwischt. Die Mordkommission sei vom ersten Tag an überflüssig gewesen, das kennen wir ja von ihm. Aber als er mir dann großkotzig zu verstehen gab, dass wir uns besser schon mal nach etwas anderem umsehen sollten, ist mir der Kragen geplatzt.«
Angersbach seufzte. »Nun ja, umgekommen vor Toten sind wir tatsächlich nicht. Es war doch klar, dass die Karten Ende des Jahres neu gemischt werden. Schon allein wegen der Wahlen.«
»Darum geht es aber nicht. Sie wollen das Ganze *jetzt* schon kippen.«
»Das geht doch gar nicht«, widersprach Angersbach.
»Sag das Möbs. Ich boxe jetzt erst mal meinen Urlaub durch. Bürokrieg auf verlorenem Posten werde ich jedenfalls keinen führen. Wie lange bist du noch in Lauterbach? Zehn Tage?«
»Ende nächster Woche, ja. Das heißt … Kommt auf den Gang der Ermittlungen an.«
Sabine Kaufmann verstand. Er würde so lange wegbleiben, bis der Fall abgeschlossen war. Wie Mordermittlungen nun mal abliefen.
»Wann kommst du denn wieder runter in die Wetterau? Wir sollten besser mal in Friedberg auflaufen, denke ich. Alleine pack ich das, glaube ich, gerade nicht.«
»Nein, besser nicht. Können wir das spontan entscheiden? Morgen vielleicht, weil jetzt bin ich schon den halben Weg gefahren.«
»Klar.« Im Grunde war es ihr recht. Heute würde ihr jeder zusätzliche Termin die letzte Kraft aus den leeren Akkus saugen. Morgen. Das klang gut.

»Ich muss ohnehin wegen Janine wiederkommen«, schloss Ralph, »auch wenn sie mir ständig vorhält, dass sie mich nicht braucht. Aber warte mal ab«, seine Stimme wurde plötzlich düster, und er sprach gepresst, »vielleicht bin ich den Fall im Laufe des Tages schon los.«
Sabine Kaufmann kniff die Augen zusammen und überlegte kurz. Dann sagte sie: »Das klingt jetzt nicht so enthusiastisch, dass du damit eine Verhaftung meinst.«
»Das klingt eher nach gequirlter Hühnerkacke.«
»Jetzt sag nicht, bei dir läuft es genauso beschissen wie bei mir?« Sie lachte gequält.
»Ich sage nur: LKA«, antwortete Angersbach trocken.
Das genügte ihr. Kompetenzgerangel war das, was kein Kriminalbeamter gebrauchen konnte. Und doch war es ihr ständiger Begleiter. Wartete wie ein Assassine im Schatten, um dann zuzuschlagen, wenn man es am wenigsten erwartete.
Das LKA hatte sich den Fall unter den Nagel gerissen. Prächtig. Sabine Kaufmann konnte die Laune ihres Kollegen wohl besser nachfühlen als jeder andere.

Nadine Schygalla stand im Vorgarten ihres Hauses, ein dunkelgrauer Kombi mit Kennzeichen VB für Vogelsbergkreis parkte in der Einfahrt. Offenbar ihrer. Angersbach registrierte den Mann, mit dem sie sich unterhielt, mit Argwohn. Die Presse war vor Ort, hatte die beiden Gemeinden eingenommen wie eine Schar Heuschrecken. Ein blauer Bus des Hessischen Rundfunks war zu erkennen, Kameraleute und Fotografen nahmen den Galgen aus jeder erdenklichen Perspektive auf. Je nach Sender oder politischer Nähe eines Tagblatts würde die Berichterstattung sich mehr auf die Mordmethode oder die Vita Grubers konzentrieren. Es ging alles seinen Gang, Angersbach hatte aufgegeben, dagegen anzukämpfen. Als er sich näherte, drehte die Frau sich um und schritt auf die offen stehende Haustür zu. Sie rief einen Namen, schwanzwedelnd eilte ein Berner Sennenhund zu ihr und verschwand im Dunkeln. Ralph beschleunigte, er wollte rufen, doch schon hob sich die Hand des Fremden.

Kein Reporter. Ihm schwante nichts Gutes.

»Möchten Sie zu Frau Schygalla?«

Angersbach dachte nicht im Geringsten daran, sich zu rechtfertigen. »Bitte lassen Sie mich vorbei. Ich bin von der Kriminalpolizei.«

Ein frostiges Lächeln, dann wurde ein Ausweis zutage gefördert. »Landeskriminalamt. Wir haben die Zeugin bereits hinreichend vernommen.«

»Das möchte ich gerne selbst beurteilen.«

»Keine Chance.« Obwohl er einen halben Kopf kleiner war, baute der Beamte sich einschüchternd vor Angersbach auf. Lag es an dem hohen Bordstein?

»Verdammt. Ich habe hier einen Mord zu klären, legen Sie mir keine Steine in den Weg!«

»Liegt nicht in unserer Absicht.« Schulterzucken. »Der Fall geht vollständig an uns. Fahren Sie also am besten zurück, wo Sie hergekommen sind.«

Angersbach hätte ihm am liebsten eine gescheuert. Kleiner, mindestens zehn Jahre jünger und wahrscheinlich bis heute nicht ein einziges Mal aus dem Mief der Landeshauptstadt herausgekommen. Er fühlte sich schäbig, als er sich im Fortgehen den Namen des Beamten einprägte, um sich bei höherer Stelle zu beschweren. So etwas gehörte sich nicht, außerdem bezweifelte er, dass man sich in Lauterbach oder Fulda in einen Zuständigkeitskrieg stürzen wollte. Wiesbaden war weit weg, der Deutsche Herbst lange her. Zweifelsohne würde man in der Region noch Jahre über den toten Terroristen am Galgen sprechen. Doch wenn es sich tatsächlich um Lynchjustiz handelte, würden die Menschen eisern schweigen. Jeder Ermittlungsbehörde gegenüber.

Sollen die sich doch die Zähne ausbeißen, schloss Angersbach. Er erinnerte sich an das Gespräch mit Sabine Kaufmann. Auch ohne den Mord versprachen die kommenden Tage und Wochen nicht langweilig zu werden. Dann fielen ihm Neifiger ein und das Galgenholz. Er wandte sich noch einmal um, meinte, hinter den geklöppelten Gardinen eine Bewegung zu erkennen.

Der Fleischer trug einen riesigen blauen Kittel, im Sonnenschein glitzerten diverse Edelstahlteile. Er hatte ein Rührwerk zerlegt, außerdem erkannte Angersbach einen Bolzenschussapparat. So alt, dass er nicht darauf gewettet hätte, dass der moderne Tierschutz ihn noch zuließ. Doch Neifiger war ein begnadeter Bastler, er brüstete sich damit, dass er, seit er den Betrieb von seinem Großvater übernommen hatte, keine neuen Geräte hatte kaufen müssen. Das Handwerk hatte eine Generation überspringen müssen, da der Vater eines Morgens tot in der Küche gelegen hatte. Zu viel Wildschweinschinken, zu viel Schnaps. Angersbach machte sich keine Illusionen darüber, dass seinen Freund dereinst dasselbe Schicksal ereilen würde, gäbe er nicht bald etwas mehr auf sich acht. Doch darüber sprachen sie nicht mehr. Er hatte es oft genug versucht.

»Hast du den alten Gründler gefunden?« Neifiger erhob sich und wischte sich graues Schmierfett von den Händen.

Verdammt. Angersbach räusperte sich. »Noch nicht, bedaure.« Es war nicht geflunkert, immerhin. »Was ist mit dem Holzbalken?«

»Ein stinknormales Kantholz, wie Dachgebälk. Gefällt und gesägt hier in der Region, du weißt ja, diese Geschichtsheinis sind sehr detailverliebt.«

»Hm. Geschichtsheinis?«

»Der Geschichtsverein. Leute aus beiden Orten, macht durchaus Sinn. Die Gemeinden waren früher schließlich auch anders aufgeteilt. Gründer und Vorsitzender ist Egon Reuter. Zwei Häuser von hier geboren übrigens, lebt aber jetzt *drüben*.«

Es klang abfällig, als wäre »drüben« eine Wohngegend zweifelhaften Rufes. Angersbach erinnerte sich an ein Neubaugebiet aus den achtziger Jahren. Lehrer, eine Handvoll Akademiker. Also stand es für die vermeintlich besseren Leute.

»Du magst Reuter nicht besonders?«

»Ein Wichtigtuer.« Neifiger winkte verächtlich ab. »Weiß alles, kann alles, macht aber selbst nie einen Finger krumm. Was erwartest du denn?«

»Und er war die treibende Kraft hinter der Restaurierung des Galgens?«

»Restaurierung.« Neifiger lachte auf. »Grundschüler haben Müll gesammelt, Mittelschüler die großen Moosranken entfernt. Kostenlose Arbeitskräfte, mit Bildung schöngeredet und statt Schule eine nette Abwechslung. Das Gras mäht die Stadt. Die Sache mit dem Holz lief über die örtlichen Firmen. Das war auch schon alles. Zum Fototermin mit der Presse, da werden Reuter und seine Studienräte dann wieder auftauchen.«

»Hast du seine Adresse?«

Neifiger nannte sie ihm. »Weißt du, was lustig wäre?«

»Hm?«

»Wenn der Galgen jetzt so interessant würde, dass er überall im Fernsehen ist. Und zum Pressetermin erscheint dann keine Sau mehr.« Der Metzger kicherte hämisch und wandte sich wieder seiner Arbeit zu. Dabei stellte Ralph Angersbach nicht zum ersten Mal fest, wie geschickt er doch ohne den zehnten Finger zurechtkam. Wolken schoben sich vor die Sonne, die Metallteile wirkten plötzlich stumpf und um Jahre gealtert. Als spürte er seinen Blick, sah Neifiger noch einmal auf. Feixend. »Weißt du, was noch besser wäre? Pass auf. Irgendein Ministerium aus Wiesbaden kommt und nimmt uns den Galgen weg. Kulturerbe oder so. Das würde dem Reuter den Rest geben.«
»Witzig«, brummte Angersbach, obwohl er genau das Gegenteil empfand. Doch woher sollte Neifiger es besser wissen? »Ich fahre mal rüber zu diesem Egon Reuter.«
»Mach das. Aber vergiss mir den alten Gründler nicht, hörst du? Ich bunkere sein bestelltes Fleisch nicht bis zum Sankt-Nimmerleins-Tag.«
Fleisch. Klar, dass es bei einem Fleischer um nichts anderes ging. Als hätte er eine Chance gewittert, hob Vinzenz, der alte Rottweiler, den Kopf und prustete. Dann legte er den Kopf zurück auf das zerkaute Kissen. Seine Lefzen hingen müde hinab. Angersbach konnte sich nicht erinnern, das Tier jemals in einer anderen Position gesehen zu haben. Ihm kam ein spontaner Gedanke.
»Kennst du eigentlich eine Schygalla?« Er deutete in Richtung Nachbargemeinde. »Auch von drüben?«
»Schygalla. Klar kenne ich die. Sie …«
Sag's nicht, flehte Angersbach im Geiste. *Sie kommt immer Fleisch kaufen.*
»… holt manchmal Zeugs für ihren Hund. Etepetete, wenn du verstehst. Barfen, sagt sie dazu, als wäre es eine neumodi-

sche Erfindung. Rohes Fleisch und Knochen. Das hat mein Opa schon so mit seinen Jagdhunden gehalten. Egal. Was ist denn mit der Guten?«

»Sie hat den Toten gefunden.«

»Das Galgenmännchen?«

»Wie viele gibt es außerdem?«

»Auch wieder wahr. Die Arme. Sie ist mehr so ein Persönchen. Na ja, du wirst es ja selbst herausfinden. Liegt praktisch auf dem Weg zu Reuter.«

»Eben nicht.« Angersbachs Miene verdüsterte sich, und sein Gegenüber neigte den Kopf.

Er berichtete mürrisch von der Landesbehörde.

»Schöner Scheiß. Aber andererseits … Ein Mord weniger für dich.«

»So einfach ist das nicht. Mir kam da eben so eine Idee.«

Und während Angersbach seinen alten Freund ins Bild setzte, trat auf dessen Miene ein verschwörerisches Grinsen.

»Der arme Kerl«, wisperte er dann und schielte auf Vinzenz. »Nicht, dass er dir schlappmacht.«

Die Vernehmung Reuters gestaltete sich zäh. Ein halbwegs sympathischer Mann in den Sechzigern, der typische Bauchansatz wurde durch einen Pullunder unvorteilhaft in Szene gesetzt. Ehrenurkunden von Vereinen an der Wand, auf dem Schreibtisch erkannte der Kommissar Briefköpfe von Parteisenioren, dem Automobilclub und Versicherungen. Der biedere Geruch und die Neunziger-Jahre-Atmosphäre erdrückten, wahrscheinlich musste man froh sein, dass das Haus überhaupt einmal einen Modernisierungsschritt gemacht hatte.

»Und weshalb sind Sie nun hier?«
Egon Reuter wiederholte die Frage ganz offensichtlich nur aus einem einzigen Grund. Seine Frau, eine mollige, unscheinbare Person, brachte gerade Tee ins Zimmer. Niemals würde sie Neugierde offen zeigen, vermutlich konnte sie sich in all ihrer leisen Angepasstheit fast unbemerkt durchs Haus bewegen. Als trüge sie eine Tarnkappe. Einst die hübsche Zierde ihres Meisters, kinderlos geblieben, heute vom Leben enttäuscht, weil es keine neuen Wege mehr bereithielt.
»Ich ermittle im Mordfall Veith Gruber.« Es war nicht gelogen, denn im Grunde ermittelte Angersbach ja. Tat nichts anderes, nur, dass er es nicht mehr offiziell tat.
Ausgerechnet an meinem Galgen. Ein solcher Ausspruch hätte ihn kaum schockieren können, doch Reuter reagierte gänzlich anders.
»Der arme Mann.« Er seufzte und schüttelte den gesenkten Kopf, die Augen auf den Tee gerichtet, in dem er einen Stab mit Kandiszucker versenkte.
»Ein verurteilter Terrorist«, warf Angersbach ein.
»Der drei Jahrzehnte dafür gebüßt hat«, spielte Reuter den Ball zurück. »Weitaus länger als viele andere.«
»Es deutet alles auf eine sehr persönlich motivierte Tat hin. Die Todesart, die Örtlichkeit.«
»Ausgerechnet an unserem Galgen.« Da war es gewesen. Angersbach unterdrückte ein Grinsen. »Womit ich zu meiner Frage zurückkomme. Weshalb kommen Sie zu mir?«
Frau Reuter hatte das Zimmer längst verlassen, Angersbach brachte es daher sogleich auf den Punkt: »Es heißt, Sie hätten darauf gedrängt, dass der Querbalken noch in diesem Jahr erneuert wird.«
»Und?«

»Ohne Balken hätte man Gruber nicht hängen können.«

»Na hören Sie mal!« Reuters Atem stockte vor Entrüstung. Schweißperlen bildeten sich auf der hohen Stirn und der Platte, die nur noch von einem schmalen Haarkranz gesäumt wurde. »Man hätte das doch auch anders … Egal. Was unterstellen Sie mir denn da?«

»Ich möchte nur den Grund für Ihre Eile erfahren. Der Vollständigkeit halber.«

Reuter atmete noch immer angestrengt. Er schien nach Worten zu ringen, es entstand eine unangenehme Pause.

»Warum sollte man denn noch warten?«, begann er schließlich in seiner Verzweiflung. Dann bekam er endlich die Kurve. »Außerdem hat der ganze Geschichtsverein die Aktion unterstützt. Die Firmen. Und so weiter. Einer muss das Ganze doch vorantreiben, sonst läge auch in zwei Jahren noch kein Holz darauf.«

»Dann hätte man den Mord auch anders verüben können, klar«, nickte Angersbach mit blitzenden Augen, als stimme er Reuter zu. »An Bäumen mangelt es hier oben schließlich nicht. Eine andere Frage. Wie standen die Menschen hier dazu, plötzlich der Schlupfwinkel für ›Granaten-Gruber‹ zu sein?«

»Fragen Sie sie und nicht mich.«

»Ist das nicht ein Thema für alle geschichtlich Interessierten?«, quälte Angersbach ihn weiter.

»Sie haben mich doch nicht aufgesucht, um über deutsche Geschichte zu diskutieren.«

Angersbach stand auf, was Reuter zu einem reflexartigen Zucken brachte. »Stimmt. Aber ich behalte mir vor, die Sache mit dem Balken genau zu prüfen. Bitte geben Sie mir die Namen der beteiligten Firmen.«

Hektisch suchte Egon Reuter die Informationen, schob Angersbach schließlich eine Visitenkarte und eine handschriftliche Notiz hin. Dabei murmelte er: »Ich frage mich, was das Ganze soll. Gruber ist tot, daran ändern Sie nun auch nichts mehr.«

Johann Gründler schreckte aus einem Traum hoch, schweißgebadet. Er schlief selten länger als zwei Stunden. Zumindest war das sein Gefühl, auch wenn er die Zeit nicht messen konnte. Sein Körper war müde und mangelhaft mit Nährstoffen versorgt. Doch er bewegte sich kaum, es sei denn, er kroch manisch in seinem engen Radius durch das Verlies. Rüttelte an der Kette, bis seine Gelenke schmerzten und er nach Atem rang. *Ratten.* Der stechende Schmerz in seinen nackten Füßen, scharfe Zähne, haarige Berührungen. Sein Schrei verebbte ungehört. Er strampelte und kippte zur Seite. Zog sich in Fötalstellung zusammen, suchte mit zitternden Fingern seine Füße. Strümpfe. Kein Blut, keine Schmerzen. Er verbannte die Phantasie in die Traumwelt und beruhigte sich. Wissend, dass die Ratten wiederkehren würden. Immer wieder. Um seine Seele zu verzehren.
Schritte erklangen in dumpfer Ferne. Gründler überlegte, ob es schon wieder an der Zeit für eine Ration Brot war. Er räusperte sich, die Kehle schmeckte trocken. Seine Blase war voll, doch er kam nicht mehr dazu, sie zu entleeren. Die Tür wurde geöffnet.
»Ich … muss mal.«
Ein verzweifelter Versuch, doch einmal eine Reaktion zu erhalten. Interaktion. Kommunikation. Doch diesen Gefallen taten sie ihm nicht. Sie wussten, wie ein Mensch zu brechen war.

Doch etwas war anders heute. Zwei Hände packten ihn, dann wurde ihm eine Kapuze übergezogen. Dünner, weicher Stoff. Kein Kissenbezug, keine enge Sturmhaube. Er konnte es nicht definieren. Atmete in einem Anflug von Panik schneller. Griff sich an die Kehle, dorthin, wo die Kapuze endete. Wollte sie anheben. Bilder eilten vor seinem inneren Auge vorbei. Wer bekam Kapuzen über den Kopf gestülpt? Entführungsopfer. Hinrichtungskandidaten. Gründler realisierte schmerzlich, dass er bereits in der Gewalt von Kidnappern war. Somit … Die Panik kehrte zurück. Seine Hand wurde grob heruntergerissen, die Metallfessel wurde gelöst, dann wanden sich Kabelbinder um die geschwollenen Handgelenke.

»Was haben Sie vor? Wo bringen Sie mich hin?«

Er erwartete keine Reaktion. Doch er wünschte sich nichts sehnlicher als das.

Johann Gründler stolperte über die Türschwelle. Geschwächt und weil er sie nicht sah. Man drückte ihn hinab auf einen Stuhl. Das Gefühl und das Ächzen des Holzes waren ihm vertraut. Er hatte erst kürzlich hier gesessen. Würde es diesmal zum letzten Mal sein? Das Klicken. Neue Bilder stiegen in ihm auf.

Würden sie ihn nun erschießen?

Wäre ein schneller Tod nicht humaner als ein wochenlanger körperlicher und psychischer Zerfall?

Nein. Der Lebensfunke flammte trotzig in ihm auf. Er wollte nicht auf diese Weise sterben. In seinem eigenen Haus. Nicht wissend, warum.

Ralph Angersbach klappte den Kofferraum auf und vernahm ein keuchendes Wuff. Vinzenz, das hatte Neifiger betont, fuhr nicht gern im Auto. Da der Kommissar die Trink- und

Fahrgewohnheiten seines Freundes nur zu gut kannte, war es vermutlich auch besser so. Womöglich sogar der Grund, warum der Rottweiler ein so hohes Alter erreicht hatte.

»Auf geht's, alter Junge«, murmelte er, als er ihm die Leine anlegte. Vinzenz rieb seinen Kopf an Angersbachs Hand. Ein Versuch von »Lass mich doch liegen« vermutlich.

»Mach mir jetzt bloß nicht schlapp.«

Vinzenz zeigte sich nur mäßig begeistert. Er quälte sich aus dem Lada und blinzelte in die Sonne. Der Kommissar sah auf die Uhr. Würde eine alleinstehende Frau, die beim Gassigehen eine grausig aussehende Leiche gefunden hatte, tatsächlich denselben Weg wählen? Doch um den Ort gab es nicht viele Möglichkeiten, nur wenige asphaltierte Straßen, und in den Wald würde sie wohl kaum ausweichen. Selbst wenn. Der Zubringer bog von der Galgenstraße ab. Und das Tier benötigte seinen täglichen Auslauf.

Angersbach registrierte, dass der Galgen mittlerweile verwaist dalag. Als wäre nie etwas geschehen. Zeitungen und Fernsehen hatten ihre Bilder, die Bewohner hatten es nicht nötig, die Spurensicherung war längst fertig. Ob das LKA selbst noch einmal gesucht hatte? Angersbach spuckte verächtlich einen Krümel aus und ließ seinen Blick schweifen.

Er wusste nicht, wie oft Vinzenz sich hatte zurückfallen lassen. Stop and go, Meter für Meter. Wie alte Menschen, die an der Schaufensterkrankheit leiden. Er ließ ihn gewähren. Umgerechnet auf menschliche Verhältnisse war der Hund um die achtzig, und Angersbach hatte längst begriffen, dass Neifigers Spruch nicht als Scherz gemeint gewesen war.

»So viel ist der seinen Lebtag nicht gelaufen. Nicht, dass er noch einen Herzinfarkt kriegt!«

Dann erblickte er Frau Schygalla.

Sie bog tatsächlich in Richtung Wald ab, wählte einen Weg, der sie nicht am Galgen vorbeiführte.
»Das ist aber ein feiner Kerl«, nickte Angersbach ihr zu.
Sie zwinkerte kokett. »Er ist eine Sie.«
»Siehst du«, Angersbach beugte sich raunend Vinzenz zu, »hab ich's doch gewusst.«
»Ist das nicht der Rottweiler von dem Metzger drüben?« Die Schygalla deutete in Richtung des Nachbarorts. Angersbach schluckte, sie hatte ihn ertappt.
»Neifiger, ich meine, Herr Göbel ist ein alter Freund von mir.« Das war zumindest nicht gelogen. »Ich führe den alten Knaben hin und wieder aus.«
Vinzenz hustete, als passe ihm die Flunkerei nicht. Er zeigte der neugierigen Hundedame, die ihn emsig beschnupperte, die kalte Schulter.
»Den alten Knaben? Also den Hund.« Sie lachte spitz.
»Natürlich.«
»Ich habe Sie noch nie gesehen.«
»So regelmäßig ist's nun auch wieder nicht. Außerdem«, Angersbach witterte seine Chance, »wechsle ich gern die Route. Ich meine mich aber zu erinnern, Sie schon gesehen zu haben. Unten, auf dem asphaltierten Weg.«
Nadine Schygalla verlor schlagartig ihr Lächeln. Angersbach bildete sich ein, ein gehauchtes »Galgenweg« aus ihrem Mund gehört zu haben.
»Entschuldigen Sie, ich wollte Ihnen keinen Schreck einjagen.«
»Schon in Ordnung. Ich habe den Toten gefunden, wissen Sie.«
»Ach, Sie sind das.«
Der Sennenhund kläffte. Argwöhnisch neigte die Frau den Kopf.
»Moment mal. Sie sind aber keiner dieser Reporter, oder?«

»Nein. Wie kommen Sie darauf?«
»Weil ich seit gestern plötzlich alle möglichen Anrufe erhalte. Vorgespielte Serviceanrufe, die sich als Sensationsgeile entpuppen.« Sie funkelte ihn an.
»Ich kann Sie beruhigen. Mein Name ist Angersbach, ich arbeite bei der Mordkommission.«
»Warum dann dieses ganze Theater?«
»Der Fall wurde uns entzogen. Offiziell darf ich mich nicht mit Ihnen unterhalten.«
Er erklärte ihr die Sachlage in komplizierten Sätzen. Fühlte sich verpflichtet, die Wahrheit zu sagen, denn die Frau machte keinen Hehl daraus, dass sie ihm seine Farce übelnahm.
»Sie hätten ruhig ehrlich sein können«, schloss sie.
»Hm.«
»Die Wiesbadener Kollegen sind ziemlich überhebliche Typen. Ich konnte ihnen nicht viel sagen, daraufhin wurden sie pampig.«
»Was konnten Sie ihnen denn sagen?«
Nadine Schygalla kokettierte mit ihren Augenbrauen. »Fragen Sie mich lieber, was ich denen *nicht* verraten habe.«
Angersbach zuckte, setzte dann aber ein Grinsen auf.
»Sie haben Informationen vorenthalten? Schämen Sie sich.«
»Warum sollte ich? Es dürfte kaum ein Geheimnis sein, dass Gruber mit einem guten Dutzend Personen in engerem Kontakt stand. Ich war eine davon.«
»Kontakt? Welcher Art?«
»Er arbeitete an seinen Memoiren. Zumindest behauptete er das.«
»Weiter«, drängte der Kommissar, zunehmend ungeduldig. Doch Schygallas Hündin machte Anstalten, ihr Frauchen weiterzuziehen.

»Verzeihung«, sie zuckte mit den Schultern, »Sie sehen ja ... Kommen Sie morgen Mittag nach Lauterbach in mein Büro. Ich suche Ihnen alles zusammen. Wir können auch essen gehen oder so.«

Sie hatte sich längst einige Schritte entfernt, nannte Straße und Hausnummer. Angersbach fühlte sich überrumpelt. Es war ihm außerdem zu blöd, ein »Ich esse aber kein Fleisch« hinzuzufügen.

Er winkte stattdessen nur und bejahte.

Es war kaum mehr als ein möbliertes Zimmer, das Ralph Angersbach bewohnte. Röhrenfernseher, ein halbwegs neuer Teppichboden, zwei Betten, die man zu einem Doppelbett zusammenschieben konnte. Auf dem Schreibtisch sein Laptop, vor dem Fenster ein schmaler Balkon, der um das Haus herum verlief. Vier Zimmer im Obergeschoss, drei davon standen leer. Die Eigentümer des Hauses hatten den Ferienbetrieb längst aufgeben wollen, sie waren beide jenseits der siebzig. Frieda Kampmann, eine energische, pausbäckige Mamsell, die den ganzen Tag mit Backen, Kochen oder Gartenarbeit verbrachte, schmiss den Laden derzeit allein. Ihr Mann erholte sich von einer Operation, was sich wie bei vielen älteren Menschen hinzog. Drei Wochen Hausmannskost, und der Kommissar würde zehn Pfund zugelegt haben. Was ihm nicht schlecht stünde, wie sie stets zu betonen wusste.

Die Kampmanns hatten ihre Heimat nie verlassen oder Not leiden müssen. Eigenes Haus, Gemüsegarten, früher noch mit Hühnern, Gänsen und einer Ziege. Entsprechend offenherzig gab sich Frieda, und sie vermutete in nichts und niemandem etwas Böses.

Bereitwillig hatte sie dem Fremden die Tür geöffnet.
Ihre Hüfte machte es ihr schwer, ins Obergeschoss zu steigen, und sie vermied es, wann immer möglich.
»Ich finde mich schon zurecht«, hatte er ihr mit freundlicher Miene versichert. Einer Miene, hinter der er die Fratze des Wolfes gekonnt verbarg. Getarnt in Handwerkerkluft mit dem Logo einer Elektrofirma, dazu ein Werkzeugkoffer in der Rechten, war er nach oben geschritten. »Die Kästen und Verteiler sitzen in den meisten Häusern an der gleichen Stelle.«
Wie hätte sie es auch besser wissen sollen?
Dieser Besuch lag einige Tage zurück. Seitdem schwor die Dame auf ein schärferes Bild, wenn sie Nachrichten sah. Außerdem rauschte das Radio nicht mehr. Er hatte ihr alles geduldig eingestellt. Ohne etwas dafür zu verlangen, nicht mal einen Kaffee hatte er getrunken.
Was er bekommen hatte, war unendlich viel mehr wert.
Bild- und Tonüberwachung des Zimmers, auch wenn der Kommissar nur selten dort war.
Eine Wanze im Telefon, nur der Vollständigkeit halber. Ihre letzte Modernisierung hatte die Anlage erfahren, als man auf ISDN umgestellt hatte. Gut möglich, dass Angersbach den Apparat überhaupt nicht nutzen würde. Doch hier oben, in der Abgeschiedenheit, wies das Handynetz einige Lücken auf.
Das Allerbeste an der Sache aber war, dass er nun vollen Zugriff auf Ralph Angersbachs mobilen Computer besaß, während der Kommissar nicht das Geringste ahnte.
Er würde noch früh genug erfahren, worum es ging.
Dann, wenn es für ihn längst zu spät war.

In Lauterbach teilte Angersbach sich ein Büro mit drei Kollegen. Ein eingeschworenes Team, dem er sich nie zugehörig fühlen würde. Doch sie waren verhältnismäßig umgänglich, auf eine kauzige Art, mit der er gut zurechtkam.

»Du bist doch auch von hier«, hieß es nicht selten.

Du weißt doch, wie's hier oben läuft, meinte man damit.

Rutger Heidt, Leiter der Dienststelle, spielte an seinem Bart.

»Sie sollten wissen, wie es läuft«, begann er. Seine graue Haut war zerfurcht, die Finger gelb. Der Lohn des Rauchens. Selbst die grauschwarzen Haare oberhalb der Lippe verrieten die filterlosen Zigaretten.

»Der Mord geschah aber *hier*«, betonte Angersbach. »Wie soll das LKA dem denn beikommen?«

»Deren Problem.«

»Das sehe ich anders. Die Zeichen stehen auf Lynchmob. Wenn wir dem nicht von hier aus nachgehen, wird es niemals eine Verurteilung geben.«

Heidt lachte. Ein voluminöser Bass, den man in dem schmalbrüstigen Körper kaum vermutet hätte.

»Was wollen Sie denn tun? Eine Ortsversammlung einberufen?«

»Warum nicht? Den Leuten muss klar sein, dass das vorsätzliche Töten eines Menschen Mord ist. Egal aus welchen Motiven.« Angersbach angelte verzweifelt nach Argumenten, fand aber keine. Er wusste selbst, dass das wenig aussichtsreich war, sollte es sich tatsächlich um eine Hinrichtung gehandelt haben. »Ich brauche Hintergründe, Ansatzpunkte, Geheimnisse. Informationen, mit denen ich Personen unter Druck setzen kann. Dann bricht eventuell jemand ein.«

»Und dazu noch ein, zwei Dutzend Männer, wie?«

»Wenn's sein muss.«
»Vergessen Sie's. Der Fall ist abgegeben und damit basta. Keine Alleingänge, haben wir uns verstanden?«

Ralph Angersbach spülte seinen Frust mit abgestandenem Kaffee hinunter. Er hatte in der Rechtsmedizin angerufen, Hackebeil war nicht greifbar. Dasselbe bei der Spurensicherung. Keiner da, der ihm etwas über das Projektil sagen konnte. Oder wollte.
Er fuhr zur Pension, wo er prompt auf Frau Kampmann stieß. Die Hauswirtin hatte sich nach oben in sein Zimmer gequält und das Bett neu bezogen.
»Ich hätte Ihnen doch geholfen«, sagte Ralph, als sie ihm mit den zerknüllten Laken in die Arme lief.
»Lassen Sie mal. So bleibt meine Maschine in Schwung. Schon Feierabend?«
»Wie man's nimmt. Ich brauchte einen Tapetenwechsel.«
»Dann will ich Sie nicht länger stören.« Sie schenkte ihm ein pausbäckiges Grinsen. »Ich bin dann in der Küche und kümmere mich ums Abendessen. Tomaten essen Sie ja, oder?«
Natürlich aß er Tomaten. Wer auch nicht?
»Ich esse alles. Nur eben kein Fleisch.«
»Ja, klar.« Frau Kampmann hielt für eine Sekunde inne, dann zog sie davon. »Also für mich wär das ja nichts«, hörte Angersbach sie noch murmeln. Schmunzelnd ging er in sein Zimmer und schloss die Tür. Kaum hatte er seinen Laptop hochgefahren, gehörten seine Gedanken wieder allein der Ermittlung. Erneut versuchte er es in der Rechtsmedizin; erfolglos. Eine abgehackte Stimme teilte ihm mit, dass Professor Hack erst morgen wieder zu erreichen sei. Der Frust kehrte zurück.

Er wählte Sabine Kaufmanns Nummer.
»Sehnsucht?«
»Schnauze voll trifft's wohl eher.«
»Dann komm doch her.« Sabine meinte das mit vollem Ernst. »Wir treffen uns in Friedberg, reden Tacheles mit den Häuptlingen. Dann sehen wir weiter.«
Es bedurfte keiner großen Überzeugungsarbeit. Hier gab es ohnehin nichts zu tun, wenn niemand mit neuen Informationen aufwartete. Der Kommissar warf eine Handvoll Sachen zusammen und klappte seinen Computer wieder zu. Im Treppenhaus roch es nach Hefe. Frau Kampmann stand summend hinter einer mit Mehl bestäubten Tischplatte und walkte einen Teig. Als sie Ralph erblickte, hielt sie inne und runzelte die Stirn.
»Gehen Sie etwa schon wieder?«
»Ich fahre runter in die Wetterau. Macht Ihnen das große Umstände?«
»Wegen dem Kochen?« Sie schüttelte den Kopf. »Erst kommt der Hefezopf in den Ofen. Die Tomaten hängen noch im Gewächshaus.«
»Prima. Es könnte spät werden, vielleicht komme ich sogar erst morgen wieder.«
»In Ordnung.« Sie lächelte. »Haben Sie noch Wäsche zu waschen bis dahin?«
Er verneinte. Dann fiel ihm etwas ein. Er hob den Zeigefinger. »Sagen Sie, kennen Sie einen Johann Gründler?«
Sie lächelte und neigte den Kopf. »Johann Gründler?«
Er nickte.
»Was ist mit ihm?«
»Neifiger meint, er sei verschwunden. Weil er sein Lammfleisch nicht abholt.«

»Wenn jemand sein Fleisch nicht mag, wird der Gute stets misstrauisch, nicht wahr? Fahren Sie doch vorbei. Liegt auf dem Weg.«
Sie beschrieb Angersbach die Lage. Ein Anwesen, versteckt zwischen bewaldeten Kuppen. Eine geschlängelte Zufahrt. Er solle sich vorsehen, sie nicht zu verpassen.
»Nicht, dass Sie noch verlorengehen.«
»Ich habe ja einen Geländewagen.«
Auch wenn es ihm nicht so recht in den Kram passte, entschloss sich Angersbach, auf dem Gründler-Hof nach dem Rechten zu sehen.

Kaufmann, Kaufmann.
Gegen das LKA zu kämpfen war das eine. Doch er war darauf vorbereitet gewesen. Dieses Bad Vilbeler Huhn hingegen war eine andere Sache. Ein Störfaktor.
Angersbachs Stimme kam klar aus den Lautsprechern. Er musste direkt unter dem Rauchmelder stehen, der die Decke seines Zimmers zierte. Der Mann bleckte zufrieden die Zähne. Wie einfach es doch heutzutage war, ein Zimmer zu überwachen. Audio, Video, was immer man brauchte. In einem Rauchmeldergehäuse war Platz für alles Mögliche. Dank neuer Brandschutzverordnungen fand man diese Geräte praktisch in jedem bewohnten Raum. Ärgerlich nur, dass dieser Angersbach die Pension schon verließ.
Warum fuhr er wieder zu dieser Kaufmann? Solange sie sich in Angersbachs Kopf befand, würde er sich nicht auf den Fall konzentrieren. Man musste sich dieses Störfaktors annehmen, ihn an den Vogelsberg binden. Angersbach war ein großartiger Ermittler, der sich keinen Fall leichtfertig entrei-

ßen ließ. Oder aufgab. Er stammte von hier oben, war hier geboren.
Und er würde hier sterben.

Janine stand am Bahnhof und rauchte. Das Ansinnen der Bahn, Zigarettenkippen von ihren Anlagen zu verbannen, interessierte sie nicht. Pendler kamen und gingen, einige rümpften die Nase. Einer sagte etwas, handelte sich ein mürrisches »Verpiss dich« ein. Die knallrote S6, wichtigste Verbindungslinie zwischen Friedberg und Frankfurt, kam kreischend zum Stehen. Türen öffneten sich, Menschen strömten hinaus, dann verschwand der Zug wieder. Janines Blicke suchten den Bahnsteig ab, bis sie ihn erkannte. Ein schmächtiger Riese, zwei Meter groß, aber abgemagert bis auf die Knochen, stakste in Richtung Überführung. Eine grüne Metallbrücke, wenig vertrauenerweckend, die bei jedem Schritt Geräusche von sich zu geben schien. Im Winter waren die Stufen vereist, im Sommer stank der Belag. Doch es war der einzige Weg über die Gleisanlage, und wollte man einen der Busse erreichen, nahm man ihn mit Eile. Ein Wunder, dass man es überlebte. Leon, seinen Nachnamen kannte Janine nicht, trug einen Kapuzenpullover mit dem verwaschenen Logo einer Metalband. Viel zu groß, ebenso wie seine Baggyhose. Als er die Brückenmitte erreichte, trafen sich ihre Blicke.
Sie begrüßten sich. Janine blickte ihn fragend an.
»Hab was dabei«, murmelte er.
»Nicht hier«, gab sie zurück.
Dann stürmten, wie aus dem Nichts, Uniformierte auf sie zu.

Er zwang sich dazu, rationale Gedanken zu fassen. Wenigstens für einige Augenblicke. Die Kette, mit der Johann Gründler gefesselt war, erlaubte ihm, sich in einem gewissen Radius zu bewegen. Der Kartoffelkeller. Alte Natursteine. Basalt, Mörtel. Jahrhundertealt. Geschlagen und aufeinandergesetzt vor vielen Generationen. Nichts, was seitdem hinzugebaut worden war, war von vergleichbarer Qualität. Hatten sie eine Halterung in die Wand gedübelt, um eine Platte mit einem Kettenring zu befestigen? Gründler zermarterte sich das Gehirn, was ihm unendlich schwerfiel. Die Reizarmut machte ihn übersensibel.

Sie waren in sein Haus eingedrungen, hatten ihn überwältigt. Wie lange war er ohnmächtig gewesen? Er hatte keine Vibration gespürt, keinen Lärm, keine Schlagbohrmaschine gehört. Keine Hammerschläge, kein gar nichts. Er hatte *nichts* gehört. Fieberhaft drehten sich seine Gedanken im Kreis. Wo war die Kette befestigt? An einem der hölzernen Regale, über dem gestampften Erdboden, dort, wo die Schütten mit den Zwiebeln standen? Morsches Holz, zusammengenagelt lange vor dem Ersten Weltkrieg.

Er hatte die Schelle untersucht und die Kettenglieder auf Schwachstellen abgetastet. Er hatte daran gezerrt. Weshalb hatte er aufgegeben? Oder konnte er sich nur nicht daran erinnern, dass er diese Gedanken vielleicht längst gesponnen hatte? Wie auch immer, er wollte seine Klarheit, die Entschlossenheit nutzen, solange sie andauerte.

Er zerrte. Es rasselte. Bald schon schmerzte ihn das Gelenk, die gereizte Haut, feucht und aufgerieben, doch er hörte nicht auf. Zerrte immer weiter. Und dann krachte es. Dumpfes Poltern, als sich eine Stiege löste und Zwiebeln über den Boden schüttete. Dann Stille. Johann Gründler hielt inne. Fürchtete sich vor stampfenden Schritten, wütenden Stimmen. Strafe. Er hatte nicht genug Kraft, um einen weiteren Tag auf sein Brot verzichten zu können. Bekam plötzlich Panik und kauerte sich schuldbewusst zusammen.

Niemand kam.

Vorsichtig zog er wieder an der Kette. Stück für Stück kam sie aus dem Loch in der Wand, er stand auf und zog schneller. All seine Hoffnung hüpfte in klirrenden Gliedern über den Boden. Und starb mit einem unmittelbaren Ruck, als das Schlussmetall am Kettenende sich verkeilte. Jäh wurde er zurückgerissen, mitten im Sprung, doch er verzweifelte nicht. Seine Freiheit hatte sich verdoppelt. Spürbar, mit jedem Zentimeter, der größte Zugewinn, seit man ihn in dieses Loch geworfen hatte. Er rechnete sich aus, ob die Kette bis zum Fenster reichen würde. Probierte es aus, mit ängstlicher Hoffnung.

Nur ein Sonnenstrahl. Ein Blick ins Tageslicht, ein Grashalm, eine Brise. Er erreichte die Wand. Klammerte sich mit schmerzenden Fingerkuppen in den unebenen Stein. Verkrampft hing er dort, schob sich ein paar Griffe nach oben. Ein Gutes, dass er weniger wog, ein Schlechtes, dass es seinen Muskeln an Energie fehlte. Doch er gab nicht auf. Als die Kette sich spannte, reichte sein Hals gerade so weit, dass er sich mit der Nase in Höhe des Simses befand.

Sicherheitsglas mit Metallsprossen. Vor Jahrzehnten eingesetzt, nachdem die alte Scheibe zersprungen war. Schmutzgesprenkelt und schalldicht. Er sah es nur verschwommen, doch er sog jeden Reiz dankbar auf. Seine Finger zitterten, lang konnte er sich nicht mehr halten.

Wiegende Gräser. Bäume. Ein grüner Jeep näherte sich.

Hoffnung.

Dann spielten seine Muskeln nicht mehr mit. Johann Gründler rutschte ab und schaffte es gerade noch, sich halbwegs abzufedern. Sein Ellbogen pochte. Er spürte Blut und aufgeschürftes Gewebe. Doch die Hoffnung loderte in ihm.

Angersbach hätte die Zufahrt um ein Haar verpasst. Sein Blick galt abwechselnd der Straße und seinem Handy. Das Mobilnetz hatte sich seit gut einem Kilometer schrittweise verabschiedet. Die Suche nach Empfang saugte den Akku gnadenlos leer. Das Ladekabel befand sich in der Pension.

Das Haupthaus wirkte halb verfallen, ein Zustand, der ihm in der Seele weh tat. Doch wer sollte ausgerechnet hier draußen vorbeikommen und es wahrnehmen? Sich hier niederlassen und investieren? Das Kreuz der Landflucht. Millionäre aus dem Rhein-Main-Gebiet zog es statt hierher in den Taunus, wo Anwesen in solcher Lage und Größe schier unbezahlbar waren. Gründler selbst würde es wohl nicht mehr angehen, und was würde nach seinem Tod geschehen? Ein mulmiger Gedanke.

Der Kommissar verjagte ihn und begutachtete das Gebäude. Das Erste, was ihm auffiel, waren die Fenster mit den bunten Vorhängen. Zwischen den zerschlissenen Schindeln, in denen es nicht wenige moosgrüne Lücken gab, stachen sie sauber und fast bieder hervor. Im Gras, welches komplett ungemäht war, meinte er außerdem Fahrspuren zu entdecken. Ein grauer Holzschuppen am Ende der Spuren schien als Garage zu dienen. Die Tür stand einen Spalt offen, aber nicht weit genug, um einen Blick zu riskieren. Er stieg aus und schlenderte darauf zu. Außer Spinnweben und einer alten Zeltplane war der Verschlag leer, die Eisenbeschläge aber waren frisch gefettet. Außerdem war Öl auf der Wellpappe, die den Boden bedeckte.

Angersbach ging nach draußen und betrachtete den Hof aus der veränderten Perspektive. Wie viele Menschen mochten hier früher einmal gelebt haben? War es eine alte Mühle gewesen oder war der kleine Bachlauf dafür zu karg?
Eine Reflexion ließ ihn zusammenfahren. Er schaute auf. Achtzig Meter entfernt, im Halbschatten eines Nebengebäudes, schienen sechs stämmige Männer zu stehen. Angersbach blinzelte und tastete impulsiv nach seiner Waffe. Er trug sie nicht am Körper. Dann gewöhnten seine Augen sich an das Gegenlicht. Holzstämme, geschnitzt und beschlagen zu urigen Fratzen. Eine Mischung aus Totempfählen und Wurzelsepp. Dazwischen ein metallenes Gestell, chromgleißend. Ein Rollstuhl.
»Suchen Sie etwas Bestimmtes?«
Die Frage schallte den Hügel hinab. Angersbach lief querfeldein auf die Person zu, eine Frau, von der er kaum mehr erkannte als ihre Silhouette. Vierzig Schritte weiter, außer Atem, antwortete er. Name und Job, wie üblich. Allerdings sprach er nicht von Mordkommission, sondern von Kriminalpolizei.
»Was führt denn die Kripo ausgerechnet hierher?«
»Keine Sorge«, fügte er hinzu, als er nur noch wenige Meter entfernt war. »Ich bin im Grunde nicht dienstlich hier.«
Ihr Lachen war so hell und klar wie ihre Worte. Sie mochte dreißig sein, es ließ sich schwer schätzen. Goldene Locken, dunkelbraune Augen, die Anmut in Person. Mit einer Hand hielt sie das Rad ihres Rollstuhls fest, die andere hob sie ihm lächelnd entgegen.
»Na, das erklären Sie mir aber mal genau. Claire Floris, nett, Sie kennenzulernen.«
Einen französischen Namen hätte Angersbach hier in der Provinz wohl als Letztes erwartet. Sie betonte ihn mit Passion, zog das i in die Länge und lächelte.

»Floris. Schöner Name.«
»Wie man's nimmt. Wenn Sie jemanden nach mir fragen, werden Sie ihn selten so genannt bekommen.«
»Weshalb?«
»Das Spektrum reicht von Hippie bis hin zu Kräuterhexe. Aber damit kann ich leben. Meinen Kundenstamm beziehe ich zu neunzig Prozent über das Internet.«
»Diese Skulpturen stammen von Ihnen?«
»Ja, weshalb?« Ein Schatten fiel über ihr Gesicht. »Trauen Sie mir das nicht zu?«
»So war das nicht gemeint«, erwiderte Angersbach und fühlte sich ertappt.
»Egal, letzten Endes. Weshalb genau sind Sie hier?«
Ihre Miene blieb freundlich, doch ihr Ton schien eine Nuance kühler als zuvor.
»Johann Gründler.« Angersbach deutete auf das Haupthaus. »Ich suche nach ihm.«
»Jetzt, da Sie das sagen ….«, sie legte die Stirn in Falten. »Ich habe ihn schon ein paar Tage nicht gesehen. Er ist aber auch ein ziemlicher Eigenbrötler. In seinem Schuppen allerdings hockt er eher selten.« Da war es wieder, das kokette Blitzen. Angersbach durchfuhr ein warmer Schauer.
»Ich dachte wegen der Reifenspuren.« Er biss sich auf die Lippe. Warum rechtfertigte er sich?
»Wenn der Camper weg ist, wird er wohl nicht da sein. Manchmal verschwindet er für ein, zwei Wochen.« Sie zuckte seufzend die Schultern. »Unsere Nachbarschaft ist nicht so gut, dass er sich bei mir an- und abmelden würde.«
»Warum bestellt er dann Lammfleisch?«, brummte Angersbach, während er seinen Blick erneut über die Holzskulpturen gleiten ließ.

»Igitt. Fleisch.« Er hörte die Worte wie in weiter Entfernung, doch konnte sich ein Lächeln nicht verkneifen.
Vegetarierin war sie auch noch.

Er nahm einen Schluck aus der Wasserflasche, sie neigte sich dem Ende zu. Danach ein Bissen Brot. Er hatte ein vertrocknetes Stück unter seiner Decke verborgen, für schlechte Zeiten. Seine Zähne schnitten sich quietschend hinein, die Kruste war steinhart und der Teig bereits geschrumpft. Johann Gründler spülte mit einem weiteren Schluck nach. Keiner war gekommen, niemand hatte nach ihm gerufen. Doch es waren auch keine Motorengeräusche zu hören gewesen. War der Jeep noch da? Gehörte er den Guten oder den Bösen? Am Abend seiner Entführung war ein grauer Kombi gekommen, das wusste er genau. Während die Erinnerungen an den Geruch von Douglasienharz und Wiesengras praktisch ausgelöscht waren, hatte er das problemlos im Gedächtnis behalten. Doch er konnte die Impulse nicht steuern. Nichts dagegen tun, wenn sein Gehirn zu Brei wurde … und die Ratten wiederkamen.
Er musste hier raus; das war ihm klarer denn je. Und er musste sich selbst darum bemühen. Gegen die beiden – ja, es mussten zwei sein oder sogar drei – hatte er keine Chance. Nicht in seinem Zustand. Aber der Jeep. Der grüne Jeep. Wer außer Forstbeamten fuhr mit grünen Ladas durch die Gegend? Gründler nahm all seine Kraft, all seinen Willen zusammen. Jeder seiner Schritte wurde von einem Rasseln begleitet, so lange, bis die Kette sich vom Boden gehoben hatte. Seine Finger zitterten, doch sie ließen die Steine nicht los. Hier eine Spitze, da eine Furche. Stück für Stück, bis er bangen Blickes das Fenster erreichte. Sein Atem stockte. Der Geländewagen

parkte noch immer draußen, in unmittelbarer Nähe. Er meinte nach den Reifen greifen zu können, wären da nicht die schmutzigen Glasbausteine im Weg.
»Hallo!« Gründler erschrak über seine eigene Stimme, die mehr einem Krächzen glich. Räusperte sich, dann wiederholte er es. Diesmal kräftiger. Er blendete aus, wie unwahrscheinlich es war, dass man ihn hörte. Rechnete seine Chancen nicht aus. Riskierte, dass die Peiniger ihn ebenfalls hörten.
»Hallo!«
Seine Knöchel trafen auf das Glas. Der Schall wurde geschluckt, hallte nicht einmal hörbar wider. Aus dem Auspuff stob Dieselqualm. Bremslichter flammten auf.
»Nein«, wimmerte er verzweifelt, »nicht wegfahren. Ich bin hier. *Hier.* Hallo!«
Der Lada fuhr an.
Johann Gründler schlug schreiend den Kopf gegen das Glas. Klammerte all seine Hoffnung in den kalten Basalt, doch diese starb mit jedem Meter, den sich das Fahrzeug entfernte.
Lass einfach los.
Es war eine Stimme, die ihn aus dem Nichts erreichte.
Lass los. Geh. Warum quälst du dich?
»Ich soll mich fallenlassen?«, fragte er flüsternd in die Stille.
Die Antwort gab er sich selbst.
Er öffnete seine Hände. Ließ einfach los.

Eine Stunde später saßen Ralph Angersbach und Sabine Kaufmann in der Polizeidirektion Wetterau in Friedberg. Er hatte darauf verzichtet, sich Zutritt zu dem Haus zu verschaffen, denn dafür fehlte ihm die Befugnis. Auf sein Klopfen und Rufen hatte niemand reagiert. Hinter den Fenstern waren keine Bewegungen zu erkennen, die meisten Gardinen waren zugezogen. Auf der kompletten Hangseite des Hauses waren außerdem die Fensterläden zugeklappt. Vermutlich nutzte der allein lebende Gründler nicht mehr alle Räume. Gut möglich, dass er spontan weggefahren war, das Wetter lud ja förmlich dazu ein. Ralph fasste den Entschluss, Gründlers Wohnmobil zur Fahndung auszuschreiben. Doch vorher wollte er noch einmal mit Neifiger reden. Der Fleischer kannte den Mann wohl gut genug, um einschätzen zu können, ob er seine Bestellung vielleicht einfach nur vergessen haben könnte. Johann Gründler war wie alt? Siebzig? Da durfte so etwas durchaus mal passieren.

Kriminaloberrat Horst Schulte verschränkte die Arme vor dem Bauch. Er hatte volles, schwarzbraunes Haar und buschige, in der Mitte zusammenstoßende Augenbrauen. Zusammen mit seiner spitzen Krummnase hatte ihm das den Spitznamen »Habicht« eingebracht. Er war der direkte Vorgesetzte von Kaufmann und Angersbach, der Koordinator der Abteilung für Gewaltdelikte. Ein Halbgott. Seine schnarrende Stimme hallte durch die beinahe leere Kantine, wo die beiden ihm über den Weg gelaufen waren.

»Was erwarten Sie von mir?«

Es war Sabine, die antwortete. »Für den Anfang würde mir schon *ein* einziger Tag genügen, an dem Möbs mich nicht überheblich angrinst.«

»Er reitet permanent darauf herum, wie überflüssig unsere Stellen doch seien«, ergänzte Angersbach und empfand selbst, dass das sehr nach Petzen klang.

»Ignorieren Sie das doch einfach.«

Sabine schüttelte den Kopf. »Wie könnte ich, wenn er mich zu sich zitiert und seinen Scheiß runterspult wie ein Mantra:

Sie verschwenden Zeit, Sie verschwenden Geld, Sie schieben eine ruhige Kugel. Das grenzt ja an Mobbing.«

»Vorsicht mit solchen Begriffen.« Mit einem Mal war der Habicht ganz leise und darauf bedacht, dass niemand etwas mitbekam. Er beugte sich vor, sie standen noch immer mitten im Raum, und dämpfte seine Stimme. »Möbs ist ein Blödmann, unter uns gesagt.«

Angersbach: »Ich dachte, Sie seien befreundet.«

»Nun ja. Sind wir auch. Aber da spielt der Job keine Rolle. Sobald es darum geht«, er rollte die Augen, »hört der Spaß auf. Konrad nimmt es mir noch immer übel, dass es in seinem Haus nun einen Ableger des K10 gibt.«

»Damit möchten wir aber nichts zu tun haben«, beharrte Kaufmann. »Unsere Stellen sind garantiert bis zum 31. Dezember. Einsatzort Bad Vilbel. Ich habe das noch mal ganz genau nachgelesen.«

»Nehmen Sie sich um Himmels willen ein paar Tage frei, ich werde mich darum kümmern. Sie glauben gar nicht, was ich mir wegen Ihres, hm, Ausbruchs gestern anhören musste.«

»Ich glaube meinen Ohren nicht!«, rief Sabine spitz. »Mein Ausbruch?«

»Schwamm drüber.« Schulte wedelte nervös mit den Händen. »Die letzten Monate stehen Sie auch noch durch – in Bad Vilbel. Beide. Lassen Sie mich nur erst die Wogen glätten, bitte. Sie hatten doch ohnehin Urlaub eingereicht.«

»Wegen des Eklats, ja.«

»Nehmen Sie ihn. Es ist doch nichts los momentan. Was ist überhaupt mit Ihnen, Herr Angersbach? Was macht die alte Heimat?«

»Fragen Sie besser nicht.« Angersbach kratzte sich am Kinn und zog eine Grimasse. Dann berichtete er von dem Galgenmord –

hiervon hatte Schulte längst gehört – und vom LKA. Letzteres war dem Kriminaloberrat neu, zumindest schien es so.

»Schöner Mist. Und jetzt?«

»Es gibt auch so genug zu tun.« Angersbach zuckte die Schultern. »Entspannter als Bad Vilbel scheint es derzeit außerdem zu sein.«

Sie unterhielten sich noch einige Minuten. Sabine nahm Schulte erneut das Versprechen ab, in ein bis zwei Wochen eine vernünftige Arbeitsatmosphäre vorzufinden. Auch wenn er seine Freundschaft dafür aufs Spiel setzen müsse. Sie ließ es nicht unerwähnt, dass in Frankfurt bereits wegen weitaus geringerer Konflikte Köpfe gerollt seien. Mobbing, auch wenn es in diesem Fall der falsche Begriff sein mochte, nahm heutzutage kaum mehr einer auf die leichte Schulter.

Mirco Weitzel reckte das Kinn in Richtung des Mädchens. Er fing Janines Blick ein, widerwillig zunächst.

»Wenn du Ralph etwas davon sagst, bring ich dich um.«

»Ernsthaft?« Mirco hob die Augenbrauen. »Das ist das Erste, was dir dazu einfällt?«

»Mein voller Ernst.«

»Wenn ich es ihm nicht sage, bringt *er* mich um. So wird ein Schuh draus.«

»Du willst mich also verpfeifen?«

»Janine«, Mirco zwang sich zu äußerster Ruhe, »du wurdest verhaftet wegen eines Betäubungsmitteldelikts. Ralph ist dein Erziehungsberechtigter, ob es dir passt oder nicht. Irgendjemand wird es ihm sagen. Taktisch am klügsten dürfte sein, wenn du das selbst erledigst.«

»Ich hatte dreißig Gramm. Das ist legal.«

»Legal ist es nie. Selbst sechs Gramm sind es nicht, nur weil man dafür nicht belangt werden kann.« Weitzel schüttelte den Kopf, denn er hatte nicht das Gefühl, als würde sie es kapieren. »Pass auf. Diese dreißig Gramm sind eine Art Obergrenze. Es gibt eine Empfehlung, das, was darunterliegt, nicht strafrechtlich zu verfolgen. Doch das bleibt Ermessenssache. Dieser andere Typ, Leon, ist mehrfach vorbestraft. Du wirst in der Akte auftauchen, ob du willst oder nicht. Er wird dich, ohne mit der Wimper zu zucken, hinhängen, wenn es ihm Vorteile verschafft.«

»Soll er doch.« Bockig verschränkte Janine die Arme und blickte in den Fußraum des Wagens.

Sie waren an der Ampelkreuzung der B3 abgebogen, hatten Okarben durchquert und näherten sich Angersbachs Haus. Ein hoher Altbau, wenig Schnörkel, stumpf gewordener Putz. Die tiefstehende Sonne schmeichelte der Fassade nicht. Ein neuer Anstrich war überfällig.

Angersbachs Lada und Kaufmanns Twizy parkten auf der Straße, was Janine zu einem leisen Fluch bewog.

»Was will der denn schon wieder hier.«

»Soll ich mit hochkommen?«

»Wozu?«

»Wir machen klar Schiff«, beharrte Weitzel, »egal wie.«

Janine stöhnte auf. »Du bist auch nicht besser als die.«

»Hab ich auch nie behauptet.«

Angersbach fiel beinahe die Kinnlade herunter, als Janine ihm, gewohnt patzig, gegenübertrat.

»Ich wurde erwischt mit 'ner Tüte Gras. Abgeführt, als sei ich 'ne Terroristin. Mirco hat mich nach Hause gefahren. Schiebst du mich jetzt ab ins Heim?«

Er musste sich erst sammeln. Gras. Verhaftet. Angersbach fand, es gab weitaus Schlimmeres, doch das durfte er in ihrer Anwesenheit natürlich nicht preisgeben.

Sabine Kaufmann räusperte sich, bevor das Schweigen unerträglich wurde.

»Hast du gekauft … oder vertickt?«

»Gekauft.«

»Das ist schon mal gut.«

»Gut ist für mich etwas anderes«, platzte es aus Ralph heraus.

»War ja klar«, nölte Janine.

»Wie viel?«

»Fünf Portionen à sechs Gramm.«

»Oha. Das ist kein Eigenbedarf mehr, hm?« Sabine hob fragend die Augenbrauen.

»Kommt auf die Aussage des anderen an«, erklärte Weitzel. Seit er das Haus betreten hatte, suchte er den Blickkontakt zu seiner Kollegin. Freundin. Was auch immer. Doch sie schien sich nicht im Geringsten für ihn zu interessieren. Schien sich stattdessen zu fragen, weshalb ausgerechnet er Janine nach Hause gefahren hatte. Und warum die beiden sich duzten. »Dieser Leon ist kein unbeschriebenes Blatt. Absolut gewissenlos. Er wird versuchen, es Janine in die Schuhe zu schieben.«

»Das soll er mal versuchen«, polterte Ralph, und für eine Sekunde sah seine Halbschwester ihn anerkennend an. Bevor er weitersprechen konnte, beendete ein lautstarkes Handyklingeln die Konversation.

Hack, Rechtsmedizin. So viel verriet das Display noch, bevor der Akku seinen Geist aufgab. Angersbach ließ die anderen stehen und eilte, eine flüchtige Entschuldigung auf den Lippen, zum Telefon. Dort angekommen, versuchte er, sich an die Durchwahl zu erinnern. Erfolglos. »Frau Kaufmann?«

»Sabine. Was gibt's denn?«
»Hast du Hackebeils Nummer griffbereit?«
Sie diktierte sie ihm.
Wilhelm Hack lachte spöttisch, als er das Gespräch annahm.
»Haben Sie mich etwa weggedrückt?«
»Akku leer.«
»Hm. Hören Sie mal, ich dachte, das interessiert Sie vielleicht. Wir haben DNA-Profile angelegt. Da ich die Proben in meinem Institut vorbereitet habe, dürfte ich auch weiterhin Zugang zu den Ergebnissen haben.«
Angersbachs Miene erhellte sich. Gab es so etwas in Wiesbaden? Freundschaftsdienste? Vertrauen, das man sich gegenseitig *verdiente* und nicht per Dienstanweisung vorgeschrieben bekam?
»Danke, dass Sie an mich denken.«
»Sie wissen ebenso gut wie ich, dass ich mit den Landesbehörden nicht gut kann.«
Vor Jahren (es musste noch in den Achtzigern gewesen sein, doch so genau wusste der Kommissar es nicht) hatte man Hack den Hessischen Verdienstorden in Aussicht gestellt. Angeblich (und niemand sprach darüber, schon gar nicht Hackebeil) stand das Datum für die Zeremonie bereits fest, als das Ganze abgesagt wurde. Ohne Begründung. Bis heute verabscheute der Professor sämtliche Dinge, die aus der Hauptstadt kamen, zutiefst.
»Wie viele Profile gibt es denn?«
»Fünf. Eines davon stammt vom Opfer selbst, zum Abgleich. Dann ein Kaugummi und zwei Zigarettenkippen. Unspektakulär, wenn Sie mich fragen.«
»Eines fehlt aber noch«, bohrte Angersbach ungeduldig. Er wusste, dass Hackebeil Menschen gern auf die Folter spannte,

doch heute fehlte ihm der Nerv dazu. »Kommen Sie. Nebenan wartet meine Halbschwester mit zwei Kollegen. Besitz von Marihuana. Mir ist nicht nach Spielchen zumute.«

»Das Zeug sollte endlich legalisiert werden«, erwiderte Hack trocken und klang dabei bedingungslos ehrlich. »Es gibt mehr als genug Studien … Egal. Es gab einen Blutstropfen auf Gruber, der mich stutzig machte.«

»Ach ja, wo denn?«

»Armbeuge. Eingetrocknet. Das ist seltsam. Erstens tropft Blut nicht nach oben, zweitens trat das Projektil nicht aus dem Thorax aus.«

»Wurde er nicht außerdem umgezogen?«, erinnerte sich Angersbach.

»Exakt. Der Unterarm war bedeckt. Es hat gerade so gereicht, um ein Sample zu erstellen. Lassen wir uns also überraschen.«

»Wann erwarten Sie erste Ergebnisse?«

Hack überlegte laut, zwischendurch hüstelte er. »Mal sehen. Der Kram geht demnächst in die Datenbanken. Entweder kommt sofort etwas, ansonsten spätestens morgen. Oder es gibt gar keine Treffer, das kann auch passieren. Granaten-Gruber wurde zu einer Zeit inhaftiert, wo nicht einmal Onkel Sam an DNA dachte. Kaugummi und Kippen dürften der Dorfjugend zuzurechnen sein. Unwahrscheinlich also, dass hier eine Übereinstimmung auftritt. Bleibt im Grunde nur das Blut.«

»Informieren Sie mich bitte umgehend, auch wenn es keinerlei Treffer gibt. Nur, damit ich Bescheid weiß. Nein«, Angersbach hätte sich beinahe verschluckt, »warten Sie!«

»Was ist denn bloß los mit Ihnen heute?«

»Informieren Sie besser Frau Kaufmann. Mein Akku. Sie wird mich dann verständigen.«

Zurück in der Küche, wo sie um den Esstisch Platz genommen hatten, besprachen sie sich. Janine hatte sich in ihr Zimmer verzogen. Doch entgegen Angersbachs Erwartung hämmerten keine Bässe. Mirco Weitzel vertrat die Meinung, dass sie durchaus kapiert habe, worum es ging. Ihr Halbbruder indes war noch nicht überzeugt.

»Sie verlässt sich ein bisschen zu sehr darauf, dass wir ihr den Kopf aus der Schlinge ziehen.« Er schluckte bei dieser Metapher, denn unwillkürlich kam ihm Gruber in den Sinn. »Im Frühjahr, die Drogenrazzia in Frankfurt, ihr erinnert euch?«

Sabine Kaufmann nickte. Sie hatten Janine unmittelbar vor einer Polizeiaktion vom Einsatzort wegbugsiert.

»Nimm sie mit nach Lauterbach«, schlug sie vor. »Raus aus der Schusslinie. Ich knöpfe mir Leon vor. Drohe ihm ein wenig.«

»Gute Idee.« Weitzel grinste. »Wir spielen böser … und böser Bulle mit ihm. Ich bin dabei.«

Sabine Kaufmann nickte und seufzte.

Ob es eine so gute Idee war, das ausgerechnet mit Weitzel zu tun?

Nachdem Weitzel aufgebrochen war – es wunderte Ralph, dass er sich auch persönlich von Janine verabschiedet hatte –, sprachen sie über den Fall in Lauterbach.

»Lässt du jetzt ganz die Finger davon?«

»Quatsch. Das LKA wird die Sache nicht aufklären. Entweder sie begraben das Ganze als Karteileiche, oder sie springen über ihren Schatten und arbeiten mit uns zusammen. Für beide Fälle möchte ich vorbereitet sein.«

»Indem du heimlich ermittelst?«

»Indem ich in Kontakt bleibe. Das kann mir keiner verbieten. Mir vertrauen die Menschen, weil ich einer von ihnen bin. Diese Karte spiele ich aus, wenn's hilft. Und wer mir nicht vertraut, hat dafür Gründe. Das merke ich mir dann und sammle so meine Puzzleteile. Irgendwer hat entschieden, dass Gruber sterben muss. Und irgendwer hat ihn getötet. Die Art und Weise der Hinrichtung erfordert Planung und Sorgfalt. Da setze ich momentan an.«

Er berichtete von dem neuen Holzbalken auf dem Galgen. Von den Memoiren Grubers.

»Kling ziemlich vertrackt«, kommentierte sie.

»Scheint so, ja. Bitte achte unbedingt auf dein Handy, falls Hack sich meldet. Ich habe kaum noch Informationsquellen, auf die ich mich verlassen kann. Vielleicht bringt die DNA-Sache ja etwas.«

»Das mit dem Einschuss ist irritierend. Habe ich das richtig verstanden, dass der Mann betäubt, gehängt und zwischendurch erschossen wurde?«

Angersbach fasste das zusammen, was er aufgrund der Ergebnisse Hacks kombiniert hatte: »Betäubt wurde er schätzungsweise, damit er sich nicht wehrt. Das stützt die These eines Einzeltäters, denn einem Lynchmob wäre er auch ohne Betäubung unterlegen gewesen. Dann sollte er leiden, also dürfte die Betäubung nicht allzu stark gewesen sein. Bewusstsein ja, Motorik nein. Dazu gehört ein Mindestmaß an Fachwissen. Und der Schuss passt überhaupt nicht ins Bild. War es ein Gnadenschuss? Dafür ist er zu spät gekommen. Außerdem passen die Hinrichtungsart und der Begriff Gnade nicht auf einen Nenner.«

»Du hast gesagt, dass es sich um eine alte Kugel handelt?«

»Habe ich das?« Angersbach war für einige Sekunden abwesend, er war im Geiste zu Janine abgeschweift. Doch jetzt war er wieder voll da. »Moment, was war das eben?«

»Altes Projektil, alte Patrone. Könnte es sein, dass jemand damit eine Brücke in die Vergangenheit schlagen will?«

Sabine Kaufmann hatte darauf bestanden, dass sie sich in Michaels Wohnung trafen. Eine Dachwohnung, im Sommer unerträglich heiß, mit Blick auf die Frankfurter Zeil. Fußgänger, die sich wie Lemminge an den Schaufenstern entlangschoben. Von oben eine Masse, doch jeder eilte für sich. Kein Blick nach links oder rechts. Man konnte die Einsamkeit förmlich spüren, den Konsum, der für so viele eine Ersatzbefriedigung bedeutete. Innen ein wahrer Filmpalast. Seine ausziehbare Leinwand maß drei Meter fünfzig und konnte auf Knopfdruck vor dem Bücherregal hinabsurren. Die Regalwand beinhaltete eine Scheibensammlung, bei der so mancher Videothekar vor Neid erblassen würde. Blu-Rays, Sammeleditionen, Blockbuster der vergangenen zwanzig Jahre. Mittendrin ein Flachbildschirm, in dem ein Aquarium simuliert war. Im Sommer Geplätscher, im Winter Lagerfeuer. Es musste zu Michaels Job wohl dazugehören, schloss Sabine. Ein IT-Experte, gefragtester Computerforensiker der Frankfurter Polizei … Es wäre ein Wunder, wenn sich diese Leidenschaft nicht auch privat spiegeln würde. Neben dem Regal thronten zwei Computermonitore und ein brandneues MacBook. Schrecks Labor im Kleinen. Doch eines musste sie ihm lassen: Er hatte sie in ihren drei gemeinsamen Jahren nicht ein einziges Mal mit Technikkauderwelsch überfahren oder von ihr erwartet, sich dafür zu interessieren.

Sabine Kaufmann nahm einen Schluck Prosecco und seufzte. Es war nicht ihr erstes Glas an diesem Abend. Sie war im Krankenhaus gewesen, doch Hedwig hatte geschlafen. Sabine war daraufhin in die Cafeteria gegangen, hinterher noch einmal bei ihr vorbei. Sie war sich absolut sicher, Stimmen aus dem Krankenzimmer gehört zu haben, doch als sie eintrat, lag Mama nur wieder schlummernd da. Genauso wie dreißig Minuten zuvor. Stellte sie sich schlafend? Oder war es eine Art Dämmerzustand? Eine Schwester, die Sabine zufällig zu fassen bekam, betonte ausdrücklich, dass in solchen Phasen alles Mögliche passieren könne. Sie solle sich keine Sorgen machen, denn das Schlimmste hätte ihre Mutter überstanden. Blanker Hohn, oder nicht? Was war denn das Schlimmste? Dass die Tabletten sie getötet hätten? Oder dass sie ohnmächtig im Badewasser ertrunken wäre? Das *Schlimmste* war nicht eingetreten, nicht dieses Mal. Doch wenn Hedwig Kaufmann nun auch noch suizidal werden würde, zusätzlich zu den Psychosen, na dann gute Nacht.

Sie griff zur Flasche, doch Michael kam ihr zuvor und schenkte ihr ein. Es hätte ein romantischer Abend zu zweit sein können, Sekt mit Himbeeren vielleicht, Harmonie, Frieden. Sex. Doch in diesem Augenblick war es lediglich Prosecco, der, Glas für Glas, den ganzen Kummer verschwimmen ließ.

»Du musst etwas essen«, drängte er.

»Hab ich schon.«

»Mehr. Sonst bist du in einer halben Stunde sternhagelvoll.«

»Na und?« Sofort bereute sie es, ihn angeblafft zu haben. »Entschuldige bitte.«

Michael lächelte schmal und winkte ab. »Gibt es denn irgendwas, das ich tun kann?«

Sabine zuckte nur die Achseln. »Ich wüsste nicht, was.«

»Ich könnte nach deinem Vater suchen.«

»Hä?« Beinahe wäre ihr das Glas aus der Hand gefallen.

»Na, der in Spanien«, erklärte er unschuldig dreinblickend. Im Laufe ihrer Beziehung hatte sie Michael so ziemlich alles von sich erzählt, was es preiszugeben gab. Es war nicht viel für eine Frau Anfang dreißig, wie Sabine manchmal beschämt feststellte. Das Aufregendste in ihrem Leben war derzeit ihre weltentrückte Mutter.

»Ich könnte Flüge checken, seinen Namen durchrattern lassen«, fuhr Michael fort, »einfach nur, um auf Nummer sicher zu gehen.«
Sabine schnaufte. Natürlich. Er war *der* Computerfachmann der Frankfurter Polizei. Er würde noch immer alles für sie tun, das wusste sie. Würde sie ihn damit ausnutzen?
»Ich weiß nicht.«
»Warum zögerst du?«
»Es ist doch sowieso nur Einbildung. Mach lieber das Glas noch mal voll.«
»Einverstanden. Aber morgen früh überprüfe ich wenigstens die Flugdaten.«
»Tu, was du nicht lassen kannst.« Sabine trank einen weiteren, viel zu großen Schluck. Ihre Zunge fühlte sich bereits geschwollen an, doch wieder einmal waren ihr die Worte schnell und unwirsch entflohen. Erneut fühlte sie sich schuldig. »Sorry, Michael.« Sie sank reuig in ihrem Kissen hinab. »Ich bin heute wohl keine gute Gesellschaft.«
Doch er lächelte nur. Wie immer.
Michael hatte Schluss gemacht, *er* war es, der die Beziehung beendet hatte. Doch mit einem Mal wurde der Kommissarin klar, dass er ihr damit hatte zuvorkommen wollen.
Die Schuld. Ihre Schuld. Wie konnte sie sich neben einem derart hingebungsvollen und perfekten Mann jemals frei fühlen? Er hatte es kommen sehen.

Sie kauerten eine Weile schweigend nebeneinander.
»Warum?«
Sie berührten sich nicht, obwohl nur wenige Zentimeter sie trennten. Michaels Stimme schien durch das Nichts zu hallen, doch Sabine erschrak nicht. Sein Arm lag auf der Couchlehne,

über ihrem Kopf. Sie hatte Mühe, auf Distanz zu bleiben, und wollte es im Grunde auch nicht. Doch sie vermied es, sich schluchzend in seine Arme zu werfen. Mied den Blick in Michaels warme Augen. Pupillen, dunkel wie Haselnüsse, umgeben von einem hauchdünnen grünen Ring. Es waren die schönsten Augen, in die sie jemals geblickt hatte.

»Warum was?« Das Unbehagen erreichte ein schier unerträgliches Level.

»Warum hat es nicht mit uns geklappt?«

Sabine fuhr sich nervös durchs Haar.

»Michael …«, begann sie, doch dieser schüttelte bereits den Kopf.

»Vergiss es. Es ist nicht der richtige Zeitpunkt.«

»Mhm.« Dankbar nickte sie.

»Trotzdem frage ich es mich immer wieder. Ich meine«, Michael deutete mit dem Finger zwischen ihnen hin und her, »immerhin sitzen wir hier und jetzt nebeneinander. Ist das normal?«

Sabine wusste es nicht.

Natürlich hatte es während ihrer Beziehung auch Streitigkeiten gegeben. Wegen Peanuts, wie bei jedem Paar. Laute Worte, Verletzungen, Sex. Über mangelnde Leidenschaft jedenfalls musste sich keiner beklagen. Doch *den einen* Grund gab es wohl auch nicht, Sabine rang nach einer Eingebung, denn sie befürchtete, er würde nicht aufhören zu bohren.

»Ich kann es dir nicht sagen«, kam es schließlich recht hilflos, »bitte zwing mich nicht dazu, etwas zu erfinden. Mein Kopf ist voll, ich bin halbwegs betrunken. Da kann nichts Gutes bei rumkommen.«

»Liebst du mich noch?«

Liebe. Verdammt. Er spielte tatsächlich diese Karte. Sabine Kaufmann erinnerte sich an einen Text, den sie unlängst, mehr zufällig, gelesen hatte. Es war um den Zwang von Paaren gegangen, einander tagtäglich ihre Liebe zu bekunden.

Viele hungrige Augen, die darauf warten und nichts mehr sehen. Ein Schleier der Untröstlichkeit, wenn die Beteuerung der Liebe nicht fällt, als ob sie essenziell wäre.

Sie reagierte wütender als gewollt. Kippte zuerst den restlichen Sekt hinunter und rief dann: »Du Idiot! Warum knallst du mir so etwas an den Kopf?«

»Es war doch nur eine Frage.«

»Und du erwartest darauf eine Antwort. *Liebst du mich? Ja oder nein?*« Sie griff nach der Flasche. Leer.

»Was hindert dich denn daran?«

»Ich kann es einfach nicht.« Sabine vergrub den Kopf zwischen den Händen. »Es macht mir Angst. Ich hatte noch nie so eine lange Beziehung, ich kenne es einfach nicht.«

Michael gluckste. »Das ging Tausenden anderen vor uns auch schon so.«

»Warum hast du dann Schluss gemacht?« Ein wenig erschrocken über sich selbst, wie sie plötzlich den Spieß herumdrehte, traf sie seinen Blick. Er zuckte.

Kleinlaut kam auch die Antwort. »Du weißt genau, dass ich es wegen dir gemacht habe, oder?«

»Ich hatte es vermutet.«

»Du hast es zugelassen«, er hob die Hand, »und das ist kein Vorwurf.«

»Lass uns das bitte vertagen«, seufzte Sabine. Die Gläser waren leer, sie wollte keinesfalls noch mehr trinken und am Ende im Bett landen. Tief in ihrem Inneren begannen sich Stimmen zu regen, die sie in ihrem jetzigen Zustand nicht hören wollte.

»Ich möchte nach Hause.«

»Nicht in dem Zustand«, widersprach er, leise, aber bestimmt. Spielte er damit nur auf ihren Alkoholpegel an, oder hegte er die Hoffnung, nicht alleine schlafen zu müssen?
»Bitte. Ich möchte alleine sein.«
Er schnellte nach oben und streckte ihr die Hand entgegen. »Na gut, dann fahre ich dich. Ich hatte kaum mehr als ein Glas.«
Da war er wieder. Der gute Samariter. Sie hatte ihm auch kaum eine Chance gelassen, mehr zu trinken.
Sabine Kaufmann konnte nicht leugnen, dass sie diese Seite an ihm nach wie vor liebte. Unabhängig von der Angst und dem Druck, den ihr das bereitete.

Michael Schreck kletterte aus dem Twizy. Wie oft hatte er sich darüber amüsiert, wie unkomfortabel es doch sein müsse, als Fahrer ständig aufzustehen, um dem Beifahrer Zugang zu gewähren. Doch heute schwieg er. Sie hatten kaum ein Dutzend Worte gewechselt. Er begleitete Sabine zur Wohnungstür, schweren Herzens, denn er wusste, dass sie ihn nicht mit hineinbitten würde. Er reckte nicht einmal den Kopf, um einen flüchtigen Kuss zu erhaschen. Sie lächelte nur schweigend, dann schnappte das Schloss, und er war allein. Im Inneren die vertrauten Geräusche, er auf der falschen Seite der Tür. Traurigkeit übermannte ihn, doch er zwang sich zur Stärke.
Als er wenige Minuten später die Heilsbergsiedlung in Richtung Frankfurt verließ, setzte sich ein dunkelgrauer Focus in Bewegung.
Michael bemerkte ihn nicht.

MITTWOCH

Das, was ihr mit schrillem Klang Migräne bereitete, war kein Traum. Ihre Zunge klebte pelzig. Sabine Kaufmann war einfach nicht dazu geschaffen, sich zu betrinken. Die zweite Hälfte des Abends, nachdem Michael sie abgesetzt hatte, hatte einen unspektakulären Verlauf genommen. Ein Glas Wein, während sie sich zur Ablenkung auf ihre Post stürzte. Anträge, Rechnungen, das Übliche. Frustrierender Alltag, darunter mischten sich die Gedanken, wie es mit Hedwig weitergehen sollte. Ein zweites Glas Wein, dann endlich hatte sie sich aufgerafft und zu Bett begeben. Das Handy blieb stumm. Keine weitere Nachricht von Michael, dass er sie liebe. Kein Gute-Nacht-Smiley mit Kussmund. Sie wechselte in den Flugmodus und rollte sich unter der Decke ein.

Unerbittlich, denn es würde kein Anrufbeantworter übernehmen, schallte das Festnetztelefon im Flur.

»Ja?« Sie krächzte und massierte sich dabei die Schläfe. Doch im nächsten Augenblick stand Sabine stocksteif da.

»Ein Unfall?«, wiederholte sie mit Entsetzen.

Dann läutete es an der Tür. Erst jetzt realisierte die Kommissarin, dass es draußen noch halbdunkel war. Sonnenaufgang. Der Tag hatte kaum begonnen.

Es klopfte. »Hallo? Sabine?«

Mirco Weitzel. Sie blickte verzweifelt an sich hinab. Ein Schlafhemd, das wie eine Fahne in der Flaute an ihr herabhing. Die

Beine. Unrasiert. Warum zum Teufel dachte sie in diesem Augenblick an ihre Beine? »Moment!«, rief Sabine in Richtung Wohnungstür und, gedämpft, dasselbe in den Telefonapparat. »Unter welcher Nummer kann ich Sie erreichen?«

»Sehen Sie die Durchwahl auf dem Display?«

Sabine las sie vor und verabschiedete sich dann. Sie eilte ins Schafzimmer und angelte sich ihre Laufkleidung. Dabei segelte ein Papier zu Boden, die Notiz ihrer Mutter.

Er stellt mir nach. Er will mir etwas antun.

Sie hätte am liebsten laut geschrien, so überfordert fühlte sie sich.

Sabine ging zur Tür, wo sie Mirco Weitzel mit seinem gewohnt kecken Lächeln in den Mundwinkeln erwartete. Doch stattdessen machte er eine mitfühlende Miene. Öffnete seine Arme, in die sie dankbar versank und einen tiefen Seufzer freiließ.

»Schon gut«, hauchte Mirco.

»Nichts ist gut.« Sie machte sich frei. Die Unfallklinik hatte angerufen. Michael Schreck war dort eingeliefert worden, nachdem er auf der B521 einen Unfall gehabt haben musste. Er war nicht bei Bewusstsein, weitere Details gab es bislang kaum. Keine offensichtlichen Brüche, doch was hieß das schon? Sabines Herz raste.

»Was ist passiert?«, fragte Weitzel.

»Sag du es mir. Warum bist du hier? Wo … wann …« Sabine stockte, und er schob sie sanft ins Wohnungsinnere zurück.

»Ich bringe dich rüber ins Krankenhaus. Die Unfallstelle liegt auf dem Weg. Zieh dich in Ruhe an, so viel Zeit muss sein. Hast du etwas gegessen?«

»Ich hab kaum geschlafen«, erwiderte sie lakonisch.

»Mach dich fertig, ich organisiere Kaffee. Michael geht es so weit gut.«

»Woher willst du das wissen?«
»Kein Blut, keine offene Kopfwunde. Damit ist er besser dran als andere Unfallopfer. Dein Auto …«
Er verstummte abrupt.
»Was ist mit meinem Auto?«

Der Berufsverkehr hatte längst eingesetzt. Auf dem Fahrradweg, stadteinwärts Richtung Frankfurt, unweit des alten Zollhauses, parkte ein gelber Kranwagen. Zwei Fahrspuren fädelten sich zu einer zusammen, stop and go. Ein Bus zwängte sich vorbei, hupend, denn Fahrradfahrer wichen auf die Busspur aus. Die Pendler machten lange Hälse, als der Kleinwagen aus dem Gebüsch gehievt wurde. Die Seitentüren waren abgerissen, ein Reifen fehlte. Das Dach war gequetscht. Ein Plastiksplitter segelte zu Boden. Sabine schluckte.
»Michael sieht deutlich weniger ramponiert aus«, kommentierte Weitzel. Er meinte es offenbar beruhigend, doch Sabine fand es völlig fehl am Platz.
»Was ist passiert?«
»Wissen wir nicht.« Er zuckte die Schultern und steuerte den Streifenwagen holpernd über das Grün. Ein Fußgänger mokierte sich lauthals, die beiden ignorierten ihn. Sabine stieg aus und inspizierte die Gegend. Sie kannte die Straße praktisch in- und auswendig. Der Streckenabschnitt war kerzengerade, übersichtlich, gut ausgeleuchtet. Wenig Nachtverkehr. Sie verstand die Welt nicht mehr.
»Sabine, es ist mir ein wenig unangenehm«, druckste Weitzel, »aber es ist nicht zu übersehen, dass du gestern etwas zu tief ins Glas geschaut hast.«
»Deshalb hat Mike mich ja auch gefahren«, erwiderte sie schnippisch.

»Also wart ihr zusammen etwas trinken.«

»Nein, ich war bei ihm, wenn du es genau wissen möchtest. Und ich wüsste auch nicht …« Dann schwante ihr etwas. »Moment. Du meinst, Michael wäre betrunken gefahren? So ein Blödsinn!«

»Ich muss das fragen.« Mirco schniefte. »Und die Ärzte werden ihm Blut abnehmen.«

»Dann buchstabiere ich es dir gerne noch einmal. Mike war nüchtern. Ein Glas, okay, aber das spielt ja wohl keine Rolle. Du bist auf dem Holzweg.«

»War er übermüdet? Gestresst? Wann genau ist er von dir losgefahren?«

Sabine wünschte sich, unsichtbar zu werden. Das wirkliche Interesse hinter Mircos Fragen war so eindeutig.

›Hattet ihr Streit? Hattet ihr Sex?‹

»Spät. Der Rest tut nichts zur Sache. Gibt es keine Zeugen?«

»Der Wagen wurde erst Stunden nach dem Unfall entdeckt. Keine Meldung, kein Notruf. Ein Radfahrer muss das glimmende Licht bemerkt haben, sonst läge er vielleicht jetzt noch im Gebüsch.«

»Verdammt.« Sabine betrachtete das dichte Grün, meterhoch, durch das man nur an wenigen Stellen den Himmel erblickte. Warum war Michael ausgerechnet hier von der Straße abgekommen? Für eine Sekunde kam ihr ein unbequemer Verdacht. Doch sie verwarf ihn sofort. Ein Selbstmordversuch kam definitiv nicht in Frage.

»Ihr müsst sämtliche Fakten prüfen«, wandte sie sich an ihren Kollegen und korrigierte: »*Wir* müssen. Technisches Versagen, ein geplatzter Reifen, vielleicht hat ihn jemand geschnitten. Gibt es Kameras?«

Mirco Weitzel verneinte.

»Fahr mich bitte zu ihm.«
Er nickte schweigend und öffnete ihr die Beifahrertür. Dann wechselte er noch einige Sätze mit den Mechanikern des Abschleppdienstes. Auf der Pritsche sah sie ein letztes Mal die traurigen Reste ihres Wagens. Der Tacho hatte die fünftausend noch nicht erreicht, keine hundert Kilometer mehr, bis es so weit war. Doch würde er überhaupt wieder fahren? Mirco stieg ein. Irgendwann, das wusste sie nur zu gut, würde sie mit ihm reden müssen.
Doch zuerst war Michael an der Reihe.

Ralph Angersbach eilte durch den Gang. Es war früh am Tag, er hatte Janine nicht geweckt. Ein Wunder, dachte er, dass sie überhaupt mitgekommen war. Dieser Mirco Weitzel schien einen gewissen Einfluss auf das Mädchen zu haben, Angersbach war sich noch nicht darüber im Klaren, ob er das gut oder schlecht finden sollte. Weitzel war ein Schönling, ging auf die dreißig zu, hatte seines Wissens nach keine feste Freundin. Gerüchte machten die Runde, dass er nichts anbrennen ließe. Auch mit Sabine Kaufmann schien er zu liebäugeln, wahrscheinlich tat er das mit jeder Frau. Doch Janine war kaum sechzehn. Fast halb so alt. Der Kommissar würde dem einen Riegel vorschieben, doch er biss sich auf die Zunge, Janine gegenüber etwas zu erwähnen. Keine Fragen, keine Kommentare. Nichts tun, um ihren heiligen Zorn heraufzubeschwören. Doch das Ganze musste warten.
Die forensische Abteilung befand sich im Untergeschoss. Allerlei technische Spielereien, von denen Angersbach nur die Hälfte auf Anhieb erkannte. Computermonitore, Mikroskope, reinweißes Deckenlicht. Menschen in fusselfreien Over-

alls neben lässig gekleideten Technikern, die auf Tastaturen klapperten und dosenweise Red Bull konsumierten.

Angersbach trug einen Besucherausweis, denn eine Schlüsselkarte hatte man ihm nicht gegeben. Es war sein zweites Mal, entsann er sich, dass er das Polizeipräsidium in Fulda betrat. Der erste Besuch lag ein halbes Leben zurück.

»Ah! Angersbach aus Angersbach«, begrüßte ihn eine bekannt klingende Stimme. Das dazugehörige Gesicht entpuppte sich als der Kollege, den er am Galgenberg kennengelernt hatte.

»Ich sagte doch …«, wollte er widersprechen, doch der andere winkte lachend ab.

»Weiß ich ja. Was treibt Sie in unsere heiligen Hallen?«

»Ich komme wegen der Patronenhülse.«

»Das alte Ding?« Der Forensiker kratzte sich auf dem Kopf. Haarschuppen rieselten auf seine Schulter.

»Haben Sie es hier?«

»Nein. Sämtliche Beweismittel sind ans LKA gegangen. Hat man Ihnen das nicht gesagt?«

»Ich dachte, nur die relevanten.« Angersbach tat, als denke er laut. »Diese Patrone dürfte wohl kaum …«

»Die Fotos dürften noch auf der Speicherkarte sein. Aber wie Sie schon sagten, ob es wirklich von Bedeutung ist?«

»Können Sie mir eine Kopie machen?«

Angersbachs Gegenüber verzog nachdenklich das Gesicht. »Im Grunde wohl nicht, denke ich. Andererseits könnte jeder Kriminalbeamte auf dem Server darüberstolpern … Haben Sie einen USB-Stick dabei oder so?«

»Oh, da muss ich nachsehen.« Selbstredend hatte der Kommissar einen Datenspeicher dabei. Doch er spielte seine Strategie weiter und tastete sich ab. »Ja hier. Ist Musik drauf, aber die Fotos müssten noch dazupassen.«

Der Forensiker verschwand für ein paar Minuten. Angersbach checkte derweil sein Handy, doch er hatte kaum Empfang. Janine hatte eine SMS gesendet. Sie war wach und hatte Hunger. Schimpfte darüber, dass es nur den üblichen »Fettkram« gäbe. Angersbach sparte es sich, darauf hinzuweisen, dass die Omeletts der Hauswirtin ein Hochgenuss waren. Dann kehrte der Kollege mit den Daten zurück. Angersbach bedankte sich und schlenderte zurück zu seinem Lada. Kaum angekommen, piepte und vibrierte sein Telefon. Textnachricht, Mailbox, E-Mail. Da hatte es jemand aber eilig.

Sabine Kaufmann stand auf dem Gang vor den Krankenzimmern. Kein Doktor weit und breit, nur gestresst wirkende Schwestern, die routiniert ihr Programm abspulten. Mirco Weitzel hatte mit nach oben kommen wollen, sie hatte es jedoch abgewehrt. Vor zehn Minuten hatte man ihr versichert, dass der zuständige Arzt, der noch auf Visite war, sich für sie Zeit nehmen würde. Bereits viermal war Sabine seither den Putz- und Verpflegungswagen ausgewichen. Sie fühlte sich deplaziert, doch im Inneren des Zimmers, wo Michael lag, wurde gerade der Bettnachbar gewaschen. Michaels Bett fehlte zudem, er sei im CT oder beim Röntgen. Die Oberschwester, zumindest hielt Sabine die streng dreinblickende Dame hinter dem Glas für sie, schenkte ihr einen weiteren strafenden Blick. Sie solle im Besucherbereich warten, hatte sie gesagt, doch die Kommissarin hatte Angst, dass man sie dann vergäße. Ihre Sorge brannte, und außerdem hustete sich in dem abgelegenen Raum, in den ungehindert die Sonne knallte, ein Einbeiniger die Seele aus dem Leib. Raucheramputation. Seine Hautfarbe und das Röcheln sprachen Bände.

Sie fasste sich ein Herz und näherte sich erneut dem Schwesternbereich.

»Dr. Mertin hat noch drei Zimmer. Dann kommt er zu Ihnen.« Offenbar war die Schwester ungeduldige Angehörige gewohnt. Sie sprach emotionslos und ohne aufzublicken. Das änderte sich abrupt, als Sabines Handy zu kreischen begann. In der Atmosphäre des Krankenhauses, wo das Benutzen von Mobiltelefonen strikt verboten war, traf es beide Frauen wie ein Schrei. Die Schwester wäre um ein Haar aufgesprungen, ihre Augen weiteten sich. Hätten Blicke töten können, so wäre Sabine Kaufmann ihr erstes Opfer geworden. Die Kommissarin presste ein »Verdammt – sorry« hervor und flüchtete in den Besucherbereich.

Schweißperlen prangten auf Angersbachs Stirn. Er hielt sich an der Motorhaube seines Wagens fest, denn das, was seine Partnerin ihm berichtet hatte, ließ seine Knie zu Butter werden.

»Wiederhol das bitte noch einmal«, bat er sie leise.

Geduldig fasste Sabine Kaufmann zusammen, was sie vor wenigen Minuten von Professor Hack erfahren hatte. Er war es, der sie in die peinliche Lage mit dem Handy gebracht hatte. Jeden anderen hätte sie wohl weggedrückt, doch sie hatte gewusst, wie wichtig der Anruf für Angersbach war.

So wichtig indes … Das hatte wohl keiner geahnt.

»Das DNA-Profil ist eindeutig, daran hat Hack keinen Zweifel gelassen«, schloss Sabine. »Veith Gruber ist mit dir verwandt.«

Angersbach atmete schnell. *Zweiundvierzig*, dachte er. Zweiundvierzig Jahre hatte es dauern müssen, bis seine Familiengeschichte ihn einholte. Es war kaum ein Jahr her, als ihm wie aus dem Nichts seine Halbschwester Janine präsentiert worden war. Der Frage, wie viele Halbgeschwister er noch haben mochte, war er nie ernsthaft nachgegangen. Aus gutem Grund, wie sich nun zeigte.

»Ausgerechnet ein Terrorist«, hauchte er. »Verdammt. Zweifel ausgeschlossen? Es gab doch diesen Blutstropfen auf Grubers Arm. Vielleicht wurden die Proben vertauscht.«

Strohhalme, das wusste er selbst. Und Sabine konnte ihm diese Hoffnung nicht aufrechterhalten.

»Hack hat deinen Zweifel kommen sehen. Er lässt freundlich daran erinnern, dass deine DNA noch in der Datenbank ist. Warum eigentlich?«

»Das ist noch aus Gießener Zeiten. Ein paar Kollegen und ich haben Vergleichsproben abgegeben. Verunreinigung von Beweisen. Aber das ist ja jetzt auch nicht wichtig.«

»Da hast du recht. Hack jedenfalls ist sich hundertprozentig sicher und hat betont, dass er jeden weiteren Zweifel als persönlichen Angriff werte.«

»Der hat leicht reden.« Angersbach hustete und kickte mürrisch nach einem Kiesel. Er flog hoch und traf einen Kotflügel, was ihn zusammenzucken und sich umsehen ließ. »Mist«, raunte er, »kaum mit einem linken Anarchisten verwandt, schon demoliere ich Autos.«

»Wie bitte?«

»Vergiss es. Ich möchte Hack selber sprechen. Danke für deine Mühe.«

»Gerne, kein Problem. Ich muss mich jetzt leider erst um meine eigenen Baustellen kümmern, danach melde ich mich.«

Angersbach fragte nicht nach.

Seine Gedanken fuhren Karussell, nein, eher Achterbahn.

Sabine Kaufmann lehnte an einer Säule. Ihr Blick war verschwommen, fixierte einen nicht existierenden Punkt in der Ferne. Leere. Unendlichkeit. Alles um sie herum zerbrach.

»Was bedeutet Gehirntrauma?« Die Frage platzte aus ihr heraus, völlig aus dem Zusammenhang.

»Es gibt eine Fraktur an der Schädeldecke«, wiederholte Dr. Mertin geduldig und sprach von Gefäßdruck und Schwellungen. »Es ist kein offener Bruch, auch ansonsten ist organisch alles unversehrt. Ihr Mann hat großes Glück gehabt.«

Ihr Mann. Sabine war zu müde, zu besorgt, um den Arzt zu korrigieren.

»Was genau ist denn mit seinem Kopf? Ist er ohnmächtig, liegt er im Koma, hat er eine Amnesie?«

»Er schläft.«

Das klang wie eine Ausrede.

»Dann wecken Sie ihn. Ich möchte mit ihm reden und sehen, dass alles in Ordnung ist.«

»Geben Sie ihm etwas Zeit«, bat Dr. Mertin eindringlich. »Wir haben ihm natürlich Sedativa gegeben. Etwas gegen die Schwellung. Der Körper muss zur Ruhe kommen, wenn er aufwacht, dürfte er eine üble Migräne haben.«

»Ich muss wissen, was passiert ist«, drängte Sabine. »Ob es ihm wieder gutgehen wird.«

Eine Träne löste sich aus ihrem Augenwinkel, und sie schniefte. Doch es ging diesen fremden Mann nichts an, dass sie sich die schlimmsten Vorwürfe machte. Am liebsten hätte sie schreiend auf ihn oder die Säule eingeschlagen.

Es ist meine Schuld, meine gottverdammte Schuld!

»Geben Sie ihm Zeit bis morgen früh.« Die blond behaarten Pranken des Arztes schlossen sich sanft um ihre Schultern, doch er zog sie nicht an sich, sondern redete nur leise weiter.

»Wenn das stimmt, was mir von dem Zustand des Autowracks berichtet wurde, dann hat er einen mächtigen Schutzengel gehabt. Keine unserer Untersuchungen deutet darauf hin, dass er etwas Bleibendes zurückbehalten wird. Aber ich kann es Ihnen natürlich auch nicht versprechen.«
Sabine schluckte.
Michael durfte nichts geschehen. Blind, gelähmt, Gedächtnisverlust. Das hatte er nicht verdient.
Es *durfte* einfach nicht sein.

Veith Gruber. Geboren am 5. September 1961. Vater unbekannt. Mutter war Elisabeth Gruber, Jahrgang 1942. Eine Neunzehnjährige, nicht verheiratet, ohne Kindsvater. Veith war von der Hebamme direkt in ein Waisenhaus gewandert, so entnahm Angersbach es der Akte. Es lag alles penibel recherchiert vor. Damals, in den Siebzigern, hatte das Profiling begonnen. Von allen mutmaßlichen Terroristen gab es kistenweise Aufzeichnungen. Familiärer Hintergrund, Religiosität, sexuelle Neigungen, schulische oder akademische Laufbahn. Man hatte verzweifelt versucht, Muster zu konstruieren. Die biographischen Daten von »Granaten-Gruber«, inklusive seiner späteren Opfer, fanden sich allesamt im Internet.
Ralph Angersbach massierte sich die Schläfen und atmete tief durch. Zum wiederholten Mal prüfte er, dass niemand seinen Bildschirm einsah. Es würde früh genug bekannt werden. Er klickte weiter, notierte sich etwas.

Gruber.
Angersbach.

Seinen Familiennamen hatte Ralph von der Mutter, ebenso wie Veith. Rechtlich ging dies nicht anders, denn ohne Heirat oder die eindeutige Angabe eines Erzeugers hätte niemals der Familienname des Vaters Verwendung finden können. Seine Geburtsurkunde, so viel wusste er, beinhaltete lediglich Angaben über die Mutter. Ergo, dachte Angersbach weiter, konnten sie nur Halbgeschwister sein. Was die beiden verband, war der gemeinsame Vater. Er schluckte. Dann fiel sein Blick auf die Uhr.

Angersbach schloss alle Bildschirmfenster, faltete den Notizzettel zusammen und meldete sich ab. Nadine Schygalla erwartete ihn.

Das Messingschild an der zweistöckigen Villa wirkte frisch poliert. Die Fassade gepflegt, Klinkersteine und Sandstein, unweit des Marktplatzes der Kreisstadt gelegen. Angersbach drückte seinen Zeigefinger auf den Knopf, ebenfalls Messing. Die Restaurierung des Hauses musste eine Menge Geld verschlungen haben, dachte er bei sich.

»Haben Sie schon gegessen?«, erkundigte sich Nadine Schygalla, die ihn am oberen Ende der frisch lackierten Holztreppe erwartete.

»Zumindest brauche ich im Moment nichts«, erwiderte Angersbach. Sie kicherte kurz.

»Dann rein in die gute Stube, ich verkneif's mir auch. Ist ohnehin besser für die Figur.«

Als müsste *sie* sich um ihre Linie sorgen.

»Sie betreiben ein Maklerbüro? Ich hätte mit einem Job im Journalismus gerechnet.«

»Wegen der Memoiren?«

»Zum Beispiel.«

»Es war die Kanzlei meines Onkels. Er hing daran, also halte ich das Ganze am Leben. Aber mal ehrlich. Der Immobilienmarkt hier oben ist eine Katastrophe. Sobald ich einen Käufer für das Haus finde, bin ich aus der Sache draußen. Mein Herz schlägt tatsächlich für das Schreiben, ich habe ein paar Semester Germanistik studiert. Dieser ganze Immobilienkram …« Sie hielt inne und neigte den Kopf. »Sie sind aber nicht wegen *meiner* Memoiren gekommen.«

Angersbach zwinkerte. »Zu einer Vernehmung gehören auch persönliche Angaben.«

»Vernehmen dürfen Sie mich aber nicht.« Sie zwinkerte zurück.

»Gut, eins zu null für Sie.« Angersbach hatte den Kopf zu voll, um sich auf Spielchen einzulassen. »Dann zu Veith Gruber. Wie kamen Sie beide zusammen?«

»Er suchte ein Domizil. Das war, bevor er sich ein Zimmer mietete. Im Zuge dessen kamen wir ins Gespräch.«

»Haben Sie von Anfang an gewusst, um wen es sich handelt?« Das Nein kam wie aus der Pistole. Angersbach war sich nicht sicher, ob es eine Nuance zu schnell gekommen war. Dann setzte sie noch etwas hinzu: »Er hat es mir von sich aus gesagt. Wir kamen auf mein Faible fürs Schreiben zu sprechen, ich weiß nicht mehr, warum. Da erwähnte er seine Memoiren. Dass er auf der Stelle trete und ob ich wisse, wer er sei.«

»Hm. Und Sie boten ihm an …«

»Ich bot ihm an, den Text zu prüfen. Lektorat, Recherche – *das* ist meine wahre Berufung. Eine brotlose Kunst, leider, wenn es einem an Aufträgen mangelt. Ich hätte von der Wissenschaft in die Belletristik wechseln sollen. Krimis anstelle von Diplomarbeiten.«

»Was genau haben Sie für Gruber getan?«

»Ich weiß nicht, ob Sie's wussten«, Nadine Schygalla zog eine Schublade auf und holte einen flachen Stapel Papiere hervor, »aber Gruber stammte aus dieser Gegend.«

Angersbach spürte einen Stich in der Magengrube. Und wie er das wusste. Wusste sie etwa …

»Spielte das eine Rolle?«

»Für ihn schon. Veith hat sich sehr für seine Herkunft interessiert. Er wollte sich in seinem Buch nicht entschuldigen oder rechtfertigen. Aber seine Kindheit ohne Eltern, die Suche nach einem Anker im Leben, den er erst als junger Erwachsener im Roten März fand – ja, das war ihm wichtig.«

»Haben Sie etwas herausgefunden, was nicht im Internet steht?«

Nadine runzelte die Augenbrauen. »Was meinen Sie?«

»Seine Kindheit. Seine Eltern.« Angersbachs innere Stimme sagte ihm, dass sie es erwähnt hätte, wenn sie etwas gewusst hätte. In der Regel vertraute er auf sein Bauchgefühl.

»Veiths Heimkarriere konnten wir rekonstruieren. Seinen Stammbaum – bedaure. Da bin ich die falsche Ansprechpartnerin.«

Ein Blutstropfen platschte auf die Schreibtischunterlage. Angersbach wusste nicht, wen von beiden es mehr erschreckte.

»Verzeihung«, murmelte Frau Schygalla, bereits ein Stofftaschentuch vor ihr Gesicht gepresst. Der silberne Armreif klimperte.

»Haben Sie das öfter?«

»Hoher Blutdruck, dünnes Blut.« Sie lächelte hinter den weißen Zipfeln hervor. »Auch geerbt.«

Sie schwieg einen Moment und hielt den Kopf seitlich. Angersbach ertappte sich bei der Frage, ob das LKA wohl einen DNA-Abgleich vornehmen würde.

»Darf ich Sie etwas Persönliches fragen?«

»Kommt drauf an.«

»Sie leben allein?«

Ihr Blick loderte auf, womöglich lag ihr eine spitzzüngige Bemerkung auf den Lippen. Dann aber kam bloß: »Zurzeit schon. Weshalb? Prüfen Sie mein Alibi?«

»Haben Sie denn eines?«

»Brauche ich denn eines?«

»Ich weiß nicht, wie meine Kollegen von der Landespolizei das sehen …«

»Ach kommen Sie schon.« Schygalla verdrehte die Augen und ließ das Taschentuch sinken. Die Blutung hatte allem Anschein nach nur kurz angedauert. »Ich war alleine, Vierbeiner zählen ja nicht als Zeugen. Hätte ich gewusst, dass ich ein Alibi brauche …«

Angersbach grinste. Dieser unerträgliche Satz, eine Plattitüde, die man ständig im Fernsehen hörte.

»Ich kann Sie beruhigen. Die wenigsten Menschen haben Alibis. Aber Sie wurden danach gefragt?«

»Natürlich. Wo ich war, was ich mache, ob ich eine Gewebeprobe abgebe.«

Angersbach wurde hellhörig. »Ach ja?«

»Ich habe ihnen nicht aufs Taschentuch geblutet, falls Sie das meinen.«

Der Kommissar winkte ab. »So genau wollte ich es nicht wissen. Aber wir sprachen gerade über Grubers Familiengeschichte.«

»Hm?«

»Sie sagten, Sie seien nicht die richtige Person dafür. Wie war das gemeint?«

»Standesamtliche Unterlagen sind nicht jedem ohne weiteres zugänglich. Papierkram, einen Genealogen, jemanden mit

Fachkenntnis und Beziehungen. Ohne das geht es nicht. Leider sind der hiesige Familienforscher und ich uns spinnefeind. Das hatte ich Veith auch erklärt, er wollte sich folglich selbst darum kümmern.«

»Wann war das?«

»Eine Woche her etwa, den genauen Tag kann ich Ihnen raussuchen.«

»Hat er sich darum gekümmert?«

»Er hatte es vor. Veith pflegte nichts auf die lange Bank zu schieben. Behauptete er zumindest. Mehr weiß ich leider nicht.«

»Okay, danke. Und wo finde ich diesen Genealogen? Haben Sie Namen und Anschrift griffbereit?«

»Klar. Er ist praktisch mein Nachbar. Alles, was mit Geschichte und Familienforschung zu tun hat, geht über seinen Schreibtisch.«

Angersbach hob alarmiert die Augenbrauen, noch bevor sie den Namen aussprach.

Egon Reuter.

Mirco Weitzel beendete sein Telefonat, als Sabine sich ihm näherte. Charmant säuselnd, so viel bekam sie noch mit. Grinsend verschwand das Handy in seiner Hosentasche. Sie kannte diese Seite von ihm nur zu gut.

»Lass mich raten. Weiblich?«

»Meine Schwester«, erklärte er mit Unschuldsmiene. »Was macht Michael?«

Sabine wiederholte die Worte des Arztes mit spöttischer Betonung. »Er schläft.« Sie setzte Anführungszeichen mit der Hand.

»Koma?«

Sie zuckte die Schultern. »Bewusstlos. Ich soll warten. Mehr konnte man mir nicht sagen.«
»Aber er ist nicht verletzt.«
»Klaffende Wunden hat er keine, innere auch nicht. Aber hier oben …« Sie tippte sich an die Stirn und seufzte. Erneut stiegen Tränen in ihr auf, die sie unterdrückte. Als wäre es noch nicht genug, schoss ihre Mutter ihr in den Kopf. Sie bekam weiche Knie, taumelte und landete zwei Sekunden später direkt in Mircos haltenden Armen. Es fühlte sich gut an, geborgen, und dann wiederum so falsch. Doch Sabine Kaufmann hatte keine Kraft mehr, sich dagegen zu wehren.

Es waren um die sechsundzwanzig Grad, wenn man dem digitalen Thermometer der Bank Glauben schenken durfte. Allgemein war der Sommer zu kühl, Angersbach musste bei diesem Gedanken spontan an Professor Hack denken. Er lächelte. Hackebeil konnte sich abendfüllend über das Wetter auslassen, außerdem den Klimawandel oder die Zeitumstellung. In den meisten Punkten stimmte der Kommissar mit ihm überein, doch er vermied es in der Regel, diese Themen anzuschneiden. Dennoch fragte er sich, weshalb Egon Reuter ein langärmeliges Jeanshemd trug. Er fand ihn inmitten eines Blumenbeets vor, kauernd, das Gesicht im Schatten eines Strohhuts.
»Sie schon wieder.«
»Es haben sich neue Fragen ergeben.«
Reuter richtete sich auf, hielt kurz inne, kniff die Augen zusammen und rieb sich den Steiß.
»Geht es, Liebling?« Die Stimme seiner Frau drang aus dem Hausinneren. Er bejahte, dann wandte er sich Angersbach zu: »Hexenschuss. Nicht schön.«

»Kann ich mir denken.«

»Was führt Sie also her?«

»Veith Gruber. Man sagt, Sie seien der richtige Ansprechpartner, wenn es um Nachforschungen zur Familienherkunft gehe.«

Reuter neigte den Kopf. »Kompliziert ausgedrückt, Herr Kommissar.«

»Aber zutreffend?«

Er nickte. »Ortsgeschichte und Genealogie gehören ja praktisch zusammen. Um die Verbreitung von Namen zu begreifen, muss man die räumlichen Gegebenheiten kennen.«

»Ich habe mich damit noch nicht eingehend befasst«, gestand Angersbach ein. Reuter hingegen schien bereits voll in seinem Element zu sein.

»Nehmen Sie den hiesigen Familiennamen Bär zum Beispiel. Was assoziieren Sie damit?«

»Hm. Bären?« Angersbach runzelte die Stirn. »Oder Jäger. Oder Fallensteller. Gab es hier oben überhaupt einmal Bären?«

»Es ist eine alte Schäferfamilie. Ich bin vor Jahren darüber gestolpert. Überall in den alten Kirchenbüchern tauchen ortsfremde Männer auf, die Schreibweise ihrer Namen war stets anders. Bär, Beer, Behr. Die Familie schien riesig, eine Menge junger Männer, die sich hiesige Frauen nahmen. Dann kam ich darauf, dass einige davon denselben Vater hatten. Ohne Computer hätte ich das vielleicht nie herausfinden können. Der Ursprung der Familie liegt unten in der Wetterau, reicht bis in den Taunus. Überall dort, wo Schafe weiden, gab es seinerzeit Bärs. Haben Sie den Hütewagen am Galgen gesehen?«

Angersbach überlegte. Eine Schafherde. Er erinnerte sich.

»Einer von denen?«
»Exakt. Manchmal bringt uns der Name an sich weiter, manchmal die geographische Verbreitung. Bei Ihnen dürfte es auch interessant sein; schon mal darüber nachgedacht?«
Mehr, als Sie ahnen, hätte der Kommissar am liebsten geantwortet, verneinte stattdessen aber schlicht.
»Ich tippe auf einen Herkunftsnamen. Angersbach. Sie stammen doch von hier, nicht wahr?«
»Sieht man mir das an?«
»Man hört es. Außerdem weiß ich es.«
Angersbachs Augen weiteten sich. »Woher?«
Hatte Reuter am Ende bereits nachgeforscht? Wusste er etwas, das ihm entgangen war?
»Sie sind mit Neifiger befreundet.« Reuter feixte. »Es ist eine kleine Gemeinde.«
Irgendwie hatte Ralph mehr erwartet und wusste nicht so recht, ob er erleichtert oder enttäuscht sein sollte.
»Dann zurück zu Veith Gruber. Was haben Sie über ihn herausgefunden?«
»Nichts. Wieso sollte ich?«
»Sie haben doch in seinem Auftrag nachgeforscht.«
»Sagt wer?«
Angersbach blieb unbeirrt. »Haben Sie oder haben Sie nicht?«
»Im Grunde dürfte ich Ihnen überhaupt nichts sagen.« Reuter verschränkte die Arme. Zweifelsohne spielte er auf das LKA an. Dabei plusterte er sich auf, als wolle er sich besonders wichtigmachen. Angersbach musste an seinen alten Deutschlehrer denken, dessen Passion die heimischen Singvögel gewesen waren. Der Eisvogel hatte es ihm besonders angetan, außerdem Milane. Störche hatte es damals in Mittelhessen noch nicht gegeben. Dafür irgendwelche Rallen. Es

waren Begriffe, mit denen Angersbach sich seither nicht mehr beschäftigt hatte, und doch waren sie ihm in Erinnerung geblieben.

»Das Landeskriminalamt«, bestätigte Egon Reuter seine Vorahnung, »hat den Fall komplett übernommen. Im Grunde dürfen Sie mich überhaupt nicht befragen.«

»Wir sprachen bis dato über alte Schäfersippen und meinen Familiennamen«, konterte der Kommissar.

»Wie auch immer. Veith Gruber hat mir keinen Forschungsauftrag erteilt. Obwohl es sicher spannend wäre, da er ja ebenfalls ein Kind des Vogelsbergs war.«

»Könnten Sie denn etwas herausfinden?« Angersbach spürte, dass die Tür noch nicht geschlossen war.

»Mit Sicherheit. Zumindest, wenn die Behörden dem Standesamt keinen Maulkorb anlegen. Gruber ist welcher Jahrgang? Sechziger Jahre?«

»1961.«

»Dann ist sein Vater Kriegskind, die Mutter wohl auch noch.«

»Hilft uns das weiter?«

»Möglicherweise. Damals wurden allein wegen der Rassengesetze genaue Aufzeichnungen geführt. Vieles liegt zudem bereits auf Mikrofilm vor, aber das ist eine andere Geschichte.« Er räusperte sich und kniff die Augen zusammen. »Warum überlassen Sie diesen Job eigentlich nicht dem LKA?«

Doch Angersbach war nicht bereit, seinem Gegenüber reinen Wein einzuschenken. Ein Wendehals.

Egon Reuter war ein typischer Wendehals.

Der Kommissar lächelte, als er sich an die Beschreibung erinnerte, die sein Deutschlehrer damals gegeben hatte. Kein Vogel schien besser auf sein Gegenüber zu passen.

Ein Schweißtropfen rann über Reuters Stirn, als er dem Ermittler nachblickte. Angersbach aus Angersbach, dachte er schmunzelnd. Welches Geheimnis trägst du mit dir?
Er hob seinen Strohhut an und wischte sich mit dem Ärmel über die Stirn. Dabei rutschte der Stoff in Richtung Ellbogen, und das Salz brannte in der Kratzwunde, die sich dort verbarg.

Johann Gründler umklammerte den stumpfen Stein mit der Rechten. Es hatte ihn einiges an Mühe gekostet, das hühnereigroße Bruchstück aus der Mauer zu lösen. Dort, wo die Kette in der Wand verschwand. Er hatte mit der Metallkante seiner Eisenschelle so lange gegen den Mörtel geschlagen, bis das Blut darunter hervorrann. Verzweifelt, verbissen. Er wusste, dass die Glasscheibe nachgeben würde, wenn er nur einen Gegenstand fände, der hart genug war. Zersplittern in tausend Teile. Trugbilder huschten vorbei. Er verjagte sie und mahnte sich, bei Verstand zu bleiben. Als der Stein herausbrach, war Gründler enttäuscht.
»Nur so klein«, presste er hervor. »Warum bist du nicht weiter oben gebrochen?«
Für einen zweiten Versuch fehlte ihm die Kraft. Er spannte die Kette, versuchte dem finsteren Schlund ein weiteres Glied zu entlocken. Eine Handbreit bloß. Einen Zentimeter.
Doch es bewegte sich nichts.
Gründler schob sich an der Mauer hinauf. Er wusste mittlerweile, wo er zu greifen hatte und wo er es besser unterließ. In seinem Mund der Sandstein. Speichel floss ihm übers Kinn, und ein Würgereiz kündigte sich an.
Noch zwei Züge, feuerte er sich an.

Er prüfte, ob draußen eine Bewegung zu erkennen war. Bei seinem letzten Aufstieg – er wusste nicht, wie viel Zeit seither vergangen war – hatte er das Glas poliert. Etwas deutlicher war nun der Blick, aber der meiste Dreck war von außen auf das Doppelglas gesprenkelt.

Der Stein traf mit einem hellen Geräusch auf die Oberfläche. Johann Gründler erschrak, denn der Klang schien sein gesamtes Verlies auszufüllen. Kein anderer Effekt als Lärm. Ein Kratzer, dachte er für eine Sekunde hoffnungsvoll, doch beim genauen Hinsehen waren es nur Schleifspuren aus Speichel und Staub. Er sammelte all seine Kraft.

Der zweite Schlag, deutlich fester, doch das Glas blieb intakt. In seinen Ohren hallte es noch nach, da ließ ein Poltern ihm das Blut in den Adern gefrieren.

Schritte.

Sie kamen. Vielleicht kam auch nur einer.

Hatten sie etwas mitbekommen?

Panisch rutschte Johann die Wand hinunter und flüchtete zurück auf seine Matte.

»Was hast du eigentlich mit Janine Angersbach zu schaffen?« Sabine Kaufmann nutzte die erstbeste Gelegenheit, um die unangenehm werdende Stille zu durchbrechen, die sich seit dem Losfahren wie ein nasskalter Nebel ausbreitete.

Sie hatten sich nicht geküsst, keine zärtlichen Berührungen, es war nichts außer einer tröstenden Umarmung gewesen. Tränen einer Frau, die an sich selbst zweifelte, deren Welt im Chaos zu versinken drohte. Befreiende Tränen, denn Sabine bezeichnete sich selbst gerne als Stehaufmännchen, doch dazu gehörte auch, sich wie ein solches zu verhalten. Hedwig bekam Medikamente und eine Behandlung, die ihr helfen würden, ihre Psychose zu überwinden. Michael würde voraussichtlich keine schwerwiegenden Schäden davontragen. Ihr Arbeitsplatz … Auch das würde sich klären. Irgendwann. Sie war damit nicht allein. Mirco Weitzel. Diese Baustelle sollte sie dringend angehen.

»Was sollen wir zu schaffen haben?« Er warf ihr einen unschuldigen Blick zu.

»Ach komm. Wir wissen doch beide, dass du kein Kind von Traurigkeit bist. Aber sie ist fünfzehn!«

»Sechzehn.«

»Na und?«

Weitzel druckste. »Sie hat mich angerufen, weil sie dich nicht erreichen konnte.«

Sabine war sich nicht sicher, ob das der Wahrheit entsprach oder ob er sich eine Ausrede zurechtlegte.

»Ihr scheint mir ziemlich vertraut zu sein. Verheimlichst du mir da etwas?«

»Quatsch.« Er legte Ironie in seine Worte. »Wie käme ich *dazu?*«

»Komm schon, mir steht es jetzt nicht nach Spielchen. Es geht um Ralphs minderjährige Schwester. Ein Wunder, dass es *ihn* nicht irritiert hat.«

»*Ihn* hätte Janine jedenfalls niemals angerufen. Wir verstehen uns eben gut. Mehr auch nicht.«

»Na ja, meinetwegen. Vorläufig frage ich nicht weiter. Du musst selbst wissen, was du tust.« Sabine Kaufmann beobachtete die vorbeihuschenden Häuser der Fertighausausstellung. Wie eine Geisterstadt, wobei sich wenigstens tagsüber noch Menschen zwischen den Gebäuden bewegten. Sie ordneten sich links ein, es folgten der große Kreisel und das Stadtschild.

Fühlte sie sich in Bad Vilbel tatsächlich zu Hause? Sabine atmete schwermütig aus. Einmal angenommen, das Schicksal würde von ihr verlangen, nach Friedberg zu gehen. Auch dort gab es gute Einrichtungen für psychisch Kranke. Vielleicht brauchte ihre Mutter einen Tapetenwechsel. Im Gegensatz zu ihr hatte sie die Stadt noch nie verlassen, eine Kur vor Jahren mal ausgenommen. Und Frankfurt? Dort hatte Sabine beruflich ausgesorgt. Warum nicht wieder Frankfurt? Erst im zweiten Gedanken kam ihr Michael Schreck in den Sinn. Eine gemeinsame Wohnung, dasselbe Präsidium. Derselbe beängstigende Strudel. Ausgerechnet jetzt, sie seufzte erneut, diesmal lauter.

»Ziemlicher Bullshit, wie?«

Mircos Frage ließ die Kommissarin zusammenzucken. Es folgte ein greller Blitz.

»Fuck!«

»Was war das denn?« Sie musste grinsen. »Hast du dich etwa blitzen lassen?«

Mirco schüttelte den Kopf. »Ich war nicht schneller als fünfzig. Und rot war es auch nicht.«

»Wäre auch schlimm.« Die Starenkästen über den Ampeln bergabwärts der Heilsbergsiedlung waren selbst für Ortsfremde nicht zu übersehen. Prävention. Nur zu gerne ließ man auf der breiten Trasse seiner Karosse freien Lauf. »Du wirst ja sehen, ob demnächst was in der Post liegt.«

Mirco brummelte etwas.

»Was meintest du eben eigentlich?«

»Was, den Bullshit? Na alles eben. Job, deine Mum, Michael. Dein Auto. Das wird ein wirtschaftlicher Totalschaden, glaub mir.«

»Danke, sehr aufmunternd.«

»Du weißt genau, dass ich für dich da bin.« Mirco schenkte ihr ein warmherziges Lächeln und tastete nach ihrem Oberschenkel. Sabine griff nach seiner Hand und hielt sie fest.

»Sorry, ich weiß.« Sie drückte einmal und schob die Hand dann von sich. »Es ist lieb von dir, aber ich muss das erst mal alles mit mir selbst klären.«

Es hätte eine kühlere Abfuhr sein können, doch dazu war Sabine nicht bereit. Für mehr Empathie indes reichte es nicht. Doch Mirco Weitzel reagierte unerwartet gelassen.

»Ich bin da«, sagte er nur leise, während er sich (vielleicht etwas angestrengter, als der Verkehr es erforderte) auf die Straße konzentrierte. »Und ich bleibe auch da.«

Sabine lächelte matt. »Danke.« Nach einer Weile erkundigte sie sich: »Wohin bringen die meinen Twizy nun eigentlich?«

Mirco nannte einen Namen, der ihr nichts sagte. »Draußen Richtung Bergen-Enkheim.« Er deutete mit dem Daumen hinter sich. Es wäre die Abzweigung bei den Fertighäusern gewesen. »Ich habe ihnen deine Daten gegeben, sie werden sich melden.«

Sabine bedankte sich erneut.

»Und du möchtest tatsächlich arbeiten?«

»Klar. Schlafen werde ich jetzt wohl nicht können.«

Sie hatte ihrem Kollegen auf dem Parkplatz der Unfallklinik gesagt, dass sie zur Polizeiwache wolle und nicht nach Hause. Als sie auf den Parkplatz fuhren und Mirco schon die Tür aufstoßen wollte, hielt Sabine ihn am Zipfel seiner Sommerjacke fest.

»Warte bitte.«

»Hmm?«

»Kannst du mir einen Gefallen tun? Bitte halte mir Möbs heute vom Leib. Sonst kann ich für nichts garantieren.«

Kaum einen halben Meter der Kette hatte Johann Gründler zurück in den Nebenraum schieben können. Der Rest lag hinter ihm, notdürftig von der Matte bedeckt. Er konnte nur hoffen, dass es im Dunkeln keinem auffiel. Die Gestalt kam alleine, ein gutes Zeichen, wie er wusste. Essen, Trinken, das erledigte stets eine Person. Das eingeengte Sichtfeld der Kapuze würde ihm dabei zugutekommen. Sein Peiniger würde das Blut nicht sehen, das seine Hand befleckte. Klebrig, halb angetrocknet. Er würde ihm die andere Hand entgegenstrecken. Wie Hänsel den dürren Stock. Ein unwillkürliches Lächeln umspielte Johann Gründlers Mundwinkel. Er war so nah am Wahn, dass er seine Reaktionen nur noch mit größter Mühe steuern konnte. Der Entführer durfte das Grinsen nicht sehen. Der Hexer.

Brot. Wasser.

Wenigstens diese beiden Worte hätte er sagen können. Stattdessen plumpste der Laib zu Boden und kam mit der Wölbung nach unten zum Liegen. Er wippte noch, Gründler registrierte, dass es ein unerwartet großes Brot war. Keine Hälfte, nichts war abgeschnitten. Zwei Pfund, schätzte er und verschlang es bereits gierig im Geiste. Er konnte das Süße schon schmecken, doch er zwang sich zur Ruhe. Eine Plastikflasche kullerte ihm vor die Füße. Suchend schritt der Fremde umher. Hob die andere Flasche auf und nahm sie mit. Kein Blick auf Johanns gefesselte Hand. Kein Wort, wie üblich. Das Schweigen zwischen ihnen schrie nach einer Stimme, doch es stand zu viel auf dem Spiel. Er bettelte nicht, er stellte keine Frage. Nur ein fast stummes »Danke« hauchte er in den Raum.

Der Kapuzenmann zuckte. Dann bückte er sich und hob das Brot auf. Ein heiseres Kichern, Johann konnte nicht sehen, was er tat, denn er stand mit dem Rücken zu ihm. Brotkrumen rieselten. Dann knallte die Tür.

Er hat es mitgenommen, dachte Johann Gründler verzweifelt. Warum? Hat er etwas gemerkt? Warum bestraft er mich?
So wird Hänsel niemals fett, keckerte eine Stimme in seinem Unterbewusstsein.

Ralph Angersbach legte einen Zwischenstopp bei seinem Freund Neifiger ein. Von den Metallteilen auf dem Hof war nichts mehr zu sehen, demnach hatte der Metzger sein antikes Gerät wieder zusammengepuzzelt. Der Kommissar berichtete von seinem Besuch auf dem Gründler-Hof, wobei er die Begegnung mit Claire Floris zunächst unerwähnt ließ.
»Mit dem Wohnmobil unterwegs?« Neifigers fettiger Zeigefinger kratzte über die Stirn. Er zog eine skeptische Miene. »Das hab ich schon ewig nicht gesehen. Ein alter VW-Bus. Dass der überhaupt noch fährt …«
»In der Garage stand kein Auto. Nur eine Pappe mit Ölflecken darauf. Reifenspuren gab es auch.«
»Warst du auch drinnen?«
»Mit welcher Berechtigung denn?« Angersbach zog die Lippen breit. »Ohne Anordnung treten wir keine Türen ein, auch wenn's im Fernsehen so aussehen mag.«
»Und was ist mit Gefahr im Verzug?« Neifiger grinste.
Angersbach winkte verächtlich ab. »Fernsehen verdirbt wahrhaftig.«
»Wieso, es könnte doch sein, dass er im Hausinneren liegt. Herzinfarkt, Asthmaanfall, so was. Ich habe doch gesagt, ich kenne ihn gut genug. Hannes würde niemals Fleisch bei mir liegenlassen.«
»Wie auch immer.« Angersbach überlegte kurz, ob es nicht sinnvoll gewesen wäre, sich noch mehr dem Haupthaus zu

widmen. Hatte Claire Floris ihn derart abgelenkt? Höchste Zeit, sie zu erwähnen.

»Gründler hat einen Teil der Gebäude untervermietet. Wusstest du davon?«

Neifiger fischte sich mit dem Fingernagel etwas aus den Zähnen und spuckte es neben sich. Verächtlicher hätte seine Antwort jedenfalls kaum ausfallen können.

»So 'ne Hippietante, stimmt's?«

Angersbach schmunzelte. »Ist jede Frau, die alternativer lebt als deine Mutter, für dich ein Hippie? Dann ade, Flower-Power.«

Neifiger schnaubte. »Du hast sie doch gesehen, oder? Und aufm Herzberg war sie auch.«

Auf Burg Herzberg fand seit Jahrzehnten das bedeutendste deutsche Hippiefestival statt.

»Ich habe eine Künstlerin gesehen, die sich ihren Lebenstraum erfüllt hat«, erwiderte Ralph trocken, »ungeachtet ihres Handicaps.«

»Handicaps?«

»Du hast sie nie gesehen, wenn du nicht weißt, was ich meine. Sie sitzt im Rollstuhl.«

Neifiger brummte etwas Unverständliches und sah zu Boden, als suche er den Krümel, den er dorthin gespuckt hatte.

»Wie auch immer, Frau Floris hat mir den Hinweis mit dem Campermobil gegeben.«

»Fahndet ihr danach?«

»Ich werde es anleiern, wenn du wirklich davon überzeugt bist, dass Gründler sich unnormal verhält. Aber dafür brauche ich auch einen Gefallen von dir.«

Neifigers Miene erhellte sich wieder. »Meinetwegen. Was?«

»Ich brauche alles, was du über mich herausfinden kannst. Über mich, meine Mutter und so weiter. Das, was man redet, wenn ich nicht dabei bin. Gibt es solche Informationen überhaupt?«

»Wieso das denn plötzlich?«

Jeder andere Mensch wäre heilfroh, wenn es keinen Stoff für Geschwätz hinter dem Rücken gäbe. Doch Angersbach suchte nach der Nadel im Heuhaufen, nach dem einzelnen Strohhalm. Nach Informationen, die über vierzig Jahre alt waren.

Außerhalb der Polizei (und es war Ralph durchaus bewusst, dass er es seinen Kollegen haarklein berichten musste) war Neifiger der Einzige, dem er zurzeit ausreichend vertraute. Und er war der Erste, dem er davon erzählte.

»Veith Gruber war mein Halbbruder.«

Sabine Kaufmann lauschte Angersbachs Ausführungen gebannt.

»Okay. Du hast also einen älteren Bruder«, sagte sie schließlich, »mit terroristischer Vergangenheit. Wie verändert das die Gesamtlage?«

»Halbbruder«, korrigierte Angersbach sie, »väterlicherseits.«

Sie dachte nach, denn über Hacks Gerede hatte die Kommissarin sich nicht lange genug den Kopf zerbrochen. Andere Dinge waren für sie wichtiger gewesen. Doch nun, im Büro, zwang sie sich zur Konzentration. Ralph und Janine waren Kinder derselben Mutter. Erst- und Letztgeborenes. Was in den sechsundzwanzig Jahren dazwischen geschehen war, lag größtenteils im Dunkel. Ihr Kollege hatte seine Familiengeschichte stets außen vor gelassen. Veith Gruber war zehn Jahre älter als Ralph und stammte vom selben Vater ab. In Verbindung mit Janine stand er somit nicht. Oder doch? Sabine fuhr sich mit gespreizter Hand unter die Haare und massierte sich den oberen Nacken.

»Was sagt das LKA dazu?«, fragte sie schließlich, denn Angersbach schwieg sich aus. Diese Eigenschaft hatte die Kommissarin schon des Öfteren an ihrem Partner verflucht, kam aber nicht dagegen an. Sie ertrug Sprechpausen nur schwer. Die Reaktion kam umgehend.

»Ich habe keinen blassen Schimmer.« Angersbach schnaubte. Zweifelsohne wusste man in Wiesbaden längst Bescheid. »Ich werde denen jedenfalls nicht nachtelefonieren.«

»Kann ich verstehen. Was nun?«

»Wenn ich das wüsste.« Angersbach klang unsicher, das spürte man nicht allzu oft. »Ich muss wohl mit Janine darüber sprechen. Und ich werde versuchen, so viel wie möglich über meine Familie herauszufinden.« Er seufzte. »Wir sind eben doch nur Produkte unserer Vergangenheit.«

Wie wahr. Nur dass seine Schatten real zu sein schienen, im Gegensatz zu denen, die Hedwig Kaufmann geglaubt hatte zu sehen.

»Ich würde ja hochkommen«, begann sie, denn irgendwann musste sie ihm schließlich von ihrer verfahrenen Situation berichten. *Wie makaber, im Grunde,* dachte sie bei sich. Plötzlich spielten Möbs und sein ganzes Gehabe nur noch eine untergeordnete Rolle.

Angersbach kam ihr zuvor. Noch bevor sie weitersprechen konnte, platzte er in die Stille und traf wie ein Kanonenschlag: »Ich hätte eine bessere Idee. Du könntest deinen Computerfreak mal darauf ansetzen. Bestimmt gibt es …«

Weiter hörte Sabine ihm nicht zu. Ein Schütteln durchfuhr sie, eisig kalt, und sie schluchzte. Es dauerte noch einige Silben, bis Angersbach in seinem Plappern kapierte, was er ausgelöst

hatte. *Dieser Holzklotz*. Doch tat sie ihm nicht unrecht? Er hatte nicht die leiseste Ahnung, was sich in Bad Vilbel ereignet hatte. Konnte er auch nicht.
»Alles in Ordnung?«, erkundigte er sich leise. »Was ist passiert?«
Sabine schniefte kurz und entschuldigte sich. Dann berichtete sie in knappen Sätzen, was sich zugetragen hatte. Die nächste Schweigephase gestand sie ihrem Kollegen ohne Gram zu. Doch es dauerte nicht lange.
»Verdammt, Entschuldigung.«
»Kein Grund dafür. Du hast es ja nicht gewusst. Im Grunde müsste ich mich …«
»Quatsch. Das bringt außerdem nichts. Was sagen denn die Ärzte?«
»Ein Unfall mit tausend Schutzengeln.« Sabine räusperte sich. »Das ist zumindest die eine Seite der Medaille.«
»Bedeutet?«
»Was in Michaels Kopf vor sich geht, wissen sie erst, wenn er wieder bei Bewusstsein ist. Bis dahin …« Sie rieb sich zwei frische Tränen aus dem Gesicht.
»Soll ich runterkommen?«
Jetzt lächelte sie. Bei wie vielen Vernehmungen hatte sie sich ein Quentchen mehr Empathie von ihrem rauhbeinigen Kollegen gewünscht. Da war es nun. Doch sie schüttelte den Kopf. »Danke. Kümmere dich lieber um Janine. Ich werde früh schlafen gehen. Nach Gießen müsste ich außerdem auch noch.«
Beim Gedanken an die Psychiatrie wurde Sabine mulmig. Sie schob ihn beiseite, zumindest für die Dauer des Telefonats.
»In Ordnung. Aber ruf bitte an. Jederzeit.«
»Dito.«
»Und es war ein Unfall?«

»Hm?«

»Das mit deinem Wagen. Michael.«

Sabine nickte hastig, als säße er ihr gegenüber. »Ja, klar. So wie der Twizy aussieht, hat er wohl tatsächlich unfassbares Glück gehabt.«

Er umrundete gebückt den Ford Focus und leuchtete mit einer Taschenlampe die im Schatten liegenden Winkel aus. Der vordere Kotflügel war deutlich in Mitleidenschaft gezogen. Er überschlug im Kopf, wie viel Zeit und Material ihn das Auswechseln kosten würde. Ein akzeptabler Rahmen, so lautete sein Ergebnis.

Akzeptabel. Er lächelte grimmig. Die Polizei ging von einem Unfall aus. Fahrfehler, Müdigkeit, vielleicht sogar Alkohol. Das würde sich alles noch herausstellen. Doch was auch immer im Abschlussbericht stehen würde, es konnte schlimmstenfalls der Verdacht auf einen Unfall mit Fahrerflucht sein. Die Lackanalyse würde eventuell Rückschlüsse auf das unbekannte Fahrzeug zulassen, doch dafür müsste eine solche Analyse erst einmal in Auftrag gegeben werden. Das Grinsen wurde breiter.

Die Kaufmann hat weiß Gott andere Probleme.

Er grunzte zufrieden, als er sich bückte, um unter den Radkasten zu sehen. Es war anders gekommen als geplant. Doch so wie die Dinge sich entwickelten, gab es keinen Grund zum Klagen.

Angersbach jagte die Phantome seiner Vergangenheit, und seine Partnerin war mit ihren eigenen Dämonen beschäftigt. Nichts würde sie nun aus Bad Vilbel wegbringen können.

So sollte es sein.

Er kehrte zu seinem Laptop zurück und loggte sich ein. Janine Angersbach. Der Kommissar hatte das Mädchen also mit in den Vogelsberg geschleppt. Ein weiterer Spross dieser Brut. Sie würde ihre Rolle zugewiesen bekommen, keine Frage, doch etwas anderes hatte Priorität. Mit flinken Klicks rief der Mann eine Bilddatei auf und betrachtete die verhasste Visage, die, blind wie ein Maulwurf, ins Blitzlicht zu glotzen schien. Die Bildbearbeitung war längst abgeschlossen, er passte noch einige Werte an, dann schob er das Foto in die dafür vorbereitete E-Mail.
Er klickte auf »Senden« und beobachtete den Statusbalken, wie er die Bytes in ruckenden Schüben auf den Server übertrug. Empfänger: Kommissar Ralph Angersbach.
Höchste Zeit, dass *er* die für ihn vorgesehene Rolle übernahm.
Die Hauptrolle.

Um eine weitere Eskalation zu vermeiden, schlug Ralph seiner Schwester vor, nach Lauterbach zu fahren. »Vernünftige Lebensmittel« einzukaufen, wie Janine es nannte. Schimpfend wie ein Rohrspatz hatte sie ihn empfangen, und Ralph hatte inständig gehofft, dass die Hauswirtin ihre Tiraden nicht mitbekam. Er entschied sich, erst später bei Neifiger vorbeizufahren. Man stelle sich nur vor, ein Reh oder eine Wildsau hinge am Haken, dachte er schmunzelnd. Janine würde ausflippen, Neifiger wahrscheinlich des Mordes bezichtigen. Kurzer Prozess. Das Schmunzeln erstarb bei diesem Gedankensprung sofort.
»Hier ist ja der Hund begraben«, motzte das Mädchen, während draußen blumige Wiesen vorbeiflogen. Ein Traktor wen-

dete Heu. Kühe grasten, eine riesige Sorte, braunbeige, wie man sie sonst nur aus dem Allgäu kannte. Daneben Langhaarrinder. Nirgendwo sonst in Hessen weideten so viele seltene Rinderrassen wie im Vogelsberg. Einige waren auf der Roten Liste, alte Hausrassen, andere standen hoch im Kurs der Gastronomie.

Wollte sie das alles wissen? Besser nicht. Und Angersbach beschäftigte sich nur so bereitwillig mit seinen abschweifenden Gedanken, um den ausstehenden Dialog zu verzögern. Als der Abzweig von der Bundesstraße in Richtung Galgen in Sichtweite kam, fasste er sich ein Herz.

»Mal was Makabres sehen?«

Er blickte sie an, Janine machte bloß eine dümmliche Miene. Dann erkannte er, dass sie Ohrstöpsel trug, eigentlich klar. Sie fummelte einen heraus. »Was?«

Ralph setzte nickend den Blinker. »Ich zeig dir mal was.«

»Meinetwegen.« Gelangweilt schnaufte sie.

Als sie in den Feldweg einbogen, registrierte sie das Straßenschild. »Zum Galgen?«

»Ja. Früher wurden Menschen zuweilen aufgehängt. Das war günstiger, als sie jahrelang durchzufüttern.« Angersbach überlegte kurz. »Habt ihr keine Heimatkunde oder so etwas?«

»Das hier ist ja wohl kaum meine Heimat.« Sie sagte es voller Abscheu, doch er konnte nichts mehr erwidern. Die Säulen tauchten auf.

»Da steht er.«

»Wer?«

»Na der Galgen.«

»Das da?«

»Griechische Säulen sind es jedenfalls keine.«

»Hm. Und?«

Angersbach spürte, wie ihm die Felle davonschwammen. Ihm wurde klar, dass er den Einstieg ins Thema ziemlich ungünstig gewählt hatte. Doch nun war es zu spät. Er hielt an.

»Angeblich wurde dort nie einer gehängt. Damals zumindest.«

Argwöhnisch kniff Janine die Augen zusammen. Ralph wusste, dass sie sich weder dafür interessierte noch mitbekommen hatte, in welchem Fall er gerade ermittelte.

»Wird das jetzt so ein Vortrag?« Sie funkelte ihn an. »Falls ja, steig ich gerade wieder aus und trampe zurück. Irgendein Almöhi wird mich schon mitnehmen.«

Angersbach schüttelte den Kopf. Wahrscheinlich war sein Blick nicht weniger stupide als ihrer vor ein paar Minuten.

»Wovon sprichst du?«

»Das Gras. Geht es hier um die Scheißdrogen?« Sie verzog das Gesicht, als äffe sie ihn nach. »In der Türkei wird man für Drogenbesitz gefoltert, in Fernost an den nächsten Baum gehängt.« Sie stampfte wütend. »Verdammt, es waren fünf beschissene Portionen! *Fünf!*«

Ralph kapierte mittlerweile und amüsierte sich beinahe über das, was das Mädchen sich zusammengereimt hatte. Dann aber fragte er sich, ob er sonst tatsächlich so durchschaubar war, ein Prinzipienreiter. Ein Bulle, Tag und Nacht im Dienst. Er glaubte es nicht, aber mit der Selbstwahrnehmung war das ja so eine Sache. Bevor sie sich weiter verrennen konnte, räusperte er sich mit Nachdruck.

»Ähm, es ging mir um etwas ganz anderes.«

Irritiert verstummte sie.

»Es ging mir nicht um das blöde Gras, an diesem Galgen hing vorgestern ein Mann.«

»Tot?«
»Klar, wie denn sonst?«
Janine deutete ungläubig aus dem Fenster. »Da dran?«
Angersbach nickte.
»Glaub ich nicht. Wie denn?«
»Na, so wie früher. Das heißt, nicht ganz. Er hing kopfüber.«
Der Kommissar folgte den etwas sonderbar erscheinenden Fragen des Mädchens. Er hätte wissen wollen, wer, warum oder ob es schon einen Täter gab. Sie fragte anders. Dann aber blieb ihm das Herz beinahe stehen. Er schnellte nach vorn, bis der Gurt ihn zurückhielt. Seine Schulter drückte gegen Janines Oberarm, sie presste sich empört zurück in den Sitz.
»Geht's noch?«
»Verdammt und zugenäht. Jetzt kapier ich«, murmelte Ralph.
»Was? Dass da keiner hängen kann?«
»Es hing ja einer«, widersprach er und löste seinen Gurt. Janine stöhnte dankbar auf.
Er stieg aus und betrachtete die Steinsäulen. Mahnende Finger, die sich in den klaren Himmel reckten, als deuteten sie die wenigen Wolken aus. Als wollten sie sagen: »Hüte dich, Gesindel, hier erwartet dich gnadenloses Gericht.«
Der Holzbalken fehlte.

»Bekomme ich hier auch mal was erklärt?«
Janine hatte ebenfalls ihre Tür geöffnet, noch immer in der Erwartung einer Antwort. Doch Angersbach starrte auf die beiden Säulen, regungslos, als sei er selbst zu Stein erstarrt. Er fragte sich, ob das LKA eine Form von Tatortsicherung betrieben hatte. Sicherstellen, dass keine weiteren Personen daran aufgeknüpft werden. Oder betrachteten sie das Holz als

Beweismittel? Als Mordwerkzeug? Man konnte ja heutzutage die DNA von Bäumen bestimmen, womöglich …

»Hallo! Erde an Ralph!«

Er fuhr herum. Janine. »Was? Ach so. Sorry.« Er fuhr sich durchs Haar, spürte den Schweiß auf seiner Stirn.

»Du wartest auf das Ende der Geschichte, hm?«

»Wäre wohl angebracht.«

Ein taffes Ding, stellte er im Stillen fest und war irgendwie beeindruckt von seiner Schwester. Vielleicht stimmte es doch, was man familiären Banden nachsagte. Gleiches Blut verbindet. Was auch immer das bedeuten mochte. Womit er genau dort war, wo das Gespräch nun hinführen musste. Angersbach blickte einigen Krähen nach und beneidete sie um ihre Freiheit. Dann nickte er seiner Halbschwester zu. Biologisch standen sie einander genauso nahe wie er und Veith. Los jetzt, sag es ihr.

»Es war ein Holzbalken quer aufgelegt. An ihm hing der Strick, daran der Mann. Kopfüber. Eine sehr brutale Methode.«

»War es ein Kinderschänder oder so?«

»Nein, weshalb?«

»Dann fände ich's angemessen.«

»Hm.« Angersbach wollte sich nicht in Diskussionen verlieren, also fuhr er fort: »Er war ein Ex-Terrorist.«

»Terrorist?« Janine schien zu überlegen, und Ralph wurde klar, dass junge Menschen heutzutage den Begriff »Terror« mit dem 11. September und islamischen Fundamentalisten in Verbindung brachten. Eben so, wie die Medien es zeichneten. Über den Deutschen Herbst und Ähnliches lernte man doch kaum etwas, wenn man sich nicht aus eigenen Stücken damit beschäftigte.

»Terrorist? So à la Baader-Meinhof-Komplex?«

Die Kinnlade fiel ihm herunter. »Du kennst dich damit aus?«
Sie seufzte und verdrehte die Augen. »Es ist ja wohl kaum davon auszugehen, dass hier in der Pampa ein arabischer Selbstmordattentäter mit Bombengürtel hängt, oder doch?«
»Nein. Natürlich nicht.« Ralph musste lächeln. »Aber für Baader … Bist du doch recht jung.«
»Lief doch erst neulich. Ich hab's mir wegen dem Liefers angesehen, weil ich die Münster-Tatorte so geil finde.«
»Wie bitte?«
»Na der Film. Darüber reden wir doch gerade.«
Natürlich. Der Film. Angersbach entsann sich. Er hatte ihn vor Jahren im Kino gesehen.
»Das waren reale Ereignisse, vierzig Jahre her«, holte er aus. Baaders Verhaftung war irgendwann um seinen ersten Geburtstag erfolgt. »Der Tote hier«, sein Daumen wanderte über die Schulter und wies in Richtung Galgen, »hatte damit zu tun. Roter März, eine militante Splittergruppe. Bombenattentate und so Zeugs. Er wurde verhaftet und saß bis vor ein paar Monaten ein, dann die Begnadigung, und jetzt ist er tot. Er wohnte im Nachbarort.«
»Unerkannt?«
»Sicher nicht. Seine Begnadigung schlug hohe Wellen.«
»Und warum erzählst du mir das?«
»Er ist mein Halbbruder.«
Paff. Es musste Janine wie eine Ohrfeige getroffen haben, zumindest guckte sie so aus der Wäsche. Wäre das nicht behutsamer gegangen? Hilflos setzte Ralph ein »So wie du meine Halbschwester bist« hinterher.
»Der Typ am Galgen?«, stammelte sie, und er nickte.
»Nicht von unserer Mutter. Von meinem Vater. Im Grunde verbindet euch beide nichts.« Er dachte nach. »Außer mir.«

Janine hatte sich wieder gefangen, sie formte Luftfiguren mit den Händen, schien nachzudenken.

»Also ich fasse zusammen«, begann sie schließlich. »Dein Vater hatte weitere Kinder, eines davon er. Ein Terrorist. Und du bist ausgerechnet Bulle. Und du wusstest dein ganzes Leben lang nichts von ihm?«

»Nein.«

Sie zwinkerte. »Dann geht es dir mit ihm ja so, wie es mir letztes Jahr mit dir ergangen ist.« Sie lachte spöttisch.

Ralph knuffte sie in den Arm. »Hey, Kleines, werd mal nicht frech!«

»Wieso, stimmt doch alles.« Sie lachte und knuffte zurück.

»Stimmt. Im Terrormachen bist du ja auch ganz groß«, konterte er.

»Komm damit klar, Bulle.«

Wäre die Situation nicht so verfahren, wären die Umstände nicht so befremdlich – Angersbach hätte diesen Augenblick kaum mehr genießen können. Sie umarmten sich nicht, aber sie lachten zusammen. Waren sich nahe wie nie zuvor.

Schlimm genug, dass erst jemand hatte sterben müssen.

Die Schatten kehrten zurück.

»Ich muss diesen Fall unbedingt aufklären. Leider kann mir Sabine dabei kaum helfen, und das LKA hat die Ermittlung an sich gerissen.«

Sie stiegen ein und fuhren weiter. Unterwegs berichtete er ihr von Sabines Mutter und Michael Schreck. Außerdem schalt er auf die Kollegen aus Wiesbaden und fragte sich insgeheim, weshalb er keinem von denen bislang wiederbegegnet war.

Sabine Kaufmann schluckte. Drei Wochen Psychiatrie, wie erwartet. Doch dass sie derart abgewimmelt wurde? Sie stand unter Bäumen, genoss die Stille, und das, obwohl sie sich mitten in der Stadt befand. Doch das weitverzweigte Gelände des Uniklinikums bot allerlei Nischen und Oasen. Genau das, was man für die Verrücktesten der Verrückten brauchte, dachte sie zerknirscht. Die Licher Straße war weit über Gießens Grenzen bekannt. Ein Stigma, ein Stempel, eine Drohung an alle, die es wagten, nicht richtig zu ticken. Doch was es tatsächlich bedeutete, das begriff niemand.

Hedwig Kaufmann war in einem Doppelzimmer untergebracht, es gab keine Bettfesseln oder Gummimatten an den Wänden. Diese Zeiten waren lange vorbei. Doch sie durfte keinen Gürtel tragen, keine Kette, keinen scharfkantigen Schmuck. Es wurde nicht ausgesprochen, aber sämtliche Gegenstände, mit denen man sich erdrosseln oder die Adern aufritzen konnte, waren verboten. Kissen und Bettdecken hingegen waren vorhanden, fein säuberlich aufgerollt. Im Kopf der Kommissarin, die nicht wenige Mordarten gesehen hatte, entstand sofort ein Bild. Erstickt mit dem Kissen. Mord, kein Selbstmord, zugegeben. Aber was, wenn man in seiner Zelle auf den richtigen Leidensgenossen traf? Was, wenn man einen labilen Menschen dazu brachte, das zu tun, wozu man selbst nicht in der Lage gewesen war?

Du bist ja selbst verrückt, mahnte Sabine sich. Es gab, statistisch betrachtet, keine bedeutsame Zahl von Morden unter Patienten einer geschlossenen Anstalt. Viel mehr sollte ihr Sorge bereiten, was der Psychiater ihr geraten hatte.

»Keinen Kontakt, bis auf weiteres.«

»Für wie lange?« Es war hart, ausgerechnet jetzt. Doch den Worten des Arztes nach benötigte Hedwig Kaufmann nun vor allem eines: Abstand. Ruhe und Àbstand. Von beidem gab es in diesem altbackenen Gebäude mit den nackten, hallenden Gängen wohl genug.

»Eine Woche, zehn Tage.« Sein Ton war ausgesprochen freundlich, und doch ließ er keinen Zweifel an seiner Autorität. Seine Fingerspitzen lagen aufeinander, gespreizt, und er trug allen Ernstes eine Fliege unter dem Kittel.

»Ich dachte, eine Bezugsperson sei wichtig?« Sabine reagierte empfindlich auf Widersprüche, vielleicht war das ihrem Job als Ermittlerin geschuldet. Besonders in Krisen, so hieß es, sei Stabilität wichtig. Sibylle Diebacher hatte dies nur allzu oft wie ein Mantra wiederholt.

»Ihre Mutter hat zum ersten Mal einen Suizidversuch unternommen?«

Etwas verärgert darüber, dass er ihr keine Antwort gab, bestätigte Sabine. Im Folgenden hörte sie sich an, dass Selbstmord unter Schizophrenen eher unüblich sei, und wenn, dann eher in weniger ausgeprägten Phasen auftrete.

Also ist Mama atypisch, na wundervoll.

»Es wird einen sehr strukturierten Tagesablauf geben, das kennt sie ja bereits von der Tagesstätte. Dazwischen genügend Raum für sich selbst, aber es ist immer jemand greifbar.«

»Bewachung.«

»Begleitung.« Er lächelte schmal. »Angebote, mit denen wir unsere Patienten aber nicht gleich überrumpeln. Lassen wir sie in Ruhe ankommen. Keinen Raum für schlechtes Gewissen, denn das haben erfolglose Suizidpatienten gegenüber ihren Angehörigen oft. Unter anderem deshalb …«

»Ja, okay, kapiert. Ich halte mich fern.«

»Sie können telefonieren.«

»Gibt es dafür auch Regeln?«

»Am besten wäre es, Sie würden das Ihrer Mutter überlassen. Sie wird sich melden. Glauben Sie mir. Vielleicht noch nicht heute oder morgen, aber sie wird es tun.«

Sabine Kaufmann stieg mit gemischten Gefühlen in das Taxi. Sie nannte dem Fahrer den Namen einer Autovermietung.
»Die sind doch gleich hier um die Ecke.«
Sie zuckte die Achseln, denn mit Gießen war die Kommissarin nicht vertraut. Hätte sie einen Blick auf ihre Karten-App werfen sollen?
»Danke, jetzt sind Sie ja hier«, erwiderte sie unschlüssig.
»Wenn Sie lieber laufen möchten, kein Problem.« Der Mann grinste sie an. Er trug einen Cowboyhut, buschige Koteletten, und eine breite Zahnlücke klaffte unter seiner Oberlippe. Ob er seine Zigarillos wohl dort hineinklemmte? Ein schräger Typ, dachte sie, aber sympathisch. Seine Augen blickten noch immer fragend aus dem Fahrzeug in ihre Richtung.
»Danke. Aber dann bezahle ich Ihnen wenigstens die Anfahrt.«
»Papperlapapp.« Er lachte. »Jeden Tag eine gute Tat, sagt man doch. Außerdem bekommt man nicht selten Scherereien, wenn man *hier* jemanden aufliest.« Er machte eine vielsagende Miene und nickte ihr zum Abschied zu.
Das Kuckucksnest.
Sabine Kaufmann hing beim Laufen ihren Gedanken nach. Der Freund, der eigentlich der Ex war, im Krankenhaus. Die Mutter in der Klapse. Sie selbst auf verlorenem Posten. Vielleicht sollte sie sich bei RTL oder SAT.1 für die Couch eines Mittagsmagazins bewerben? Schlimmer konnte es ja wohl kaum kommen.

Im neuen Gebäude der Lauterbacher Polizei herrschte helle Aufregung. Ralph hatte Janine auf einem Stuhl in der Nähe des Fensters geparkt.
»Soll ich derweil verhungern?«
»Hol dir etwas. Irgendwo. Aber geh nicht weit weg.«
Das Handy hatte sich gemeldet, als der Galgen kaum im Rückspiegel des Lada verschwunden war.
»Angersbach, wo stecken Sie?«
»Zehn Minuten entfernt.«
»Dann beeilen Sie sich!«
Er hasste unpräzise Aussagen wie diese, doch andererseits konnte Ralph schneller fahren, wenn er sich nicht aufs Telefonieren zu konzentrieren brauchte.
»Ich dachte, wir gehen essen?«
»Werden wir«, versicherte er seiner Schwester. »Aber das eben klang *wirklich* dringend.«
Sie hatte gemurmelt, dass es ihrem Bauch nicht viel anders ginge. Angersbach hatte sich einen Kommentar darüber verkniffen, dass Menschen, die derart mager waren, in früheren Jahrhunderten kaum einen Winter überlebt hätten.

Auf dem Computermonitor prangte ein Foto. Es war schwarzweiß, dazu recht grobkörnig, als sei es von einem alten Negativ digitalisiert.
Großbuchstaben, von Hand geschrieben auf eine breite Pappe, mit einem dicken Marker oder einem Pinsel. Schwarz. Gehalten wurde das Schild von einem alten Mann, sein Gesicht war eingefallen. In den Augen lag Müdigkeit, aber auch Verzweiflung.
»Seit 20 Tagen Gefangener«
Jeder Polizeibeamte des Landes, jeder halbwegs politisch interessierte Bürger kannte das Motiv. Es war um die Welt ge-

gangen, damals, und doch war das Foto auf dem Computer anders. Angersbach zoomte es auf den gesamten Bildschirm. Das Gesicht war ihm unbekannt, er schätzte den Mann auf siebzig, plus/minus ein paar Jahre. Wenn es sich nicht um ein gestelltes Foto handelte, und der Ausdruck in seinem Gesicht sprach dagegen, befand er sich seit drei Wochen in Gefangenschaft.

Wer macht so etwas? Zu welchem Zweck?

»Gibt es Lösegeldforderungen oder Vermisstenmeldungen?«, fragte er in die Stille hinein.

»Nicht in unserem Bezirk.«

»Fragen wir in den benachbarten Präsidien. Machen wir es am besten landesweit.« Angersbach blickte auf. »Das Bild könnte überall entstanden sein.«

»Warum schickt man es an Sie? Warum an Ihre Adresse?« Rutger Heidt stand neben Angersbachs Arbeitsplatz, außerdem Schmittke und Rahn, die Delegation aus Wiesbaden. Zwei junge Männer, kaum über dreißig, der eine blond, der andere rothaarig. Angersbach hatte schon nach der frostigen Vorstellungsrunde wieder vergessen, welcher von beiden Rahn und welcher Schmittke war, und es interessierte ihn auch nicht. Sie hatten ein eigenes Büro, abgeschottet vom Rest der Kollegen. Zwei Computer waren herangeschleppt worden, dazu kistenweise Material. Wenn sie unterwegs waren, hatte niemand Zutritt zu ihrem Zimmer. Die Krypta, wie Heidt den Raum mürrisch genannt hatte. Ralph war froh, in dem bräsigen Rauhbein einen Verbündeten zu haben.

»Ich habe nicht den leisesten Schimmer«, beantwortete er die Frage seines Chefs. Seine dienstliche E-Mail-Adresse war kein Geheimnis, sie stand unter anderem auf der Visitenkarte.

Das Besondere war, dass, während er hier Dienst tat, automatisch Kopien nach Lauterbach weitergeleitet wurden. Deshalb hatte man die Mail auch sofort geöffnet und dann erst auf den Adressaten geschaut. Ralph führte seinen Gedanken zu Ende. »Meine Adresse kann man sich außerdem auch selbst zusammenreimen, wenn man weiß, wie Dienstadressen zusammengesetzt sind. Und so viele Angersbachs …«
»Klar«, unterbrach der Rothaarige ihn, »es sollte eindeutig an Sie gehen, daran besteht kein Zweifel.«
»Das passt Ihnen nicht, wie?«
Rahn (oder war es Schmittke?) machte eine fragende Miene, und Angersbach setzte nach: »Ich bin wieder mit im Spiel, ob Ihnen das passt oder nicht.«
Er konzentrierte sich wieder auf das Foto, ihm entging dabei aber nicht das nur zum Teil unterdrückte Grinsen Heidts.
Der Hintergrund des Fotos war monoton, keine Struktur. Der Mann saß oder stand nicht vor Mauerwerk und nicht vor einer hell verputzten Wand. Eine dunkle Tapete. Oder Holzpaneele. Hatte man ihn am Ende in einen Wandschrank gesperrt? Angersbach fröstelte. Er hatte kaum Erinnerungen an 1977, es war das Jahr seiner Einschulung gewesen. Für andere Sechsjährige mochte es das größte Ereignis des Jahres sein, ein Erlebnis, das im Gedächtnis verweilt, und sei es nur als vage Bilder. Bunte Schultüten, eine Familienfeier, die beeindruckende schwarze Tafel hinter dem Lehrerpult.
Für die deutsche Politik war es ein Jahr der Hilflosigkeit, ein blutiger Herbst, ein düsteres Kapitel, vielleicht das düsterste seit Kriegsende.
Für Ralph Angersbach war es das Jahr, in dem er ins Kinderheim gekommen war.

»Gab es keine richtige E-Mail dazu?«, fragte er. »Womöglich versteckt, so etwas kann man doch heutzutage.«

»Die E-Mail besteht aus einem Anhang und einer Betreffzeile«, antwortete der Blonde. »Eine Lesebestätigung wurde angefordert, aber die hebelt unser Programm standardmäßig aus.«

»Also haben wir eine Antwortadresse«, schlussfolgerte Angersbach, schüttelte dann sofort den Kopf, als ihm klarwurde, dass eine E-Mail ja immer eine Absenderangabe hatte. »Vergessen Sie's. Wie lautet der Absender?«

»Prüfen wir. Freemail, anonym, das Übliche. Die Computerforensik soll sich dran austoben.«

Ralph las den Betreff erneut. Er hatte nur Augen für das Bild gehabt, außerdem, wer achtete schon auf Betreffzeilen. Es waren zwei Worte.

»Kein Schabernack«

»Schabernack? Das habe ich ja schon ewig nicht mehr gehört.«

Rutger Heidt, gerade damit beschäftigt, sein Hemd etwas tiefer in die Hose zu stopfen, räusperte sich. »Das verwendet heute keiner mehr.«

»Also eine Person älteren Semesters, meinen Sie?« Angersbach zwinkerte. »Sie sollten Profiler werden.«

»Spaß beiseite, allein die Wahl des Fotomotivs legt diesen Schluss doch nahe.«

»Stimme absolut zu. Aber selbst ohne vermisste Person und Lösegeldforderung … Was soll uns das Ganze sagen?«

Der Rotschopf gab aus dem Off einen Kommentar ab, zweifelsohne hatte er online einen Duden oder ein Lexikon befragt.

»Ein Schabernack ist der Definition nach ein Streich. Eine mutwillige, hinterlistige Handlung.«

»Gut, in Ordnung«, warf Heidt ein und wedelte mit der Hand. »Aber eine Entführung ist kein Lausbubenstreich, sondern ein handfestes Kapitalverbrechen. Hinterlistig, da stimme ich Ihnen zu, aber das war's auch schon.«
Angersbach hob den Zeigefinger. »Mag sein. Im Betreff steht jedoch ›*kein* Schabernack‹. Im Grunde stimmt es also, wobei ich es für Wortklauberei halte.«
»Dann sind wir uns ja einig«, brummte Heidt. Er nickte den LKAlern auffordernd zu. »Zerpflücken Sie bitte das Foto, und zwar pronto.«

Sabine Kaufmann atmete auf, als sie die Stimme Michaels vernahm. Sie musste an sich halten, sonst wären tausend Fragen auf einmal aus ihr herausgesprudelt.
»Wie geht es dir? Was ist passiert? Bist du in Ordnung? Wann darfst du nach Hause? Tut dir etwas weh?«
Sie stellte nur die erste davon und lauschte dann angespannt. Michael klang unendlich müde.
»Unkraut vergeht nicht, das weißt du doch. Ich fühle mich, als würde jemand in meinem Gehirn Tango tanzen, aber ansonsten geht's mir gut.«
»Du bist ein schlechter Lügner. Mensch, ich bin ja so erleichtert, dass …« Sie hielt inne.
»Dass was?«
»Nichts. Ich meine …«
»Dass mein Oberstübchen noch funktioniert?« Michael kicherte, stöhnte aber sofort auf. »Verdammt. Lachen ist keine gute Idee.«
»Dir hätte sonst was passieren können. Lass uns reden, wenn ich bei dir bin.«

»Wo steckst du denn?«

»Auf dem Rückweg von Gießen. Aber das erzähle ich dir nachher. Fühlst du dich fit genug für einen Besuch?«

»Sicher. Ich bin besser im Zuhören als im Reden, merkst du ja. Aber ich langweile mich zu Tode und habe Heißhunger auf Schokolade.«

»Verstanden.« Sabine seufzte erleichtert. »Ich bring dir eine Monatsration mit.«

Zuhören, dachte sie, nachdem das Display ihrer A-Klasse anzeigte, dass die Verbindung beendet war. Das war schon immer eine seiner großen Stärken gewesen. Zuhören und für sie da sein, zwei der Faktoren, die für fast jede Frau, die sie kannte, einen perfekten Mann definierten.

Nein, ich habe ihn nicht verdient, dachte sie bitter. Doch sie würde für ihn da sein, gerade jetzt. Über die Zukunft wollte sie nicht nachdenken.

Das Radio wurde wieder leise, ein neues Anrufersymbol erschien. Mirco Weitzel, Büro. »Wo bist du?«, erkundigte er sich.

»B3a, Höhe Ockstadt. Michael ist wach.«

Mirco schien es eilig zu haben, dennoch fragte er nach, und Sabine erklärte ihm kurz, dass es ihm den Umständen entsprechend gutging. Keine Beeinträchtigung der Sinne, keine Amnesie, so weit, so gut.

»Prima, dann kann er ja auch eine halbe Stunde warten.«

Sabine runzelte die Stirn. Sie stand an einer Ampel, wartete auf Grün. »Wieso sollte er?«

»Weil wir uns vorher mit dem Gutachter treffen. Liegt auf dem Weg für dich.« Er nannte die Adresse der Werkstatt, wo der Twizy zu finden war.

»Kannst du das nicht alleine regeln?« Sabine hatte nicht die geringste Lust, sich um noch mehr Papierkram zu kümmern.

Hedwig, Michael, ihr Urlaubsantrag. Der Mietwagen. Als Nächstes würden die Versicherungspapiere und die Stilllegung ihres Schrottautos dazukommen.
»Würde ich ja, aber es sollte dich trotzdem interessieren«, beharrte ihr Kollege. »Es deutet einiges darauf hin, dass der Unfall mit Absicht herbeigeführt wurde.«

Bernhard Schmittke hatte die Fotodatei bis ins letzte Detail auseinandergenommen. Er wusste den Typ der Kamera, digital, Spiegelreflex, neueres Modell, und hatte außerdem Informationen über Brennweite, Fokus und weitere Werte, mit denen Angersbach beim besten Willen nichts anfangen konnte. Die Auflösung betrug acht Megapixel, das Aufnahmedatum war der Todestag Grubers. Geographische Daten gab es ebenfalls, doch Schmittke – es war im Übrigen der Rothaarige, und Ralph nahm sich vor, die Namen von nun an nicht mehr zu vertauschen – mahnte zur Besonnenheit.
»Mit der Datei wurde gearbeitet, vergessen Sie das nicht. Sämtliche Werte können nachträglich verändert worden sein.«
»Was bringen uns all die Informationen denn dann überhaupt?«, wunderte sich Heidt, mit Sicherheit ein noch viel größerer Technikdinosaurier, als der Kommissar es war.
Schmittke zwinkerte. »Neunundneunzig Prozent der Menschen nutzen sie – wenn überhaupt –, um Urlaubsfotos zu sortieren oder digitale Alben anzulegen. Hilfreich sind sie also schon, aber kaum jemand beachtet sie. Wenn einer sie jedoch verfälscht …«
Angersbach übernahm: »Dann hat das zwei Gründe. Entweder, um die wahren Informationen auszulöschen, oder, um gezielt neue Zeit- und Ortsangaben zu machen.«

»Exakt.« Zum ersten Mal zeigte Schmittke so etwas wie eine freundliche Miene.

»Gut, dann Tacheles«, forderte Heidt. »Wo liegt die Adresse, an der man das Bild aufgenommen hat?«

»Es sind Koordinaten, Moment.«

Schmittke kopierte die Werte und übertrug sie in den Browser. Er verwendete kein gesondertes Programm, sondern die alltägliche Kartenfunktion. Als er Angersbachs erstaunten Blick sah, brummte er: »Beim LKA wird auch nur mit Wasser gekocht.«

Es dauerte nur Sekunden, dann zeigte eine rote Stecknadel in der Bildschirmmitte das Ziel. Angersbach suchte markante Städte, Alsfeld, Lauterbach, Herbstein. Grüne Flächen dominierten das Bild.

»Zoomen Sie mal bitte.«

Die Städte verschwanden, der Marker hüpfte kurz, doch er schien ins Nichts zu zeigen. Ralphs Augen folgten den blauen Linien zweier Flüsse, suchten nach Straßen- und Flurnamen. Erst nach drei weiteren Vergrößerungsschritten zeichnete sich eine Kontur im Grün ab. So etwa musste auch Gründlers Hof auf einer Landkarte aussehen. Praktisch nicht existent und nur im direkten Vogelflug zu erkennen. Abgeschieden und von der Welt in Frieden gelassen. Doch der Pfeil wies nicht auf den Hof, sondern auf ein anderes Anwesen.

Zwischen Ohm und Schwalm. Im Atem der weißen Frau.

Eine aus Basaltsteinen gemauerte Festung.

Ein Gefängnis verlorener Träume.

Kalter Schweiß rann ihm den Rücken hinab. Zwei Jahre hatte Ralph Angersbach in diesem Kinderheim verbracht.

Der Kloß in Sabines Kehle hätte sich kaum dicker anfühlen können. Autos rasten an ihr vorbei, sie nahm weder den Lärm noch die Bewegungen bewusst wahr. Nur die Schatten, die über den Asphalt flogen, dem ihre Aufmerksamkeit galt.
Der Unfallstelle, an der vor Stunden noch der Renault Twizy im Gebüsch gelegen hatte, war kaum noch etwas anzusehen. Die zerbrochenen Äste würden sich in kurzer Zeit regeneriert haben, die Grasfetzen und Erdklumpen hatte man weggekehrt und eingeebnet. Ein paar Splitter waren im Rinnstein zu erkennen, außerdem Kreidemarkierungen.
Wie auf jeder Straße gab es Gummiabrieb, sowohl auf den Fahrbahnstreifen als auch hier und da an Steinabsätzen. Doch keine der Spuren sah frisch aus.
»Der Punkt der Kollision ist eindeutig zu rekonstruieren«, hatte der Gutachter gesagt und mit einem grünen Laserpointer auf die Fahrbahn gezielt. Ein Familienvater in klobigem SUV verlangsamte seine Fahrt, im Fond stierten zwei Kindergartenkinder auf Kopfstützenfernseher.
»Das verursachende Fahrzeug kam von links, traf den Renault seitlich, woraufhin der Fahrer die Kontrolle verloren hat.«
»Ich könnte längst bei Michael im Krankenhaus sein«, sagte Sabine. »Er liegt gleich hier vorn in der BGU, kommen Sie doch mit, dann kann er uns das alles persönlich berichten.«
»Für mich zählen primär die Indizien«, beharrte der Mann kopfschüttelnd. »Nichts gegen Ihren Freund. Aber das, was ich hier erkenne, muss er nicht zwingend selbst wahrgenommen haben.«
»Wie meinen Sie das?«
»Es gibt keine Bremsspuren, keine typischen Reifenabriebe. Wenn zwei Fahrzeuge kollidieren, geschehen fast immer die-

selben Dinge. Zuerst die Schrecksekunde. Dann tritt man entweder auf die Bremse oder reißt am Lenkrad. Reflexartige Handlungen. Und diese hinterlassen gewisse Muster.«

»Weiter.«

»Was ich hier erkenne, ist Folgendes. Das verursachende Fahrzeug näherte sich von hinten, klar, geht ja auch nicht anders. Parken oder auf der andern Spur entgegenzukommen ist hier ja nicht möglich.« Zwischen den Fahrspuren befand sich ein Grünstreifen mit Leitplanken, ähnlich einer Autobahn. Selbst die ärgsten Fahrfehler ermöglichten es kaum, dass auf diesem Streckenabschnitt Geisterfahrer verkehrten. »Der Wagen schloss auf, bis dahin dürfte es für Ihren Freund wie ein normales Überholmanöver ausgesehen haben. Er fuhr, und *das* können Sie ihn ja mal fragen, zirka achtzig bis hundert Stundenkilometer. Der andere beschleunigte, bis sie auf derselben Höhe waren, lenkte dann impulsartig auf den Twizy zu. Wie ein Kick, eine Flanke. Der Twizy verlor die Kontrolle, der andere beschleunigte. Sehen Sie *das?*«

Sabine blickte auf, er wedelte mit dem Pointer, sie folgte ihm und suchte den angeleuchteten Punkt auf der Fahrbahn. Tiefschwarze, fast glänzende Spuren. Kaum einen halben Meter lang.

»Das sind die einzigen Spuren, die es von dem verursachenden Fahrzeug gibt«, fuhr der Gutachter fort. Die Schneise, die der Twizy geschlagen hatte, lag etwa auf derselben Höhe. Von Michael konnten sie demnach nicht stammen.

»Ich hatte bereits einen ähnlichen Fall, zugegeben«, schloss er und machte eine vielsagende Miene, »sonst wäre ich mir meiner Sache nicht so sicher. Doch ich gehe jede Wette ein, wenn Sie den Verunglückten befragen, wird er diese Theorie bestätigen.«

»Danke, das werde ich tun«, nickte Sabine. Sie war noch nicht endgültig überzeugt, einerseits, doch weshalb sollte der Mann sie belügen? »Wie sicher sind Sie sich denn? In Prozent gemessen.«
»Siebzig, achtzig.«
Das war weniger als erwartet. Als hätte er ihre Gedanken gelesen, fügte er hinzu: »Höher als neunzig gehe ich nie.« Er hob die Augenbrauen. »Es sind und bleiben nur Indizien.«
»Okay, danke.«
»Aber eines kann ich Ihnen mit absoluter Gewissheit sagen.«
»Hm?«
Der Gutachter trat an Sabine heran, als erwarte sie nun ein Staatsgeheimnis. Seine Pupillen weiteten sich, und seine Stimme war gedämpft, als er die Worte formte.
»Die Chance, dass Ihr Freund noch lebt und bei Bewusstsein ist, hätte ich bei weit unter zehn Prozent angesetzt.«

Die gesamte Region war von alten Stätten durchwachsen, wilder Stein, weißer Stein, Wildfrauenloch. Die Namen klangen immer anders, doch spielten sie alle auf die Sagengestalt Frau Holle an. Eine Frau, die verborgen in ihrer Höhle lebt und sich nur manchmal, zur Mittagszeit, in weißen Gewändern zeigt. Ein Wirbelwind umgibt sie. Wenn man an ihrer Höhle (oder einer von ihnen, denn bemooste Basaltformationen gab es in dem Vulkangebiet eine Menge) vorbeiging, so hieß es, könne man den süßen Duft von Pfannkuchen riechen. Andernorts hieß es, die weiße Frau nehme die Seelen der Toten auf und wasche sie an dunkler Quelle wieder rein, damit sie zu Kinderseelen werden.
Hüterin der Kinderseelen.

Es hätte unpassendere Namen für ein Heim geben können. Doch Ralph Angersbach assoziierte weder Lichtgestalten noch Pfannkuchen mit seinen Erinnerungen an die »weiße Frau«.

Die Zufahrt schlang sich einen überwucherten Waldweg entlang. Eine Kette und ein bemoostes Privatwegschild hielten Fahrzeuge fern. Auf Zunicken seines Vorgesetzten machte Angersbach kurzen Prozess und trennte eines der rostigen Glieder mit einem Bolzenschneider auf.

Niemand hatte etwas sagen müssen, es schien allen Beteiligten klar zu sein, dass der Kommissar die Führung übernahm. Schmittke und Rahn hielten sich dezent im Hintergrund, Heidt wich ihm nicht von der Seite. Dankbar, dass er ihn auf der Fahrt nicht über seine Kindheit ausgefragt hatte, wusste der Kommissar doch, dass er davon erzählen musste. Bald. Doch vorläufig galten die Gedanken dem entführten Mann. Keine Lösegeldforderung, keine Vermisstenanzeige.

Was, wenn sich in dem Gebäude seine Leiche befand? Beklommenheit überkam ihn, er konnte nicht definieren, ob es die Sorge um den Fremden war oder ob Ralph es mit den eigenen Gespenstern zu tun hatte.

1977. Das Haus lag erhaben auf einer Anhöhe. Zehn Zimmer, in denen jeweils zwei bis vier Jungen lebten. Die einzigen weiblichen Personen, die dort verkehrten, waren die Köchinnen, eine Krankenschwester und die Frau des Hausmeisters. Hin und wieder eine Nonne. Viele Erinnerungen hatte Ralph verdrängt. Er hätte nicht einmal mehr den groben Grundriss des Hauses aufzeichnen können. Doch eines wusste er genau. Selbst heute, von Efeu verschlungen und mit vernagelten Fenstern, jagte es ihm noch immer einen Schauer über den Rücken.

»Seit wann steht es leer?«, erkundigte er sich keuchend, denn sie mussten die letzten Meter zu Fuß gehen. Schotter knirschte unter ihren Sohlen. Unkraut wucherte aus einem betongegossenen Bassin. Ralph erinnerte sich an ertrunkene Frösche, die den Weg über die Kante nicht geschafft hatten. Er hatte die Zahl vergessen, die er aus dem Wasser hatte fischen müssen. Irgendwann hatte er zwei große Bruchsteine in einer der Ecken plaziert, damit die Hüpfer jederzeit an Land klettern konnten. Gregor Schlüter, der Heimleiter, hatte sie umgehend entfernen lassen.

»Seit über dreißig Jahren«, antwortete Rutger Heidt stirnrunzelnd. »Dass Sie das nicht wissen.«

»Ich habe dieses Kapitel schon lange begraben.« Angersbach dachte nach. Das Haus war steinalt, im wahrsten Sinne des Wortes, doch außer einer antiquierten Heizung, die entweder überhaupt keine Wärme brachte oder das Haus in einen Schwitzkasten verwandelte, gab es nichts zu bemängeln. Die Lage, die Ausstattung. Mit einer neuen Führung, neuem Personal hätte es womöglich eine gemütliche Unterkunft sein können. »Wieso steht so eine Immobilie leer?«

Heidt lachte schnaufend und nutzte die Gelegenheit, eine Pause zu machen. »Sie müssen tatsächlich Scheuklappen getragen haben.« Er entzündete eine Zigarette und inhalierte tief, hustete und fluchte. »Verdammtes Kraut! Haben Sie überhaupt nichts davon mitbekommen?«

»Sonst würde ich ja nicht fragen.«

Angersbach grub in seiner Erinnerung, doch da war nichts. Er verzog das Gesicht. Dass das Budget für Jugendhilfe schon immer zu eng bemessen war, war kein Geheimnis. Die Heimplätze, die es gab, waren in der Regel belegt. Das war in den Siebzigern nicht anders gewesen. Woran gingen Einrichtungen also zugrunde? Ralph fiel nur sexueller Missbrauch ein. Jener düstere Schatten, der wie ein Damoklesschwert über jedem Haus schwebte, in dem Kinder lebten. Doch würde er sich nicht daran erinnern, wenn *sein* Kinderheim damit in den Schlagzeilen gewesen wäre? Oder verlor man irgendwann, da sich die Meldungen über entsprechende Übergriffe häuften, die Sensibilität für den Einzelfall? Ein verstörender Gedanke. Ihm wurde übel.

Heidt erlöste ihn. »Der tote Junge? Harald Vaupel?« Er schnaubte. »Mensch, das muss doch genau in Ihrer Zeit gewesen sein! Achtundsiebzig – wie alt sind Sie noch mal?«

»Dann muss es nach meinem Wechsel in die Pflegefamilie passiert sein«, murmelte Ralph. Die Zeit passte tatsächlich. Doch er war noch sehr jung gewesen. Selbst wenn der ganze Vogelsbergkreis darüber gemunkelt hatte; er hatte es vermutlich einfach vergessen.

»Erzählen Sie doch mal«, forderte er Heidt auf, der sich deutlich an alles zu erinnern schien. Dieser seufzte.

»Harald Vaupel. Neun Jahre alt. Erschossen. Es kam nie zu einer Verhaftung.«

Ralph neigte den Kopf. »Weshalb nicht?«

»Keine Waffe, keine Beweise.« Heidt zog die Mundwinkel breit, als gäbe es nichts weiter dazu zu sagen.

»Hmm. Und deshalb die Schließung?«

»Nun ja, es wurde schon länger darüber geredet. Der Tod des Jungen war wohl nur das i-Tüpfelchen. Das Heim ging allmählich den Bach runter, ein, zwei Jahre später war es dann aus. Wie auch immer.«

Heidt winkte ab und wollte schon weitergehen, da hielt er noch einmal inne. »Sie wirken, als seien Sie erleichtert, dass es hier keine Kinder mehr gibt.« Er schnippte die Zigarette zu Boden und trat sie gewissenhaft aus.

»Niemand sollte im Heim leben müssen«, murmelte Angersbach nur und stapfte die letzten Schritte zum Haus.

Am Hauptportal – die dunkelrot lackierten Eichenflügel erinnerten an eine Kirchentür – warnte ein Schild vor unbefugtem Zutritt. Angersbach überprüfte, ob frische Kratzspuren zu sehen waren. Doch hier deutete ebenso wenig wie an der Kette vor dem Privatweg etwas darauf hin, dass in letzter Zeit etwas bewegt worden war. Keine Reifenspuren draußen, keine Fußabdrücke auf der Treppe. Er war gespannt, wie es im Inneren aussehen mochte. Staub, hereingewehte Blätter. Es gab untrügliche Indizien, wenn ein verlassen geglaubtes Gebäude betreten worden war, und es war praktisch unmöglich, sämtliche Hinweise zu tilgen.

»Die Koordinaten waren eindeutig?«, vergewisserte er sich bei Schmittke und Rahn.

Blondie nickte. »Zweifel ausgeschlossen.«

»Es ist doch Ihr Kinderheim«, hakte Rotschopf ein. »Persönliche E-Mail, persönliche Location. Zweifeln Sie etwa daran?«

»Ist ja schon gut.« Angersbach wollte sich der Tür annehmen, dann fiel ihm etwas ein. Er hielt inne und deutete nach links. »Gehen wir durch den Seitenflügel«, schlug er vor, »dann zerstören wir keine Spuren.«

»Einverstanden«, nickte Heidt. Die Forensiker kamen von Fulda, hoffentlich fanden sie ihren Weg hierher in absehbarer Zeit.

Muffig kühle Luft stieß ihnen entgegen. Eine Steintreppe führte hinab zu einer Art Brandschutztür. Das Eisengitter am oberen Treppenende war demoliert und notdürftig mit Brettern verbarrikadiert. Die Metalltür war verzogen und nur mit einem Kantholz verkeilt. Schabespuren im getrockneten Schlamm, der über zentimeterhoch liegenden Blättern lag. Angersbach lächelte grimmig. Der Zugang.

Wie oft hatte er sich als Junge in den nahen Büschen versteckt. Darauf gehofft, dass Schönfeldt, der mürrische, meist nach Alkohol riechende Hausmeister, vergaß, seinen Verschlag zu verriegeln. Eine kleine hölzerne Werkbank, auf der es unermessliche Schätze zu finden gab. Kaugummi, Cola oder Schokolade. Zigaretten, die man hin und wieder für die Älteren stahl, um nicht verdroschen zu werden. Nur den Alkohol bunkerte er woanders, wo, das war sein Geheimnis geblieben. Er hat es mit Sicherheit längst mit ins Grab genommen, rechnete Angersbach sich aus, denn der alte Griesgram war bereits damals um die fünfzig gewesen und führte alles andere als einen gesunden Lebenswandel.

Die Werkbank stand noch immer da, für eine Sekunde glaubte der Kommissar, den Tabak und die süßliche Kornfahne zu riechen. Er zwang sich zur Konzentration.

Die Treppe ins Obergeschoss war zusammengebrochen. Sonnenlicht flutete hinein, ein Teil des Daches schien offen zu liegen. Tapetenbahnen hingen in großen Fetzen von den Wänden. Im hinteren Bereich waren Holzstühle aufeinandergestapelt wie ein Scheiterhaufen. Es tat beinahe weh, das einst so penibel geführte Haus in diesem Zustand zu sehen. Und dennoch empfand er auch einen Hauch der Genugtuung. Nie wieder würde man ein Kind hier mit dünner Suppe abspeisen. Hungrig zu Bett schicken, weil es gegen die Obrigkeit aufmuckte. Kassetten zertreten, weil Johnny Cash oder die Doors keine adäquate Musik waren.

Auch im Inneren gab es ein Absperrband. Tauben gurrten, ohne dass man sie sehen konnte. Eine Warntafel wies darauf hin, dass das Anwesen lebensbedrohlich einsturzgefährdet war.

»Drei Viertel des Gebäudes sind ja unzugänglich«, murrte einer der LKA-Männer.
»Gut für uns«, gab Heidt zurück, »das verkürzt unsere Suche.« Es gab die Küche, zwei Büroräume, eine Abstellkammer und einen begehbaren Besenschrank. Ralph leuchtete die beiden kleinen Räume mit der Taschenlampe aus. Er zog das Foto hervor. Hatte der Mann in der Besenkammer gesessen? Doch die Raumhöhe passte nicht, außerdem klebte angetrocknetes Papier überall, und es lag Staub. Er fuhr mit dem Finger über eine der Stellen, wo man zwingend Sitzspuren hätte erkennen müssen. So gleichmäßig ließ sich Staub nicht verteilen, schlussfolgerte er.
Die Suche zog sich eine gute Viertelstunde erfolglos hin, dann erklang draußen ein Hupen. Heidt führte die Spurensicherer hinein, mittlerweile hatten sie auch den Hauptzugang geöffnet. Gemeinsam verlagerten sie ihre Suche ins Kellergeschoss. Schmittke und Rahn machten sich zu jedem Raum Notizen, alle paar Sekunden blitzte die Kamera der Spusi. Heidt hatte strikte Anweisung gegeben, alles, was einigermaßen frisch wirkte, einzusammeln und zu katalogisieren. Das Problem war nur, dass im feuchten Keller kein Staub lag, dafür eine Menge Plastikmüll.
»Da stehen wir ja Weihnachten noch«, seufzte es. Angersbach meinte, die Stimme zu erkennen. Es war einer der streitbaren Kollegen, dem er auch schon beim Galgen begegnet war.
»Dann lassen Sie halt die Bierdosen und Sexheftchen liegen«, gab Rutger Heidt trocken zurück. Ralph schmunzelte, als er geduckt in den alten Heizraum ging. Irgendwie mochte er Heidt. Eine Metalllampe baumelte an einer Kette von der Decke, zur Hälfte herausgerissen, er musste aufpassen, dass er sich keine blutige Stirn holte. Es roch nach Öl. In diesem Teil

des Hauses war er niemals gewesen, dessen war er sich sicher. Der Kegel seiner Taschenlampe wanderte die Wände entlang, nur schmale Fensterluken waren zu erkennen, und diese schienen zugemauert oder von außen verschüttet zu sein.
Dann zuckte Ralph Angersbach zusammen, wie von einer Wespe gestochen. An einer Wand, unverputzt und wie der Rest des Hauses aus dunklen Natursteinen gemauert, fand sich eine Inschrift. Sie fiel schon alleine deshalb ins Auge, weil das alte Anwesen – wohl aufgrund seiner Lage – von Vandalismus weitgehend verschont geblieben war. Weiße Farbe, aufgetragen nicht mit einer Farbsprühdose, sondern mit dem Pinsel. Die Farbe schien beim Auftragen sehr flüssig gewesen zu sein, und der Künstler hatte nicht daran gespart. Überall waren Kleckse und herablaufende Rinnsale zu sehen. Der Kommissar trat nach vorn, tippte mit der Fingerkuppe auf den ersten Buchstaben. Feucht. Er prüfte die Haut, doch keine Farbe haftete an ihr, nur ein weißer Krümel am Fingernagel. Also musste es Schwitzwasser sein. Er trat wieder zurück und las erneut.
Ein einzelnes Wort, doch es genügte, um sein Herz zum Hämmern zu bringen.

SCHABERNACK

»Warum hast du mir nichts erzählt?«
Sabine Kaufmann fühlte sich alles andere als wohl dabei, ihren Ex nun zu vernehmen. Ihr Herz drängte sie dazu, ihn zu umarmen und ihm seine Lage so angenehm wie möglich zu machen. Ein Dutzend Rosen, teure Pralinen. Verdammt. Er ist deinetwegen ins Dickicht gerauscht. Er könnte tot sein oder, was sich in ihrer Vorstellung kaum weniger schlimm anfühlte, lebenslänglich ans Bett gefesselt.

»Was erzählt?« Michael blinzelte ins Sonnenlicht, das ihr im Rücken stand. Sabine ging zur Jalousie und drehte die Lamellen in einen anderen Winkel.

»So besser?«

»Danke. Jetzt sag. Was soll ich dir erzählt haben?«

»Dass dich ein Wagen abgedrängt hat.«

Entweder brauchte er einen Augenblick zum Schalten, oder er wusste wirklich nichts davon. Michael runzelte die Stirn.

»Es gab einen Zusammenstoß, ja.« Er verengte die Augenlider. »Fahrerflucht?«

»Schlimmer womöglich.« Sabine pausierte kurz. »Es könnte ein gezielter Angriff gewesen sein.«

Seine Augen weiteten sich ungläubig.

»Absichtlich?« Sein Gesicht schien jegliche Farbe zu verlieren, von der momentan ohnehin nicht viel übrig war. Nur blasse Haut auf weißem Laken. »Aber wieso? Und wer? Ich meine, warum sollte es denn jemand auf mich abgesehen haben?«

Kaum, dass er den Satz zu Ende gesprochen hatte, verstummte er abrupt und hob die Hand vor den Mund.

»Scheiße«, hauchte er.

Er hatte kapiert, worum es Sabine Kaufmann ging. Eine unbequeme Wahrheit, mit der sie sich seit Verlassen der Unglücksstelle plagte. Es war *ihr* Twizy. Gestartet von *ihrer* Wohnung. Ein auffälliges Auto, aber wer am Steuer saß, konnte man selbst tagsüber nur schwer erkennen. Von hinten, aufgrund der Bauart, im Grunde überhaupt nicht.

»Wenn es sich um einen Anschlag handelte«, resümierte die Kommissarin tonlos, »dann galt er nicht dir, sondern mir.«

Als wären ihre Schuldgefühle nicht ohnehin längst groß genug; dieser Faktor steigerte sie ins Unerträgliche.

»Schabernack?«

Angersbach hätte die Sache am liebsten als lächerliche Kinderei abgetan, doch so einfach durfte er es sich nicht machen. Zwei Stunden waren vergangen, und sie befanden sich wieder in Lauterbach. Im gesamten Haus hatten sich keine Spuren einer Entführung gefunden, geschweige denn des Raumes, wo das nachgestellte Foto entstanden war. Ebenso wenig fand sich eine Leiche, was alle Anwesenden erleichterte. Es war ein einfaches Rechenspiel. Drei Wochen entführt ohne Forderung. Das bedeutete für drei Wochen Mahlzeiten und Wasser, drei Wochen Sorge um ein gewisses Maß an Hygiene und dann die permanente Angst, entdeckt zu werden. Es bedurfte mehr als einer Person, daran zweifelte mittlerweile keiner mehr. Eine Gemeinsamkeit mit dem Galgenmord, auch das stellte keiner in Frage. Ein toter Halbbruder. Der Betreff der E-Mail, persönlich adressiert an den Kommissar. Dasselbe Wort in dem Heim, wo er zwei Jahre gelebt hatte.

»Warum ausgerechnet Schabernack?«

Rutger Heidt walkte seinen Bart und das drunter verborgene Kinn so fest, dass es Ralph schon beim Zusehen weh tat. »Gibt es irgendeinen persönlichen Bezug zu diesem Wort?«

»Nein, nicht, dass ich wüsste.« Ralph hatte nicht lange überlegen müssen. Doch andererseits – wie viele banale Details aus dem Leben eines Sechsjährigen hatte man Jahrzehnte später noch abrufbar? Doch gäbe es etwas Wichtiges, dessen war er sich sicher, würde es ihm einfallen. »Ich muss darüber schlafen«, fügte er hinzu und gähnte unwillkürlich, »aber da klingelt momentan rein gar nichts.«

»Nicht besonders hilfreich«, murrte es aus der Ecke der Wiesbadener. Blondie heftete gerade die Fotos an ein Flipchart, Ralph sah von beiden nur den Hinterkopf. Er vermutete den

Rothaarigen als Sprecher. Schmittke, nein Rahn. Es war ihm egal.

»Haben Sie ein Problem damit?«, bellte er durch das Besprechungszimmer. Beide zuckten zusammen und erstarrten in ihren Bewegungen.

Pumuckl drehte sich um, dann auch der andere.

»Entschuldigung, es war nicht persönlich gemeint.«

»Die Sache *ist* aber persönlich, und das gegen meinen Willen.« Angersbachs Nerven lagen blank. Er erreichte Sabine Kaufmann nicht, außerdem hatte Janine ihn weggedrückt. Er sah sie vor seinem geistigen Auge in Lauterbach umherirren, schutz- und orientierungslos. Eine wirre Angstphantasie, denn das Mädchen kam immerhin ganz gut ohne ihn zurecht. Doch sie war seine Halbschwester, wer sagte denn, dass sie nicht als Nächste auf der Abschussliste stand? Auf einer Liste, bei der sowohl das *Wer* also auch das *Warum* völlig offen waren. Und was war mit Sabine? Der Kreis der Personen, denen Ralph vertraute, war nicht besonders groß. Sabine Kaufmann oder Mirco Weitzel, einen der beiden hätte er in diesem Moment gerne bei sich gehabt. Stattdessen schlug er sich mit diesen Fachidioten herum. Sein Finger schnellte nach vorn, Blondie zuckte zusammen, als ziele eine Pistole auf seine Brust.

»*Sie* haben den Fall an sich gerissen.« Angersbachs Blick war vernichtend und seine Stimme eisig. »Der Computer, die Beweise, die Befragungen. Alles blockiert. Also werfen *Sie* mir nicht vor, dass ich noch immer mit dem Fall zu tun habe. Ich habe es mir weiß Gott nicht ausgesucht.«

»Wie gesagt …«

»Ihre Ausflüchte interessieren mich nicht. Schaffen Sie das Material wieder heran, legen Sie Ihre Berichte auf den Tisch, und zwar am besten gestern.«

Bevor sich einer der beiden über seinen rüden Befehlston mokieren konnte, ergriff Heidt das Wort. Er stellte sich hinter den Kommissar und räusperte sich.

»Angersbach hat recht. Wir stecken da alle zusammen drin, also verschwenden wir keine Zeit. Irgendwo da draußen hockt ein alter Mann in einem Wandschrank und wartet auf unsere Hilfe.«

Dem war nichts entgegenzusetzen.

Sabine Kaufmann sah die verpassten Anrufe auf ihrem Display. Dreimal Angersbach, je einmal Weitzel und Möbs. Konrad Möbs. Ihre Miene trübte sich noch mehr ein. Hatte sie nicht ihr Handy abschalten oder zumindest seine Nummer blockieren wollen? Sie schmiedete Pläne. Mirco eine SMS schicken, er solle Möbs abfangen. Sie tippte hastig, dann wählte sie Angersbachs Nummer.

»Man erreicht dich ja noch schlechter als mich«, waren seine Begrüßungsworte.

»Na danke.« Ein Vorwurf war genau das, was sie jetzt brauchte.

»Ich bräuchte deine Schützenhilfe.«

Sabine seufzte. »Ich glaube nicht, dass ich zurzeit die beste Wahl für so etwas bin.«

»Was ist denn los?«

Schnell brachte sie ihn auf den neuesten Stand. Angersbach pfiff, es rauschte laut im Hörer. »Verdammt.«

»Allerdings. Michael hätte tot sein können, gelähmt, hirntot, was auch immer.« Sie schluckte schwer. »Und im Grunde hätte doch ich am Steuer sitzen müssen.«

»Sicher?«

Sie verstand die Frage nicht. »Ja. Weshalb die Frage?«
»Er hat dich heimgefahren und ist auf dem Rückweg verunglückt.«
»Aufgelauert worden.«
»Wie auch immer. Aber auf dem Weg nach Frankfurt.«
»Mit *meinem* Auto.« Sabine legte die Stirn in Falten. Was Angersbach da aus dem Ärmel schüttelte, war doch kaum mehr als eine fixe Idee. Doch er klang überzeugt von seinen Worten.
»Tut mir leid, mir raucht selbst der Schädel«, entschuldigte sich Angersbach nach einer kurzen Pause. »Vielleicht habe ich einfach nur Verfolgungswahn.«
Sabine konnte förmlich spüren, wie er sich auf die Lippe biss. Ein eiliges »Verzeihung« kam prompt hinterher, dabei war doch klar, dass Ralph damit nicht auf ihre Mutter abgezielt hatte. Eine Floskel, mehr nicht. Sie musste sogar kurz lächeln.
»Erzähl mir doch mal von deinem Fall. Vielleicht bringt mich das auf andere Gedanken.« Sabine massierte sich den Nacken. Angersbach zögerte zuerst, aber dann gab er eine haarsträubende Geschichte zum Besten.
»Halbe Sachen machst du nicht, wie?«, fragte sie, nachdem er am Ende angelangt war.
»Nein. Richte Möbs aus, er kann sich entspannen. Eine ruhige Kugel schieben wir ja nun beide nicht.«
»Hör mir bloß auf. Ich bin froh, wenn ich ihm nicht unter die Augen kommen muss.«
Sabine Kaufmann konnte das Gesicht ihres Chefs schon sehen. Seine überhebliche Stimme hören.
»Frau Kaufmann, ermitteln Sie mal in dem Fall. Sie haben sich doch Arbeit gewünscht, nicht wahr? Jetzt haben Sie endlich wieder was zu tun.«

Es kam völlig anders.
Eine halbe Stunde nach ihrem Telefonat mit Ralph Angersbach untersagte Konrad Möbs der Kommissarin eine Ermittlung.
»Frau Kaufmann, keine Chance, dass Sie da mitmischen. Wenn es sich um einen Unfall handelt, geht es Sie nichts an. Wenn es sich aber um ein Gewaltverbrechen handelt, egal, ob gegen Sie oder Ihren Freund, dann sind Sie draußen.« Mit der Handkante unterstrich er seine Aussage, als enthaupte er ein Huhn. »Finito.«
Sie sei persönlich zu sehr involviert, am Ende sogar in Lebensgefahr. Außerdem habe sie Urlaub eingereicht. Und die Kollegen aus Frankfurt, denn der Unfall hatte sich ja genau zwischen den beiden Städten ereignet, scharrten ebenfalls mit den Hufen. Warum nicht das Ganze dorthin abgeben?
Konrad Möbs war und blieb ein Korinthenkacker. Und unerträglich bequem noch dazu. Sabine versuchte, dagegen zu argumentieren, und wollte Mirco Weitzel kurzzeitig dafür hassen, dass er untätig neben ihr saß und sich nicht auf ihre Seite schlug. Doch unterm Strich war es vergebene Liebesmüh, denn Möbs hatte mit allem recht. Je eher sie es sich eingestand, desto besser.
Frustriert fuhr sie ihren Computer herunter, prüfte, ob das Fenster geschlossen und die Kaffeemaschine ausgeschaltet waren. Bevor sie ihren Mercedes bestieg, nahm sie Weitzel das Versprechen ab, sie über wichtige Dinge auf dem Laufenden zu halten. Alles Weitere würde sie mit Michael besprechen, aber nicht mehr heute.
Alte Fälle. Verhaftungen, an denen sie beide mitgewirkt hatten. Im Kopf der Kommissarin formierten sich seltsame Gedanken. Es gab weitaus mehr Fälle als jene, die an ihrer Ego-

Wand hafteten, das wusste Sabine nur zu gut. Und ihr war durchaus geläufig, dass ein Großteil ihrer ersten Verhafteten längst wieder auf freiem Fuß sein dürften. Sie hatte bei der Sitte begonnen, und die Gefängnisstrafen hielten sich hier meist in Grenzen. Nur die ganz großen Fische, dachte sie weiter, sitzen noch immer. Lebenslänglich, das bedeutete fünfzehn Jahre. Zumindest eine erste Faustformel. 2007 kam ihr in den Sinn, sechs Jahre her, nicht einmal die Hälfte.
»Es kann keiner deiner Knackis sein, zum Geier«, presste sie hervor und zermarterte sich das Hirn, ob sie nicht doch etwas übersehen hatte. Auch Michael Schreck hatte eine persönliche Erfolgsstatistik, es gab sogar eine Schnittmenge. Plötzlich war da wieder ihr Vater. Doch egal, wie sie das Puzzle auch angehen wollte, es fehlten zu viele Teile. Zu viel weißes Rauschen. Zu viele Dinge, die nur ein sehr abstraktes Bild erahnen ließen.

»Alterchen, schlappmachen gilt aber nicht!«
Sonnenstrahlen fielen auf seine Haut, der Raum war in sattes Orange getaucht. Johann Gründler blinzelte angestrengt und versuchte, den Kopf zu heben. Er schaffte es nicht. Verzweifelt strengte er den Nacken an, ohne Erfolg. Um ihn herum schien es leer, er fühlte sich weich, beinahe schwebend. War das der Tunnel? Das Licht, das dich erwartet, wenn du in den Himmel wechselst? Blödsinn. Bis vor wenigen Sekunden hatte er sich dieser Phantasie hingegeben, im traumgleichen Dämmerzustand, doch dann hatte die Stimme gesprochen. Welcher Engel würde ihn denn schon mit »Alterchen« begrüßen?
Gründler hatte nie an Gott geglaubt, er hatte stets nur das Übel in den großen Weltreligionen gesehen. Kirche und Waf-

fenindustrie. Ohne sie gäbe es nur einen Bruchteil des Leidens auf diesem Planeten. Jahrzehntelang war er für diese Überzeugung eingetreten. Hatte er sich geirrt?

Er befand sich nicht mehr in seinem Verlies. Warum und wie lange hätte er nicht zu sagen vermocht. Das kleine Fenster spielte dabei eine Rolle, hallende Schritte, ein laufender Motor. Er bekam es nicht zusammengefügt. Johann Gründler erkannte auch nicht den Raum, in den man ihn gelegt hatte. Ein Krankenhaus? So viel Hoffnung gönnte er sich nicht. Nicht, nachdem er die Stimme gehört hatte. Die ersten Worte, die er seit einer Ewigkeit zu hören bekam. Beinahe schmerzend schön hallten sie noch immer in seinen Ohren nach.

Sie trug keinen weißen Kittel, kein rotes Kreuz auf der Bluse, und von blond gelocktem Haar war auch nichts zu sehen. Nach und nach ordnete sich das Bild in seinem Kopf, während er den stechenden Schmerz spürte, der hinter seinen Schläfen hämmerte. Den Druck, der auf seine linke Schulter ausgeübt wurde und sie in eine unnatürliche Haltung zwang. Eine Bandage? Aus der Armbeuge schlängelte sich ein Gummischlauch ins Nichts. Die Handgelenke und schätzungsweise auch die Knöchel, die er weder sah noch spürte, schienen von Fesseln umschlungen zu sein.

Was sich für wenige Sekunden als lichtbringende Freiheit angefühlt hatte, erwies sich auf den zweiten Blick als dieselbe Hölle, durch die Johann Gründler seit endlosen Tagen ging.

Er wollte etwas sagen, doch auch seine Zunge versagte ihm ihren Dienst. Stuhlbeine schabten. Dielenboden, dachte er. Nachmittagssonne. Wäre sein Geist nicht so verlangsamt, hätte er vermutlich kombinieren können, in welchem Zimmer er sich befand.

»Über Nacht.«

Fragmente einer Unterhaltung, die er aufschnappte. Ein Schauer kroch unter seinem Rücken entlang, zwischen Laken und schwitzender Haut. Gründlers Puls schlug schneller.

Über Nacht – und dann?

Nicht wieder in die Dunkelheit, flehte es aus allen Ecken des Raumes. Höhnender Gesang von Sirenen, die mit seinen Ängsten spielten.

In die Schwärze, in die Stille, in die Dunkelheit.

Dann verlor er das Bewusstsein.

DONNERSTAG

Lißberg, Wetteraukreis.

Eine Gemeinde, von der man beim Durchfahren auf der Bundesstraße kaum etwas wahrnahm. Lediglich den Burgturm, der sich wie ein Zeigefinger aus den Fachwerkhäusern der Altstadt erhob. Neubauhäuser, die sich an einen Hang schmiegten. Graue Rundsäulen, brandneu, in denen Radarfallen installiert waren. Die B275 brachte unerträglichen Verkehr durch die Ortschaften, seit dem Rückbau der Eisenbahntrasse erst recht. Beinahe so hoch gelegen wie die Burg, doch nahezu vollständig hinter wucherndem Dornengestrüpp verborgen, lag das Schlosshotel. Verlassen seit Jahren, seither der Natur preisgegeben. Und dem Vandalismus. Obgleich man die Zufahrt direkt über die Bundesstraße erreichte, nahm man das Gebäude kaum wahr.

Der graue Ford Focus parkte rückwärts zum Innenhof, unsichtbar von der Straßenseite, fluchtbereit. Er zog seine Handschuhe über die klammen Finger, vorher wischte er den Schweiß an die Synthetikhose. Es fühlte sich komisch an, unangenehm glitschig, denn der Stoff nahm keine Feuchtigkeit auf. Absichtlich nicht. Er stieg aus und atmete durch die Nase ein. Es zirpte überall, irgendwo in der Ferne gauzte ein Hund. Geräusche, die auf andere Menschen schließen ließen, gab es keine. Der ideale Ort, um sich im Vollmondlicht zu gruseln. Ein sogenannter »Lost Place«, der auch schon Geocachern anheim-

gefallen war, modernen Schatzjägern, deren Aufmerksamkeit solchen Stätten nicht guttat. Schier unendliche Farbspraydosen mussten an den einst strahlend weißen Wänden leer gesprüht worden sein, und von Zigarettenkippen bis Resten von Joints fand man alle erdenklichen Rauschmittelreste.
Ein idealer Ort, um all jenen Dingen nachzugehen, für die es sonst keinen Raum gab.
Ein perfekter Ort zum Sterben.

Ralph Angersbach hatte Beate Schygalla und Egon Reuter zur Vernehmung gebeten. Ungeduldig sah er auf die Uhr, noch über eine Stunde. Er überlegte, kurz in der Pension anzurufen, um zu sehen, ob Janine schon wach war. Doch kaum hatte er die Nummer angewählt, überlegte er es sich anders und unterbrach das Gespräch. Stattdessen sah er aus dem Fenster. Es war trüb, Regen kündigte sich an, unten kroch eine Kolonne ungeduldig ausscherender Kleinwagen hinter einem Sattelschlepper mit italienischem Kennzeichen her. Angersbach hielt seinen Finger in den Kaffee, er war kaum mehr lauwarm, und schob die Tasse seufzend von sich.
Sie hatten nicht gestritten, eine Entwicklung, die nicht selbstverständlich war. Er musste dankbar sein, auch wenn die Umstände nicht gerade die besten waren. Einer hatte sterben müssen, damit zwei andere sich näherkamen. Fast wie bei Shakespeare. Doch nachdem er völlig außer sich gewesen war, weil er Janine zwei Stunden lang nicht hatte erreichen können, hatte Janine ihrem Halbbruder sehr klargemacht, dass er sie nicht kontrollieren solle.
»Ich hab keinen Bock auf Polizeizwang«, waren ihre Worte gewesen, was auch immer sie damit meinte. Kontrolle, Überwachung, Einsperren. In diese Richtung dürfte es wohl ge-

hen. Das waren nun einmal die Bilder, mit denen Janine die Obrigkeit assoziierte. Struktur, Schutz und Sicherheit, so hätte Angersbach es wohl genannt. Sorge.

War es tatsächlich ein Zwang, wenn man sich um seine Angehörigen sorgte?

Janine hatte ihm versprochen, dass sie sich melden würde. Gejammert hatte sie auch über die gähnende Leere im Kühlschrank und die begrenzten Möglichkeiten, an etwas Essbares zu gelangen. Etwas *vernünftig Essbares,* so meinte sie das. Ralph musste ihr vertrauen. Warten, dass das Piepen seines Messengers oder ein kurzes Anklingeln ihn erlöste. Was Janine nicht wusste, und er hatte es auch seiner Wirtin nicht verraten, um sie nicht zu beunruhigen: Ein Streifenwagen durchkreuzte die nähere Umgebung. Außer Rutger Heidt, der das angeordnet hatte, und dem Kommissar selbst wusste niemand davon.

Es gab eine Agenda abzuarbeiten, beginnend mit dem Computer des Opfers. Die Hoffnungen zerplatzten allerdings wie Seifenblasen, als Schmittke, der Rothaarige, seinen Bericht schloss. Angersbach hatte sich vorgenommen, die beiden endlich auseinanderzuhalten. Als Eselsbrücke hatte er sich an einen Fußballer aus seiner Jugend erinnert, eine halbe Ewigkeit her. Uwe Rahn, ein Riese mit blonder Mähne und Oberlippenbart. Auch wenn seine Haarfarbe die einzige Gemeinsamkeit mit dem LKA-Beamten war, es musste genügen.

»Wie kann auf einem Notebook denn nichts sein?«

Schmittke verzog den Mund, als wertete er Ralphs Frage als persönlichen Angriff.

»Möchten Sie es selbst durchsuchen?«

»Nein, ich wundere mich nur. E-Mails, persönliche Dokumente, der Internetverlauf. Wozu hat man denn einen PC?«

»Vergessen Sie nicht Grubers Lebenslauf«, warf Heidt ein und quetschte sich zwischen den beiden Männern durch. Sie standen zu dritt um den Monitor herum, der Bildschirmschoner aktivierte sich gerade. »Als er in Haft kam, gab es kaum Computer, geschweige denn Internet.«
Angersbach schenkte seinem Vorgesetzten ein schiefes Grinsen. Er war Jahrgang 1955, also noch eine Ecke älter als Veith, und es wirkte befremdlich, wenn man jüngeren Personen weniger zeitgemäßes Wissen zutraute. Doch er hatte recht, wenn auch nur zum Teil, wie Angersbach fand.
»Auch in Schwalmstadt ist die Zeit nicht stehengeblieben«, erwiderte er. Der Kommissar kannte die JVA gut, sie lag keine sechzig Kilometer entfernt. »Zeigen Sie mal her. Man kann Dateien doch irgendwie verstecken oder löschen.«
Seine Finger näherten sich dem Cursorfeld unterhalb der Tastatur. Dann wurde er stutzig. Schmittke wollte Ralph noch abwehren, aber es war zu spät. Er hatte sich offenbar die ganzen letzten Minuten über nicht wohl gefühlt. Lag die Ursache etwa in dem rot-weißen Löwen, der von einer Ecke des mattschwarzen Displays in die andere rutschte? Heidt schien es nicht wahrzunehmen, doch Schmittke hatte mittlerweile realisiert, dass Angersbach eins und eins zusammengezählt hatte. Es war das hessische Wappen, fehlte nur noch, dass das Dienstsiegel dahinter prangte.
»Das ist einer von euren Rechnern!«, herrschte der Kommissar den Rotschopf an, der sich ohne seinen Kollegen auf ziemlich verlorenem Posten fühlen musste. »Wo ist der echte?«
»In – Wiesbaden«, presste der Kollege hervor, dann hatte er sich schon wieder gesammelt. »Wie hätte ich ihn denn so schnell hierherholen sollen?«

»Kein Grund, so zu tun, als wäre es Grubers Laptop«, sagte Heidt ruhig, aber bestimmt.
»Alles ist darauf gespiegelt. Der Upload hat zwei Stunden gedauert.«
»Faseln Sie nicht.« Angersbach winkte ab und stampfte zu seiner Kaffeetasse zurück. »Unter Zusammenarbeit verstehen wir hier etwas anderes.«
»Sie sind doch kaum länger hier als wir.«
Rahn tauchte auf, was Ralph kurz innehalten und Schmittkes Gesichtsfarbe zurückkehren ließ.
Heidt schaltete sich ein: »Mag sein, aber er hat die Sache treffend geschildert. Am selben Strang ziehen ist etwas anderes als Tauziehen.«
»Unsere Weisung lautet …«
»Interessiert mich nicht. Ich telefoniere sofort mit Fulda, dann machen wir das Ganze amtlich. Und in der Zwischenzeit sehen Sie zu, dass die Beweise auf unseren Tisch kommen. Alle.«
Mit diesen Worten verschwand der Dienststellenleiter nach draußen. Sofort begannen die beiden Kollegen, miteinander zu sprechen, gedämpft und mit verstohlenem Blick in Angersbachs Richtung.
»Wissen Sie«, sagte dieser, den Blick wieder hinab auf die Straße gerichtet, »ich werde von diesem Fall nicht ablassen. Egal, ob Heidt beim Polizeipräsidenten etwas erreicht oder nicht.« Die Stimmen verstummten, und er drehte sich langsam um. »Es geht um meinen Bruder.« Er tippte sich auf die Brust und formte die Worte betont langsam. »Wie würden Sie denn da handeln?«
Ein schrill läutendes Telefon erlöste die beiden.
Vorläufig.

»Sind *Sie* das jetzt endlich?«

Hackebeil schnaufte aufgebracht. Angersbach wusste genau, stünde er in diesem Moment vor ihm, er würde die Hände in die Hüften stemmen und ihn mit seinem sehenden Auge durchbohren. Diese Technik beherrschte der Rechtsmediziner ziemlich gut. Nun, in ausreichender Distanz, erlaubte sich der Kommissar einen Gegenangriff.

»Wie viele Leute kennen Sie denn noch, die sich mit ›Angersbach‹ melden?«

»Wie? Beherrschen Sie sich, junger Freund! Seien Sie lieber froh, dass ich so hartnäckig bin.«

»Danke«, säuselte Ralph, »ich weiß das zu schätzen. Was verschafft mir denn die Ehre?«

»Sie erinnern sich an dieses Projektil, nicht wahr?«

Da die Frage rhetorisch gemeint sein musste, beschränkte Ralph sich auf ein aufforderndes »Hm«.

»Wo befindet sich der Rest davon?«

»LKA, nehme ich an.«

Sofort reckten Rahn und Schmittke die Hälse.

»Prächtig. Was sagen die ballistischen Tests? Wie lautet deren Theorie?«

Am Klang seiner Stimme war zu erkennen, dass Hack eine Gelegenheit witterte, sich den Wiesbadenern überlegen zu präsentieren. Angersbach kam eine Idee.

»Ich habe keinen Einblick in die Ergebnisse, bedaure«, sagte er laut genug, dass es den beiden, die wieder emsig taten, nicht entgehen konnte.

»Dann verschaffen Sie sich mal besser Zugang. Wie Sie vielleicht wissen, bin ich im Laufe meiner Karriere ein wenig herumgekommen.«

Mehrmals um die Welt, überall dorthin, wo es Krisen gab.

Hackebeil betonte das nicht selten, und es war tatsächlich eine beachtliche Sammlung.

»Spannen Sie mich nicht auf die Folter«, drängte Ralph.

»Das Projektil. Ich habe nur noch Fotos, wie Sie wissen, aber das Ganze hat mir keine Ruhe gelassen. Sagten Sie nicht, am Galgenberg wurde auch eine Hülse gefunden?«

Angersbach bejahte.

»Fragen Sie mal nach dem Stempel und der Legierung. Ich fresse einen Besen, wenn es sich um eine moderne 9-mm-Parabellum handelt.«

»Heißt?«

»Kaum jemand verwendet heutzutage noch solche Geschosse. Mich würde brennend interessieren, wie es im Inneren dieses Projektils aussieht. Der Bleianteil, die Beschaffenheit des Mantels. Finden Sie das raus, und ich verrate Ihnen meine Theorie.«

Angersbach seufzte. »Gegenvorschlag. Sie verraten mir Ihre Theorie, und ich kümmere mich sofort darum.«

Hackebeil schien kurz mit sich zu kämpfen, dann aber lenkte er ein.

»Wie alt sind Sie? Zu jung wahrscheinlich. Ende der Neunziger wurden für die Polizei Teilmantelgeschosse angeordnet. Diese töten zwar effizienter, weil sie im Körper größeren Schaden anrichten, dafür schlagen sie nicht durch und gefährden damit Unbeteiligte. Man stritt fast dreißig Jahre darüber, zu Recht, wie ich finde, denn es gibt höllische Kaliber darunter. In der Kriegsführung sind sie verboten, aber erzählen Sie das mal einem Warlord in Zentralafrika. Worauf ich hinauswill, ist Folgendes: Möchte ich jemandem weh tun, etwa indem ich ihn kopfüber an einen Galgen hänge, verwende ich doch auch eher schmerzbringende Munition. Oder meinen Sie nicht?«

Ralph Angersbach murmelte etwas Unbestimmtes, weil er noch nicht begriffen hatte, worauf Hack hinauswollte.

»Das Projektil hat weder außen noch innen einen größeren Schaden angerichtet«, fuhr dieser fort. »Es müsste demnach Vollmantel sein. Doch Kriminelle verwenden diese Munition weitaus seltener, und außerdem ist das Projektil kaum deformiert. Das passt alles nicht zusammen.«

»Und zum Töten hätte es der Mörder nicht gebraucht«, warf Angersbach ein.

»Eben.« Hack räusperte sich. »Sie sind noch zu jung für James Bond, nehme ich an.«

Angersbach kannte sie alle. Mit vierzehn Jahren hatte er *Im Angesicht des Todes* gesehen. Der letzte *Bond* mit Roger Moore, dem mit Abstand besten Darsteller der Reihe, wie er fand. Er runzelte die Stirn.

»Natürlich kenne ich Bond.«

»*Der Mann mit dem goldenen Colt.* Gesehen?«

Ebenfalls ein Roger Moore.

»Ja. Kommen Sie bitte zum Punkt.«

»Ist ja schon gut. 007 erhält eine Patrone mit Gravur.«

»Als Warnung eines Auftragskillers, genau.«

»An Ihrer Stelle würde ich mich fragen, ob es sich bei dem Projektil in Grubers Brust ebenfalls um eine Warnung handelt. Oder eine Botschaft.«

Angersbach schluckte. »Eine Warnung? An wen?«

Hack lachte. »Als wenn ich Ihnen das sagen könnte. Aber wenn Sie mich fragen, und das wird Ihnen nicht gefallen, deutet das Ganze dezent in Ihre Richtung. So nach dem Motto: Da, wo diese Kugel herkommt, wartet eine weitere. Doch wie gesagt, das ist nur mein Gefühl. Ermitteln müssen Sie das selbst.«

Nun war es Ralph Angersbach, dem die Farbe aus dem Gesicht wich. Und das, obwohl es nur ein weiteres Indiz unter vielen war.
Wer hasste ihn so sehr, dass er sich derlei Umstände machte? Allein das Ausfindigmachen eines Blutsverwandten musste eine Menge Aufwand erfordert haben. Selbst er als Kriminalbeamter hatte nichts davon gewusst. Ralph schluckte. Gab es nicht bei der Bundesbehörde eine millionenstarke Kartei? Ein Raster, begonnen in den Siebzigern, um die Bevölkerung nach potenziellen Knotenpunkten mit Terroristen zu durchforsten? Konspirative Wohnungen, Papiere, Verstecke. Autokennzeichen, Munition, Kartenmaterial. Das Netzwerk an Helfern musste immens gewesen sein. Angehörige, bis in die entferntesten Verwandtschaftsgrade, selbst im Ausland lebende. Alles war gespeichert, auch wenn das offiziell stets geleugnet wurde. Und ebenso wie das Landeskriminalamt saß das BKA in Wiesbaden. Angersbach drückte sich in seinem Stuhl zurück, bis die Lehne knackste. Er spannte die Gesichtsmuskeln an, ließ wieder locker, dann ein weiteres Mal. Für die einen Grimassen, für die anderen Gesichtsyoga. Er hatte im Internet davon gelesen. Doch es half, der Hautalterung vorzubeugen und, worum es ihm vor allem ging, seine Mimik zu entspannen. Er stand auf und schlenderte zu Schmittke und Rahn.
»Das war Professor Hack«, begann er in freundlichem Tonfall. »Er hat noch Unterlagen auf seinem PC, die vergessen wurden.«
»Unterlagen welcher Art?«
»Fotos von dem Projektil. Ein altes Geschoss, ich erinnere mich, dass wir auch eine alte Hülse sichergestellt haben.«
Der Blickwechsel der beiden war so offensichtlich, dass er ihn bemerken *musste*. Doch Ralph sparte sich einen Kommentar

und fror sein schmales Lächeln ein. Er baute den beiden eine Brücke.

»Hack kennt sich aus mit Patronen, ich glaube, er hat mehr davon zu Gesicht bekommen als jeder Soldat auf diesem Planeten. Er meinte, das Ding sei alt. Richtig alt. Stimmt das?«

Rahn zog die Nase hoch und die Mundwinkel nach unten. »Ich muss nachsehen. Kann sein.«

»Das wäre nett. Ich rufe auch selbst an, sagen Sie mir nur, an wen ich mich wenden soll.«

»Nein, nein.« Hastig flogen Rahns Finger in Richtung Tastatur. »Ich klemme mich gleich dahinter.«

Ralph bedankte sich und ging weiter in Richtung Kaffeeautomat. Dort angekommen, vergewisserte er sich, dass niemand in der Nähe war. Zückte das Handy und wählte eine Nummer. Zögerlich zwar, aber er musste es tun.

Die Sache war zu brenzlig, um nur eingleisig zu fahren.

Sabine Kaufmann beendete ein Telefonat. Eines von vieren, das sie geführt hatte, obwohl sie noch nicht einmal in Ruhe gefrühstückt hatte. Mittlerweile war es dafür zu spät, wie ein Blick auf die Küchenuhr ihr verriet. *Na, wenigstens bist du laufen gewesen.* Acht Kilometer, eine kleine Runde nur, doch das letzte Mal war über eine Woche her. Sabine hatte wenige Rituale, aber jeden dritten Tag eine Stunde zu joggen, dafür sollte doch Zeit sein. Andererseits waren da Michael, Mama, Mirco … *alles mit M,* funkte ihr ein flüchtiger Gedanke dazwischen, und sie musste kichern, obwohl ihr überhaupt nicht danach zumute war. Sie wollte wieder arbeiten, es war wohl das Einzige, das sie davor schützte, durchzudrehen. Michael sollte morgen bereits entlassen werden, das war einer der Anrufe gewesen.

»Morgen schon?«

»Eigentlich heute. Was soll ich hier?«

»Du hattest einen schweren Verkehrsunfall!«

»… und einen noch schwereren Schutzengel.« Er hatte gelacht, flach zwar, wegen der Kopfschmerzen, aber herzlich. »Bestimmt so einen dicken Engel, diese Putten, wie man sie zu Weihnachten immer sieht.«

»Witzig. Trotzdem halte ich es für sehr früh.«

Doch Michael hatte abgewehrt. Er wollte nach Hause, vermutlich würde er einen Blockbuster nach dem anderen abspielen, sie gönnte es ihm.

»Soll ich dich fahren?«

»Musst du nicht.«

»Würde ich aber gern.«

Das war keine Floskel. Sabine Kaufmann meinte es absolut ernst, und es fühlte sich gut an. Sie verabredeten elf Uhr.

Danach hatte Mirco Weitzel ihr mitgeteilt, dass es eine Lackanalyse gab. Er nannte einen Farbcode und beschrieb das Aussehen als mehr schwarz als grau.

»Und dann auch noch Ford.« Entsprechend ernüchternd hatte Weitzel geklungen. Allein im Großraum Frankfurt fuhren Tausende Modelle herum, nicht wenige mit Lackschäden. Eine Einschränkung auf Baureihe und Modell stand noch aus.

»Mondeo oder Focus«, überlegte ihr Kollege, denn laut Gutachter musste das Fahrzeug des Angreifers deutlich schwerer gewesen sein als Sabines Twizy.

»Dunkelgrau«, überlegte sie und zupfte sich am Kinn. Irgendetwas in Sabines Erinnerung fühlte sich angesprochen, doch sie konnte es nicht zuordnen. *Zur Hölle mit dem fotografischen Gedächtnis,* dachte sie.

»Heutzutage sagt man anthrazit«, gab Mirco zum Besten, »dunkelgrau verwendet keiner mehr.«

»Dunkel bleibt es trotzdem«, erwiderte Sabine, noch immer grübelnd. Nein, da war nichts.

Es dauerte noch immer eine halbe Ewigkeit, bis die beiden Vernehmungen losgehen konnten, und Angersbach überlegte, ob er etwas essen sollte. Doch er hatte keinen Appetit, zumal sich Schmittke gerade sein zweites Leberkäsebrötchen reinschob und das ganze Büro nach Fett roch. Also klickte der Kommissar sich lustlos durch einige Mails, irgendwann würden ja die ballistischen Ergebnisse eintreffen. Ein weiterer Grund, dem Büro nicht den Rücken zu kehren. Er misstraute seinen Kollegen zwar nicht tiefgehend, doch sie befanden sich in der Bringschuld. Die Sache mit Grubers Laptop war unsauber gelaufen, und das Projektil würde nun zeigen, wie es um die Kooperation der Dienststellen bestellt war.

Ralph dachte an Neifiger und schlug sich sanft an die Stirn. Musste es erst nach gebratenem Schwein riechen, dass er an ihn dachte? Er schuldete seinem Freund noch etwas. Anstatt es weiter vor sich herzuschieben, rief Angersbach einige Daten ab. Er prüfte die Zulassung, fragte nach Ausweis und Passdaten. Alles Standards. Wenn Johann Gründler sich in Deutschland befand, konnte er nur per Fahndung ausgemacht werden. War er im europäischen Ausland unterwegs, stand es schlecht. Die fehlenden Passkontrollen erschwerten die Suche nach vermissten Personen erheblich. England vielleicht, oder die Fähre nach Korsika. Nein. Es waren Strohhalme.

Mehr als die Fahndung nach einem rot-weißen Campingbus konnte er nicht leisten. Das Lammfleisch musste noch ein Weilchen in der Gefriertruhe des Metzgers verweilen. Ralph Angersbach wollte gerade die Bildschirmfenster schließen, als sein Blick auf Gründlers Passfoto fiel. Seine Kinnlade klappte hinunter, er schnellte nach vorn. Ein Scheppern weckte auch das Interesse der beiden anderen, Ralphs Ellbogen hatte die Porzellantasse getroffen. Während sich ein Rinnsaal kalten Kaffees seinen Weg zur nächsten Schreibtischkante suchte, hafteten entgeisterte Augen auf der unscharfen Aufnahme.
Sie mochte um einiges älter sein als das Foto des Entführten. Das Gesicht darauf war gut und gerne zwanzig Jahre jünger, doch es bestand nicht der geringste Zweifel, dass es sich um ein und dieselbe Person handelte.

Sabine Kaufmann sah das Unvermeidbare kommen, noch bevor sie die Verriegelung ihres Zündschlüssels drücken konnte. Es schnappte kaum hörbar, sie betrachtete den Wagen noch einmal, um einige Sekunden Zeit zu schinden.
»Was machen Sie denn hier?«
Konrad Möbs, bewaffnet mit seinem abgewetzten Pilotenkoffer, von dem niemand genau wusste, was er tagtäglich darin spazieren trug, kam im Stechschritt auf sie zu. Ausgerechnet heute, ausgerechnet jetzt musste er die Nestwärme seines geliebten Büros verlassen. Sabine hob die Augenbrauen und zog die Schultern nach hinten.
»Hallo. Ich habe etwas vergessen.« Etwas Besseres fiel ihr auf die Schnelle nicht ein.
»Etwa, dass Sie von dem Fall entbunden sind?«

»Unsinn.«

»Wenn ich wiederkomme, möchte ich Sie nicht mehr sehen.«

Ich Sie auch nicht, dachte die Kommissarin und antwortete im Aufbruch: »Keine Sorge.«

Das Büro war kühl und dunkel, Sabine öffnete die Jalousie und ließ Sonne herein. Der Innenhof war leer, wie fast immer, von der benachbarten Feuerwehr drangen klappernde Geräusche herüber. Sie wollte den Computer einschalten, doch außer einem Brutzeln tat sich nichts. Es stank nach verbranntem Staub, schnell schaltete sie die Steckerleiste ab. Wie gut, einen Freund im IT-Bereich zu haben. Sabine wusste zumindest so viel, dass es sich um das Netzteil handeln musste. Wer wohl in Bad Vilbel für diesen Job zuständig war? Sie entschied, Mirco zu fragen, doch zuerst wechselte sie die Seite des Schreibtischs. Angersbachs PC fuhr anstandslos hoch. Während Sabine den Monitor beobachtete, kam ihr in den Sinn, dass sie den Defekt ihres Computers im Grunde gar nicht melden durfte. Denn Möbs würde wissen wollen, wozu sie ihn überhaupt angeschaltet hatte. Am Ende müsste sie noch selbst dafür aufkommen, dachte sie bitter, doch das traute sie ihrem Chef dann doch nicht zu. Sabine Kaufmann hatte sich schon des Öfteren bei dem Gedanken ertappt, wie es wohl für sie wäre, als Dienststellenleiterin eine neue Kommission ins Haus gesetzt zu bekommen. Ihr faktisch sogar untergeordnet zu sein. Kein schöner Gedanke.

Gewohnt, weil es stets dieselben Handgriffe waren, öffnete sie Browser und Mailprogramm. Dann erst wurde ihr wieder gewahr, dass es sich um Angersbachs Arbeitsplatz handelte. Seine Mails zu lesen lag ihr fern, und doch konnte sie der Versuchung nicht widerstehen, auf eine der Betreffzeilen zu klicken. *Kein Schabernack*. Es war die E-Mail mit dem Entführungsfoto. Dann fiel ihr auf, dass es eine weitere Nachricht gab, sie musste erst vor wenigen Minuten gesendet worden sein. Sabines Puls ging schneller.

Hüte Dich vorm schwarzen Mann, so lautete der Betreff. Mit einer Hand wanderte sie in Richtung Telefon, während die rechte auf der Maus lag und klickte. Eine weitere Zeile, eine einzige nur. Zusammen betrachtet lautete der Text:

Hüte Dich vorm schwarzen Mann.
Macht er Dir noch immer Angst?

Die sogenannte Ego-Wand von Rutger Heidt unterschied sich etwas von denen, die Angersbach sonst kannte. Erstens lag sie abseits, nicht so, dass man sie automatisch sah, wenn man dem Chef in dessen Büro gegenübersaß. Dann gab es dort nur zwei Zeitungsartikel, die beruflichen Bezug hatten, und eine Handvoll Ansichtskarten aus aller Welt. Den meisten Raum nahmen Heidts Schachurkunden ein. Er spielte seit seiner Kindheit leidenschaftlich, gehörte einem Verein an, hatte sogar im Bücherregal zwei Bände stehen, wo sonst nur Akten und Fachbücher Platz fanden. Angersbach kam ein Kommentar in den Sinn, den Heidt beim Aussteigen vor dem Kinderheim verloren hatte.

»Weiße Dame, ach nein, weiße Frau.«

Ein Freudscher Versprecher, den man erst richtig verstehen konnte, wenn man um Heidts private Passion wusste.

Sabine Kaufmann hatte vor knapp fünf Minuten angerufen, ziemlich außer sich, und ihn über die neue E-Mail informiert. Der Ausdruck lag nun zwischen den beiden Männern.

Schmittke und Rahn waren gerade nicht greifbar, also besprachen sie sich vorläufig zu zweit.
»Er setzt seine Züge ganz gezielt ein.« Heidt zählte chronologisch an den Fingern ab, was bis dato geschehen war.
Gruber, die Mail mit dem Foto und den Koordinaten, die Kritzelei im Keller des Heims, jetzt die zweite Mail.
Doch Angersbach schüttelte den Kopf. »Johann Gründler. Wenn er seit drei Wochen entführt ist, liegt das Ganze zeitlich deutlich vor Veiths Tod.«
»Also beginnt alles bei ihm?«
»Das müssen wir rausfinden. Ich möchte ein großes Aufgebot am Gründler-Hof sehen.«
»Wie groß?«
»Alles, was geht. Es ist ein weitläufiges Anwesen. Und ich möchte mit.«
Rutger Heidt zog die Mundwinkel auseinander.
»Einer muss noch die beiden Vernehmungen übernehmen. Mir wäre es lieb, wenn du könntest. Gemeinsam mit einem der Wiesbadener.«
Angersbach seufzte. Er hatte es befürchtet.
»Danach stoße ich aber zu euch. Und du vertrittst mich bitte vor Ort. Ich möchte nicht, dass die Kollegen wie die Berserker wüten.«
Heidt wäre ein schlechter Schachspieler gewesen, könnte er nicht die Mimik eines Menschen auf kleinste Veränderungen absuchen. Auch in seinem Beruf war ihm diese Fähigkeit des Öfteren nützlich gewesen. Er kniff die Augen zusammen.
»Gibt es da etwas, was ich wissen müsste?«
Angersbach ging automatisch in Schutzhaltung. Er hatte sowohl von Neifiger und dessen Vermisstenmeldung erzählt als auch von seinem Besuch auf dem Hof.

»Wieso legen Sie so viel Wert auf Zurückhaltung? Jede Minute könnte über Leben und Tod entscheiden – theoretisch.«

»Es gibt dort eine Künstlerin«, gestand Angersbach widerwillig, »sie sitzt im Rollstuhl. Ein Nebengebäude. Ich möchte einfach nicht, dass sie«, er suchte nach einem passenden Begriff, »überrumpelt wird.«

Ein breites Grinsen legte sich über Heidts Gesicht.

»Wusste ich's doch.« Er zwinkerte und stand auf. »Ich werde höchstpersönlich auf die Dame achtgeben, wenn es dich beruhigt.«

Angersbach ging viel zu viel im Kopf herum, als dass ihm etwas Schlagfertiges darauf eingefallen wäre. Als er allein war, ließ er den Kopf zwischen die Hände sinken. Er schämte sich, dass er Neifigers Anliegen nicht ernst genommen hatte. Sein alter Freund war ein echtes Unikat, kein Zweifel, doch er hätte dessen Sorge nicht einfach so abtun dürfen.

Doch dann kehrte das gestellte Foto vor sein inneres Auge zurück. Zwanzig Tage. Ralph Angersbach hätte an der Entführung nichts mehr ändern können. Umso verbissener entschloss er sich dazu, den Vermissten zu finden. Lebend.

Sie kamen.

Sollen sie nur, dachte er. Das Frühwarnsystem funktionierte einwandfrei. Manchmal fragte er sich, ob es in den Siebzigern genauso gekommen wäre, hätte man die Technik des neuen Jahrtausends besessen. Mobilfunk-Hacks, E-Mail-Phishing. Doch andererseits wurden heute wie damals Untergrundnetzwerke geknüpft, Anschläge verübt, Menschen ermordet.

Der Focus, ein neuer Kotflügel spiegelte die wiegenden Bäume, stand in einem Waldweg. Eine Kette sicherte die Zufahrt

von der Hofseite her, außerdem signalisierte eine quer über der Fahrspur liegende Douglasie, gebrochen beim letzten Februarsturm, dass es eine Sackgasse war.
Die Wagenkolonne bestand aus vier Einsatzfahrzeugen, angeführt von Rutger Heidt, dem Polizeichef aus Lauterbach, dessen Konterfei man als Einheimischer kannte. Mit der Linken schirmte der dunkel Gekleidete das Fernglas ab, um keine Sonnenreflexion einzufangen, die seine Position verraten könnte. Ein Lichtblitz traf seine Augen, er schrak auf. Doch es war nur das Chromgestell des Rollstuhls, der sich den feinen Kiesweg entlangbewegte. Claire Floris. Sie näherte sich einem grob gehobelten Holzblock, etwa einen Meter hoch. Die Ecken waren bereits abgerundet, eine Woche, so wusste er, dann würde aus dem sechzig Jahre alten Wuchs etwas Neues entstanden sein. Eine Skulptur, eine derbe Maske vielleicht oder ein übergroßer Gartenzwerg.
Doch die Künstlerin kam nicht mehr zum Ausführen ihres ersten Schnitts. Heidts Wagen kam zwei Meter vor ihr zum Stehen, weiter unten waren Beamte längst aus ihren Fahrzeugen gesprungen und umrundeten das Hauptgebäude. Einer, auffallend blond, lief geduckt in Richtung des Unterstands, wo Gründlers Campingbus gestanden hatte. Und zeitweise der Focus.
Sie machte eine bestürzte Miene, so viel sah er noch, dann traf sein Blick die Uhr. Er rechnete, es blieb ihm noch ein wenig Zeit, dann musste er los. Vorher widmete er seine Aufmerksamkeit noch einmal dem Haus.
Dunkle Uniformen, eiserne Mienen. Keine Stahlhelme oder Schutzschilde, keine Scharfschützen. Bedrohlich wirkte es dennoch. Die Tür flog auf, nach und nach verschwanden die

Beamten aus seinem Sichtfeld. Er hatte sie gezählt. Fünf hin, einen im Sinn. Sie würden nichts finden.

Nicht Johann Gründler.

Keine verräterischen Spuren.

Gar nichts.

Petra Wielandt war nicht an ihrem Platz, was Sabine Kaufmann verwunderte. Sie hatten sich doch verabredet. Dann aber hörte sie Schritte, kurz darauf bog die sympathische Kollegin um die Ecke.

»Da bist du ja.«

»Gerade angekommen.«

Sie hielten sich nicht lange mit Geplauder auf, Sabine brachte Petra auf den neuesten Stand, was diese etwas überforderte. Vor allem Michaels Unfall erschreckte sie.

»Wer sollte so etwas tun?«

»Darüber zermartere ich mir auch den Kopf. Doch es gibt einfach zu viele Punkte, zu viele Faktoren, die unklar sind. Wer sagt denn, dass es am Ende nicht doch ein Verrückter war?«

»Wie meinst du das?«

»Man hört doch immer wieder von Menschen, die, um sich selbst umzubringen, in andere Autos lenken.« Sabine glaubte selbst nicht so recht an diese Möglichkeit, Petra offensichtlich noch viel weniger.

»Ja, aber frontal. Doch nicht so.«

Genauso wahrscheinlich wäre es wohl, einen fanatischen Verächter französischer Autos heranzuziehen. Oder einen Elektroautogegner. Die Mineralöllobby. Es waren lächerliche Gedanken.

»Und du ermittelst nicht selbst?«

»Der Fall geht nach Frankfurt. Na ja, und Möbs hat es mir außerdem verboten.« Sabine zwinkerte verstohlen. »Deshalb bin ich hier.«
Petra grinste. »Ich helfe gerne.«
»Danke. Ich würde ja Michael darauf ansetzen, aber das geht nun mal nicht. Und Mirco ist bei weitem nicht so firm mit Computern, wie er immer behauptet.«
Petra kniff die Augen zusammen. »Apropos Mirco Weitzel … Ist da was im Busch?«
»Nein!«
»Das kam jetzt aber sehr energisch. Mir kannst du es ruhig sagen, ich kenne keinen von beiden näher. Aber dieser Weitzel …« Alles andere verriet ein vielsagender, beinahe schon hungriger Blick.
»Da ist nichts und da wird nichts sein«, beharrte Sabine.
»Hm, wenn du meinst.« Enttäuschung schien in Petras Worten mitzuschwingen. Dann fuhr sie fort: »Womit fangen wir an?«
Sabine schlug vor, aus dem Farbcode der Lackspuren die möglichen Modellreihen abzuleiten. Dazu die Jahrgänge. Ein Algorithmus sollte in alten Fällen, die einen oder beide von ihnen betrafen, nach Übereinstimmungen suchen. Je tiefer die beiden in das Thema eindrangen, umso höher schien der Wust an Arbeit, den diese Suche erforderte. Mehr als ein Mal musste die Kommissarin an Michael Schreck denken. Er würde das Ganze mit weitaus leichterer Hand angehen. Ohne bergeweise Papiernotizen. Doch das durfte sie ihm nicht zumuten. Am Ende, und das war Sabines schlimmste Befürchtung, würde er eine solche Methodik von vornherein ablehnen.
Doch irgendetwas *musste* sie doch tun.

Ein Telefonat ließ Petra Wielandt den Raum verlassen. Sie blieb für Minuten abwesend, Sabine nutzte die Gelegenheit, um Ralph Angersbach anzurufen. Doch statt seiner Stimme, die am Handy meist so angespannt klang, als stünde er am anderen Ende der Welt in einem Münzfernsprecher, meldete sich die Mailbox. Sie drückte auf Wahlwiederholung. Er hatte sie informieren wollen, was es mit der zweiten E-Mail auf sich hatte. Sie hatte sich vorgenommen, am Nachmittag eventuell zu ihm zu fahren.

Wenn nichts mit Michael war. *Wenn* nichts mit Mama …

Das Freizeichen wich dem Besetztton. Etwas verärgert legte Sabine das Telefon zurück auf den Tisch. Er hatte sie weggedrückt. Gründe dafür konnte es viele geben, das wusste sie nur zu gut. Doch es fühlte sich für denjenigen, der abgewürgt wurde, trotzdem wie ein fieser Korb an. Sie lächelte längst wieder, als Petra zurückkehrte, zumindest so lange, bis sie deren Miene sah.

»Ich muss hier fürs Erste abbrechen, tut mir leid.« Sie sah auf die Uhr. »In zwanzig Minuten kommt Holger von der IT. Er ist vorbereitet, den ganzen Kram durch den Rechner zu jagen. Grüß ihn von mir, und noch ein Tipp unter Freundinnen: Du solltest seinen Atem meiden.« Dabei verzog Petra das Gesicht. »Er kann nichts dafür, es ist sein Magen …«

»Was ist denn überhaupt los?«

»Im Ostkreis ist 'ne Leiche aufgetaucht. Ich muss sofort los. Seltsame Sache.«

»Komm schon, lass mich nicht dumm sterben«, drängte Sabine.

Petra seufzte, während sie ihre Kleidung zurechtzupfte. »Anonymer Hinweis, ein Toter in einem verlassenen Haus. Die Leiche ist angeblich schwarz angemalt.«

Von einer Meldung über einen Leichenfund bekam Ralph Angersbach nichts mit. Nadine Schygalla kam eine Viertelstunde zu früh, das fuchste ihn, denn er hatte sich vorbereiten wollen. Einmal alles Persönliche beiseiteschieben, eine Strategie festlegen. Schmittke eine Rolle als stummen Teilhaber zuweisen, denn der Kommissar führte seine Gespräche am liebsten in Alleinregie.

Ralph parkte die Schygalla in einem leeren Raum und zog Schmittke beiseite.

»Machen wir uns nichts vor, Sie wissen, dass ich mich mit dieser Frau bereits getroffen habe. Ebenso mit Reuter.«

Schmittke nickte. »Wir sind weder taub noch blind.«

»Wunderbar. Dann rücken Sie mal flugs mit Ihren Erkenntnissen raus, denn ich habe keine Lust, gleich zwei gescheiterte Konversationen zu betreiben.«

Oder wie ein Dummbeutel dazustehen, wenn er Fragen stellte, die Frau Schygalla dem LKA längst beantwortet hatte.

»Was wollen Sie wissen?«

Angersbach war kurzzeitig perplex, denn er hatte mit mehr Widerstand gerechnet. Er überlegte kurz, dann zählte er auf: »Haben Sie mit einem der beiden über Veiths Familiengeschichte gesprochen?«

»Nein.«

»Für ihn spielte die anscheinend eine große Rolle. Nichts bezüglich der Memoiren?«

»Nicht mehr als das, was Sie auch wissen. Eher weniger.«

Das war mal eine ehrliche Aussage, stellte Ralph anerkennend fest. Vielleicht würde die Zusammenarbeit ja doch noch funktionieren.

»Ich möchte beide dafür einspannen. Haben Sie denen gegenüber erwähnt, dass Veith mein Halbbruder war?«

Schmittke verneinte erneut.

»Gut. Was ist mit dem Kantholz? Wurde dem Hinweis auf die Holzfirma nachgegangen?« Angersbach fuhr sich nervös über die Stirn. »Reuter haben wir es zu verdanken, dass überhaupt ein Querbalken obenauf lag. Und jetzt ist er wieder weg. Irgendetwas in diese Richtung, was ich wissen sollte?«

»Das mit dem Holzbalken wurde überprüft.« Schmittke grinste. »Ein klarer Fall von Mauschelei. Es gibt eine Rechnung über dreieinhalbtausend Euro.«

Angersbach pfiff. »Dafür hätte man den Galgen ja schnitzen lassen können.«

»Gekostet hat das Ganze weitaus weniger. Der Chef der Holzfirma, den Namen habe ich nicht parat, hat uns widerwillig verraten, dass er eine Parteispende von zweitausendfünfhundert Euro getätigt habe. Er setzt die Spende ab, Reuter bringt der Firma einen guten Umsatz, der Verein steht als edler Spender da, Reuter ist ein Held, und seiner Partei kommt das Ganze auch noch zugute. Er schlachtet die Spende dahingehend aus, dass er für seine Partei unersetzlich ist, und wird flugs zum neuen Vorsitzenden und Spitzenkandidaten.«

»Wusste ich es doch«, nickte Angersbach, noch immer aufs äußerste angespannt. »Es hat mich die ganze Zeit über schon gestört, dass er einen Fernsehbeitrag vorgeschoben hat. Wegen einer Sendung, die keiner schaut, macht man sich nicht solche Umstände.«

»Wir finden es durchaus plausibel«, widersprach der andere, »aber nur als ein Bruchstück. Reuter ist Mitglied in einem Dutzend Ortsvereinen und angesehener Parteifunktionär. Er versucht alles, um seine Position zu stärken. Kultur, Geschichte, Heimatverbundenheit. Das bringt hier oben doch die meisten Stimmen.«

Aus dem Mund eines Städters klang diese Analyse, auch wenn sie stimmen mochte, irgendwie hochnäsig.
»Leider raubt ihm diese politische Motivation das Mordmotiv, oder wie sehen Sie das?«
»Darüber sind wir uns noch uneins. Die Menschen hier reden nicht gerne über ihre persönlichen Ansichten.«
Schmittke zog eine Grimasse, und Angersbach musste lächeln. Natürlich kehrte man sein Innerstes nicht jedem Fremden gegenüber nach außen. Selbst einem Meinungsmacher wie Egon Reuter würde nicht jeder Einheimische anvertrauen, ob er den Lynchmob an einem Terroristen insgeheim gut fand. Und ein Wahlkampfthema würde das ganz sicher nicht werden.
»Okay, wollen wir loslegen?« Angersbach deutete in Richtung Flur. »Ich würde die Vernehmung gern alleine führen, wenn es Ihnen nichts ausmacht. Wir sind einfach nicht aufeinander abgestimmt.«
»Meinetwegen.« Schmittke zuckte die Schultern. »Doch eines sollten Sie vorher noch wissen.«
Angersbach sah ihn fragend an.
»Reuter möchte Spitzenkandidat seiner Partei werden, der Strippenzieher sozusagen. Doch er ist nicht der einzige.« Schmittke zwinkerte verstohlen. »Es gibt eine ernstzunehmende Gegenkandidatin.«
»Gegenkandidatin? Einer anderen Partei?« Ralphs Gedanken rasten, allein deshalb, weil er nichts von einem Wahlkampf mitbekommen hatte. Sein Blick kreiste, blieb an der Tür haften, hinter der Nadine Schygalla wartete. »Sie meinen doch nicht etwa …«
»Doch. Und es kommt noch schlimmer. Die beiden gehören zur *selben* Partei. Die Schygalla gräbt Reuter derzeit ordentlich das Wasser ab, wie man so hört.«

Angersbach schluckte. Warum hatte Neifiger das nicht längst ausgespuckt? Er wusste nicht, ob er wütend sein sollte. Im Grunde hatte er nicht präzise genug gefragt. Außerdem hatte er es selbst versäumt, sich bei seinem Freund zu melden. Etwas, das er *sofort* nachholen würde, wie er beschloss.
»Jedenfalls hat Reuter seine Beziehungen spielen lassen, um das Holz öffentlichkeitswirksam anzubringen. Schätzungsweise hat er es auch wieder entfernen lassen. Der Tatort ist ja freigegeben.«
Auch wenn Angersbach am liebsten sofort mit Egon Reuter über diesen Punkt gesprochen hätte, musste er nun zuerst mit dessen Erzfeindin reden. Zumindest ihre Antipathie hatte die Schygalla ja zugegeben, warum nicht den Rest?
Steckte sie hinter der Entfernung des Holzes? Eine Säuberungsaktion vielleicht, die sie gegenüber ihren Parteifreunden taktisch in Szene setzen konnte?
Ralphs Gedanken tanzten Tango.

Etwa zur selben Zeit befand sich Sabine Kaufmann im Büro von Kriminaloberrat Schulte. Dieser machte kein Geheimnis daraus, was er von ihren Gedankengängen hielt.
»Sie machen mir Spaß.« Seine Fingerkuppen gruben sich in die mit Stoppeln übersäte Wange. »Erst dieser spontane Urlaub, dann ein Versetzungsantrag. Vielleicht könnten Sie sich in Zukunft mal etwas früher festlegen.«
Damit kam er ihr genau richtig. Sollte sie die Psychosen ihrer Mutter und etwaige Verkehrsunfälle etwa langfristig planen? Doch statt einer bissigen Gegenfrage war Diplomatie gefragt.
»Sehen Sie's doch mal so: Die Mordkommission Bad Vilbel läuft derzeit im Leerlauf, Angersbach ist ausgeliehen, und ich

werde, wenn ich zu Hause hocke, entweder durchdrehen oder rammdösig. Also arbeite ich, und zwar hier. Selbe Abteilung. Das liegt doch ziemlich nahe beieinander, oder?«

»Und der eventuelle Bezug zu Ihrem Kollegen …«

»Spielt erst mal eine untergeordnete Rolle.« Es entsprach sogar, zumindest teilweise, der Wahrheit. »Aber ich fahre sowieso zu Angersbach, Urlaub hin oder her. Setzen Sie mich ein, bitte, außerdem kenne ich mich in der Ecke ziemlich gut aus.«

»Ach ja?« Schulte hob die Augenbrauen, und Sabine erklärte ihm in kurzen Sätzen, dass sie die Gegend um den Hoherodskopf seit Jahren als Freizeitgebiet schätzte. Alte Wälder, moosige Steine, der Vulkanradweg auf einer stillgelegten Eisenbahntrasse. Sogar das Segelfliegen hatte die Kommissarin dort einmal versucht; eine der weniger angenehmen Erinnerungen. Schließlich blieb dem Oberbefehlshaber der Polizeidirektion nicht mehr viel zu sagen, als der Kommissarin gutes Gelingen zu wünschen. Bevor Sabine das Büro verließ, hob Schulte noch einmal mahnend den Zeigefinger: »Sie fahren *zusammen* mit Kollegin Wielandt. Unterstützend. Ich werde den Papierkram übernehmen und mit Konrad telefonieren.« Hüsteln, dann ein schnelles: »Möbs.«

»Danke.«

»Keine Ursache, aber ich warne Sie: Sobald ich merke, dass Sie da oben irgendwelche Alleingänge unternehmen …«

»Keine Sorge, Chef«, wehrte Sabine ab, und sie meinte es todernst. Hauptsache, etwas zu tun.

Und je länger sie darüber nachdachte, desto sicherer war sie, dass der Tote etwas mit Ralph Angersbachs Fall zu tun haben musste.

Lauterbach.

Von der Sympathie, die sich zwischen den beiden bei ihrer Gassi-Begegnung abgezeichnet hatte, war kaum mehr etwas zu spüren.

Ralph saß ihr gegenüber, einen Stift in der Hand, mit dem er spielte.

»Sie hätten mir zum Beispiel längst verraten können, weshalb Sie und Egon Reuter sich so spinnefeind sind.«

Hinter der fein geschwungenen Stirn Nadine Schygallas arbeitete es. Angersbach ahnte, dass sie abwog, wie viel er wusste und wie hoch das Risiko war, ihm etwas vorzuenthalten.

»Sie sprechen von der Partei, hm?«

Schlau, konstatierte er. Ein grober Happen, verpackt als Gegenfrage. Er hob das Kinn.

»Ist das schon alles?«

»Es spielt doch überhaupt keine Rolle für Ihren Fall.«

»Das überlassen Sie bitte meiner Einschätzung. Was gibt es sonst noch?«

»Nichts.« Frau Schygalla spielte an ihren Fingernägeln. Sie waren dunkelrot lackiert, makellos, wirkten aber zu kurz. Die Nagelenden sahen aus wie frisch geschnitten und gefeilt.

»Maniküre?«

Sie zuckte zusammen. »Wie?«

Ralph deutete auf ihre Hände, die sie in Sekundenschnelle ineinander geschlungen hatte. Er konnte sich beim besten Willen nicht daran erinnern, wie ihre Hände am Vortag ausgesehen hatten, und das ärgerte ihn. Für solche Details hatte er sonst Sabine Kaufmann an seiner Seite. Hatte sie nicht längst in Lauterbach sein wollen? Oder war das Vorhaben mit dem Unfall ihres Freundes gänzlich gestorben?

»Eine Frau muss eben auf sich achten, Herr Kommissar.« Nadine Schygalla kokettierte mit ihm, sie hatte Ralphs Gedankenausflug dafür genutzt, um sich zu sammeln. »Schön, dass es Ihnen aufgefallen ist.«
»Ziemlich kurz.« Angersbach blieb unbeirrt. »Mir war, als seien sie gestern noch länger gewesen.«
Sie lachte kehlig und winkte ab. »Gehen *Sie* mal mit einem Sennenhund bei Fuß. Da bricht nun mal hin und wieder ein Nagel ab, wenn er ein Kaninchen sieht und ruckartig an der Leine zieht.«
Angersbach wusste weder etwas über den Jagdtrieb noch über die Zugkraft von Hunderassen. Er murmelte etwas Unbestimmtes, dann blickte er auf.
»Warum haben Sie das Entfernen des Galgenholzes veranlasst?«
»Der Tatort wurde freigegeben«, verteidigte sie sich, dann hielt sie inne und biss sich auf die Lippe. »War das etwa eine Fangfrage?« Sie klimperte mit den Augen.
Angersbach blieb sachlich. »Wir hätten es ohnehin herausgefunden. Aber es konnte Ihnen wohl nicht schnell genug gehen.«
»Nun ja, es ist doch ein trauriger Umstand. Da liegt hundertfünfzig Jahre kein Holz auf, und kaum ändert jemand das, wird auch schon jemand daran aufgehängt. Gruselig.«
»Umso mehr, da Reuter das Holz auflegen ließ. Er ist damit ja praktisch mitschuldig am Tod Grubers.«
»Das haben jetzt *Sie* gesagt …«
»Ach kommen Sie …« Ralph winkte ab. »Genauso werden Sie es doch der Partei, den Wählern oder sonst wem verkaufen.«
Frau Schygalla schwieg ein Weilchen, dann räusperte sie sich. »Ich dachte, Sie wollten mit mir heute über Ihre Familiengeschichte sprechen?«
»Haben Sie denn etwas herausfinden können?«

»Noch nicht.« Sie überlegte kurz. »Das heißt, wir könnten nach Fulda fahren. Es gibt dort ein Ordenshaus, früher war dort auch eine Erziehungsanstalt.«

»War Veith dort untergebracht?«

»Unter anderem. Einen Teil seiner Kindheit verbrachte er in einer anderen Einrichtung, nicht weit von hier. Doch da wird sich kaum mehr etwas finden, denn sie steht schon lange leer.«

Angersbach wagte kaum zu fragen.

»Von welchem Heim reden Sie?«

Schygalla blickte auf, sofort bemühte er sich um ein Pokerface.

»Nähe Ulrichstein, das Heim hieß ›Haus zur weißen Frau‹.«

Doch Ralph konnte seine Überraschung kaum verhehlen. In diesem Heim war auch er untergebracht gewesen.

Kein Schabernack, sondern bitterer Ernst.

Egon Reuters Vernehmung brachte nichts Neues zutage. Ziemlich unwirsch reagierte er auf den Vorwurf, dass bei der Anbringung des Balkens in großem Stil gemauschelt worden war.

Angersbach zeigte sich kaum beeindruckt. »Leugnen Sie es etwa?«

Reuter verschränkte die Arme, dabei rutschte sein Ärmel nach oben. Er kratzte sich, zupfte den Stoff zurecht.

»Ich unterstütze die lokalen Betriebe.«

»Was Sie sich zum einen vergolden lassen und zum anderen politisch ausschlachten.«

»Und wenn schon. Was macht *die* denn?« Zweifelsohne spielte er auf Nadine Schygalla an, die ihm im Flur prompt begegnet war. »Lässt die Firma der Familie eingehen und verscherbelt angesehene Immobilien an irgendwelche Städter, die sich keinen Deut um die Region scheren.«

Freunde, Partei hin oder her, würden die beiden wohl tatsächlich nicht werden.

»Sie wissen ja bereits, dass Veith Gruber sich mit seiner Vergangenheit auseinandersetzte.«

»Das hatten wir doch längst, oder?«

»Ich möchte, dass Sie uns dabei zur Hand gehen. Sie, und Frau Schygalla ebenfalls.«

Reuters Mimik machte kein Geheimnis daraus, dass ihn weder der eine noch der andere Gedanke begeisterte.

»Wenn es sein muss … Was möchten Sie wissen?«

»Zum einen die Heimkarriere, außerdem muss es irgendwo Unterlagen über die Vaterschaft geben. *Jeder* Schnipsel zählt, glauben Sie mir. Sie berichten bitte direkt an mich.«

»Ja, ich hab's verstanden.«

Reuter kratzte sich erneut, wieder an derselben Stelle, wie dem Kommissar auffiel. Er entschied sich, seine Verwandtschaft zu Veith weiterhin nicht auszuposaunen. Vielleicht war es ein guter Test. Wenn Reuter etwas in diese Richtung herausfand und es ihm meldete, konnte man zumindest davon ausgehen, dass er kooperierte. Ralph schätzte derartige Testverfahren nicht, da sie zu viele Variablen unberücksichtigt ließen. Aber er war auch noch nicht dazu bereit, von der Öffentlichkeit als Terroristenbruder wahrgenommen zu werden. Schon gar nicht, während er sich parallel als Ermittler verdingte.

Angersbach schob seinen Notizblock zur Seite und legte den Stift säuberlich daneben ab.

»Gut, dann war es das fürs Erste. Bitte gehen Sie auf dem Weg nach draußen noch beim Erkennungsdienst vorbei. Herr Rahn oder Herr Schmittke wird Sie begleiten.«

»Wieso das denn?«
»Wir benötigen eine DNA-Probe von Ihnen, das haben wir wohl vergessen.«
»Aber wieso von mir?« Egon Reuter schaffte es kaum, seine Arme ruhig zu halten.
»Ausschlussverfahren. Und Sie haben ein ziemlich großes Pflaster auf dem Arm.«
Unwillkürlich tastete Reuter auf sein Hemd, natürlich war nichts von dem Pflaster zu sehen, doch im Sitzen hatte Angersbach eine Ecke davon wahrgenommen.
»Die Rosen«, sagte er und lächelte gequält. »Teuflische Dornen.«
»Stacheln heißt es, glaube ich, korrekt«, grinste Angersbach. Manchmal hatte das Internet, mit all seinen nutzlosen Informationen, auch etwas Gutes.

Sabine Kaufmann probierte es erneut bei ihrem Kollegen, diesmal ging er ans Telefon.
»Angersbach?«
»Hast du es schon gehört?«, fiel sie mit der Tür ins Haus.
»Was denn?«
»Schlosshotel Lißberg, eine männliche Leiche. Die Meldung müsste doch bei dir eingegangen sein.«
»In der Zentrale vielleicht«, erwiderte Ralph, »aber Lißberg liegt ja noch mitten im Wetteraukreis.«
»Wie auch immer. Wir sollten uns das zusammen ansehen, finde ich.« Dann schilderte sie einem sprachlosen Angersbach die Details.
»Schwarzer Mann«, wiederholte dieser tonlos. »Und du denkst, die geschwärzte Leiche hat etwas damit zu tun?«

Sabine hatte die Sache wieder und wieder durchgespielt.
»Eine E-Mail führt dich zu einem verlassenen Kinderheim, dort findest du das Wort aus der Betreffzeile. Schabernack. Dann eine weitere Mail, diesmal kommt der ›schwarze Mann‹ darin vor. Ein zweites verlassenes Haus, ein anonymer Hinweis, im Inneren ein schwarz angemalter Toter. Zu viel Zufall für meinen Geschmack.«
»So betrachtet …« Angersbach dachte nach. »Ja. Wir sehen uns das an. Wie lange brauchst du? Und wieso bist du überhaupt im Dienst?«
»Erzähl ich dir später. Ich muss noch jemanden hier in Friedberg, ähm, unterweisen. Computerkram, hat nichts mit der Sache zu tun. Vierzig Minuten? Schneller geht es wohl nicht.«
Angersbach sagte, dass er es wohl auch nicht viel schneller schaffen würde. Im Kopf rief sich Sabine die Landkarte vor Augen. Lißberg lag so ziemlich in ihrer Mitte, wenn sie sich nicht allzu sehr irrte.

Fünfundvierzig Minuten später.
Glassplitter und Bauschutt verliehen jedem ihrer Schritte einen eigenen Klang. Sabine Kaufmann hatte die Zufahrt zweimal verpasst, erst dann fand sie den engen, steil bergan führenden Weg. Fingerdicke Brombeerranken überwucherten den Asphalt, und nur einige Astbrüche deuteten darauf hin, dass erst vor kurzem jemand hier durchgefahren sein musste. Die Silhouette des verlassenen Hotels, das unterhalb der Burgruine in Lißberg lag, nahm man kaum wahr, wenn man nichts von ihrer Existenz wusste.
Die Ortschaft lag an der B275, nur noch wenige Kilometer, dann begann der Vogelsbergkreis und damit die Zuständigkeit des Präsidiums Osthessen. Ein Streifenwagen parkte auf

einem verwucherten Grasweg unter Obstbäumen. Auf dem Vorplatz stand der Rettungswagen und blockierte das Areal. Sabine manövrierte ihren schwarzen Mietwagen angespannt daran vorbei. Kratzend und quietschend rieben die Ranken auf dem Lack, diesmal auf der Beifahrerseite. Sie seufzte.

»Du hast doch 'ne Vollkasko auf die Kiste, oder?«, erkundigte sich Petra.

»Ja, wieso?«

»Kannst die Selbstbeteiligung ja mal Möbs in Rechnung stellen. Dienstfahrt. Wenn's ihm nicht passt, kann er sich an seinen Busenfreund Schulte wenden.«

Ihre Blicke trafen sich, sie lachten herzlich.

Sabine hatte Petra seit der Tragödie im Frühjahr nicht oft zu Gesicht bekommen. Doch es imponierte ihr, wie taff die junge Frau mit dem Trauma umging. Der Tod eines Kollegen wog schwerer als eine anonyme Leiche, wie grausam auch immer sie zugerichtet sein mochte.

»Ich krabbel mal besser bei dir raus«, unterbrach Petra die Gedanken der Kommissarin und deutete auf die Blätter und Stacheln, die sich gegen die Beifahrerscheibe pressten.

Die weißen Blechtore der Garagen waren verbeult, kaum eines der Fenster noch heil. Vandalismus, dem praktisch jeder verlassene Ort anheimfiel. Ortsbewohner nutzten den Vorplatz als Halde für Gartenabfälle, ein geplatzter Müllsack mit Windeln lag herum, außerdem zerschlagenes Badporzellan. Die mit Spanplatten vernagelten Zugänge waren aufgerissen, das Holz zertreten. Graffiti über und über, meistens blutrot, vieles davon unverständlich.

»Wohin?« Sabine begrüßte einen der beiden Uniformierten.

Er hob den Zeigefinger. »Oben unterm Dach.«

Sie lächelte, wollte an ihm vorbei ins Hauptgebäude, doch er hielt sie zurück. »Warten Sie.«

»Was denn?«

»Die Treppe ist versperrt. Heizkörper und Schutt. Ein paar Asoziale müssen hier gehaust haben wie die Berserker.«

»Hm. Und jetzt?«

Er deutete auf eine Freitreppe, die ins Nebengebäude führte. Im ersten Stock gab es eine Überführung, ebenfalls freiliegend. Es sah so aus, als habe man die beiden Häuser mit einem Balkon miteinander verbunden.

»Treppe rauf, raus, rüber und dann hoch.« Er grinste. »Es sei denn, Sie möchten durch den Keller gehen. Das ginge auch.«

Bloß nicht, dachte Sabine angewidert. Der Gedanke an einen nach Fäkalien stinkenden Kellerraum ohne Licht ekelte sie bei der bloßen Vorstellung. Sie entsann sich eines alten Gewölbes aus napoleonischer Zeit. Eine steile Steintreppe, Enge, Beklemmungen. Sie rang sich ein Lächeln ab.

»Ich nehme den Weg obenrum, danke.«

Sie fragte sich, wo Angersbach steckte. War sie ihm mit dem modernen Auto nun endgültig eine Nasenlänge voraus?

Nahezu auf jeder Stufe warteten Rigipsbrocken, Holz und Scherben. Keine Steckdose und kein Lichtschalter saßen mehr in den Wänden, Furchen im Putz verrieten herausgerissene Kabel. Schimmel und Moos fraßen sich von außen hinein, Bodenfliesen waren zerschlagen. Ein Füllhorn angestauter Aggression, und die Kommissarin fragte sich, wie lange das Haus schon leer stehen mochte und wie viele Menschen es seitdem hierher getrieben hatte.

Als Sabine das Dachgeschoss erreichte, vernahm sie Stimmen. Die Sonne erhellte die letzten Meter des Treppenhauses, eine frische Brise wehte ihr entgegen. Sie wunderte sich zunächst, weshalb kein modriger Geruch, kein Leichengestank, kein altes Bier zu riechen war. Dann registrierte sie die Dachfenster. Klaffende Löcher, herausgerissen, zersplittert. Neben ihr, bevor sie den Raum betrat, die Finsternis des benachbarten Dachgiebels. Im Gegensatz zum Haupthaus war der Speicher nicht ausgebaut, das Gebälk lag fensterlos, und man konnte nicht bis zum Ende sehen. Es raschelte, Katzen oder Waschbären vermutlich. Glaswolle hing in Fetzen hinab.

»Hier spielt die Musik.«

Angersbach. Er war doch schon da. Sabine fuhr herum. Er verdeckte die Sicht auf den Tatort. Sah aus wie immer, etwas übernächtigt vielleicht.

»Wo parkst du?«

»Oben an der Burg, wieso?«

»Nicht so wichtig. Hallo erst mal.«

Petra Wielandt begrüßte Ralph knapp, dann reckte auch sie den Kopf zum Zentrum des Geschehens.

Mitten im Raum, an einem viereckigen Pfeiler, hing ein Körper. Von ihrer Warte aus erkannte Sabine zuerst die Arme, sie waren an den Händen vertäut, die Füße ebenfalls. Wie ein Matrose, den man an einen Mast gefesselt hatte. Oder ein Weißer am Marterpfahl. Es war ein Mann, das erkannte sie als Nächstes. Und er war kein bisschen weiß, weder seine Kleidung noch seine Gesichtshaut.

»Ist das Ruß?« Sie kreiste mit dem Finger über ihre Wange und sah Ralph fragend an.

»Er ist jedenfalls nicht von Natur aus so.«

»Ach nee.« Die Wangen hatten einen kaum mehr erkennbaren Glanz. Ihr zweiter Gedanke war schwarze Schuhcreme. »Okay, was genau ist hier passiert?«

»Darauf bin ich auch gespannt. Doch es handelt sich nicht um Johann Gründler, so viel erkennt man trotz der Schminke.«

»Erleichternd, nicht wahr?«

Angersbach schien über die Antwort nachdenken zu müssen. Dann raunte er: »Ja und nein. Für Gründler mag es gut sein, für mich im Grunde auch. Ich hätte mich viel früher um eine Fahndung bemühen sollen. Aber für ihn dort«, er deutete in Richtung des Toten, »lief es weniger gut.«

Es roch süßlich, wenn auch nicht stark. Das bedeutete, dass der Tote schon eine Weile dort hängen musste. Starre konnte man in seiner Position nicht erkennen, die weite Kleidung machte es außerdem schwer, auszumachen, ob er aufgedunsen war. Dazu kam die kühle Witterung hier oben, Schatten und Zugluft. Eine Krähe kreischte heiser. Sabine schauderte, eines ihrer Angstbilder formierte sich. Schwarze Krähe mit Augapfel im Schnabel. Das Fernsehen war schuld daran. In Wahrheit würde jeder Aasfresser sich wohl zuerst über Nasenflügel und Backenhaut hermachen, doch dieser Gedanke war nicht weniger unangenehm.

Zwei Spurensicherer, komplett eingehüllt bis hin zu Fußgamaschen und Mundschutz, bewegten sich im hinteren Bereich des Raumes. Es gab keine Trennwände, auf dem Teppich wuchs Moos, und es schien Nester zu geben. Außerdem Gewölle und eine Kotstelle von Tieren. Dieses Haus war alles andere als unbewohnt.

»Wie lange befindet er sich schon hier?« Sabine richtete ihre Frage an den Arzt, der sich auf seiner Kladde Notizen machte. »Kaufmann, Polizeidirektion Wetterau, Mordkommission.«

»Körber. Wir kennen uns.«

Tatsächlich. Körber. Er trug keinen Bart mehr, deshalb hatte sie ihn nicht erkannt. Dr. Körber war Sabine und Ralph bereits einmal begegnet, am Ufer der Nidda, im eisigen Wind. Zu seinen Füßen die Leiche ihrer ersten gemeinsamen Ermittlung, die Bio-Morde im März. Körber war ein ungehobelter, griesgrämiger Kerl. Über seinen vorläufigen Totenschein hatte Hackebeil sich tagelang echauffiert.

»Ach, Verzeihung. Sie sehen anders aus. Steht Ihnen gut.« Vielleicht hatte sie mit einer Portion Charme ja mehr Erfolg, auch wenn es ihr schwerfiel.

»Der Bart musste rechts einer OP an zwei Leberflecken weichen. Und halber Bart geht ja wohl kaum.«

Mist. Fettnäpfchen. Aber das hatte Sabine ja nicht ahnen können. Körber erlöste sie: »Aber Sie sind sicher nicht gekommen, um über meine Gesichtsbehaarung zu philosophieren.«

»Wahrlich nicht«, zwinkerte sie. »Was ist mit ihm?«

»Das Gesicht? Ruß, vielleicht Schuhcreme. Oder irgendeine Schminke. Nicht mein Fachgebiet.«

»Dann erzählen Sie mal von Ihrem Gebiet. Wir sind ganz Ohr«, drängte Angersbach. Dass auch er nichts Genaues wusste, deutete darauf hin, dass er selbst noch nicht lange da war.

»Kein Hinweis auf seine Identität, daher nur grob geschätzt. Der Tote ist deutlich jenseits der siebzig, normale Statur. Keine Auffälligkeiten. Er wurde gefesselt, ich tippe auf ante mortem. Bei vollem Bewusstsein bräuchte es schon zwei bis drei Mann, um jemanden derart zu fixieren.«

»Weshalb? So schwer sieht er nicht aus.«

»Körperphysik. Gewicht, Hebelwirkung der Extremitäten, er schlug und trat sicher um sich. Außerdem neigen Muskeln dazu, sich aus unnatürlichen Haltungen zurückzubewegen. Zwei Personen Minimum«, schloss Körber, »aber das ist nur eine persönliche Vermutung.«

»Hm. Weiter bitte.«

»Es gibt keine Schlagverletzung auf dem Kopf, keine Würgemale am Hals. Chloroform oder Einstiche teste ich nicht.«

»Ach nein?«

»Nicht hier.« Körber wirkte gereizt. »Hatten wir diese Diskussion nicht schon einmal? Ich bin Arzt, kein Leichenfledderer.«

Sabine wusste genau, welche Worte Angersbach auf der Zunge lagen. Pflicht einer Leichenschau, am besten am Tat- oder Fundort. Doch sie wusste auch, dass er, wie sie, an Professor Hack dachte.

»Einverstanden. Hack in Gießen soll die Leichenschau übernehmen. Was ist Ihrem ersten Eindruck nach die Todesursache?«

Körber hielt Ausschau nach den Schutzgekleideten. Angersbach folgte seinem Blick und rief: »Dürfen wir an die Leiche ran?«

Nicken. Körbers Hände näherten sich dem Hemd. Er zog es über der Brust auseinander. Einige Zentimeter unterhalb des Kragens wurde die Haut nach und nach heller. Man hatte ihn demnach nur dort geschwärzt, wo es auf den ersten Blick zu sehen war. Das Loch in der Herzgegend des Mannes war sauber, es gab weder Blut noch Hämatome. Dafür wehte eine unangenehme Brise in seine Nase.

»Er verwest schnell«, brummte der Kommissar.

»Er stinkt wie die Pest. Man nimmt es nur hier oben, im Windzug, nicht gleich wahr.«

Sabine Kaufmann beugte sich nach vorn. Das Loch war etwa so groß wie ein kleiner Finger und lag unmittelbar über dem Herzen.

»Er wurde erschossen?«

»Schon die zweite Schussverletzung in dieser Woche. Sogar dieselbe Lage.«
Angersbach konnte nur auf seinen toten Halbbruder anspielen, wie Sabine wusste. Er musste es wissen, immerhin hatte er die Leiche auf Hacks Seziertisch in Augenschein genommen. Sie entschied sich, trotzdem nachzuhaken.
»Erklären Sie mir den Zusammenhang? Ich sehe hier bislang nur einen toten, geschminkten Mann.«
Dr. Körber funkte dazwischen. »Könnten Sie das später klären? Ich interessiere mich nicht für Ihre Ermittlung, ich muss noch ein paar Dinge abhaken, und dann bin ich weg.«
»Meinetwegen.« Sabine hob die Schultern. »Was gibt es noch?«
»Sie fragten nach der Todesursache, das ist sie wohl.« Körber wies auf die Eintrittswunde. »Verletzungen an dieser Stelle, einhergehend mit solch einem Blutverlust, verlaufen zu fünfundneunzig Prozent tödlich. Und bevor Sie fragen: Es gibt keine Austrittswunde. Das Projektil hat dem äußeren Eindruck nach entweder Herz oder Lunge punktiert. Exitus. Den Rest darf Ihr Rechtsmediziner herausfinden.«
Damit verabschiedete er sich. Er wollte nichts hören von fehlendem Blut an der Einschussstelle oder den daraus resultierenden Fragen. Sie würden nie Freunde werden, das wusste Sabine längst. Doch wenigstens lagen die ersten Fakten auf dem Tisch. Den Rest würden sie gemeinsam herausfinden. Arbeit, fernab von Bad Vilbel, Möbs und auch Weitzel, war genau die richtige Ablenkung für sie.
Angersbach tippte sie an die Schulter.
»Komm mal einen Schritt zurück«, raunte er.
Mit fragendem Blick folgte Sabine seiner Aufforderung, die Augen auf den Boden gerichtet, um nichts zu zertreten. Sie wichen einem fleckigen Haufen Glaswolle aus, den Kon-

servendosen krönten. Dann hob sich die Hand des Kommissars. Sabine folgte mit ihrem Blick. Auch hier oben gab es Sprayereien, aber nicht mehr so viele. Keine Hakenkreuze, keine vor Rechtschreibfehlern strotzenden Sprüche. Dafür prangte ein fetter, in Schwarz gepinselter Zweizeiler an der im Halbschatten liegenden Wand. Hinter dem Rücken des Toten.

WEM WIRD BANG VORM
SCHWARZEN MANN?!

Wenn man das Konferenzzimmer betrat und nicht auf die Mobiltelefone achtete, die vereinzelt auf den Tischen lagen, fühlte man sich wie zeitversetzt. Siebziger Jahre. Rasterfahndung nach Phantomen. Hilflose Mienen, einer dunklen Bedrohung gegenüberstehend, die man nicht begriff. Gegen die der ausgeklügelte Rechtsstaat machtlos erschien. Es glich dem Set eines historischen Films. Das körnige Foto eines entführten Mannes, *»Seit 20 Tagen Gefangener«*, dazu die Aufnahme des Kinderreims.
Schmittke und Rahn saßen mit den Kriminalbeamten zusammen, Petra war zurück nach Friedberg gefahren, Sabine Kaufmann hatte ihr den Mercedes überlassen, um mit ihrem Kollegen fahren zu können, in dessen Lada, und sogar freiwillig … Sie hätte es selbst kaum für möglich gehalten, dass das einmal geschehen würde.
Über eine halbe Stunde war ihnen somit geblieben, einander auf den neuesten Stand zu bringen. Ralph hatte Sabine außerdem über den Begriff »weiße Frau« informiert, sie ihn im Gegenzug über die neuesten Erkenntnisse über Michaels Unfall. Dass das Ganze ein Anschlag gewesen sein sollte, stimmte Ralph nach-

denklich. Er wollte gerade leise Zweifel bekunden, da erkundigte sich seine Kollegin bereits nach Johann Gründler.

Die Durchsuchung des Anwesens hatte kaum verwertbare Hinweise ergeben, so viel hatte man Ralph schon durchgegeben. Und auch die Wandschmiererei wäre vermutlich keinem aufgefallen, hätte es nicht die auffällige Inschrift in dem Kinderheim gegeben. Über einem Ölradiator – einem jener grauen Monster, an denen man sich als Kind die Finger verbrannt und dessen Knacksen einen des Nachts wach gehalten hatte – stand »WARM«. Jeder andere hätte es für eine simple Wortspielerei gehalten, doch man hatte die Kollegen extra angewiesen, nach geschriebenen Hinweisen Ausschau zu halten. Aber was sagten die vier Buchstaben schon aus?

»Ich wäre gerne dabei gewesen«, brachte Angersbach zerknirscht hervor, »doch mir funkten zwei Vernehmungen dazwischen.«

»Die das LKA nicht auch hätte durchführen können?«

»Denen überlasse ich nicht einfach so das Feld.«

Der Kommissar klammerte sich am Lenkrad fest, auf seinen Handrücken zeichneten sich blaue Adern ab. Ihm stieß die Verzögerung, den der Fall durch das Kompetenzgerangel erfahren hatte, immer noch sauer auf. Doch er wusste, dass es nicht ohne eine gemeinsame Soko gehen würde, spätestens jetzt nicht mehr. Rechnerisch waren nun zwei Präsidien und die Landespolizei im Spiel. Es war nur noch eine Frage von Stunden, bis irgendwo in den Nachrichten bekanntgegeben werden würde, dass es sich bei Veith Gruber um einen Polizistenbruder handelte und dass sich dieser Kriminalbeamte nun ebenfalls im Fokus des Mörders befand.

Sabine Kaufmann führte ein kurzes Telefonat, dann fluchte sie leise. Offenbar hatte eine Signalschwäche das Gespräch abrupt beendet. Doch sie hatte alle Informationen beisammen.

»Das war jemand aus der Leitstelle«, begann sie, und Angersbach horchte auf. Niemand hatte ihm bisher beantworten können, welchen Weg die anonyme Meldung gegangen war. Wobei das Gros der Beamten sich zur Zeit des Anrufs auf dem Gründler-Hof befunden hatte.

»Der Anruf ging über die Zentrale ein, also kein Notruf, denn der wäre wohl in Fulda gelandet.«

»Aus Lißberg?« Angersbach bezweifelte das.

»Jetzt warte doch. Es war eine Mobilfunknummer, derzeit nicht zuzuordnen. Eingeloggt, und jetzt kommt's, an einem Funkmast Nähe Herbstein.«

»Das ist ja praktisch vor der Haustür der Polizeidirektion.« Ralph atmete schneller. Mit einem Handy, dachte er weiter, konnte man jederzeit und von überall telefonieren. Es musste sich um eine gezielte Aktion handeln. Wer würde eine Leiche finden, sich ins Auto setzen, kilometerweit die Bundesstraße hochbrausen, nur um dann irgendwann die Polizei zu informieren? Und dann nicht über den Notruf, sondern über Ortsvorwahl und Zentralnummer. »Das war doch blankes Kalkül.«

»Sehe ich genauso. Man wollte direkt zu euch. Zwischen der E-Mail und dem Anruf ist nicht viel Zeit vergangen. Verzögert wurde das Ganze nur durch die Gewissenhaftigkeit eurer Zentrale, die den Anruf zurück in die Wetterau vermittelt hat. Ich würde sogar noch eins weitergehen.«

Angersbach blickte fragend zu ihr.

»Du meinst …?«

»Ich meine, er wollte direkt zu *dir*. Nicht so direkt wie über Handy oder E-Mail. Aber dass die Sache persönlich ist, daran gibt es wohl keinen Zweifel.«

Angersbach hatte dem nichts entgegenzusetzen. Das Risiko, bei der falschen Polizeidirektion zu landen, war eine Schwachstelle, zugegeben. Aber nur auf den ersten Blick. Die Wandschmiererei, die schwarze Farbe, der Betreff. Notfalls hätte man sich erneut gemeldet. Womöglich dann direkt bei ihm.

Als sie in Lauterbach eintrafen, ging er am Empfangsbereich vorbei und erkundigte sich, ob der Anrufer etwas Besonderes gesagt habe. Wie seine Stimme klang. Ob es eine Aufzeichnung gab.

Die rothaarige Dame, die das Gespräch entgegengenommen hatte, machte den Eindruck, als entgingen ihr keine Details. Und auch Heidt sagte ihr nach, man könne nichts vor ihr verbergen. Dabei kannte Angersbach nicht einmal ihren Namen.

»Keine Auffälligkeiten«, fasste sie zusammen und klang dabei absolut überzeugend. »Die übliche Störkulisse, es war ja ein Handy, aber keine Fahrgeräusche. Wind auch nicht. Er saß wohl geschützt, Gebäude oder Fahrzeug. Einen Akzent hatte er nicht, sprach auch nur leichtes Hessisch, aber seine Worte waren eindeutig. ›Können Sie mich an jemanden von der Mörderkommission durchstellen? Herrn Angersbach oder so?‹«

»Mörderkommission?«

Rutger Heidt fasste sich an den Bart, was er gern tat, wenn seine Finger nichts anderes zu tun hatten. »Haben wohl einen Wortakrobaten als Täter, wie?«

»Das würde ja zu den Graffiti passen«, warf Sabine Kaufmann ein. Ralph hatte sie der Runde eilig vorgestellt, dann waren sie sofort zur Sache gekommen. »Er spielt mit versteckten Botschaften, ohne dass man auf den ersten Blick einen Sinn findet.«

»Wie meinen Sie das genau?«, erkundigte sich Schmittke.

»Es geht mir darum, dass es die Kommission sein kann, die Mörder jagt«, erklärte Sabine, »oder die Kommission der Mörder. Ein Schuss ins Blaue, weiter nichts.«

»Da gestehen Sie dem Täter aber einiges an Intelligenz zu«, sagte Heidt.

»Warum auch nicht?« Angersbach trommelte mit den Fingerkuppen auf der Tischplatte. »Er versteht sich auf Computer, Bildbearbeitung, verfügt über das Know-how, E-Mails und Handyanrufe zu tätigen, ohne dass man ihn aufspüren kann.«

»Die Mobilnummer ergab übrigens nichts«, vermeldete Rahn. »Nummer und E-Mail-Server führen ins Nichts. Bedaure.«

Im Grunde hatte Angersbach nichts anderes erwartet.

»Wir haben grünes Licht aus Fulda«, vermeldete Heidt, »um eine Soko zu gründen. Formsache im Prinzip. Der Knotenpunkt ist hier.« Er deutete vor seine Füße, in seinem Tonfall lag eine leichte Schärfe. Den Blick hatte der Chef auf die zwei Wiesbadener gerichtet. Die beiden nickten nur, Angersbach rechnete sich aus, dass sie es entweder längst wussten oder aber zumindest damit gerechnet hatten. Er stand auf und räusperte sich.

»Ich möchte dazu etwas sagen.« Erwartungsvolles Schweigen. »Veith Gruber war ein Bruder, den ich nicht kannte. Ich wusste ja noch nicht einmal von seiner Existenz. Auch nicht gerüchtehalber. Meine Familiengeschichte mag eine Buckelpiste voller Irrwege sein, doch hier stehe ich allein, als Kriminalbeamter, unbelastet. Was auch immer die Presse in den folgenden Tagen dazu ausgraben wird: Ich habe weder eine Beziehung zu dem Entführten, noch habe ich den blassesten Schimmer, um wen es sich bei dem zweiten Toten handelt. Ich bin genauso schlau wie alle anderen hier, nur damit das klar ist.«

»Trotzdem werden *Sie* gezielt von dem Täter angesprochen«, warf Rahn ein. Ein saublöder Kommentar, wie Angersbach fand, denn das war ja nun längst kein Geheimnis mehr. Doch er sagte nichts dazu. Stattdessen sprach Schmittke weiter: »Sie haben den Fall ja von Anfang an nicht hergeben wollen. Glückwunsch zur Soko.«

»Möchten Sie mir etwas unterstellen?«, herrschte Ralph ihn an. »Als Sie hier anrückten, wusste ich weder von meiner Verwandtschaft zu Gruber, noch habe ich mir diese verdammte E-Mail selbst gesendet.«

Jemand kicherte, und auch Ralph fühlte sich überlegen genug, um noch einen draufzusetzen. »Ich habe, gelinde gesagt, nicht den blassesten Schimmer, worauf das Ganze hinausläuft. Aber ich werde mich nicht verkriechen und darauf warten, bis sich alles von selbst geklärt hat.«

»Sie halten sich also für unbefangen genug, um dieser Ermittlung beizuwohnen?«

»Natürlich.« Angersbachs Augen blitzten, der Kollege aus der Hauptstadt wäre um ein Haar zu einem Häufchen Asche zerfallen. Doch er gab noch nicht auf.

»Wer soll das Ganze leiten? Woher wissen wir denn …«

»Jetzt kommen Sie aber mal allesamt runter!«

Das Poltern war Rutger Heidt zu verdanken, der sich das Kräftemessen nun lange genug schweigend angesehen hatte. »Ich leite die Ermittlung wie bisher. Es wird hier keine Revierkämpfe geben, und sämtliche Informationen laufen zentral zusammen. Haben wir uns verstanden?«

Niemand widersprach, dann meldete sich Sabine.

»Was ist mit Lißberg?«

»Das kläre ich noch.« Heidt legte den Kopf schief. »Oder wollten Sie mit Ihrer Frage etwas Bestimmtes sagen?«

Angersbach schmunzelte, als er seine Kollegin darlegen hörte, dass sie bei Bedarf gerne zur Verfügung stünde. Noch mehr freute er sich, als Heidt dem Ganzen zustimmte und zum Telefon griff.

Die *Soko März* steckte die Köpfe wieder zusammen. Es wurde eine Verlautbarung für die Presse herausgegeben, man konzentrierte sich auf die Fakten. Alles Digitale wanderte an die Forensik in Fulda, Rahn und Schmittke fassten die Ermittlungsschritte zusammen, die außerhalb Lauterbachs stattgefunden hatten. Sabine Kaufmann bekam einen Arbeitsplatz zugewiesen und sichtete das angesammelte Material. Ralph wartete geduldig auf sie und nutzte die Gelegenheit, um das Ganze noch einmal Revue passieren zu lassen, beginnend am Galgen, endend in dem verlassenen Hotel. In seinem Kopf formte sich immer wieder die gleiche Frage:

Warum ausgerechnet er?

Er hatte mit den Siebzigern, seiner Familie und den Dörfern hier oben doch kaum etwas gemein. Außer seiner Herkunft. Doch sein Leben, die Jahre als Erwachsener, worauf es doch ankam, hatte er woanders verbracht. Was zur nächsten Frage führte. Es konnte kein Zufall sein, dass man Veith Gruber ausgerechnet dann ermordet hatte, als Angersbach für ein paar Wochen in den Vogelsberg versetzt worden war. Ebenso wenig die Entführung. Vor zwanzig Tagen war er noch in Bad Vilbel gewesen.

Genau diese Punkte waren es, die ihm plötzlich gehörig Angst einjagten.

Sabine Kaufmann hatte während der Besprechung kaum einen Piep von sich gegeben. Sie hatte nur wenig Verständnis für das Kräftemessen der Männer, scheinbar musste das so sein. Sabine kannte es aus eigener Erfahrung. Sittendezernat und Mordkommission, oder Frankfurt und Offenbach. Sie hatte es nur zu oft erlebt. Immer dann, wenn sich zwei Zuständigkeiten trafen, kam es zu Reibereien. Da sollte sich noch einmal jemand über Stutenbissigkeit mokieren.

Sie hatten sich über die Fotos hergemacht, jedes Detail diskutiert, insbesondere die Unterschiede zwischen der Gründler-Aufnahme und der Vorlage aus den Siebzigern. Schnappschüsse des Tatorts in Lißberg machten die Runde. Der Tote verfügte über keine Ausweispapiere, man musste ihn anderweitig identifizieren. Hack erwartete ihn in Gießen, mittlerweile hatte die Obduktion vermutlich schon begonnen. Ein leidiger Ohrwurm saß in ihrem Kopf fest. Die Melodie des Kinderreims über den schwarzen Mann. Immer und immer wieder. Und jedes Mal störte Sabine Kaufmann sich daran, dass an der Wand des Hotels die ersten drei Worte falsch waren.

»Wem wird bang«. Es reimte sich besser als »Wer hat Angst«, zugegeben, aber die Verfasser waren mit Sicherheit keine Sprachwissenschaftler. Keine Lyriker oder Poeten.

Einige der Buchstaben waren spiegelverkehrt oder gekippt. Das E, das R, sie sahen aus wie kyrillische Zeichen. In der unteren Zeile stach besonders das SCH hervor, wobei das H um neunzig Grad gedreht war. Klar, dachte Sabine, bei symmetrischen Buchstaben …, aber wieso? Sie fuhr ein weiteres Mal über den Ausdruck und kniff die Augen zusammen. Ein A, ebenfalls spiegelgleich, in der oberen Zeile war zur Seite

gedreht. Absicht oder Zufall? Doch der Rest der Zeichen war derart akkurat, fast wie mit Schablone geschrieben, und auch die anderen A standen kerzengerade.
Zehn Buchstaben, fünf pro Zeile.
Dazu ein umgedrehtes Ausrufezeichen hinter dem Fragezeichen. Wie ein kleines I, Sabine musste unwillkürlich an Spanisch denken. Ihr Vater hatte sich nach Spanien abgesetzt. Sie schauderte. Konzentration, mahnte sie sich und blickte auf, ob jemand sie beobachtete. Doch keiner schien sich für sie zu interessieren. Die Wiesbadener tuschelten über ihren Computer gebeugt, und Ralph debattierte mit Heidt über irgendetwas. Der Begriff »Kinderheim« fiel. Sabine kehrte zu ihrem Fotoausdruck zurück und verscheuchte das Trugbild ihres Vaters. Er existierte nur in Mamas Einbildung.

Ein schwarz geschminkter Mann.
Eine schwarze Inschrift.
Sabines Gedanken rasten, sie driftete erneut ab. Der Ostblock hatte Terroristen in den achtziger Jahren Unterstützung gewährt. Einige hatten jahrelang unerkannt in der DDR gelebt. SED. Russen. Kyrillische Buchstaben.
Und hatte es nicht auch Verbindungen nach Spanien gegeben?
»So ein Blödsinn«, sagte sie laut und erschrak vor ihrer eigenen Stimme. Angersbach sah sie fragend an.
»Was ist los?«
»Ach nichts, ich jage Gespenster.«
»Vorsicht, Geistererscheinungen sind bestimmt Landessache«, stichelte Ralph.
Schmittke blickte kurz auf, sagte aber nichts.
Sabine tippte auf den Ausdruck. »Schauen Sie mal.«
»Schau mal«, korrigierte er das Sie.

»Mein ich doch.« Sie rieb sich die Nasenspitze. »Zehn Buchstaben tanzen aus der Reihe. Bei all der Detailverliebtheit kann das doch kein Zufall sein.«

Angersbach murmelte, während sie die Lettern einkringelte. »E R B A G und S C H A N.«

»Und dieses seltsame Ausrufungszeichen.«

»Ach, das gehört dazu?«

»Jede Wette.«

»Ich lese ›Warzen‹ in Zeile zwei.« Ralph tippte auf die nicht eingekreisten Buchstaben. »So leid es mir tut, aber das sagt mir überhaupt nichts.«

Sabine versuchte, die Kreise auszublenden. Ein guter Ansatz, wie sie fand. Doch es blieb nichts als Kauderwelsch übrig. Sie dachte unwillkürlich an *Warzenschwein,* doch dafür fehlten Buchstaben. Dachte an *Nordwind,* doch auch hierfür fehlte noch ein D.

Sie zog ein neues Papier hervor und zeichnete die Buchstabenfolge nebeneinander. Einmal die markierten, darunter die unmarkierten. Achtzehn plus Fragezeichen.

Sie kniff die Augen zusammen. Wenige Vokale, unnatürliche Häufungen. Es könnte sich um eine Verschlüsselung handeln, Buchstabenverschiebung oder dergleichen. ROT13. Buchstaben wurden um dreizehn Stellen im Alphabet verschoben, eine Variante der Technik, die schon Julius Cäsar benutzt hatte. Simpel und effizient, zudem aus den achtziger Jahren.

Sabine wollte den Gedanken gerade Ralph mitteilen, als sie realisierte, dass er nicht mehr bei ihr stand. Sie fand ihn bei den Wiesbadenern.

»Drucken Sie das aus bitte«, hörte sie ihn sagen. Es klickte ein paarmal, dann surrte es in der anderen Ecke des Raumes. An-

gersbach fischte ein Papier aus dem Farblaserdrucker und eilte zu seiner Kollegin zurück.
Das Blatt segelte auf den Tisch, Sabine erkannte zuerst nur dunkle Konturen. Schriftzeichen, auf eine feuchte Steinmauer gepinselt. Farbnasen, die über Moos hinabliefen.
»Das ist das Wort aus dem alten Kinderheim«, erklärte Angersbach. Seine Stimme wurde düster und leise. »Meines Kinderheims.«
»Schabernack?« Sabine verstand nicht, weshalb er ihr ausgerechnet dieses Foto zeigte. Weiße Schrift, gepinselt, okay. Aber es lagen keine Buchstaben auf der Seite. Das Einzige, was ihr ins Auge stach, war ein vermeintlicher Rechtschreibfehler.
»Ist das eine Mauerecke?«, fragte sie und tippte dahin, wo das K hätte stehen müssen.
»Ein Vorsprung, ja.«
»Also ist das Wort um die Ecke geschrieben?«
»Nein, ich glaube nicht.« Angersbach runzelte die Stirn. »Wenn da noch etwas gestanden hätte, wüsste ich es. Siehst du hier.« Er deutete auf das »SCH«. Die Buchstaben waren breit und in großem Abstand. Danach veränderte sich das Schriftbild zunehmend. »Ich tippe, da hat sich einer verschätzt. Das K hat nicht mehr hingepasst.«
Sabine zählte die Buchstaben und fragte sich, ob man so etwas nicht vorher kalkulierte, wenn man ein Wandgraffito schreiben wollte. Immerhin stammte es von Ralphs persönlichem Gegenspieler, zugespitzt betrachtet. Kein Streich, kein Schalk. Sondern volle Absicht. Zehn Buchstaben, genauso viele wie in Lißberg.
Ihre Nackenhaare sträubten sich. Flugs schnellte ihre Hand nach vorn, und sie notierte das Wort »Schabernack« auf ein

neues Papier. Das K klammerte sie ein. Darunter reihte sie die zehn markierten Zeichen aus dem Schlosshotel.
»Sie stimmen überein«, keuchte sie.
»Bis auf das C«, warf Angersbach ein. Auch er wirkte plötzlich angespannt. »Das müsste ein G sein.«
Sabine hob das Foto aus der Ruine des Kinderheims hoch und hielt es eine Handbreit vor ihre Nasenspitze. Sie fühlte, dass sie der Lösung nahe war. Ihre Augen folgten der Buchstabenfolge ein weiteres Mal, immer langsamer, je enger die Schrift wurde. Es raschelte neben ihr, Angersbach murmelte etwas Unverständliches, doch Sabine ließ sich nicht beirren. Das C. Seltsam verzerrt, ein Ausrutscher des Pinsels? Oder war es am Ende ein G?
»Shit! Das gibt's doch nicht.« Sie wollte das Papier greifen, doch es lag vor Angersbach. »Das C ist ein G, es sind *exakt* dieselben Buchstaben.«
»Und ich weiß auch, was sie uns mitteilen wollen«, nickte Angersbach vielsagend. Sabine reckte den Hals und lauschte gebannt, denn seine Hand lag zur Hälfte über dem Blatt. »Sie beantworten die Frage, *wem* es vor dem schwarzen Mann bang werden soll.«
Dann begann der Kommissar zu schreiben. Alle zehn Zeichen in neuer Reihenfolge. Als er schließlich das Ausrufezeichen setzte, hämmerte das Auftreffen des Stiftes wie ein Vorschlaghammer in Sabines Gehirn.

ANGERSBACH!

»Weshalb ist das niemandem aufgefallen?«
Rutger Heidt war ähnlich außer sich, wie Ralph es noch vor einigen Minuten gewesen war. Er wollte es als Zufall abtun,

doch er wusste, dass das nichts nutzen würde. Die Wortwahl war keine zufällige Übereinstimmung der Buchstaben, sondern gezielt ausgewählt. Spaßeshalber hatten sie im Internet Anagramme aus Ralphs Nachnamen generiert. Die Wortkombinationen schienen endlos.
Schabe, Garn, Branche, Bach, Graben.
»Schach!« Heidt war sofort Feuer und Flamme. Erst auf den zweiten Blick realisierte er, dass sich der Begriff aus den Buchstaben nicht bilden ließ. Dennoch blieb er beharrlich und kramte das Foto aus dem Schlosshotel hervor.
»Fragezeichen/Ausrufezeichen, da haben wir es«, postulierte er wie selbstverständlich.
»Ja und?«
»Ich bin Schachspieler, das wissen doch alle hier, nehme ich an.« Prüfend sah er sich um. »Es gibt eine Art Notation, mit der man Spielzüge beschreiben kann. *Springer auf B8*, das hat doch bestimmt jeder schon mal gehört? Man kann mit einer Handvoll Ziffern eine ganze Schachpartie beschreiben.«
Angersbach drehte ungeduldig seine Daumen und sog hörbar Luft zwischen den Nasenflügeln ein. Er wollte Heidt nicht unterbrechen, hoffentlich kam er bald auf den Punkt.
»Die Kombination Fragezeichen/Ausrufezeichen steht jedenfalls für einen fragwürdigen Zug. Ein Streich möglicherweise. Etwas, das man auf den ersten Blick nicht begreift. Ein Schabernack womöglich.«
Sabine Kaufmann wagte es zuerst, Zweifel zu äußern.
»Ich möchte Ihnen nicht zu nahe treten, aber wer weiß so etwas denn schon?«
»In den Achtzigern war das jedenfalls gang und gäbe«, murrte Rutger Heidt und zupfte sich an seinem Bart.

Ralph erkannte ebenfalls keinen Zusammenhang, wollte seinem Chef aber zumindest eine Brücke bieten. »Gibt es im Schach denn eine Figur, die man mit ›Schwarzer Mann‹ betitelt?«

»Nicht wirklich, nein«, erwiderte dieser zerknirscht. »Im Grunde ist die mächtigste Spielfigur ohnehin die Dame, also kein Mann.«

»Die weiße Frau?« Angersbach hätte es am liebsten sofort zurückgenommen. Er wischte sich mit der Hand übers Gesicht und machte eine gequälte Miene. »Bitte vergesst das wieder. Ich halte das für Humbug.«

»Wir können es ja sammeln«, riet Sabine, bevor Heidt ein empörtes Veto einlegen konnte. »Selbst ohne die Assoziation mit dem Schach spielt das gleichnamige Heim ja eine wesentliche Rolle. Sollten wir uns dort noch einmal umsehen?«

»Cherchez chez la femme«, unkte Heidt. Das verfälschte Zitat aus der französischen Literatur klang wie ein Stottern. Angersbach grinste verstohlen.

»Ich würde lieber auf dem Gründler-Hof suchen«, gestand er, »dort *muss* noch ein Anhaltspunkt zu finden sein.«

»Warum bist du dir so sicher?« Sabine blinzelte ihn an.

»Weil es dem Spurenleger klar sein musste, dass wir dort suchen. Weil bislang überall etwas zu finden war.«

»Etwas, das uns weiterführt, meinst du. ›WARM‹, über einen Heizkörper gepinselt, ist nicht wirklich ein brauchbarer Hinweis.«

»Eben.« Angersbach fühlte sich eher bestätigt als widerlegt. »Also gibt es noch mehr.« Er winkte ungeduldig ab. »Außerdem erwartet uns *Hackebeil* bestimmt schon sehnsüchtig. Verplempern wir keine Zeit.«

Auf einen Sprung zu Neifiger wollte er außerdem. Doch das behielt der Kommissar für sich.

Rutger Heidt raschelte mit einem Papier.

»Bevor hier alle den Abflug machen, eins noch«, sagte er. »Ich habe hier den Wisch für die Pressestelle.«

Obwohl er die Handvoll Zeilen selbst verfasst hatte und mittlerweile wohl auswendig konnte, las er sie ein weiteres Mal durch. Danach laut.

Angersbach, dessen Name darin vorkam, nickte schweigend.

»Genauso möchte ich es haben«, sagte Heidt nach einigen Sekunden Stille und verlieh dem Satz durch ein Schnauben die nötige Bedeutung. »In den Zeitungen muss klipp und klar stehen, dass sich die verwandtschaftliche Beziehung von Veith Gruber zu Ralph Angersbach erst im Laufe der Ermittlung ergeben hat. *Nach* dem Fund der Leiche. Es gab vorher keinerlei Hinweise darauf.«

Das entsprach den Fakten und wirkte kaum spektakulär. Doch alle Anwesenden kannten die Macht der sensationsgeilen Feder. Sabine reagierte zuerst. »Selbst wenn. Die Spekulationen werden sich überschlagen.«

»Sollen sie doch«, murrte Heidt. »*Wir* werden jedenfalls keine Silbe darüber verlieren, dass ein gestörter Killer uns mit einer Brotkrumenspur vorführt.« Er wandte sich an Angersbach: »Die Sache mit der Verwandtschaft käme früher oder später ohnehin ans Licht. Also geben wir den Leuten eine kleine Sensation und behalten den Rest für uns.«

»An und für sich ein Wunder, dass es noch nicht draußen ist«, bestätigte Ralph. »Aber meinetwegen. Nutzen wir es ruhig, um der Meute etwas vorzuwerfen.«

»Dann sind wir uns ja einig.« Heidt bewegte seine Finger über die Lippen, als zöge er einen Reißverschluss zu. »Für sämtliche anderen Details gilt: absolute Informationssperre.«

Johann Gründler erwachte, weil ihm ein stechender Schmerz durch die Rippen fuhr. Er stöhnte auf, spürte, wie ihm der kalte Schweiß ausbrach. Das Hemd klebte ihm am Rücken, Frösteln begleitete jede seiner Bewegungen. Er tastete sich ab. Eine Bandage umschlang seine Brust, dreißig Zentimeter breit, sein linker Brustkorb war geprellt. Wie ein einziger blauer Fleck, so groß wie zwei gespreizte Hände, strahlte der Schmerz. Vermutlich war die Haut unter dem Verband schwarzviolett. Er entsann sich eines Fahrradunfalls, den er als Kind gehabt hatte. An das Lied, welches er trällerte, bevor er über den Lenker flog. Als die Schwärze kam. Gründler schreckte zurück in die Gegenwart. Kein Fahrradlenker. Kein Stein, der ihn aus der Bahn geworfen hatte. Ein Fenster, ein Wagen, der verzweifelte Versuch, einen Stein durch das Glas zu schlagen. Ein Stein, der ihn zu Fall gebracht hatte. Benommen tastete er sich ab, am Hals, dann durch die Haare und auf der Stirn. Eine Platzwunde war zu spüren, verklebtes Blut, feine Stiche. Hatte man ihn genäht? War seine Erinnerung an das Krankenhaus ein Trugbild? Er suchte den Raum ab. Es war feucht und kühl. Dunkelheit umgab ihn, nur durch eine Handvoll Löcher über ihm drang diffuses Licht. Gerade so viel, dass er Konturen erkennen konnte. Die Bewegungen seines Körpers. Eine Wolfsspinne, die ihm über den Oberschenkel kroch.

Angeekelt sprang er auf, dabei hörte er ein Glucksen. Einen hohlen Klang. Spürte, dass seine Fußgelenke in Handschellen lagen, zwei Paar, in der Mitte an einer Metallöse fixiert. Unter ihm eine kratzige Pferdedecke. Er klopfte seine Umgebung ab, es hallte dumpf. Anscheinend befand er sich auf einer Metallplatte, unter der es hohl war.

Sie haben dich weggebracht, schloss er. War also doch nicht alles Einbildung? Gründlers Geist arbeitete erstaunlich schnell. Eine Erinnerung drängte sich in den Vordergrund. Die alte Brenderwasserbrücke. Eine von zwei Metallungeheuern, die sich, von allen vergessen, im alten Kiesbett der Eisenbahntrasse befanden. Die Schienen waren lange demontiert. Der Großteil der Strecke zwischen dem alten Südbahnhof und der Haupthaltestelle in Lauterbach war von Brombeeren und anderem Wildwuchs zurückerobert. Doch zwei Lichtsignale und die alten Brücken gab es noch. Zentimeterdicke, rostbraune Metallplatten, so schwer, dass kein Einzelner sie bewegen konnte. Dröhnendes Vibrieren, wenn man darauf stampfte. Derselbe Klang, den er hier mit den Fäusten verursachen konnte.

Er schlug erneut zu, lauschte dem Echo. Etwas rieselte, dann ein Tropfgeräusch. Gründler zuckte zusammen. Unter ihm befand sich Wasser. Es war nicht Nacht, dafür wirkte das Licht zu natürlich. Er war in einem engen, feuchten, geschlossenen Raum. Keine Bahnanlage. Dort roch es zumeist nach Metallabrieb, hier aber konnte er die Feuchtigkeit förmlich riechen. Seine Hände suchten eine freie Stelle, wo keine Decke lag. Prompt schnitt er sich an einer Kante, aus der aufgeplatzte Rostnähte zu quellen schienen.

»Verdammt, wo habt ihr mich hingebracht?«, hauchte er panisch.

»Zurück ins Verlies«, antwortete eine Stimme, und Gründler erstarrte. Seine Blicke rasten umher, doch er konnte nichts erkennen.

»Wer ist da?«

»Was glaubst du?« Hämisches Kichern.

Verzweifelt zog Gründler den Kopf ein und kauerte sich zusammen. Nicht dieses heisere Flüstern. Bitte nicht schon wieder.

»Wir haben nichts mitbekommen«, sprach es weiter, und er glaubte, einen Hauch von Anerkennung herauszuhören. »Davon, dass du die Kette gelöst hast. Ein cleverer Schachzug.« Wieder das Kichern. Spöttisch. »Hast du einen Blick in die Freiheit riskiert? Ein verzweifeltes Recken, aus den Fängen der Isolation?«

Gründler hielt sich die Ohren zu. Doch die Stimme durchdrang seine Handflächen, sie schien einfach hindurchzugehen. Er schluchzte, während sie ihn weiter verhöhnte.

»War es das wert? Du hättest dir fast das Genick gebrochen. Deinen Schädel zerschmettert. Ist dein Gehirn nicht ohnehin längst Brei? Nagt das Schweigen nicht an deinen Nerven, die verlorenen Reize, die Einsamkeit?«

»Ja, ja, ja!«, schrie Gründler in die Leere. »Ich halte das nicht mehr aus! Bitte tötet mich endlich, aber hört auf, mich zu quälen.« Dann senkte er den Kopf wieder und flüsterte: »Für etwas, von dem ich nichts weiß.«

Er raufte sich die Haare, zuckte unwillkürlich zusammen, als er dabei versehentlich auf seine Wunde drückte.

Auf einem Monitor beobachtete der Wächter zufrieden seine unsicheren Bewegungen. Johann Gründler warf den Kopf hin und her. Er träumte. Offenbar einen Alptraum.

Töten, dachte er, als er auf ein anderes Fenster klickte.

Eins nach dem anderen.

In Neifigers Hofeinfahrt parkte ein weißer Transporter mit verbeulten Kotflügeln, der seine guten Zeiten längst hinter sich hatte. Der Metzger stand rauchend hinter der Pritsche und unterhielt sich in einer derartigen Mundart, dass selbst

Ralph kaum die Hälfte davon verstand. Sabine hatte es vorgezogen, im Auto zu warten, um einige Telefonate zu führen: Psychiatrie, Polizeidirektion, Mirco Weitzel. Angersbach versprach ihr, sich zu beeilen. Er hatte darauf bestanden, den Umweg zu seinem Freund zu machen, denn Neifiger sollte nicht aus der Zeitung von Gründlers Schicksal erfahren.

»Wir reden gerade über dich«, begrüßte ihn der Metzger, wie gewohnt hinter seiner Schürze verborgen. Der andere schien ein Weißbinder zu sein. Weiße Kluft, Farbflecken darauf, aber er erkannte kein Firmenlogo. Auch nicht auf dem Fahrzeug. Dafür registrierte der Kommissar die Fracht, die sich auf der Pritsche fand. Er glaubte, etwas Beißendes zu riechen, vielleicht spielten seine Sinne ihm auch nur einen Streich. Es handelte sich um einen Keiler, grauer Matsch klebte in den Borsten, er musste mindestens zwei Zentner auf die Waage bringen. Handlange Hauer, einer der Läufe stand in sonderbarer Haltung vom Körper ab.

»Wildunfall«, erklärte der Mann.

Neifiger prustete los: »Will nicht wissen, wie das Auto aussieht, das ihn auf dem Gewissen hat.«

Angersbach nickte nachdenklich. »Wieso redet ihr über mich?«

»Hannes Gründler ist ein guter Abnehmer für Wildschweingulasch. Ich habe erzählt, dass du ihn suchst.« Neifiger hob die Augenbrauen. »Stimmt doch, hoffe ich.«

»Klar, natürlich.« Ralph versuchte, seinem Freund zu bedeuten, dass er unter vier Augen mit ihm sprechen wollte. Doch der andere kam ihm zuvor. »Ich dreh mal meine Runde. Schau halt, ob du's gebrauchen kannst.«

Neifiger verfiel wieder in Dialekt, als er ihm antwortete, dann standen die beiden Männer alleine im Hof.

»Mit Johann Gründler haben wir ein ernstes Problem«, eröffnete der Kommissar. »Alles, was ich dir jetzt dazu sage, muss vorerst unter uns bleiben, klar?«

»Aye.«

»Ich dürfte dir das eigentlich gar nicht zeigen.« Ralph zog das Entführungsfoto hervor. »Aber schau mal hier.«

»Heiliges Kanonenrohr. Das sieht ja aus wie damals beim …«

Ralph unterbrach ihn abrupt. »Ja, ist uns nicht entgangen.« Er konnte es nicht mehr hören.

Neifiger kratzte sich am speckigen Hals und schnaufte.

»Und das ist aktuell? Hannes wurde entführt?«

»Sieht ganz so aus. Damit dürfte die Sache mit den Lammkoteletts zumindest aufgeklärt sein.«

»Aber weshalb er?«

»Keinen Schimmer. Was weißt du über ihn?«

Neifiger blickte in die Wolken und dachte nach. Dann gluckste er kurz, als käme ihm ein lustiger Gedanke, doch er klang völlig ernst, als er zu erzählen begann.

»Das meiste weiß ich nur vom Hörensagen, also nagel mich nicht drauf fest. Hannes und ein paar seiner Kumpel standen diesem Linksterror damals schon recht nahe. Vorsichtig ausgedrückt. Du weißt, dass es in den Achtzigern eine Razzia bei ihm auf dem Hof gegeben hat, oder?«

»Nein«, gestand Angersbach ein.

»Seltsam. Immerhin wurde Granaten-Gruber«, Neifiger räusperte sich, »ähm, ich meine Veith, bei dieser Razzia festgenommen. Das weißt du nicht?«

Angersbach schluckte. »Das war *der* Hof?«

Er kannte einige Hintergründe, aber nicht alle. Dass ihm ausgerechnet dieses Detail fehlte, bereitete ihm Unbehagen.

»Ja, klar. Liest du keine Akten?«

»Ich gehöre ja erst seit heute offiziell zur Soko«, rechtfertigte sich Ralph und wechselte das Thema. »Kommen wir zum ›Haus zur weißen Frau‹, dem Kinderheim.«
»Deinem Heim.«
»Unter anderem.«
»Was ist damit?«
Angersbach fasste die Sache mit den Fotos, den Inschriften und dem Heim zusammen. Absolute Kurzversion, gerade genug, dass Neifiger ein grobes Bild bekam.
»Also legt dir jemand eine Brotkrumenspur.«
»Sieht ganz so aus. Ich habe von einem Skandal gehört, der zur Schließung des Heimes führte. Was weißt du darüber?«
»Das müsstest du doch auch in den Akten finden«, brummte Neifiger.
»Ja, aber ich möchte die Dinge erfahren, die nicht in einer Akte stehen.«
»Wie du meinst. Ein Junge wurde tot aufgefunden, erschossen. An einer alten Eiche, mitten auf einer Koppel. Das Ganze hat sich nur wenige hundert Meter von dem Haus entfernt abgespielt, doch niemand wollte etwas gehört haben. Keinen Schuss, gar nichts. Eine Waffe wurde auch nicht gefunden. Der Körper des Jungen wies leichte Verletzungen auf, aber keine, die auf einen Kampf auf Leben und Tod hindeuteten. Das Ganze wurde ziemlich schnell auf mangelnde Aufsicht zurückgeführt, das Heim kam ins Gerede. Es gab Gerüchte, der Hausmeister habe eine Flinte besessen, die danach verschwunden sei, doch er wies das weit von sich. Die Ermittlungen verliefen letztlich im Sand, aber das Heim ging am Ende daran zugrunde.«
Ralph Angersbach nickte. Er war gespannt, wie viel Prozent dieser Geschichte sich in den Akten wiederfinden würde. Er bedankte sich, doch Neifiger hatte noch etwas hinzuzufügen:

»Keiner hier oben glaubt übrigens, dass der Hausmeister schuld an der Sache war. Die Kinder, die damals im ›Haus zur weißen Frau‹ lebten, schworen Stein und Bein, dass sich ein schwarzer Mann im Unterholz herumtreiben würde.« Er winkte ab. »Na ja, Kinder halt.«
Angersbach schauderte.

Er nahm manche Kurven derart rasant, dass Sabine sich verkrampfte. Der Lada kreuzte nicht selten die Mittelstreifen, es war nicht zu übersehen, wo der Kommissar das Fahren gelernt hatte. Nicht im ewigen Stop-and-go Frankfurts, auf mehrspurigen Kreiseln oder im engen Einbahndschungel.
»Alles okay?« Ralph warf ihr einen fragenden Blick zu.
»Mhm. Flottes Tempo.«
»Die Straße ist trocken, weit und breit kein Mensch zu sehen, außerdem kenne ich die Grenzen meines Autos.«
Er kam ins Stocken, Sabine wusste, dass er an Michaels Unfall dachte. Ein Fauxpas, doch sie entschied, ihm das nicht krummzunehmen.
»Sagte er – und versenkte es im angetauten Rübenacker.«
Sie grinste und funkelte ihn an. Wenigstes ein kleiner Gegenschlag sei ihr vergönnt. Vor ein paar Monaten hatte Ralph den Geländewagen querfeldein gejagt. Inmitten von lehmigen Erdklumpen, die wie Eisschollen aus dem Boden ragten, hatte die Verfolgungsjagd ein Ende gefunden. Ein gigantischer Schlepper hatte das Auto befreien müssen, eine halbe Tonne Erdreich war in den Radkästen verteilt gewesen.
»Pff, ich kann auch langsamer.« Angersbach nahm den Fuß vom Gas. »Erzähl lieber mal, wonach genau du jetzt fahndest.«

Sabine berichtete von der Suche nach Fällen, die sie und Michael betrafen und in denen es Querverbindungen zu grauschwarzen Fahrzeugen gab. Schon bevor sie geendet hatte, wurde ihr klar, wie absurd diese Suche war. Die Tatsache, dass Angersbach nichts dazu sagte, verstärkte dieses Gefühl, bis sie es nicht mehr aushielt.

»Was ist los?«

»Ich überlege nur«, wehrte Angersbach ab. Doch mehr kam nicht von ihm.

»Es ging um den dunklen Focus. Irgendwo müssen wir doch anfangen.«

»Unlängst habe ich einen gesehen«, murmelte er, »aber ich weiß partout nicht mehr, wo.«

Sabine seufzte. »Ja, die begegnen einem dutzendfach. Wir sollten uns nicht zu viel erhoffen.«

»Und dein Freund ist bereits fit genug für die Ermittlung?«

Sabine schüttelte den Kopf. »Lasse ich in Friedberg machen. Dann fühle ich mich nicht ganz so nutzlos. Michael kommt morgen erst raus.«

Angersbach nickte. Sie schwiegen für einige Sekunden, während Sabine ins Leere starrte, dann platzte es aus ihr heraus. »Michael und ich haben uns getrennt.«

»Wie bitte?« Um ein Haar hätte Ralph eine Vollbremsung gemacht.

»Nicht gestern, es liegt schon eine Weile zurück.«

»Schön, dass ich auch davon erfahre.«

»Wir haben es noch niemandem gesagt. Er, ich … Es ist kompliziert.«

Erneut schwiegen sie sich an, bis Angersbach das Wort ergriff. »Du hast ihn also abgeschrieben? War das vor oder nach diesem Kinobesuch mit Weitzel?«

»Das hat nichts damit zu tun.«

»Sagst du.«

»Ich muss es ja schließlich wissen, oder?«

»Weiß Mirco es denn auch?«

Sabine rang nach Worten, die den Dialog in eine andere Richtung drängten. Er sollte endlich die Klappe halten, sie wollte das Ganze erzählen, wie *sie* es für richtig fand.

»Hör mal, lass Mirco da raus. Du kennst ihn, er baggert eine Menge Frauen an, so ist er nun mal. Das ist aber alles völlig harmlos, wir waren einfach nur im Kino. Ein einziges Mal. Mir geht es um Michael.«

Ralph nickte und lenkte ein. »In Ordnung, was ist mit ihm?«

»Er hat Schluss gemacht.«

»Hätte ich nicht gedacht. Wieso?«

»Ich glaube, er hat erkannt, dass unsere Beziehung am Einschlafen war.« Sabine seufzte. Viel zu lange waren diese Dinge unausgesprochen geblieben. »Wir haben uns in einer Zeit gefunden, als ich einen Freund brauchte. Einen Seelenverwandten, keinen Liebhaber. Ohne meine Freiheit dafür aufzugeben. Mama, der Job beim K11, all das. Dann wurde mehr draus. Liebe. Leidenschaft.« Ihr Blick ging in die Ferne. Eine steil abfallende Wiese tat sich zwischen dunklen Wäldern auf, unten ein Bachlauf, an dem Kühe weideten.

»Und dann schlief die Liebe ein.«

Ralph sprach die Worte leise, sie trafen es auf den Punkt. Sabine war dankbar, auch wenn sie sich entlarvt fühlte. Michael hatte es seinerzeit beinahe wortwörtlich so ausgedrückt.

»Ja, so in der Art. Deshalb wohl das Aus. Aber es tut weh.«

»Weil *er* Schluss gemacht hat?«

»Weil die Freundschaft noch da ist.« Sabine schluckte einen dicken Kloß herunter. Längst war ihr klargeworden, dass da

auch noch Liebe war. Oder war es nur das schlechte Gewissen, das sich in ihr regte? Nein, da war noch mehr …
»Wir setzen das fort«, beendete Angersbach das Thema abrupt und trat auf die Bremse. Er blinkte, obwohl noch immer kein anderer Verkehr zu sehen war, und bog scharf nach links. »Dort unten liegt das Anwesen.«

Bevor sie ausstiegen, fasste Ralph nach ihrem Arm und hielt sie zurück.
»Eine Sache noch«, raunte er, und da war etwas in seinem Tonfall, das Sabine nicht kannte. Sie blickte ihn fragend an, daraufhin deutete er auf ein kleines Haus oberhalb des Gebäudekomplexes.
»Dort oben lebt eine Künstlerin, ich möchte mich kurz bei ihr ankündigen.«
»Wir haben doch die Befugnis für sämtliche Gebäude, oder?«
»Ja. Es ist mehr … höflichkeitshalber. Sie kann nicht laufen.«
Ganz offensichtlich war dem Kommissar nicht ganz wohl in seiner Haut.
»Ja, okay, meinetwegen. Gehen wir.«
Dass sie wie selbstverständlich mitkam, schien Angersbach nicht zu behagen. Sabine entschied sich um, umrundete das Haupthaus, nicht aber, ohne einen verstohlenen Blick bergan zu richten.
Die hangseits gelegene Fassade war durchgängig verrammelt. Nur ein schmaler Trampelpfad führte hinauf zu dem Nebenhaus, an zahlreichen Stellen von Wurzeln durchstoßen oder überwuchert. Morsche Pfosten und herabgebrochene Latten deuteten darauf hin, dass hier einmal Tiere geweidet hatten, Sabine sah die Rinder von vorhin vor sich. Der Vogelsberg hatte mancherorts etwas von Alpenwiesen, der Duft nach

Heu und Blüten, dazwischen Nadelwald. Wie konnte es sein, dass ein solches Anwesen dem Verfall preisgegeben war? Sie entsann sich der Hintergrundinfos. Johann Gründler hatte keine Kinder, war nie verheiratet gewesen. Eine dünne Akte. Er selbst hatte den Hof geerbt, damals noch florierend, doch statt in die Fußstapfen seines Vaters zu treten, hatte Gründler die Tiere verwahrlosen lassen und eine Hippiekommune aufgemacht. Noch heute sprach man nur hinter vorgehaltener Hand darüber, über Sodom und Gomorrha, über den sittlichen Verfall. Schließlich war das hier oben eine anständige Gegend. Vor dreißig Jahren dann hatte sich die Kommune aufgelöst, die Umstände waren den Akten nur bruchstückhaft zu entnehmen. Gründler indes hatte seinen Hof niemals verlassen. Er versuchte, autark zu leben. Solarmodule, es gab zwei Frischwasserquellen, außerdem erkannte man das Gestänge eines kleinen Windrads. Die Flügel fehlten.

Sabine beendete ihre Runde dort, wo sie sie begonnen hatte. Hinter dem Haus. Sie sah Angersbach den Trampelpfad hinabkommen und ließ den Blick zwischen den beiden Häusern hin und her wandern. Was auch immer sich hier unten abspielte, von oben hatte man keinerlei Einblick. Ob Angersbach das wusste?

»Die beiden haben einander nicht sonderlich gut leiden können«, sagte er, als hätte er ihren Gedanken erraten.

»Sie haben sich wohl kaum oft gesehen.« Sabine deutete auf die verrammelten Fenster, teilweise waren die Läden sogar vernagelt. Dann auf den Pfad.

»Ja, leider. Claire konnte mir nicht einmal sagen, wann das letzte Mal Licht gebrannt hat im Haus. Hermetisch abgeriegelt. Und den Berg runterfahren kann sie mit ihrem Rolli nicht.«

»Claire?« Sabine schmunzelte. »So weit sind wir also schon?«

»Ach, hör doch auf.« Angersbach winkte ab und verzog den Mund.
Unschuldig hob Sabine die Hände. »Ich habe nichts gesagt.«
»Können wir bitte weiterarbeiten?«
Sie gingen zur Haustür, und Ralph öffnete die Versiegelung. Sie war unbeschädigt.

Oben auf dem Hügel rollte Claire Floris über den feinen Schotter. Sie beobachtete jeden Schritt der beiden, bis sie im Inneren verschwunden waren.
Seit drei Wochen war Johann Gründler verschwunden. Ein Vermieter, den sie nicht oft zu Gesicht bekommen hatte. Sie bedauerte es nicht, denn er war ein ungehobelter, rauher Kerl, der seine lüsternen Blicke nur schlecht verbergen konnte. Sie meinte sie ihm förmlich anzusehen, die Frage, wie es sich zwischen den Beinen einer Querschnittsgelähmten wohl anfühlen würde. Ob die Muskeln besonders weich wären oder das Gewebe am Ende schlaff, weil es nicht im Training war. Sie schauderte. Wäre er nicht der Eigentümer ihres Ateliers, sie hätte ihn niemals wiedersehen wollen. Doch was geschah, wenn er fortblieb? Ein Lächeln trat ihr aufs Gesicht.
Vielleicht kann Ralph Angersbach dir das beantworten, dachte sie zufrieden. Sein Interesse war nicht zu übersehen, doch sie musste vorsichtig sein, um ihn nicht zu überrumpeln. Sie fischte seine Visitenkarte hervor, dann das Handy. Wartete noch eine Weile, die beiden Kommissare sollten ruhig erst ihre Arbeit tun.

Im Inneren des Gründler-Hauses durchschritten die Kommissare Raum für Raum.
»Was ist mit Keller und Speicher?«, erkundigte sich Sabine Kaufmann. Angersbach schüttelte den Kopf.
»Oben ist nur offenes Gebälk. Und zentnerweise Staub und altes Gerümpel.«
»Typisch alte Leute, hm? Bloß nichts wegwerfen.«
»Mhm. Genug Platz gibt es hier ja.«
»Was ist mit dem Untergeschoss?« Sabine erinnerte sich, Fenster gesehen zu haben. Es musste demnach einen Keller geben. Ralph deutete in Richtung Haustür, wo sich ein Verschlag unter einer Holztreppe befand. Offensichtlich war das Haus einmal dafür vorgesehen, weiter ausgebaut zu werden, doch es hatte niemals stattgefunden. Ralph zog zwei metallene Riegel zurück, an denen aufgebrochene Vorhängeschlösser hingen.
»Die Spusi hat sich Zugang verschafft«, erläuterte er gepresst, denn der untere Riegel klemmte und erforderte seine ganze Kraft.
»Ein verbarrikadierter Kellerzugang?« Sabine schob die Unterlippe nach vorn. Gemeinhin war die Kühle eines gemauerten Gewölbes der interessanteste Ort in einem alten Haus. Gemüse, Kartoffeln, Eingemachtes, was man auf ewig einlagern konnte. Ein Hobbyraum. Eine Bar. Apfelwein keltern. Eine Werkstatt. Ein kühler Rückzugsort für heiße Sommertage. Ein finsteres Verlies. Die Möglichkeiten schienen unbegrenzt.
»Hat die Kollegen auch gestört«, erwiderte Ralph, der soeben mit einem lauten Knarren den Holzflügel nach außen zog. Er fingerte nach einem Lichtschalter, klickte, nichts passierte. Sabine zückte die Taschenlampe, doch sie konnte bereits sehen, weshalb das Ganze eine Sackgasse war.
Ein unangenehmer Geruch stieß ihr entgegen.

»Ist Johann Gründler ein Messie?«
»Sieht fast so aus«, hörte sie Angersbach sagen, der das Chaos ja selbst zum ersten Mal sah.
Gelbe und blaue Säcke lugten zwischen Stuhlbeinen, einem zerrissenen Sonnenschirm nebst Standfuß und diversen Metallstangen hervor. Kaum drei Stufen der Treppe waren sichtbar, dann verstopfte bergeweise Unrat den Abgang.
»Damit hat sich das Thema Keller wohl erledigt.«
Sabine graute bei dem Gedanken, wie viele Ratten und anderes Getier sich wohl darin verbargen. Ralph nickte und leuchtete kreuz und quer über das Gerümpel.
»Dagegen ist der Speicher picobello.«
Sabine überlegte kurz, dann warf sie ihrem Kollegen einen fragenden Blick zu. Sie deutete nach unten.
»Müssen wir da rein? Ich meine, so mit Ausräumen und allem Drum und Dran?«
»Die Spusi vielleicht«, gab Ralph zu ihrer Erleichterung zurück. »Es sei denn, du hoffst auf Dinosaurierknochen oder römische Münzen.«
»Witzbold.« Ein Rascheln ließ sie zusammenzucken, im nächsten Moment blickte sie in die Knopfaugen einer Maus. Instinktiv trat Sabine Kaufmann einen Schritt zurück.
»Mach die Klappe zu!«, forderte sie hastig.

Angersbach wanderte von Raum zu Raum, bis er das Zimmer fand, in dem die Buchstaben an die Wand geschmiert waren. Er hob die Hand, um es Sabine zu zeigen, da fiel es ihm auf.
»Donnerwetter«, zischte er fassungslos.
»Was ist denn?« Sabine Kaufmann eilte herbei, jeder ihrer Schritte verursachte einen hohlen Klang.

»Es wurde verändert.«
»Das Zimmer?«
»Die Inschrift.«
Sabine quetschte sich neben ihm durch den Türrahmen. Sie verhakte sich am Griff, schimpfte leise, während sie sich freikämpfte. Angersbach regte sich erst, als sie sich vorwurfsvoll räusperte. Seine Augen konnten nicht ablassen von dem neuen Wort.
»›WÄRMER‹«, las seine Kollegin ab. »Teufel noch mal! Was soll das?«
»Wenn ich das wüsste.«
Ralph löste sich und ging auf die Wand zu. Die Strukturtapete war fleckig, eine Bahn schien neu angebracht worden zu sein. In den Ecken lösten sich die Stöße. Seine Finger legten sich auf den Metallkasten, beinahe so, als erwartete er, dass er warm sei. Doch die Oberfläche war kühl, seine Handfläche hinterließ eine Spur im Staub. Ein weißer Farbklecks fiel ihm auf. Er tippte hinein, er fühlte sich gummiartig an. Noch nicht ausgehärtet, schloss der Kommissar und drückte fester. Etwas von dem Weiß blieb an seiner Fingerkuppe haften, er roch daran. Acrylfarbe. Deckweiß. Fingerfarben. Er konnte es nicht mit Sicherheit sagen.
»Es ist frisch«, verkündete er.
Sabine Kaufmann berührte die Buchstaben an der Wand. Die meisten Striche waren doppelt oder dreifach gezogen.
»Die Punkte über dem A sind auch noch feucht«, sagte sie. »Das Ganze dürfte erst wenige Stunden her sein.«
»Aber was soll das?« Angersbach raufte sich die Haare und trat gegen die Metallverkleidung. Es dröhnte quer durchs Zimmer, so dass er selbst erschrak. »Warm – wärmer – wir sind doch nicht beim Topfschlagen!«

»Für Ihren Gegenspieler schon«, murmelte Sabine gedankenverloren. Angersbach wäre am liebsten sofort dagegengegangen, aber dann wurde ihm bewusst, dass sie es nicht böse meinte. Es entsprach den Tatsachen, was das Ganze nicht angenehmer machte.

»Was kommt als Nächstes?«, fragte er angespannt. »Heiß? Und was passiert dann?«

Sabine lachte kurz auf.

»Du findest entweder einen Topf mit Süßigkeiten … oder den Mörder.«

Keiner ihrer Schritte blieb unbeobachtet. Keines ihrer Worte ungehört. Sie tappten, im wahrsten Sinne des Wortes, im Dunkeln. Im Halbdunkel zumindest, denn nicht alle Fenster waren verschlossen.

Der Beobachter parkte nicht in unmittelbarer Nähe, das war auch nicht nötig. Er hatte einen Laptop auf den Knien. Der Fahrersitz war ganz nach hinten geschoben, damit er es bequem hatte. Neben ihm lag ein aufgeklappter Koffer. Das Funksignal übertrug Bild- und Tonsignale aus dem Haus, der alte Windmast eignete sich hervorragend als Antennenversteck. Stromkabel gab es dort auch zuhauf. Die Box war selbst für technisch Versierte praktisch unsichtbar. Etwas weiter, jenseits der Straße, waren im Kasten einer Weidezaunbatterie, versorgt über ein Photovoltaikmodul, ein Empfänger und Verstärker verborgen. Von dort trug ein achtzig Meter langes Kabel den Datenstrom zu einem stillgelegten Wasserhaus. Man munkelte, dass sich im Zweiten Weltkrieg ein Flakgeschütz auf der bewucherten Kuppe befunden hatte. Und im Inneren ein Knotenpunkt geheimer Funkkommunikation. Solche Ge-

rüchte umrankten praktisch jeden geheimnisvollen Ort, befeuert durch die Älteren, die ihren Kindern und Enkeln haarsträubende Geschichten über die letzten Kriegstage erzählten. Er schnaubte verächtlich, dann kam ihm ein bitterer Gedanke. Wenn es schon damals nur ein Wasserhaus gewesen war – *heute* war es ein Ort, der tatsächlich ein Geheimnis barg.
Einen Alptraum.
»Wärmer«, wiederholte er grimmig. »Wärmer, aber noch nicht heiß.«
Bald.

Der nächste Stopp führte die Ermittler nach Gießen, wo sich ihre Wege trennten. Sabine Kaufmann stieg aus und versprach Ralph, so schnell wie möglich zu ihm zu stoßen. Er nickte und fuhr weiter in die Rechtsmedizin.
Sabine hatte ihren Besuch telefonisch angekündigt, gar nicht erst gefragt, sondern darauf bestanden vorbeizukommen. Eine unbekannte Frauenstimme hatte dem nichts entgegengesetzt. Minuten später wartete sie in einem Zwischenflur, der für ihren Geschmack zu schmal und zu hoch war. Beengend. Ihr Herz hämmerte vor Aufregung. Als sich die Tür öffnete und Hedwig Kaufmann in einem schlabbrigen Trainingsanzug und Stoffpantoffeln darin stand, fiel es ihr schwer, nicht in Tränen auszubrechen. Eine Pflegerin stand seitlich hinter ihrer Mutter, die sich fragend vergewisserte, ob sie durch die Tür treten durfte. Es kam nicht so weit, denn Sabine war bereits auf sie zugestürmt und umarmte sie mit einem Schluchzer.
»Mama«, hauchte sie. Dann erst spürte sie die langsame Bewegung, verhalten wanderten die Hände ihrer Mutter über ihren Rücken. Sie erwiderte die Umarmung kraftlos.

»Hallo, Sabine«, murmelte es wie aus weiter Ferne.

Sabine hielt einen Moment inne, dann nahm sie ihren Kopf zurück und betrachtete Hedwig.

»Wie geht es dir?«

Es kam ihr wie blanker Sarkasmus vor, doch was hätte sie anderes fragen können? In den Augen ihrer Mutter lag ein Gemisch aus Müdigkeit und Gleichgültigkeit. Hedwig lächelte gezwungen und hob eine Schulter.

»Alles gut.« Dann wand sie sich aus der Umarmung. »Wirklich. Es geht mir gut.«

»Sie können ruhig nach draußen gehen. Hier entlang.«

Unter einem großen Baum fanden sie Platz. Niemand war in ihrer Nähe außer zwei jungen Weißkitteln, die im Hintergrund rauchten und ihnen keine Beachtung schenkten. Es war nicht zu überhören, dass sie sich über das Wochenende austauschten. Sabine suchte die Nähe zu ihrer Mutter, doch diese schien sich unwohl dabei zu fühlen.

»Was ist, Mama?«

»Ich bekomme schwer Luft.« War das eine faule Ausrede?

»Liegt es an den Medikamenten?«

»An der Enge.« Hedwig stand auf und sog mit geschlossenen Augen einige Atemzüge durch die Nase. Dabei lag eine ihrer Hände auf dem Solarplexus, die andere baumelte schlaff herunter.

»Behandelt man dich gut hier?«

»Ich bin eine Gefangene.«

Klar, du hast immerhin versucht, dich umzubringen. Sabine ertrug es kaum, um den heißen Brei herumzureden. Doch sie wusste, dass sie sich zurückhalten musste, wollte sie den Kurzbesuch nicht zum Scheitern bringen. Keine Vorwürfe, keine Therapiegespräche. Keine W-Fragen. Höchstens übers Wetter konnten sie reden.

»Ich würde gerne etwas für dich tun, Mama. Irgendwas. Brauchst du etwas? Kann ich dir etwas besorgen? Möchtest du, dass ich mir in der Nähe ein Zimmer nehme?«

Endlich kam eine warme Geste, wenn auch nur eine kleine. Hedwigs Hand suchte Sabines Wange und streichelte sie zärtlich.

»Danke. Aber da muss ich wohl alleine durch. Ich hab's mir ja schließlich auch eingebrockt.«

Sabine hielt ihre Hand für einige Sekunden. Wagte dann einen Vorstoß. »Sagst du das bloß, oder meinst du das auch?«

Sie erntete ein betrübtes Schulterzucken.

»Ich schäme mich. Mir gegenüber, dir gegenüber. Sogar deinem Vater gegenüber.«

»Wieso das?«

»Weil er der Auslöser für all das war, ohne es zu sein.«

»Du glaubst also nicht mehr, dass er dir nachstellte?«

»Hat ihn außer mir jemand gesehen?«

Sabine blieb nichts anderes übrig, als zu verneinen. Und doch regten sich Erinnerungen in ihr. Eine dunkle Limousine, die hinter der Tagesstätte geparkt hatte. Verborgen durch die Müllabfuhr.

»Mach dir keine Vorwürfe.« Das sagte sich gewiss leichter, als es umzusetzen war. »Jedenfalls nicht zu viele. Es ging ja halbwegs glimpflich ab.«

»Hm.« Hedwig Kaufmann blickte einem Flugzeug nach. Der Himmel war mit weißen Dunststreifen übersät. »Ich glaube, ich muss damit fürs Erste allein klarkommen. Wäre es okay, wenn du mich ein paar Tage lang nicht besuchen kommst?«

Sabine schluckte schwer und nickte dann.
Als sie sich fünf Minuten später zum Abschied umarmten, musste sie sich zwingen, ihre Mutter wieder loszulassen.

Ralph Angersbach hatte sich eine halbe Ewigkeit gedulden müssen, bis er Professor Hack endlich gegenüberstand. Zuerst die leidige Parkplatzsuche, dann schien niemand zu wissen, wo der alte Kauz sich herumtrieb. Nach einer geschlagenen Viertelstunde kam er angetrabt, ohne ein Wort der Entschuldigung. Vorlesung. Kaffeepause. Einkaufsbummel. Ralph hatte es schon vor Jahren aufgegeben, Hackebeils Eigenarten krummzunehmen. Seine Arbeit sprach für sich. Er folgte ihm in den Sektionssaal, dann weiter zu den Kühlkammern. Hack deutete murmelnd auf eine der Türen und zog sie auf. Zum Vorschein kam der schlaffe Körper eines sehr alten Mannes. Weitaus älter als erwartet.
»Warum zum Teufel hat man ihn schwarz angepinselt?«
»Wenn ich das nur wüsste.«
»Der Fall macht Ihnen ganz schön zu schaffen, wie?«
»Sieht man das?«
»Ich würde lügen, sagte ich nein.« Hack räusperte sich. »Sie sehen, mit Verlaub, beschissen aus.«
Das entsprach den Tatsachen, wie Ralph sich eingestehen musste. Er fühlte sich ausgepowert, doch es blieb ihm nichts anderes übrig, als am Ball zu bleiben. Er zwang ein Lächeln auf sein Gesicht. »Dann hoffe ich mal darauf, dass Sie mir einen Lichtblick bescheren.«
Hack zog ein Klemmbrett hervor und blätterte zwischen den ersten beiden Seiten hin und her.
»Beginnen wir mit dem Todeszeitpunkt? Oder der Identität?«

»Identität.«

Der Todeszeitpunkt interessierte den Kommissar nur am Rande. Das Gesicht vor ihm weckte unbestimmte Erinnerungen, hatte allerdings kaum Ähnlichkeit mit Johann Gründler. Hackebeil unterbrach seine Gedanken abrupt.

»Waldemar Schönfeldt, dreiundachtzig Jahre. Herzstillstand vor, hm, zweiundsiebzig Stunden.«

Schönfeldt.

Angersbachs Kehle wurde staubtrocken.

Derweil plapperte der Rechtsmediziner unbeirrt weiter: »Ich sehe, das schmeckt Ihnen nicht, aber es kommt noch besser. Es gibt einen Totenschein, ausgestellt vor drei Tagen, in einem Altenheim in Ulrichstein. Hier.« Er wedelte mit dem Papier.

»Schönfeldt?«, wiederholte Ralph, noch immer fassungslos.

»Waldemar, ja. Habe ich da was verpasst?«

»Ich kenne den Mann.« Angersbach fuhr sich mit dem Ärmel über die Stirn. »Das heißt, ich kannte ihn.«

Er beugte sich mit zusammengekniffenen Augen über den Leichnam, doch alles war eingefallen und aus der Form. Dann fiel ihm etwas ein. Er druckste herum. »Kann man seinen Arm bewegen?«

»Tun Sie sich keinen Zwang an.« Hackebeil grinste und ließ ihn für zwei Sekunden leiden. Dann schüttelte er den Kopf und setzte nach: »Links oder rechts?«

»Links.«

Der Rechtsmediziner griff das Handgelenk des Toten und schob seine andere Hand unter den Oberarm. Er klappte den Arm nach oben. Hautlappen sackten nach unten, dann erblickte Ralph das, was er suchte. Auf dem Unterarm, handtellergroß, jetzt in ziemlich verzerrter Form, prangte eine bleichblaue Tätowierung. Ein Anker, um den sich eine

Schlange wand. In der Mitte eine keltische Rune. Kein Zweifel.
Es handelte sich um Hausmeister Waldi. Die böse Seele des Heims, dessen Hand stets ziemlich locker gesessen hatte. Nur die Mutigsten hatten es gewagt, die Koseform Waldi auszusprechen. Er war ein aufbrausender, gewaltbereiter Mann gewesen. Von Dämonen besessen, der Alkohol war nur einer von vielen, und man erzählte sich, er habe einige Jahre im Gefängnis verbracht. Geschichten, wie man sie sich unter Jungen erzählt. Doch was auch immer davon stimmte, niemals hätte Ralph Angersbach erwartet, dass der alte Säufer noch am Leben war.
»Darf ich loslassen?«
»Äh, natürlich. Was war das mit dem Totenschein?« Angersbach kratzte sich am Kopf. »Wir haben ihn doch heute erst gefunden. Er wurde außerdem erschossen. Oder meinten Sie das, als Sie ›Herzstillstand‹ sagten? Kugel im Herzen?«
In diesem Moment näherten sich Schritte. Hack sah kurz auf, als die Kommissarin den Raum betrat. Er lugte über den Rand seiner Brille, wohl wissend, dass er sein Gegenüber mit dem gläsernen Auge verunsicherte. Nur wenige konnten sich merken, ob es nun das rechte oder linke war. Man wollte nicht stieren, wie er es tat, man wollte aber auch nicht unhöflich sein und wegsehen. *Hackebeil* war – in dieser Hinsicht – wie ein Unfall. Man musste hinsehen, ob man wollte oder nicht. Ansonsten war er eher als Überfall verschrien, der kaum eine Gelegenheit ausließ, jemanden peinlich vorzuführen.
»Pünktlichkeit wäre hier völlig unangebracht«, murrte er und unterdrückte ein Grinsen. »Sind ja eh alle tot.«
Sabines fragender Blick traf Ralph, dieser hob verteidigend die Hände. Er gab ihr zu verstehen, dass er Hack ihr späteres Hinzustoßen angekündigt habe.

»Ich hatte noch einen Termin«, entgegnete sie knapp.
»Dann weiter im Text.« Hack begann, auf und ab zu gehen, als halte er eine seiner Vorlesungen. »Ich sagte gerade, dass der Todeszeitpunkt über zweiundsiebzig Stunden zurückliegt. Das hätte dieser Windhund Körber allein mit der Nase feststellen müssen.« Der verächtliche Unterton war nicht zu überhören.
»Na ja, am Fundort war es ziemlich luftig«, warf Sabine ein.
»Trotzdem.« Hack fummelte mürrisch an der Leiche herum und legte den Arm wieder säuberlich neben den Torso.
»Wie geht es deiner Mutter?«, raunte Ralph, nachdem Sabine sich zu ihm gesellt hatte.
»Sie hat noch einen langen Weg vor sich«, seufzte diese. Ralph entschied sich, vorläufig nicht weiter zu bohren. Er tätschelte den Unterarm seiner Kollegin. »Schön, dass du da bist.«
»Danke.« Sie wandte sich an den Rechtsmediziner: »Was war das eben mit zweiundsiebzig Stunden?«
Hack räusperte sich lautstark. »Der Totenschein. Interessiert sich hier vielleicht noch jemand dafür?«
Die beiden nickten, er las vor.
Waldemar Schönfeldt hatte vor drei Tagen, der Nachmittagskaffee war gerade serviert worden, über Benommenheit geklagt. Man hatte ihn auf sein Zimmer gebracht, damit er sich hinlegen konnte. Seine Tabletten habe er ordnungsgemäß genommen, ihm sei seit einigen Tagen kalt gewesen, gab ein Pfleger zu Protokoll. Zwei Stunden später, das Abendessen wurde gerade ausgefahren, war er tot. In seinem Ohrensessel sitzend, die Füße in zwei Decken gepackt, der Fernseher lief. Als man ihn fand, sei er eiskalt gewesen.
»Tja«, brummte Hack abschließend. »Der Notarzt konnte nicht mehr tun, als einen Totenschein auszustellen. Jetzt haben wir also zwei dieser Wische.«

»Verdammt und zugenäht.« Angersbach überlegte fieberhaft, wen er als Nächstes anzurufen hatte. Den Bestatter, eventuelle Angehörige, er musste rekonstruieren, wann und wie die Leiche abhandengekommen war. Er stöhnte auf. »Wieder ein Puzzleteil. Ich kann's nicht mehr ertragen.«
Er unterrichtete Sabine hastig über die Identität des Toten. Diese schüttelte staunend den Kopf. »Also hängt es *doch* mit dieser alten Geschichte zusammen.«
»Welcher alten Geschichte?«, erkundigte sich Hack.
Angersbach gab in kurzen Sätzen wieder, was Neifiger ihm erzählt hatte, und schloss mit den Worten: »Das Problem ist nur, dass weder ich noch mein Bruder zu dieser Zeit mehr im Heim lebten.«
Hackebeil zuckte die Achseln. »Ihr Job, bedaure, da kann ich nichts machen. Möchten Sie noch etwas von meinem hören?«
Angersbach nickte, und der Rechtsmediziner fuhr fort: »Die schwarze Farbe war Acrylfarbe, nichts Außergewöhnliches, man bekommt sie in jedem Baumarkt.« Er spreizte Daumen und Zeigefinger. »Tubenweise. Gesicht, Hände und Hals waren geschwärzt, alle Partien, die man in bekleidetem Zustand sehen kann. Der Rest nur halbherzig. Es sieht so aus, als habe man die Farbe mit der Hand aufgetragen.«
Nichts von alldem klang außergewöhnlich, von der Tatsache abgesehen, dass der Mann überhaupt geschwärzt worden war.
»Würden Sie die Todesursache des ersten Totenscheins bitte prüfen?«, fragte Ralph.
»Herzstillstand ist keine Todesursache«, nickte Hack mürrisch. »Aber bei alten Menschen schaut ja keiner so genau hin.«
»Glaubst du, sein Ableben geschah geplant?«, wandte sich Sabine an ihren Kollegen.

»Wundern würde mich jedenfalls gar nichts mehr.«

»Wenn Sie so erpicht aufs Wundern sind, dann hätte ich da eventuell was für Sie.« Hackebeil hob vielsagend die Augenbrauen. Er genoss die Aufmerksamkeit sichtlich und schritt zu einer Ablage, wo sich eine Metallschale befand. Etwas darin klimperte, schon hielt er sie Ralph unter die Nase. »Voilà!«

»Die Kugel, nehme ich an?«

»Die Kugel.« Hackebeil schürzte die Lippen. »Ich werde mich hüten, auch nur einen Handgriff für Wiesbaden zu tun«, unverhohlene Verachtung lag in seiner Stimme, »aber ich würde mich wundern, wenn sie *nicht* aus demselben Lauf stammt wie die letzte.«

Das Handy piepte, bevor Angersbach seine Gedanken sortiert hatte. Die Morde hingen zusammen, keine Frage, aber … Seufzend nahm er das Gespräch entgegen. Hack rügte ihn mit einem vernichtenden Blick.

»Noch in Gießen?«, erkundigte sich Rutger Heidt, und Angersbach bejahte. Bevor er seinen Chef zu Wort kommen ließ, platzte der Kommissar mit den Neuigkeiten heraus und bat darum, sämtliche Details über den Todesfall im Kinderheim zu besorgen. Das Projektil fiel ihm ein, außerdem erkundigte er sich nach dem Stand der VW-Bus-Fahndung.

»Schönfeldt starb praktisch zeitgleich mit Veith und steht mit uns beiden in Verbindung. Wo wurde er aufgebahrt, wer ist der Bestatter, wie sieht es mit den Sicherheitsvorkehrungen vor Ort aus? Gibt es Familie? Warum hat niemand den Verlust der Leiche angezeigt?«

»Ja, ja, ja, ich bin doch kein Anfänger«, unterbrach ihn Heidt. »Darf ich jetzt auch mal was sagen?«

»Bitte.«

»Frau Schygalla hat sich gemeldet. Veith Gruber war verantwortlich für ein Sprengstoffattentat 1983 auf einen hochrangigen US-Offizier. Der General starb an Ort und Stelle, so weit die offiziellen Fakten.«

»Die man auch in den Akten und Zeitungen nachlesen kann.«

»Unterbrich mich nicht, spitz lieber die Ohren: Dieser Offizier hatte eine Beziehung mit einer Deutschen, wohl mehr eine Affäre, denn er war in den USA verheiratet. Diese Frau wiederum hat einen Sohn. Er ist dreißig.«

Angersbach kniff die Augen zusammen und rechnete nach. »Kommt da noch was? Zur Zeit des Anschlags kann der Junge maximal ein Säugling gewesen sein.«

»Nun ja, der General hieß Jeremy Mitchell und war Afroamerikaner. Der Sohn heißt ebenfalls Jeremy, das ist Punkt eins. Aber wenn ich mir sein Foto ansehe, sticht eine viel bedeutsamere Gemeinsamkeit hervor.«

Angersbach zählte eins und eins zusammen. Ein unehelicher Sohn, eine alleinerziehende Mutter. Achtziger Jahre. Der Junge mit anderer Hautfarbe. Auch wenn es nicht so sein durfte, in ländlichen Regionen führten allein schon diese Faktoren zu einer Menge Gerede. Und Schwierigkeiten. Hatte die Mutter Rachegelüste? Hatte sie einen Traum gelebt, in dem der General seine Brücken in die USA abbrach und ein neues Leben mit ihr begann? Eine neue Familie in Deutschland, wo er Karriere machen konnte? Oder war es der Sohn, der auf Rache sann? Der den Mann töten wollte, der ihm den Vater genommen hatte? Jeremys Hautfarbe kam ihm in den Sinn. *Schwarzer Mann.* Das Ganze wurde zunehmend absurd. Der Kommissar entschied sich, von vorn zu beginnen.

»Wie heißt diese Frau und wo wohnt sie?«

Heidt nannte einen Namen und eine Adresse. Angersbach traute seinen Ohren nicht, doch er hatte richtig verstanden. Lißberg. Dort, wo man den toten Hausmeister gefunden hatte.

Ulrichstein lag auf einem Hügel, etwa sechshundert Meter über dem Meeresspiegel. Nahe der Ruine, die auf einem der zahlreichen Vulkankegel der Gegend lag, befand sich das Altenheim.

Ralph Angersbach übernahm die Ermittlung vor Ort, während die Kommissarin sich mit dem Bestatter traf. Die Schreinerei, in der man nicht nur Särge fertigte, sondern auch Fensterrahmen, Türen und Holzschindeln, lag nur wenige Gehminuten entfernt. Vermutlich ist das Altenheim der größte Auftraggeber, dachte Sabine. Sie betrat einen Hof, voll mit allen möglichen Holzarbeiten. Referenzen, mit denen die Firma zeigen wollte, was sie konnte. Öko- und Nachhaltigkeitsplaketten klebten an der Bürotür. Daneben eine Werbetafel für Farben auf Wasserbasis ohne gesundheitsschädliche Lösungsmittel. An einem mit Vorhängen umrahmten Schaufenster, welches man von der Straße her gut sehen konnte, klebte ein Logo aus Ähren und einem Kreuz. »Pietät Rothmann«. Darunter der Hinweis, dass man rund um die Uhr erreichbar sei.

Niemand war zu sehen, dabei war es mitten am Tag. Keine Kreissäge oder Bohrmaschine war zu hören, der mattschwarze Mercedes-Bus parkte in einem schattigen Winkel. Sabine klingelte an der Tür, presste das Gesicht an die Scheibe. Kurzerhand wählte er die auf dem Fenster vermerkte Telefonnummer.

»Rothmann?« Die tiefe Stimme schien außer Atem, es war schwer einzuschätzen, ob der Mann dreißig oder sechzig war. Das R rollte wie ein Donnergrollen.

»Sabine Kaufmann, Kriminalpolizei.«

»Kripo? Gibt es einen Toten?«

»Wie kommen Sie darauf?«

»Sie haben die Bestattungshotline gewählt.«

»Es geht um einen Toten, allerdings würde ich mich gerne persönlich mit Ihnen unterhalten. Wo sind Sie?«

»Draußen auf dem Totenköppel. Und Sie?«

»Bitte wo?«

»Sie sind nicht von hier, stimmt's?«

Sabine bejahte. »Ich stehe vor Ihrer Werkstatt.«

»Haben Sie ein Auto? Bis ich hier alles eingepackt habe, sind Sie längst rumgekommen. Sieben Kilometer. Okay für Sie?«

»Meinetwegen.«

Rothmann beschrieb ihr den Weg. Landstraße rauf ins nächste Dorf, Ort durchfahren, dann der Beschilderung folgen. Es klang nicht allzu kompliziert. Sabine informierte Ralph und schlug im Internet nach, was es mit dem Begriff »Totenköppel« auf sich hatte. Ein außerhalb gelegener Friedhof, ummauert, mit Familiengräbern. Viel mehr las sie nicht, die Datenverbindung war grauenhaft, außerdem wollte sie sich beeilen. Sie schaffte es in zehn Minuten, einmal war sie an der Abbiegung vorbeigeschossen.

Sabine dachte nicht gerne in Klischees, doch Günter Rothmann erschien ihr als typischer Schreiner. Ockerfarbene Latzhose, hochgekrempeltes Hemd. Stifte, Reißnägel und ein Zollstock lugten aus zahlreichen Taschen. Sabine schätzte ihn auf Ende fünfzig, er hatte knallrote Backen und eine glänzende Stirn. Die Tür der aus Bruchsteinen errichteten Kapelle stand offen, ein zweiter Mann huschte hin und her.

»Rothmann senior«, begrüßte er die Kommissarin. Er war nur wenig größer als sie. Ohne seinen prallen Bauch hätte er fast schmächtig gewirkt. Er strich sich eine breite Strähne aus der Stirn, die sofort wieder herabfiel. Von dem einst vollen Haar war ansonsten nicht viel übrig.

»Kaufmann, Mordkommission.«

»Was ist mit dem alten Waldi passiert?«

»Wer sagt denn, dass ich wegen ihm hier bin?«

»Ich hatte seit drei Wochen keinen anderen Toten«, grinste er.

»Und Sie kannten ihn persönlich?«

Rothmann schüttelte den Kopf. »Nein, nicht so richtig. Er hatte seinen Ruf, er trank gerne und erzählte haarsträubende Geschichten. Früher jedenfalls.« Seufzen.

»Und dann?«

»Dann kam der Infarkt, das Heim. Der übliche Abstieg.«

»Haben Sie den Verlust der Leiche nicht mitbekommen?«

Rothmann machte ein einfältiges Gesicht. »Welchen Verlust?«

»Sie wissen wohl wirklich nichts darüber.«

»Nein. Worüber denn? Was ist mit Waldi?«

»Sein Leichnam wurde gestohlen.«

Die zerfurchte Hand klatschte vor Rothmanns Mund. Seine Augen weiteten sich. »Ach du Schreck. Wann? Von wem? Gut, dass Sie's mir mitgeteilt haben. Morgen früh hätte mich ansonsten der Schlag getroffen.«

Sabine neigte den Kopf. »Wieso?«

»Morgen ist die Beerdigung. Das heißt, sie wäre gewesen. Herrje. Was ist denn nun genau passiert?«

»Die Leiche wurde zu einem unbekannten Zeitpunkt entwendet und an einem anderen Ort plaziert. Mehr kann ich Ihnen im Moment nicht dazu sagen.«
Rothmann strich sich mit der Zunge über die Vorderzähne. Er hatte sicher eine Menge Fragen, stellte sie aber nicht.
»Wann haben Sie Waldemar Schönfeldt denn zum letzten Mal gesehen? Also seinen toten Körper.«
»Vorgestern.« Rothmann schnaufte achselzuckend. »Da war noch alles in bester Ordnung. Ich habe seine Kiste in die Kühlung umgetopft.« Erneut strich er die klebrige Strähne nach hinten. »Offene Aufbahrung war nicht nötig. Keine Familie. Keine echten Freunde. Hoffentlich kommen wenigstens ein paar seiner Saufkumpane ans Grab.« Abrupt änderte sich sein Tonfall. »Kann er überhaupt morgen ins Loch? Denn wenn nicht, muss ich die Gemeinde anrufen. Den Pfarrer, ach herrje …«
Sabine hob die Hand. »Das sollten Sie besser tun. Der Leichnam befindet sich in der Rechtsmedizin. Bis morgen wird er ganz sicher nicht freigegeben.«
»Verdammt. Und wann dann?«
»Mitte kommender Woche, würde ich schätzen.« Sabine hob die Schultern. »Gibt es noch irgendetwas, was ich wissen sollte? Über Schönfeldt? Und wer hat alles Zugang zu Ihrer Kühlung?«
Rothmann starrte ins Leere. Dann der Strähnentick.
»Mir fällt nichts ein. Die Jungs vom Bauhof haben einen Schlüssel, na und ich.«
»Und wie sind die Sicherheitsvorkehrungen auf dem Friedhof?«
Der Schreiner lachte lauthals auf. »Jeder Grundschüler könnte da einbrechen.«

»Wir schicken dennoch jemanden von der Spurensicherung. Bis dahin fassen Sie dort bitte nichts an. Ich gebe den Kollegen Ihre Nummer, in Ordnung?«
Rothmann zog eine Visitenkarte hervor, auf der auch seine Handynummer vermerkt war.
»Dann bitte direkt hier.« Er tippte darauf. »Dahin leitet die Bestattungsnummer auch um, wenn ich unterwegs bin.«
Sabine Kaufmann bedankte sich, dann wies ihr Gegenüber mit dem Daumen auf die Kapelle.
»Möchten Sie mal sehen, womit wir eigentlich unser Geld verdienen? Wir arbeiten ein Kruzifix nach alten Fotos auf. Das Original wurde gestohlen. Außerdem …«
»Danke«, lächelte die Kommissarin und sah auf die Uhr, »aber mein Kollege wartet. Ein andermal.«
Als sie losfuhr, ärgerte sie sich über sich selbst. Womöglich würde sie nie wieder hierherkommen. Ein Blick hätte ihren Terminplan nicht über den Haufen geworfen. Doch wie so oft raste das Leben an ihr vorbei, während sie pflichtbewusst ihren Dienst tat. Das musste sich ändern. Sie musste sich ändern.
Sonst bist du mit vierzig ausgebrannt.

Ralph Angersbach hatte nicht viel in Erfahrung bringen können und ließ sich von seiner Partnerin Bericht erstatten. Er kannte den hiesigen Friedhof, also begaben sie sich dorthin. Ralph erwartete weder Kratzspuren noch eingeschlagene Fensterscheiben, die den Leichenraub verrieten. Tatsächlich erkannte man auf den ersten Blick keinerlei Hinweise auf Manipulation.
»Nichts zu sehen«, murmelte er, als er sich wieder aufrichtete. Er trug keine Handschuhe, hatte aber auch nichts angefasst.

Stattdessen mit einer kleinen Taschenlampe herumgefuchtelt, was eine ältere Dame, die ein paar Grabreihen entfernt die Blumen goss, zu irritieren schien. Sabine hatte ihr daraufhin zu verstehen gegeben, dass sie Kriminalbeamte seien, was die Frau nicht unbedingt beruhigt hatte. Sie zog mit verstohlenen Blicken von dannen.

»Ich habe die Spusi bereits verständigt«, sagte Sabine.

»Gut so, sie sollen sich beeilen. Wenn es sich herumspricht, dass hier Leichen verschwinden, haben wir den Salat.«

»Friedhofstouristen?«

»Zum Beispiel. Spurenzertrampler. Hobbydetektive. Klatschbasen. Wobei ich nicht davon ausgehe, dass man hier etwas finden wird.«

»Weil sich bisher auch nichts fand?«

Ralph nickte resigniert. »Exakt.«

»Jeder macht mal einen Fehler.«

»Abwarten. Fahren wir nach Lißberg zu dieser Frau Riedesel?«

Sabine hatte nichts einzuwenden.

Es war ein heruntergekommenes Fachwerkhaus in der Altstadt. Der Lack blätterte von den Fensterrahmen, einzig die Haustür wirkte frisch gestrichen. Ein geflochtener Strohkranz mit sonnenbleichem Karoband hing daran. Die Blumenkästen auf den Fensterbänken quollen über mit Stiefmütterchen. Ein altes Wagenrad mit gebrochener Speiche lehnte an der Wand. Sabine fluchte leise, als sie zum zweiten Mal auf dem Kopfsteinpflaster umknickte. Ralph kicherte.

»Was?«

»Ich denke, du wanderst hier öfter? Sieht mir nicht gerade fußfertig aus.«

»Blödmann.« Doch sie grinste dabei.

Monika Riedesel öffnete nach dem zweiten Läuten. Den Personalien nach hatte sie gerade ihren fünfzigsten Geburtstag hinter sich, was Sabine ein wenig erschreckte. Sie kannte Fünfzigjährige, die zwanzig Jahre jünger wirkten als die Person, die nun vor ihnen stand.

Angersbach brach die peinlich werdende Stille und nannte ihrer beider Namen.

Scheu fragte sie nach: »Kriminalpolizei? Es ist doch nichts mit Jeremy?«

»Wir kommen wegen einer Mordermittlung. Dürfen wir reinkommen?«

Frau Riedesel führte sie in die Küche, einen engen Raum, geteilt durch ein frei stehendes Fachwerk, hinter dem sich ein Essbereich befand. Sie bot den Kommissaren nichts an, setzte sich nur auf den Stuhl, Angersbach nahm die Bankecke neben ihr, Sabine quetschte sich gegenüber.

Zunächst fragte Sabine ganz allgemein, ob sie von dem Galgenmord gehört habe, wie sie zu der Begnadigung Grubers stünde und ob er Kontakt zu ihr gesucht habe. Es war nicht zu übersehen, wie nahe der Frau das Thema zu gehen schien.

»Wieso sollte er? Um mich zu verspotten?« Ihre Stimme war kurz davor, ins Hysterische zu kippen.

»Gruber war dabei, seine Vergangenheit aufzuarbeiten«, erklärte Sabine. »Möglicherweise suchte er sogar Vergebung, so genau wissen wir das noch nicht.«

»Aber Sie wissen, was er getan hat, ja?« Frau Riedesel sprang auf, riss eine Schublade auf, Sekunden später segelte eine Handvoll vergilbter Zeitungsausschnitte auf die Tischdecke. *Aus dem Leben gebombt*, titelte die *Bild*-Zeitung gewohnt reißerisch. Das Konterfei eines sympathischen Mannes, dessen Zähne in einem angedeuteten Lächeln grell hervorstachen, prangte neben dem Foto des zerfetzten Wagens. Im Hintergrund der Schlagbaum und das Wachhäuschen des Militärstützpunktes. Zwei weitere Männer schwebten laut Bildunterschrift in Lebensgefahr.

»Ich war im vierten Monat schwanger. Jeremy wollte die Scheidung einreichen, im nächsten Heimaturlaub. Er hatte das Flugticket schon gekauft.« Sie verbarg den Kopf in den Händen. Sabine kannte nicht wenige Frauen, denen Soldaten jahrelang dieselben Versprechungen gemacht hatten. Bis sie irgendwann nicht mehr zurück nach Deutschland kamen. Es gab sie in jeder Garnisonsstadt. Doch Frau Riedesel klammerte sich an diese Wahrheit, es war alles, was ihr geblieben war. Das und ihr Sohn. Den Leichnam des Generals hatte man in die USA überführt und dort beerdigt. Sah so ein Mensch aus, der nach dreißig Jahren auf Rache sann? Oder war es nur die alte Wunde, die wieder aufgerissen war, gepaart mit der Genugtuung, dass nun zumindest auch der Mörder nicht mehr lebte?

Angersbach druckste herum, während Sabine noch ihre Gedanken sortierte.

»Frau Riedesel, ich möchte, dass wir ganz offen und ehrlich zueinander sind«, begann er. »Ich kann es Ihnen nicht verdenken, wenn Ihnen Grubers Ableben nicht allzu nahegeht.«

»Auge um Auge«, murmelte diese verbissen.

»Mir geht das Ganze leider näher als erhofft, in gewisser Weise.«

Monika Riedesel blickte ihn fragend an, und Ralph fuhr fort: »Morgen wird es vermutlich in jeder Zeitung stehen, doch ich möchte, dass Sie es von mir persönlich erfahren.«

Er sah kurz zu Sabine, diese nickte ihm auffordernd zu. Ihr Kollege verriet kein Staatsgeheimnis mit dem, was er preisgab. Und wenn er damit das Vertrauen fördern konnte …

»Veith Gruber war mein Halbbruder.«

Frau Riedesels Gesicht sprach Bände. Sie hatte es nicht gewusst, dessen war Sabine sich absolut sicher. Und nun rang sie nach Worten, wusste nicht, wie sie reagieren sollte.

Angersbach sprach schnell weiter: »Er war ein Halbbruder, von dessen Existenz ich bis vor ein paar Tagen selbst nichts wusste. Unter uns gesagt: Mir wäre es auch weitaus lieber, es gäbe diese Verbindung nicht.«

Er streckte seine Hände nach denen von Frau Riedesel aus, doch diese zog sie zurück. »Sie sind der Bruder von Jeremys Mörder«, stieß sie tonlos hervor.

»Ich möchte verhindern, dass es weitere Tote in seinem Namen gibt«, antwortete Ralph.

»Und warum kommen Sie ausgerechnet zu mir? Damit ich Ihnen helfe?« Tränen sammelten sich in ihren Augenwinkeln.

»Es gab einen Leichenfund unweit von hier«, schaltete sich Sabine ein und versuchte, mit dem Zeigefinger die Richtung anzudeuten, wo sie das Schlosshotel vermutete. »Haben Sie das mitbekommen?«

Frau Riedesel nickte. »Die Leute reden von nichts anderem. Seit Jahren wundern wir uns, warum das Haus nicht endlich eingezäunt wird. Letzten Sommer ist ein Achtjähriger die Steintreppe runtergefallen.« Sie klopfte sich auf den Hinterkopf. »Ein Wunder, dass er noch lebt.«

»Was erzählt man sich denn über den Toten?«, hakte Sabine nach.

»Nur, dass er im Dachgeschoss gelegen habe. Dass er gestunken habe. Die anderen Gerüchte sind ziemlich komisch.«

»Zum Beispiel?«
»Er soll angemalt gewesen sein.«
»Sonst nichts?«
Monika Riedesel verneinte.
Sabine startete einen letzten Versuch: »Sagt Ihnen der Name Schönfeldt etwas? Waldemar Schönfeldt?«
Keine Regung. »Wer soll das sein?«
»Wo hält sich Ihr Sohn auf? Lebt er hier in Lißberg?«
Sofort verspannte sich die Frau. »Verdächtigen Sie uns etwa?«
»Reine Routine. Wir müssen das dokumentieren.« Sabine deutete demonstrativ auf ihren Notizblock. »Sagen Sie mir bitte, wo er zu finden ist. Wir möchten uns auch mit ihm unterhalten.«
»Dazu müssten Sie wohl in die Staaten fliegen.«
Sabine nickte und notierte sich etwas. »Eine Anschrift oder Telefonnummer würde uns womöglich genügen. Außerdem müssten wir wissen, wo Sie gestern Vormittag gewesen sind.«
»Und in der Nacht von Sonntag auf Montag«, wisperte Ralph ihr verstohlen zu. Sabine nickte und sagte es laut.
Monika Riedesel gab an, dass sie keine genaue Anschrift habe. Jeremy war auf Rundreise, er hatte lange dafür gespart. Mehr gab sie nicht preis, außer einer Handynummer, von der er sich gelegentlich melde. Sie selbst ging einer Tätigkeit in einer Großküche nach. Unternahm außerdem gelegentliche Kurierfahrten, um die Kasse aufzubessern.
»Ich bin oft von frühmorgens bis spätabends unterwegs«, schloss sie. »Auch Montag und gestern.«
Sabine bedankte sich und notierte die Namen der Arbeitgeber.
Ralph räusperte sich. »Frau Riedesel, noch mal wegen Veith Gruber.« Sofort verfinsterte sich deren Miene wieder. »Ich wusste bis heute nichts von Ihnen und Ihrem Sohn. Was mein

Halbbruder getan hat, ist durch nichts zu entschuldigen. Dennoch muss ich mich durch die laufende Ermittlung beißen, ob ich will oder nicht.«

»Möchten Sie mein Mitleid?«

»Nein. Vielleicht aber Ihr Verständnis.« Ralph breitete die Hände aus. »Veith hat für seine Taten fast dreißig Jahre im Gefängnis verbracht. Für seine Begnadigung kann ich nichts. Jetzt ist wieder ein Mord geschehen, und es ist mein Wille, den Täter ebenfalls hinter Gitter zu bringen.«

»Dabei kann ich Ihnen nicht helfen.«

»Wir mussten uns dennoch vergewissern«, sagte Sabine schnell. »Gruber starb sehr brutal, haben Sie vielleicht mitbekommen. Wir gehen daher von einem persönlichen Motiv aus.«

Monika Riedesel sagte nichts dazu, doch in ihrem Blick war zu lesen, was sie dachte. Keine Tortur war grausam genug für den Mann, der ihren Lebenstraum zerstört hatte.

Kaufmann und Angersbach schritten hinauf in Richtung Burgruine, deren Turm man von weitem sehen konnte. Der Rest zeigte sich erst, wenn man vor dem Torbogen stand. Die Person, die ihnen seit Ulrichstein auf den Fersen war, wunderte sich. Der Wagen parkte in entgegengesetzter Richtung, vielleicht wollten die Kommissare sich noch einmal im Hotel umsehen? Leider verfügte Sabine Kaufmanns Mercedes nicht über Abhörgeräte, und es hatte sich bislang keine Gelegenheit ergeben, dies zu ändern. Zumal die Kaufmann doch längst wieder in Bad Vilbel hätte sein sollen. Wieso kümmerte sich dieses Miststück nicht um ihren Lover? Warum nicht um ihre durchgeknallte Mutter? Ralph Angersbach sollte sich auf den Fall konzentrieren, und zwar alleine.

Seufzend entriegelte die Hand – ohne Handschuh – die Tür des Focus. Klackend trafen die Absätze der Schuhe auf die Pflastersteine. Das Haus war heruntergekommen, aber nicht verwahrlost. Es hätte eine Renovierung gut vertragen, doch man schien sich wenigstens um eine wohnliche Atmosphäre zu bemühen. Blumen vor den Fenstern, ländliches Dekor, eine frisch angepinselte Haustür. Ein aus Lehm gebranntes Namensschild, blau und weiß bemalt. *Familie Riedesel.*

Monika Riedesel musste sich minderwertig fühlen. Etwas zu klein, etwas zu mollig, und dann diese elegante Frau, die ihr gegenübersaß. Studiert, mit dialektfreier Aussprache und todschicker Bluse. Der Armreif passte zum Motiv der Halskette, mattsilbern, filigran gearbeitet.
»Für welches Blatt schreiben Sie?«
»Ich bin freie Journalistin, das sagte ich doch schon am Telefon.«
Am Vorabend hatte sie zum ersten Mal bei Frau Riedesel angerufen. Sich vorgestellt als eine Person, die Kenntnisse über den Galgenmord hatte, der in aller Munde war. Hatte sich erkundigt, ob es bereits Anfragen bei ihr gäbe. Frau Riedesel hatte verneint. Im Frühjahr war sie befragt worden. Man hatte Angehörige von Opfern hervorgekramt, die sich möglichst plakativ zur bevorstehenden Begnadigung von *Granaten-Gruber* äußern sollten. Wenn es nach ihr ginge, so wurde sie zutreffend zitiert, könne er im Gefängnis verrotten. Seither hatte sich niemand mehr gemeldet. Bis gestern Abend.
»Sie hätten den Kriminalbeamten beinahe die Klinke in die Hand gegeben.« Monika Riedesel deutete aus dem Fenster.
»Ich wusste, dass sie Sie heute befragen. Deshalb bin ich hier.«

»Ach ja?« Sie erntete einen neugierigen Blick, doch die falsche Journalistin legte nur den Zeigefinger auf ihre weinroten Lippen.

»Berufsgeheimnis«, lächelte sie. »Aber verraten Sie mir doch bitte, wie lief das Gespräch? Hat dieser Angersbach etwas gesagt?«

»Über seinen Bruder?« Heftiges Nicken. »Allerdings. Er hat es als Nebensächlichkeit abgetan. Als müsse er für Gerechtigkeit sorgen, unabhängig von allem anderen.«

»Was Sie ihm natürlich nicht abkaufen.«

»Nicht so richtig, nein.«

»Ich sage Ihnen, was nun passiert. Morgen früh werden überall nett klingende Zeilen darüber zu lesen sein, dass ein armer, unschuldiger Kommissar den Mörder seines Halbbruders jagt. Kein Wort darüber, dass die beiden im selben Kinderheim aufgewachsen sind. Nichts über die Familiengeschichte, die beide verbindet. Es wird dem gutgläubigen Leser als Zufall verkauft werden, und alle werden es schlucken.«

Sie verbarg ihre Empörung nicht, auch wenn das meiste davon aufgesetzt war. Das verhehlte nicht seine Wirkung.

»Diese mistige Bande!«

Die Frau lächelte verschwörerisch und faltete die Hände.

»Wir könnten eine Gegendarstellung verfassen, die sich gewaschen hat. Was halten Sie davon?«

»Tust du mir einen Gefallen?«

Ralph Angersbach hatte minutenlang schweigend in die Sonne geblinzelt. Er saß an einem Grashang, hinter ihm die innere Burgmauer. Sabine Kaufmann war einmal durchs Gelände gelaufen, die Außentreppe des Turms hinaufgestiegen, bis diese abrupt mit einem Geländer endete. Unten sah sie Ralphs Füße hinter der Mauer hervorlugen. Sie hatte über einiges nachzudenken. Hedwig spielte dabei eine Rolle, dann natürlich das Altenheim und der Friedhof. Die Spurensicherung hatte Meldung gemacht, sie waren an Ort und Stelle. Das Ergebnis, so deutete es sich an, würde ernüchternd ausfallen. In der Zentrale würde man Jeremy Riedesels Aufenthaltsort bestimmen und die Einreisedaten in die USA prüfen. Das Alibi seiner Mutter ebenfalls. Alles in allem schien sich der Besuch bei Frau Riedesel als Sackgasse zu erweisen.

Soeben war Sabine zu Ralph zurückgekehrt.

»Kommt auf den Gefallen an«, antwortete sie lächelnd.

»Klemm dich bitte mal hinter diese Projektilsache. Jedes Mal, wenn ich nachhake, passiert etwas anderes. Oder man weicht mir aus. Ich werde die zweite Kugel nicht aus der Hand geben, solange ich denen nicht trauen kann.«

»Ihr könnt nicht gut miteinander, wie?«

»Mit Krethi und Plethi?« Angersbach schnaubte. »Du hättest sie erleben sollen, als sie hier aufgeschlagen sind. Zwei Jungspunde mit makellosem Auftreten und null Erfahrung. Aber gleich den Dicken markieren.«

»Du weißt doch überhaupt nichts über ihre Erfahrung. Vielleicht sind sie ja die beiden Topermittler, könnte doch sein.«

Angersbach schenkte ihr einen düsteren Blick. »Wechselst du jetzt etwa das Lager?«

»Nein. Aber man sollte doch wenigstens versuchen …« Sabine lagen ein paar unglaublich diplomatische Sätze auf der Zunge, doch sie stoppte urplötzlich. Wie ein plötzliches Werbefenster im Internetbrowser tauchte Konrad Möbs vor ihrem geistigen Auge auf. Daneben zwei weitere Kollegen aus Bad Vilbel. Mirco Weitzel schoss ihr durch den Kopf, prompt gefolgt von Michael Schreck.

»Was sollte man?«, bohrte Ralph nach. »Hat's dir die Sprache verschlagen?«

Sabine riss eine Pusteblume aus, schüttelte sie und blickte gedankenverloren den Flugsamen nach. »Nein, vergiss es. Ich bin wohl nicht die richtige Person für Ratschläge, die das Zwischenmenschliche betreffen.«

Sie spürte seinen Arm, der sich behutsam um ihre Hüfte legte. »Mach dich nicht so verrückt, auch wenn das leichter gesagt ist als getan. Du bist nicht allein, okay?«

»Mhm.«

»Kommst du mit in die Pension?«

»Hatte ich vor.«

»Dann lass uns eine Runde über die Dienststelle nehmen, und anschließend gönnen wir uns eine Auszeit. Janine geht sicher ein vor Langeweile.«

»Läuft besser zwischen euch, wie?«

»Ich will's nicht verschreien«, nickte Ralph, »aber ja.«

»Freut mich für euch.« Sabine rückte ein Stück näher. »Erzähl mir noch mal alles über dieses Projektil. Das Geschoss steckte in Grubers Brust, und die Patronenhülse lag beim Galgen?«

Ralph bestätigte.

»Und es handelt sich um alte Munition?«

»Das zumindest vermutet Hackebeil. Und der kennt sich hinlänglich aus mit Geschossen aus aller Welt.«

»Dann haben wir einen Deal. Du arrangierst dich mit den beiden Kollegen, ich kümmere mich um die Daten.«

»Einverstanden.«

Doch Sabine wollte es nicht so unbestimmt im Raum stehen lassen. »Keine Spitznamen. Keine Hahnenkämpfe«, bekräftigte sie daher. »Ich ertrage derzeit einfach keine weiteren Konflikte.«

Schmittke und Rahn saßen noch an ihren Plätzen, als sie eine Stunde später eintrafen. Von Rutger Heidt war nichts zu sehen, sein Büro lag im Dunkeln.

»Woran arbeiten Sie?«

Bevor einer antworten konnte, schaltete sich Sabine Kaufmann ein. »Moment«, sagte sie, »ich möchte etwas vorschlagen.«

Drei Männer sahen sie fragend an. Reflexartig zupfte sie an ihrer dünnen Jacke, bevor sie fortfuhr: »Wir bilden eine Soko, sind Kollegen, die am selben Strang ziehen. Richtig?«

Zustimmendes Murmeln.

»Dann verhalten wir uns doch auch so. Mir ist nicht entgangen, dass es hier Spannungen gibt. Doch wir alle sind weit weg von zu Hause, jeder auf seine Weise. Da draußen läuft ein Mörder und Entführer herum, vielleicht sind sie sogar zu zweit oder zu dritt. Keine Zeit für Animositäten, wie ich finde. Ich bin Sabine. Das ist Ralph.«

Angersbach fühlte sich überrumpelt und hätte am liebsten gegen den ungefragten Vorstoß seiner Partnerin aufbegehrt. Doch es war zu spät.

»Holger«, presste Rahn hervor, halb betreten, halb erleichtert. Er streckte die Hand aus.

»Bernhard«, kam es von Schmittke.

»In Ordnung«, brummte der Kommissar und zog seine Mundwinkel in die Breite. »Da wir ja nun alle Freunde sind, zurück zum Thema. Was gibt's Neues?«

»Die DNA-Ergebnisse sind da«, sagte Rahn und klickte ein halbes Dutzend Mal, während er Halbkreise mit seiner Maus fuhr. »Keine Treffer.«

»Der Blutfleck auf Veith?«

»Wie gesagt, keine Übereinstimmung.«

Angersbach traute sich kaum zu fragen, tat es aber doch: »Gibt es irgendwelche, hm, Hinweise auf Verwandtschaft?«

»Nein, nichts«, bekräftigte Rahn. »Wir haben alles gründlich abgefragt, keine Sorge. Das Blut stammt nicht von Gruber, definitiv nicht von Schygalla oder Reuter, und es hat auch nichts mit Ihnen zu tun. Mit dir.«

Sabine schnalzte mit der Zunge. »Dann gleichen wir es noch mit Frau Riedesel und dem Toten ab. Du hast nicht zufällig Probebehälter dabei?«

»Wo sollte ich die denn hingesteckt haben?« Angersbach zog eine Grimasse, dann begriff er, dass die Frage nicht ernst gemeint gewesen war. »Witzig. Schicken wir jemanden hin. Auch wenn ich nicht so recht daran glaube, dass es uns weiterbringt.«

»Wir haben keine Wahl«, erwiderte Sabine. »Von Johann Gründler wird der Blutstropfen ja wohl nicht stammen.«

»Wieso Gründler?« Ralph wunderte sich über den Gedankensprung.

»Nur eine Idee. Gründler und Gruber, zwei Männer, ein Täter. Vielleicht hatten die beiden Kontakt.«

»Oder Johann Gründler täuscht seine Entführung nur vor«, spann Schmittke weiter. Angersbach fuhr herum.

»Ihr tickt ja nicht richtig!«

»Wieso? Wir müssen alle Möglichkeiten in Betracht ziehen«, rechtfertigte Rahn die Theorie seines Kollegen. »Gründler hatte Verbindungen zum Terror der Siebziger, seine Hofkommune stand monatelang ganz oben auf der Liste des LKA.«

»Und das erfahre ich so am Rande?« Angersbach machte keinen Hehl aus seinem Ärger. Genau diese Salamitaktik hasste er so unendlich. Sabine legte ihm die Hand auf den Arm.

»Es spielte doch bis dato kaum eine Rolle.«

Doch Ralph war nicht so leicht zu beschwichtigen. »Das möchte ich schon noch gerne selbst entscheiden.«

»Wir spielen ab jetzt mit völlig offenen Karten, darauf kommt es doch an. Also lass uns das mal durchspielen«, schlug die Kommissarin vor.

Sie klemmte ein leeres Blatt an das Whiteboard und notierte die wichtigsten Punkte.

Johann Gründler *konnte* demnach einer von zwei Tätern sein. Nach wie vor war davon auszugehen, dass die Logistik nicht von einer einzigen Person bewerkstelligt werden konnte. Allein der Kraftakt, Veith Gruber an den Galgen zu hieven. Gründler kannte sich aus, er hatte niemals woanders gelebt als hier.

Die linke Szene wurde vermerkt. Gab es Möglichkeiten, die Verbindung von Gründler und Gruber zu checken?

Sabine gab diese Frage an die beiden Wiesbadener weiter. Rahn versprach, sich gleich am nächsten Morgen darum zu kümmern. Angersbach nahm seine Kollegin zur Seite und raunte ihr zu, dass sie die Sache mit dem Projektil nicht vergessen solle. Sabine nickte und wandte sich an Schmittke.

»Wir haben noch nicht über das Projektil gesprochen.«

»Das alte?«

Welches denn sonst?, dachte Ralph übellaunig, verkniff sich aber eine Spitze. Sabine nickte unverbindlich.

»Dass es alt ist, wissen wir. Die Frage ist, woher es stammt. Weshalb wir es gefunden haben. Es lag ja nicht ohne Grund dort.«

»Vermutest du.« Schmittke rutschte auf seinem Stuhl hin und her, als würde das Polster plötzlich aus Brennnesseln bestehen. Feine Schweißperlen schossen aus seinen Poren. Jetzt riss Angersbachs Geduldsfaden.

»Geschoss in der Brust und Hülse zwei Meter entfernt im Gras! Ein weiteres steckt in der Lunge des zweiten Opfers. Wer bitte glaubt denn schon an derartige Zufälle?«

Schmittke konnte nicht länger schweigen. Er deutete auf seinen Monitor, den die anderen beiden nicht einsehen konnten. »Es liegt ein … Sperrvermerk darauf.«

Ralph folgte Sabine um den Schreibtisch herum.

»Was heißt das konkret?«, wollte Sabine wissen.

»Wir kommen nicht an die Informationen ran«, erklärte Rahn von der Seite. »Genauer gesagt, es sieht nach außen hin so aus, als existierten keine Informationen.«

»Verstehe ich nicht.«

»Von einem Sperrvermerk erfährt im Idealfall niemand«, führte Schmittke aus. »Eine Behörde blockiert gewisse Daten, und für alle anderen sieht es so aus, als gäbe es nichts.«

»Einen Idealfall stelle ich mir anders vor«, murrte Angersbach.

»Ich sagte ja, *normalerweise* erfahren andere Stellen nichts von internen Sperrvermerken. Also ärgert sich auch keiner.« Schmittke kratzte sich am Ohr. Seine Stirn trocknete allmählich wieder, und die Stimme gewann an Selbstsicherheit. »Wir bekommen eine Anfrage, beispielsweise DNA oder eben Ballistik. Gewisse Informationen sind geheim, in der Regel aus gutem Grund. Das erfahren wir auch nicht. Kommt ein Sperrvermerk, melden wir zurück, dass es keine Übereinstimmung gibt. Fertig. Keiner regt sich auf, niemand fühlt sich vor den Kopf gestoßen. Die meisten Fälle lassen sich auch auf anderem Weg lösen.«

»Humbug! Man kann sich alles schönreden.« Angersbach brauste auf. »Die Praxis sieht anders aus. Übereinstimmung gefunden, verleugnet, Fall wird nicht gelöst. Von effizienter Polizeiarbeit keine Rede.«

Sabine drängte sich an ihm vorbei. »Gibt es denn eine Chance, an die gesperrten Daten ranzukommen?«

Sie hielt den Blick mit den beiden, bis Rahn einknickte.

»Offiziell nicht.«

»Inoffiziell?«

»Nicht sicher.« Rahn sah zu Schmittke, dieser verzog den Mund.

»Wir sind keine Computerexperten.«

Ralph musste Sabine nicht ansehen, um zu erraten, was just in diesem Augenblick in ihrem Oberstübchen geschah. Michael war *der* IT-Profi vor dem Herrn. Er verkniff sich ein Grinsen, dann erst fiel ihm ein, dass dieser noch im Krankenhaus lag.

Sie tauschten noch einige Informationen aus, unter anderem, dass sich bei der Spurensuche auf dem Friedhof nichts ergeben habe. Ebenso wenig war bei der Obduktion etwas herausgekommen. Waldemar Schönfeldt wies die typischen Anzeichen eines natürlichen Todes auf. Er sei allem Anschein nach »friedlich eingeschlafen«. Das, worum man alte Menschen, die plötzlich starben, gemeinhin beneidete.

Nach vier Tagen jedenfalls, so ließ Professor Hack durchklingen, könne er nicht mehr feststellen, ob Schönfeldt falsche Pillen genommen habe. Oder gar keine. Angersbach wollte noch nicht aufgeben.

»Schönfeldt wurde gezielt ausgewählt. Er soll morgen noch mal ran. Kissenfussel im Mund. Fremde Hautpartikel. Es will mir nicht in den Kopf, dass er zur richtigen Zeit gestorben sein soll. Da *muss* jemand nachgeholfen haben.«

Ebenso bewusst war dem Kommissar, dass sich bei weitem nicht jeder gewaltsame Tod eindeutig nachweisen ließ. Selbst Hackebeil vermochte es nicht, zu zaubern. Aber wenn einer etwas fand, dann er. Er gähnte unwillkürlich, seine Hand schnellte einen Tick zu spät vor den Mund.

»Machen wir Schluss für heute«, schlug Sabine Kaufmann prompt vor. Dagegen hatte niemand etwas einzuwenden. Schmittke und Rahn verließen als Erste den Raum, während Sabine noch einige Sachen zusammensuchte. Ralph stand, eine Dose warmen Eistee in der Hand, vor der vollgekritzelten Papiertafel.

Er glaubte nicht daran, dass Johann Gründler auf der Seite der Mörder spielte. Wenn er ein Einsiedler war, der seiner alten autonomen Szene hinterhertrauerte, hatte er doch keinen Grund, Veith Gruber zu ermorden. Eher hätte er ihm eine Zuflucht angeboten. War es nicht so, dass man Gruber auf dem Hof verhaftet hatte? Er wusste demnach von Gründler. Die Wahrscheinlichkeit bestand, dass er den Kontakt zu ihm gesucht hatte. Das warf neue Fragen auf. Hatte Veith seine Mörder zu Gründler geführt? Gar unbeabsichtigt?

Angersbach nahm sich vor, dies bei Nadine Schygalla und auch der alten Vermieterin, Frau Bellermann, anzusprechen. Außerdem brannte er darauf, sich mit dem ominösen Todesfall im Kinderheim »Haus zur weißen Frau« zu beschäftigen.

Morgen.

Der Fall wollte ihm nicht aus dem Kopf gehen, die Gedanken glichen einem gordischen Knoten.

Warum suchte man den Kontakt zu Ralph?

Wer konnte von der verwandtschaftlichen Verbindung gewusst haben? Jemand aus dem Umfeld des Kinderheims?

Und woher hatte derjenige die Information, wann er seinen Dienst in Lauterbach antreten würde? Dass er überhaupt für einen kurzen Zeitraum dorthin wechselte?
Ralph hatte ja selbst erst kurzfristig davon erfahren. Konrad Möbs hatte ihm das ganze drei Wochen vorher mitgeteilt. Wie immer, auf seine ganz bestimmte Art und Weise.
»Sie müssen das nicht machen«, hatte er süffisant in den Raum gestellt. »Aber es wäre gewiss besser, wenn Sie es täten.«
Drei Wochen. Einundzwanzig Tage. Johann Gründler war bereits verschwunden gewesen, bevor er nach Lauterbach gekommen war.
Ralph Angersbach bekam Kopfschmerzen.

Sabine Kaufmann kaute auf dem dritten Spiegelei herum, wohl wissend, dass Janine jeden ihrer Bissen missbilligte.
»Bio-Eier, Freilandhühner. Höchste Güteklasse«, schmatzte sie, als sie das Schweigen nicht mehr ertrug.
»Die Hähnchen werden trotzdem getötet«, murrte Janine, und Ralph grinste.
Sabine schnappte sich eine Scheibe Brot, dann wollte sie instinktiv zum Schinken greifen, dirigierte ihre Hand jedoch rasch weiter in Richtung Käse.
»Wir haben keine Lust, übers Essen zu streiten«, sagte Angersbach mahnend, wofür sie ihm dankbar war. »Der Tag war beschissen genug.«
»Frag mal mich«, gab Janine trotzig zurück.
»Was hast du gemacht?« Sabine hielt es für eine gute Idee, Interesse zu zeigen. Sie mochte das Mädchen, trotz ihrer Kanten. Oder gerade deswegen.
»Gechillt. Was anderes geht hier ja nicht.«

»Ich muss morgen früh nach Frankfurt. Zwei, drei Stunden. Kommst du mit?«
»Mh.«
»War das ein Ja oder ein Nein?«, wollte Angersbach wissen.
»Meinetwegen. Kann ich aufstehen?«
»Was hast du denn vor?«
»Na, chillen.«
Jetzt grinste Sabine. Versteh einer die Jugend. Sosehr sie sich an manchen Tagen eine richtige Familie wünschte, kam ihr der Gedanke, eigene Kinder zu haben, doch komisch vor. Trotzdem ertappte sie sich hin und wieder beim Rechnen. Acht Jahre bis zu ihrem Vierzigsten. Jener magischen Grenze, die dem schrillen Klang eines Weckers gleichkam. Ein Partner, ein Haus, zwei Kinder. Zu viel, um es in dieser Zeit hinzubekommen. Oder doch nicht?
Du scheiterst ja schon am Ersten, schalt sie sich im Stillen. Doch die Sache mit Michael Schreck war noch nicht vorbei. Plötzlich überkam Sabine die Sehnsucht, mit ihm zu sprechen. In seiner Nähe zu sein. Sie entschuldigte sich und eilte nach draußen.

Ralph Angersbach, von einer Sekunde auf die andere allein am Esstisch, legte die Stirn in Falten. Frau Kampmann erschien im Türrahmen und schenkte ihm ein Lächeln.
»Das ist ja ein schönes Chaos«, feixte sie. »Wie war das noch mal, die Frau dort ist nicht die Ihrige – aber auch nicht die Mutter der Kleinen?«
Angersbach nickte und schlang den letzten Bissen hinunter. »Genauso ist es. Sabine Kaufmann ist meine Kollegin aus Bad Vilbel. Wir bearbeiten zwei Mordfälle, die zusammengehören.«

Er hatte bereits am Vortag verlauten lassen, in welchem Verhältnis er zu Veith Gruber stand. Die Hauswirtin hätte es ihm wohl nie verziehen, hätte er sie darüber im Unklaren gelassen. Womöglich hätte sie ihm sogar gekündigt. Seine Ehrlichkeit war belohnt worden, indem sie erstaunlich gelassen darauf reagiert hatte. Ihr Onkel sei ein schlimmer Nazi gewesen, hatte sie geflüstert. Dabei blickte sie um sich, als befürchte sie noch heute, dafür bestraft zu werden. Sie war nicht ins Detail gegangen, sondern hatte mit der lapidaren Feststellung geschlossen, dass man sich seine Verwandtschaft nun mal nicht aussuchen könne. Ralph stimmte dem absolut zu.
Sie nickte verständnisvoll, offenbar rief sie sich in dieser Sekunde den ermordeten Terroristen ins Gedächtnis.
»Deshalb ist die Kleine so durcheinander. Dieser Gruber war ja dann auch ihr Bruder.«
»Nein, war er nicht. Janine und ich hatten dieselbe Mutter, Veith und ich denselben Vater.«
Frau Kampmann musste darüber sinnieren, gab sich aber damit zufrieden.
»Ich muss es Ihnen ehrlich sagen«, gestand Angersbach dann ein, »aber ich und möglicherweise auch Janine stehen im Fokus des Mörders.«
Der Topflappen, den sie in Händen gehalten hatte, fiel lautlos zu Boden.
»Kein Grund zur Sorge.« Er überlegte, ob er ihr zu Hilfe eilen musste, doch es bahnte sich keine Ohnmacht an. Also erklärte er in wenigen Sätzen die Umstände. »Ich bekomme Nachrichten gesendet. Wir halten es für keinen Zufall, dass Veith starb, während ich hier oben Dienst schiebe. Das Kinderheim, in dem wir waren, scheint eine Rolle zu spielen. Mehr weiß ich leider nicht.«

»Und irgendwann steht der Mörder in meiner Küche? Jesus, Maria und Josef! Dass ich das noch erleben muss.« Frau Kampmann zog sich einen Stuhl herbei und sank auf die Sitzfläche.

»Wenn mich jemand einfach nur umbringen wollte, bräuchte er sich nicht so viel Mühe zu machen«, entgegnete Ralph geduldig. Er klapperte mit der Porzellankanne. »Kommen Sie, es ist noch Tee da. Trinken Sie eine Tasse, und wir reden in aller Ruhe. Draußen sind Streifenwagen unterwegs, die das Haus überwachen. Es wird nichts geschehen.«

Nur langsam zeigte sich die alte Frau entspannter. Sie nestelte am Griff der dampfenden Tasse herum, rührte den Zucker noch unter, nachdem er schon lange aufgelöst war.

»Im Tatort irren sich Ihre Kollegen recht oft, wenn sie solche Versprechungen machen«, warf sie schließlich ein.

Angersbach lächelte kurz. »Der Täter möchte, dass ich begreife, weshalb er Veith getötet hat.« Er seufzte. »Davon sind wir, leider, noch ziemlich weit entfernt.«

»Aber es muss doch mit dem Roten März zu tun haben.«

»Ich bin mir nicht sicher.« Angersbach wagte einen Schuss ins Blaue. »Sie stammen doch von hier, nicht wahr?«

»Ich habe immer hier gelebt.«

»Dann kennen Sie natürlich auch das ›Haus zur weißen Frau‹?«

»Das Waisenhaus? Klar.«

»Ich habe dort als Kind gelebt. Veith ebenfalls.«

»Aber Sie sagten doch, Sie haben sich nie zuvor gesehen?«

»Es war nicht zur selben Zeit. Das weiß ich hundertprozentig. Den Rest prüfen wir noch. Aber es geht mir um etwas anderes.«

»Hm?«

»Ich kam in eine Pflegefamilie. Dann nach Gießen. Schule, Ausbildung, Polizei. Mit dem Heim hatte ich abgeschlossen und bin nie wieder zurückgekehrt.«

»Es steht seit vielen Jahren leer.«

Darauf wollte Angersbach hinaus. »Es hat dort einen Todesfall gegeben«, begann er langsam. Er brauchte die Mimik seiner Hauswirtin nicht zu studieren, um zu erkennen, dass sie darüber Bescheid wusste.

»Der kleine Vaupel«, hauchte sie und sah betreten zu Boden. »Schrecklich.«

»Sie kannten ihn?«

Frau Kampmann nickte. »Harald Vaupel. Er liegt bei Ulrichstein begraben, auf dem Totenköppel. Seine arme Mutter«, ein Stöhnen entfuhr ihr, »sie ist nie darüber hinweggekommen.«

Angersbach tastete seine Cargohose nach etwas zu schreiben ab und förderte seinen zerknitterten Block und einen Kuli zutage.

»Was wissen Sie sonst noch darüber?«

Frau Kampmann plauderte aus dem Nähkästchen. Von einer alleinerziehenden Mutter aus gutem Hause. Unverheiratet, wofür ihre Familie sich schämte. Zu jung für ein Kind, wie das Jugendamt fand. Jahrelang hatte sie sich allein durchgebissen mit dem vaterlosen Sohn. Unwillkürlich fragte sich Ralph, ob es Frau Riedesel in den Achtzigern ähnlich ergangen war. Sie hatte es geschafft, Frau Vaupel war es nicht vergönnt gewesen. Eine Serie von Ladendiebstählen schob man Harald in die Schuhe. Dann erwischte man ihn in flagranti, während seine Mutter arbeiten war. Sie schuftete frühmorgens in der Bäckerei und an den Wochenenden im Bürgerhaus hinter der Theke. Das Jugendamt stellte fest, dass es an den nötigen Strukturen mangele. Zwei Lehrer waren derselben Auffassung. Harald Vaupel wurde in die Fürsorge des »Hauses zur weißen Frau« übergeben. Sieben Monate später war er tot.

Ralph Angersbach hatte sich einiges notiert, nun tippte er mit dem Stift Punkte aufs Papier. Irgendetwas an dem tragischen Schicksal dieses Jungen traf ihn persönlich. Frau Kampmann hatte keine neue Theorie darüber, was sich am Todestag abgespielt hatte. Ob es die Flinte des Hausmeisters gewesen war, deren Verbleib nun wohl für immer ungeklärt bleiben würde.

»Waldemar Schönfeldt war kein guter Mensch«, sagte Ralph diplomatisch. »Er hat ständig mit uns geschimpft, war oft betrunken, und seine Hand saß recht locker.«

Andererseits, dachte er im Stillen, teilten die Erzieher auch ganz gerne aus. Schläge gehörten nun mal zum Heimalltag, dem entging man in den Siebzigern nicht. Dann fuhr er fort: »Doch ich halte ihn ebenfalls nicht für einen Mörder. Menschen, die permanent auf alles schimpfen, sind wie bellende Hunde. Sie beißen nicht. Jedenfalls nicht, um zu töten. Es sind die Stillen, die Introvertierten, die ihre Mündung aus dem Hinterhalt auf andere richten.«

»So wie der Mörder, der es auf Sie abgesehen hat?«

Frau Kampmanns Frage brachte Ralph für einige Sekunden ins Schwimmen.

»Nein«, sagte er dann eilig. »Er handelt zwar im Verborgenen, macht aber von sich reden.«

»Wie Sie meinen.« Die Dame erhob sich. Sie habe noch zu tun und müsse sich bald hinlegen. Ralph stand ebenfalls auf. Dankte ihr und tätschelte kurz ihren Oberarm.

»Keine Sorge. Ich lasse nicht zu, dass jemandem aus meinem Umfeld etwas passiert«, versicherte er.

Dunkelheit lag über dem Niddastausee. Kaum vorstellbar, dass nicht einmal hundert Jahre zuvor Dampflokomotiven hier gefahren waren, Rinder an den Auen der Nidda geweidet hatten. Zuerst hatte man den Bahnverkehr nach Schotten eingestellt. Zehn Jahre später begann der Bau der Talsperre. Heute lagen in regenreichen Jahren fünfundsechzig Hektar Wasserfläche hinter einer fünfhundert Meter breiten Staumauer. Eine Turbine erzeugte Strom, Angler erfreuten sich einer Vielzahl großer Fische, es gab einen Hafen für Segelboote. Um den See herum verlief ein asphaltierter Weg, zur Hälfte gesäumt von dichtem Wald. In dessen Schatten, auf einem abgelegenen Parkplatz, parkte ein orangefarbener Campingbus. Ein sogenannter Bulli, mit weißem Aufstelldach, Chromradkappen und einem Reserverad auf der Front. Er war in die Jahre gekommen, seit er 1976 vom Band gelaufen war, in den Radkästen wucherte Rost. Die Schiebetür war mehrmals nachlackiert, man erkannte zwei nachträglich eingeschweißte Bleche. Hinten eine Orgie von Aufklebern, von der blauen Friedenstaube bis zur lachenden Anti-Atom-Sonne war fast alles vertreten, was man auf einem Hippie-Bus erwartet hätte. Doch es gab auch andere Schriftzüge. Schweden, Frankreich, die Korsika-Fähre. Johann Gründler war viel herumgekommen in Europa.

Er versenkte seine Zigarette in einer fast leeren Coladose, es zischte kurz und stank. Ein Blick auf die Uhr verriet ihm, dass der letzte Kontakt zwanzig Minuten zurücklag. Eine Joggerin war in das letzte geparkte Fahrzeug gestiegen, nachdem sie ihm einen argwöhnischen Blick geschenkt hatte. Doch hier am See traf man auf allerhand Gestalten. Künstler, Maler, Einsiedler. Menschen, die im Dezember in Ufernähe zelteten, Eisschwimmer, Gerätetaucher, und das, obwohl das Tauchen mit Flaschen verboten war. Diese Klientel versammelte sich auf dieser Seite des Wassers, abseits des großen, gebührenpflichtigen Parkplatzes, fernab der neugierigen Blicke. Sie würde ihn, sobald sie das Dorf erreichte, vergessen haben. Er lächelte. *Und selbst wenn nicht …*

Scheppernd landete die Dose in einem der Mülleimer, er zog sich die Lederhandschuhe zurecht, in denen er trotz Luftlöchern schwitzte. Prüfend wanderten seine Augen über die Räder, die Türen, die zugezogenen Vorhänge. Ebenfalls orange. Dann lauschte er. Außer dem Abendgesang der Vögel und einem gelegentlichen Plopp der spiegelglatten Wasseroberfläche war nichts zu hören. Fische auf Mückenjagd. Er konnte sich nun praktisch sicher sein, dass sich keine Menschen mehr in unmittelbarer Nähe befanden. Keine Rollerblader, die mit Stirnleuchten fuhren, keine verspäteten Gassigänger. Liebespaare, das wusste er ebenfalls, wählten in der Regel andere Stellen. Er kletterte auf den Fahrersitz und pumpte zweimal mit dem Gaspedal. Voll durchgetreten startete er den Motor, dieser heulte kurz auf und verfiel sogleich in ein asthmatisches Vibrieren. Im hinteren Bereich klapperte irgendwo Blech, vielleicht waren es die geöffneten Lamellenfenster. Er kurbelte das Fahrerfenster herunter, legte sich quer und tat dasselbe auf der Beifahrerseite. Abgase drangen ein, es roch nach Benzin. Er spielte mit dem Gas, legte den Rückwärtsgang ein und manövrierte den Camper aus seiner Ecke des Waldparkplatzes. Das Lenken brachte ihn zum Keuchen, dann ließ er ihn geradeaus rollen. Hielt an der Zufahrt des Parkplatzes noch einmal an und hob das Fernglas vor die Augen. Doch weder mit noch ohne Linse, es war keine Bewegung zu erkennen. Die Innenbeleuchtung hatte er

ausgeschaltet, die Scheinwerfer gar nicht erst angemacht. Das Mondlicht reichte gerade so, um den Weg nicht zu verfehlen.
Ein letztes Mal wandte er sich um.
»Bringen wir's hinter uns.«

Der Auspuff schlug scheppernd an die Stoßstange, innen schien es die Hälfte der Campingmöbel zu zerlegen. Eine Radkappe löste sich und taumelte den Hang hinunter, bis ein Maulwurfshügel sie stoppte. So eben der Abhang auch schien, er brachte das führerlose Fahrzeug, das das Gefälle hinabrollte, heftig ins Schlingern. Er hatte das Lenkrad fixiert, war losgefahren, hatte in den zweiten Gang geschaltet und war dann hinausgesprungen, bevor das steile Gefälle begann. Sogar die Tür, wobei das ein Glücksgriff gewesen war, hatte er im Flug noch zugeschlagen. Er rappelte sich auf, als der VW-Bus gerade den Uferstreifen erreichte. Es hatte nicht viel geregnet in letzter Zeit, das Wasser stand tief, der getrocknete Schlamm war rissig. Das orange Ungetüm schüttelte sich, dann sackte es ab, eine Wasserwand stob auf. Die Reifen drehten sich weiter, erreichten die ersten Steine. Das Heck versank bis zur Stoßstange, dann schien es sich wie von unsichtbarer Hand zu heben. Ihm stockte der Atem. Doch dann erkannte er den Grund. Nur für eine Schrecksekunde hob sich das Hinterteil, als sich die Schnauze des Busses in die steile Tiefe neigte, um kurz darauf von ihr verschlungen zu werden. Das bemooste Dach neigte sich zur Seite, schmatzend drang Wasser in die Fenster und Lüftungsschlitze. Das Brodeln übertönte den sterbenden Motor, gurgelnd schloss sich der See über der fast senkrecht nach oben stehenden Stoßstange. Ein Mondstrahl blitzte auf, dann stiegen Blasen aus der Tiefe.

Bevor sich die Wellen, die aufgeregt in alle Richtungen jagten, beruhigen konnten, bückte er sich nach der Chromscheibe. Wie ein Frisbee segelte die makellose Radkappe, für die ein Liebhaber gewiss zwei, drei Scheine lockergemacht hätte, übers Wasser. Ein halbes Dutzend Enten quittierten das erneute Platschen mit wütendem Geschnatter, dann legte sich Ruhe über den Stausee. Er wandte sich um. Kein Mensch weit und breit. Mit leisem Glucksen erreichten die letzten kleinen Wellen das Ufer. Er hielt für einen Moment inne. Glaubte, einen Ölschleier wahrzunehmen, der sich abzeichnete, doch dann verschwand der Mond hinter einer Wolke und versagte ihm weitere Lichtreflexionen.

»Ruhe in Frieden«, presste er hervor, als er seine Beine in die Hand nahm und den Abhang erklomm. Er verfluchte jede Zigarette, die er im Lauf des Abends geraucht hatte. Oben angekommen, verschnaufte er kurz, richtete die Kapuze seiner schwarzen Trainingsjacke und lief hangabwärts in Richtung Rainrod, wo der Focus bereits auf ihn wartete.

Ruhe in Frieden.

FREITAG

Von Morgenröte war kaum etwas zu sehen, als der Endsechziger seinen Klappstuhl entfaltete und über die taunasse Sitzfläche wischte. Er raschelte mit seinen Utensilien, Minuten später schnellte die Rute nach vorn. Das ploppende Geräusch kam ihm so laut vor wie ein Schuss, so still war es ringsum, dabei war es nur der Kork des Schwimmers, der die Wasseroberfläche getroffen hatte. Gleichmäßige Kreise zogen über den finsteren Spiegel, verborgen im Gebüsch machte der Angler es sich bequem. Ein Schwan lugte kurz auf, bewegte sich aber nicht weiter. Mit ein wenig Glück, dachte er, als das Wasser sich wieder beruhigt hatte, würde er heute einen guten Fang machen. Argwöhnisch sah er sich um. Wog ab, ob er das Verpönte riskieren sollte oder nicht. Da niemand zu sehen war – die meisten Angler wählten abgelegenere Uferstellen –, zog er seine Taschenlampe hervor, um Fische anzulocken. Eine starke LED-Leuchte, mit der man punktgenau zielen konnte.

Er drehte die Linse, um einen großflächigen Kegel zu erzielen, dann glitt das weiße Licht übers Wasser. Leichte Nebelschwaden lagen darüber, er konnte die Feuchtigkeit förmlich schmecken. Zwei-, dreimal zog er Halbkreise. Wollte das Licht gerade wieder löschen, da fiel ihm ein seltsamer Schimmer auf. Regenbogenartig, er stand auf, leuchtete erneut darauf.

Entsetzt hob er die Hand vor den Mund, als er sah, dass zwischen Staumauer und Überfalltrichter ein mehrere Quadratmeter großer Ölteppich lag.

Sabine Kaufmann hatte so gut geschlafen wie lange nicht mehr. Das Bett, das ihr am Abend katastrophal weich erschienen war, hatte sie förmlich verschlungen und ihr eine Rundumerneuerung verpasst. Ein Blick auf die Uhr verriet ihr, dass sie ganze neun Stunden geschlafen hatte. Sie zog sich aus und eilte ins Bad, vermutlich hörte sie deshalb nicht das Vibrieren auf ihrem Nachttisch. Lautes Klopfen, sie wollte gerade die Dusche aufdrehen, ließ sie zusammenfahren.

»Bist du das?«

Dieser Angersbach war manchmal unerträglich ungeduldig.

»Wer sonst. Es gibt Arbeit.«

Sabine stöhnte auf, wickelte sich in einen Bademantel und eilte zur Tür.

»Was denn?«, fragte sie durch den Schlitz.

»Johann Gründlers Bus ist, hm, *aufgetaucht.*« Amüsement schien in der Stimme des Kommissars zu liegen.

»Was ist daran so komisch?«

»Sie haben ihn aus dem Niddastausee gefischt.«

»Witzig.« Sabine riss die Tür auf. Angersbach war bereits abfahrbereit, wie es aussah. »Eine Spur von Gründler selbst?«

»Niente.«

Sabine wusste nicht, ob sie das gut oder schlecht finden sollte. Auf eine Wasserleiche war sie wahrlich nicht scharf, andererseits bedeutete es, dass er sich immer noch in den Händen seiner Entführer befand.

Sie rechnete im Kopf durch, wie viel Zeit ihr der Tatort rauben würde, wie lange sie von dort bis nach Frankfurt brauchte und so weiter. Am Vorabend hatte sie ein langes Telefonat mit Michael geführt, und sie freute sich auf ihn. Auch wenn er mit einem Taxi fahren könnte – theoretisch –, würde sie sich dieses Treffen nicht entgehen lassen. Privatleben vor Berufsleben. Manchmal musste man Prioritäten setzen, außerdem hatte sie ja vor, am Nachmittag wieder in den Vogelsberg zurückzukehren.

»Fahr doch schon mal vor«, sagte sie. »Und gib Janine Bescheid, dass ich sie mitnehme, wenn sie noch immer will.«

»Mitnehmen?«

»Ich fahre doch nach Hause. *Nach* dem Tatort. Michael wird entlassen.«

Jetzt fiel auch bei Ralph der Groschen. Er schien völlig in Gedanken zu sein.

Sabine fuhr fort: »Ich muss duschen, wenigstens kurz. Sag Janine bitte, in zwanzig Minuten geht's los. Wir müssen ohnehin zwei Autos nehmen, wenn ich danach gleich weiterwill.«

Angersbach brummte etwas, was sie als Zustimmung wertete. Sie verlor keine Zeit, schlüpfte aus dem Bademantel, und kurz darauf prasselte warmes Wasser über Sabine Kaufmanns Schultern.

Die ungestümen Reifen des Kranwagens hatten tiefe Furchen in den Abhang gegraben. Am Ende der Staumauer blitzte Blaulicht, das Gelb des Krans leuchtete grell. Auf der gegenüberliegenden Seite waren, klein wie Ameisen, Schaulustige zu erkennen. Zwei Jogger hatten haltgemacht, Ralph fragte sich, ob sie nur um des Gaffens willen den See umrundet hatten. Der kurze Weg über die Mauer war auf beiden Seiten gesperrt. Er erkannte Rutger Heidt, außerdem stiefelten zwei Feuerwehrmänner in Ufernähe herum. Ein roter Einsatzwagen rundete das Farbspiel ab. Natürlich musste der Ölteppich auf dem Wasser bekämpft werden. Für den Nachmittag waren Gewitterstürme angekündigt. Jede Stunde zählte, solange Wind und Wetter die Oberfläche ruhig hielten. Es war schwül, Ralph Angersbach schwitzte. Er zog kurzerhand das Hemd aus und warf es auf seinen Sitz. Dann stieg er bedächtig hinunter in Richtung Ufer.

Der Bus lag auf der Seite, war beim Hinausziehen offenbar umgekippt. Vermutlich wartete der Kranführer auf das Okay der Einsatzkräfte. Es musste zuerst geklärt werden, ob sich jemand im Inneren befand. Ob Motor und Tank leckgeschlagen waren. Was mit dem Wrack geschehen sollte.

»Bist du allein?«, rief Heidt winkend, als er den Kommissar erblickte.

»Sabine kommt nach. Was ist hier los?«

In diesem Augenblick stieß ein Taucher aus dem See. Heidt deutete hinter sich, in seine Richtung.

»Das Fahrzeug ist Johann Gründlers Bus. Zweifel ausgeschlossen.«

»Befand er sich darin?«

Heidt zuckte die Schultern. »Deshalb ja die Taucher. Wir sind uns nicht sicher, ob jemand im Inneren saß. Die Schiebetür war offen und das vordere Fenster auf der Fahrerseite. Die Fahrertür hat's leider rausgerissen, über die können wir nichts mehr sagen.«

»Darf ich mal rein?«, wollte Angersbach wissen.

»Wenn du dich unbedingt einsauen willst.«

»Ja.«
»Es gibt nicht viel zu sehen, wir haben alles fotografiert.« Heidt hob die Hände. »Aber meinetwegen. Tu, was du nicht lassen kannst. Der Abschleppdienst soll die Karre nur erst auf die Räder kippen, dann hast du's bequemer.«

Ralph Angersbach näherte sich dem VW-Bus. Der Boden war schwarz versiegelt, teilweise abgeblättert, es gab einiges an Rost. Die Reifen standen schief, die Schiebetür ragte nach oben. Von der abgetrennten Fahrertür war nichts zu sehen, sie lag wohl noch auf dem Grund des Stausees. Das Campingdach stand ein Stück offen, eine Ecke war herausgebrochen. Für diesen Camper war es die letzte Fahrt gewesen, dachte der Kommissar. Es dauerte nur Minuten, bis man das Fahrzeug gedreht hatte. Feuerwehr und Kranführer schienen bestens aufeinander abgestimmt zu sein. Währenddessen ließ er sich von Heidt und einem unbekannten Uniformierten auf den neuesten Stand bringen. Ein Angler, der Ölteppich, keine Zeugen. Die Besitzer des Kiosks waren befragt worden, ebenso die Inhaber des Seerestaurants. Jemand aus dem Segelclub. Keiner konnte sich erinnern, etwas Verdächtiges gesehen zu haben. Ralph rechnete sich aus, dass der Bus kaum vor Einbruch der Dunkelheit ins Wasser gerollt worden sein dürfte. Zu riskant, wenn man unentdeckt bleiben wollte. Zeugen hatten sich keine gemeldet. Und von Suizid war nicht auszugehen. Demnach hatte man das Fahrzeug verschwinden lassen wollen. Doch warum ausgerechnet jetzt? Und wo war der Bus die ganze Zeit über versteckt gewesen?
Am oberen Rand des Abhangs, wenige Schritte vom Weg entfernt, ragte ein gegossener Betonblock aus dem Gras. Offensichtlich hatte er keine Funktion mehr, eine Armlänge neben

ihm war eines der Kennzeichen sichergestellt worden. In Ufernähe eine Chromblende der Felgen. Außen auf Glanz poliert, innen mit schwarzgrauem Film überzogen. Als der Camper mit ohrenbetäubendem Lärm zurück auf seine Achsen fiel, stach dem Kommissar etwas ins Auge. Er ging näher heran, gebot Heidt, ihm zu folgen. Sein Blick richtete sich auf den rechten Vorderreifen.

»Siehst du, was ich sehe?« Angersbach deutete auf die Metallglieder, die nicht ins Bild passten. Warum waren sie ihm vorher nicht aufgefallen?

»Schneeketten«, konstatierte Heidt und verzog den Mund. »Im Hochsommer.«

Sie gingen rundherum, das Hinterrad auf der Fahrerseite trug ebenfalls eine Kette. Die anderen beiden fehlten.

Heidt winkte einen Taucher herbei.

»Suchen Sie nach zwei Schneeketten«, ordnete er an.

»Vergessen Sie's«, keuchte es. »Der Schlamm steht knietief. Da wird selbst Ihre Tür kaum zu finden sein.«

Außerdem galt, das musste nicht ausgesprochen werden, für die kommenden Stunden nur eine Priorität. Die Suche nach dem Körper von Johann Gründler.

Angersbach stopfte sein T-Shirt in die Hose. Ausgerechnet heute hatte er sich die frisch gewaschene Jeans gegriffen, in der Hoffnung, nicht durch verlassene Häuser zu stapfen. Nirgendwo herumzuklettern. Er wollte nicht als Vogelsberg-MacGyver gelten, doch das Schicksal zeigte sich ungnädig. Als er die Beifahrertür aufzog, sie klemmte erst und forderte einen kräftigen Ruck, dachte er daran, dass er das delegieren könne. Doch er konnte nicht über seinen Schatten springen. Ralph Angersbach sah sich Dinge am liebsten selbst an. Kontrolle abgeben – darin war er noch nie gut gewesen.

Dann sah er die Lenkradkralle. Ein einfaches Hilfsmittel, aber effizient. Er suchte weiter. Keine Stange, die das Gaspedal herabklemmte. Doch diese hätte auch durch den Aufprall gelöst werden können. Ralph sah nach hinten. Aufgequollenes Holz, die Campingmöbel waren in einem erbärmlichen Zustand. Vierzig Jahre alter Pressspan; wen wunderte es. Eines der Polster lag geknickt vor der Klappbank. Die grüngelben Karos verblasst, vollgesogen mit Seewasser. Durch das beschädigte Hubdach fielen Lichtstrahlen. War das Klappbett absichtlich ausgefahren? Der Kommissar stieg aus und durch die Schiebetür wieder ein. Seine Fußsohlen versanken schmatzend auf dem Matratzenteil, dunkles Wasser blubberte hinaus. Er rüttelte an dem Scharnier. Es war eingerastet, ließ sich nicht bewegen. Alleine ausgeklappt hatte es sich aller Wahrscheinlichkeit nach nicht. Zwei Möglichkeiten blieben übrig: Entweder das Bett war defekt und Gründler hatte es immer in dieser Stellung. Die Forensiker würden vermutlich kaum verlässliche Beweise dafür finden, aber man konnte es zumindest versuchen. Dafür sprach, dass Gründler alleinstehend war. Er brauchte die hintere Sitzbank nicht. Und jenseits der siebzig kletterte man wohl kaum in die unbequeme Etage unter dem Dach. Möglichkeit zwei war, dass Gründlers Entführer das Bett benutzt hatten. War der Campingbus sein Gefängnis gewesen? Angersbach wurde mulmig.

»Jeder Quadratzentimeter muss untersucht werden«, betonte er Heidt gegenüber. Sabine Kaufmann hatte kurz zuvor von oben gewinkt, und sie standen nun neben Angersbachs Lada, wo er alles noch einmal zusammenfasste.

»Befinden sich Graffiti im Wageninneren?«, erkundigte sich die Kommissarin. Ralph verneinte.

»Jedenfalls nicht so, dass sie ins Auge stechen. Ich sage ja, der Wagen muss gründlich untersucht werden.«

»Befürchtest du, dass der Killer aufhört, mit dir zu sprechen?« Rutger Heidt sprach damit etwas Heikles an, was Angersbach seit gestern Abend zu verdrängen versuchte. Es gab keine Nachricht in Gründlers Hof. Und nun auch keine in seinem Wagen. Dabei war er sich sicher, dass der Bus versenkt worden war, um gefunden zu werden. Sonst hätte man die Radkappe eingesammelt. Und Kennzeichen fielen auch nicht von alleine herunter. Angersbach rieb sich die Nasenspitze.

»Er *muss* uns etwas gesagt haben. Vielleicht haben wir es nur noch nicht verstanden. Psychopathen verlassen nicht einfach ihr Muster.«

»Psychopath erscheint mir nicht die passende Bezeichnung«, wandte Sabine vorsichtig ein.

»War auch nicht so gemeint«, moserte Ralph und schämte sich sofort dafür. »Sorry. Aber gestern Abend habe ich bei Frau Kampmann einen auf heile Welt gemacht, und plötzlich bekomme ich es mit der Angst zu tun.«

»Angst wovor?«

Angersbach fand es schwierig, in Worte zu fassen. Er rieb sich den Nacken und stöhnte. »Was, wenn ich etwas nicht verstanden habe? Wenn ich etwas übersehe und der Mörder ungeduldig wird?« Er schluckte, bevor er leise nachsetzte: »Und was, wenn auch noch Janine in das Ganze hineingezogen wird?«

Hundert Meter entfernt, im Schatten einer Scheune, parkte der dunkle Kombi. Beinahe exakt dort, wo er auch schon am Vorabend gestanden hatte. Der Fahrer stand ein paar Schritte entfernt, so dass er etwas von dem hektischen Treiben am Seeufer mitbekam. Gleichzeitig so, dass er unverdächtig wirkte.

Überall machten Leute halt. Man sah es nicht alle Tage, dass ein Wrack aus dem Wasser gezogen wurde. Tuschelte darüber, ob es eine Leiche gab. Wem der Bus wohl gehörte.
In seinem Ohr steckte ein Bluetooth-Empfänger, eigentlich um als Freisprechgerät genutzt zu werden. Stattdessen übertrug es ihm vertraute Stimmen. Der Mann fragte, ob er alles richtig mache. Ob er alles verstanden habe. Er hatte Angst um seine Schwester.
»Du machst alles richtig«, antwortete der Beobachter, ohne dass ihn jemand hörte. Er lächelte schmal, während in seinen Augen Eiseskälte lag. »Du funktionierst genau so, wie ich es vorgesehen habe.«
Sollte der Kommissar sich nur fürchten.
Die Angst stand ihm gut, sie würde ihn auf Kurs halten.
Nur diese Kaufmann sollte endlich verschwinden. Sie war eine störende Variable in seiner Gleichung.
Doch wie würde Angersbach auf ihren Verlust reagieren?
Er hasste es, sich darüber den Kopf zu zerbrechen.
Sollte sie doch tun und lassen, was sie wollte. Es gab ja noch Janine.
Das Lächeln wurde breiter.

Zwei Stunden später betrat Sabine Kaufmann das Krankenzimmer. Michael Schreck stand am Fenster, in voller Montur.
»Du bist ja angezogen«, sagte sie überrascht und ein wenig enttäuscht. Sie hatte extra zu Hause haltgemacht, einige Handgriffe erledigt und seine Lieblingshose eingepackt. Dazu ein verwaschenes T-Shirt von »Lethal Weapon 4«. Es hatte diese Shirts damals exklusiv im Kino zur Vorpremiere des Films gegeben.

»Wir gehen doch nirgendwohin«, lächelte er, und die beiden umarmten sich. Es fühlte sich seltsam an. Vertraut und gleichzeitig distanziert. Ein Schutzschild aus unbeantworteten, nein, ungestellten Fragen.

»Okay.« Sie sah ihn lächelnd an. »Wie geht es dir denn?«

»Gut genug, dass sie mich am liebsten schon nach dem Frühstück vor die Tür gesetzt hätten.«

»Du hättest anrufen können. Wobei … viel früher hätte ich es wohl kaum geschafft.«

Michael kniff die Augen zusammen. »Neuer Mord?«

»Wissen wir noch nicht. Wohl eher eine Spur. Das Auto eines seit drei Wochen Vermissten wurde gefunden. Stausee. Dem Zustand aller Spuren nach wurde es gestern, frühestens vorgestern versenkt.«

»Und da bist du *hier?*«

Sabine rollte die Augen. Sie hatten am Abend fast eine halbe Stunde lang miteinander gesprochen, und sie hatte mehrfach versichert, dass ein Taxi keine Option sei. »Ich habe doch gesagt …«, begann sie.

»Das war *vor* eurer heißen Spur.«

»So heiß ist sie auch wieder nicht. Außerdem – lass mich doch. Ich habe beschlossen, Prioritäten zu setzen.«

»Das ist mal ein Wort«, lachte Michael und hielt ihr auffordernd den angewinkelten Arm hin, damit sie sich einhaken konnte. »Jetzt, da wir nicht mehr zusammen sind …« Er zwinkerte. »Aber ich find's gut.«

Prima, dachte die Kommissarin, und sie schmiegte sich einen Hauch enger an ihren Ex-Freund, als es beim Einhaken üblich war. Genoss seine Nähe schweigend und nahm sich vor, spätestens dann, wenn die Dinge wieder in geordneten Bahnen verliefen, die Silbe »Ex« zu eliminieren.

Nadine Schygalla und Egon Reuter gaben sich erstaunlich friedfertig. Von unterwegs aus hatte Angersbach sich ihnen angekündigt, um die neuesten Erkenntnisse durchzugehen. Höchste Zeit für Ergebnisse, immerhin hatten beide versprochen, sich hinter die Recherche zu klemmen. Vorher hatte er einen Stopp bei der Adresse eingelegt, wo Harald Vaupels Mutter Gisela gemeldet war. Er hatte niemanden angetroffen. Daraufhin war er zum Totenköppel gefahren, was ihm sonderbar erschien, denn kaum vierundzwanzig Stunden zuvor hatte Sabine denselben Weg genommen. Man fuhr nicht ohne Grund dorthin. Entweder als Tourist, wobei man dann eher als Wanderer hier vorbeigeführt wurde, oder als Besitzer einer Familiengruft. Als er den Wagen der Schreinerei erblickte, ergänzte er die Liste. Man kam hierher, wenn es Arbeit gab. So wie er selbst ja auch.

Ralph betrat den Friedhof und suchte die Grabmale ab. Er schritt zunächst ziellos hin und her, offenbar lange genug, um Aufmerksamkeit zu erregen.

»Suchen Sie was?«

Arbeitshose, Zollstock, Karohemd. Verschwitzte Strähne in der Stirn. Angersbach erkannte ihn dank Sabines Beschreibung auf den ersten Blick.

»Ich suche nach Vaupel. Gibt es hier ein Grab?«

»Vaupel, hm? Da drüben.«

»Danke.«

»Gehören Sie zur Familie? Ich habe Sie hier noch nie gesehen.«

»Nein, ich bin Kripobeamter. Sie haben gestern mit meiner Kollegin gesprochen.«

Der Blick des Bestatters erhellte sich sofort. »Nettes Ding, Ihre Kollegin. Städterin, hm?«

»Frankfurt.«

»Kam mir gleich komisch vor, wie sie hier mit ihren schicken Klamotten rumstelzte. *Sie* aber nicht, wie?«

»Ich?«

»Na aus Frankfurt.«

Angersbach schüttelte energisch den Kopf. »Ich komme aus der Gegend.« Seine Befürchtungen, dass er genauer werden musste, bewahrheiteten sich stante pede.

»Von wo genau? Wie schreiben Sie sich?«

Er gab dem Mann knapp Auskunft, drängte dann aber darauf, dass er es eilig habe. Doch Rothmann blieb hartnäckig.

»Angersbach. Die haben hier auch eine Stätte.«

Ralph blieb wie angewurzelt stehen.

»Ach ja?«

»Andere Richtung als Vaupel. Da drüben.«

Er deutete auf eine im Schatten liegende Ecke. Ralph bekam Herzklopfen.

Zuerst war der Grabstein dran, auf dem Harald Vaupel vermerkt war. Halb verwelkte Blumen quollen aus einer Vase, ein heruntergebranntes Sakrallicht stand in seinem Gehäuse. Ralph machte Fotos mit seinem Handy. Er las das Geburtsdatum, dann das Sterbejahr. Dabei fiel ihm auf, dass der Todestag nur wenige Wochen zurücklag.

Wärmer, dachte er und hasste es sofort, diesen Gedanken gehabt zu haben. Ralph wollte sich nicht auf das Spiel einlassen, was auch immer es war. Doch er hatte das Gefühl, auf ein neues Puzzleteil gestoßen zu sein.

Er verweilte noch einige Minuten, bevor er weiterging. Ordnete seine Gedanken, denn er wollte nicht mit diesem Rauschen in seinem Schädel zur eigenen Familie gehen. *Wenn* es sich bei den hier liegenden Angersbachs überhaupt um seine

Familie handelte. Laut Egon Reuter war der Name in manchen Gegenden des Vogelsbergs durchaus verbreitet.
Weder die Personen noch deren Daten sagten dem Kommissar auch nur das Geringste. Wie auch, dachte er resigniert, wenn man nicht einmal die Herkunft der eigenen Mutter kennt.
Diese lag auf dem Friedhof in Okarben.
Hätte sie das Recht gehabt, hier oben beerdigt zu werden? Wäre es überhaupt ihr Wunsch gewesen?
Er wollte diese störenden Gedanken unterdrücken, doch es gelang ihm nicht.

Der Berner Sennenhund hob schläfrig den Kopf, sonst hätte Angersbach ihn wohl gar nicht bemerkt. Er lag auf einer karierten Decke, umrahmt von zwei mannshohen Hydrokulturpflanzen, die ihre Triebe in Richtung Fenster reckten.
»Ich habe nicht viel Zeit«, kam Nadine Schygalla direkt auf den Punkt, »bitte werten Sie das nicht als unhöflich.«
»Haben Sie denn etwas für mich?«, erkundigte sich Ralph.
»Ein wenig.« Sie zwinkerte. »Und dafür reicht meine Zeit auch aus.«
»Ich bin ganz Ohr.« Ralph entschied sich, mit offenen Karten zu spielen. »Nachher mache ich noch halt bei Ihrem Parteifreund Reuter. Ganz ehrlich: Wir sind dankbar für jeden Fitzel, der uns voranbringt.«
»Freund …« Sie verzog verächtlich den Mund, ging aber nicht weiter darauf ein. Mit klappernden Fingernägeln befreite sie einige Bogen Papier aus einer Ledermappe. Ein Blatt war vergilbt, drei weiteren sah man an, dass sie schon x-mal durch blätternde Hände gewandert waren. Sie waren aneinandergetackert und wiesen zahllose Knicke auf.

»Ein Bericht aus den Akten des Jugendamts über«, sie stockte für den Bruchteil einer Sekunde, »Ihren Bruder.«

Halbbruder, dachte Ralph, doch er war viel zu aufgeregt, um sie zu korrigieren. Oder um sich zu fragen, was sie stattdessen hatte sagen wollen. Er wollte die Hand danach ausstrecken, doch Frau Schygalla sprach längst weiter.

»Dann ein Auszug aus dem Geburtenregister. Und ich habe noch ein paar Namen, Zahlen und Daten. Alles in allem konnte ich seinen Weg einigermaßen lückenlos nachverfolgen.«

»Das ist doch mal ein Wort«, lobte Angersbach und zückte seinen Notizblock. »Wo fangen wir an? Ganz vorne?«

»Machen Sie sich keine allzu großen Hoffnungen«, warf sie ein. »Der Geburtseintrag ist nicht gerade hilfreich, fürchte ich.«

»Keine Angaben zum Vater?«

»Nein. Nur zur Mutter. Aber das war ja nicht anders zu erwarten.«

Wo sie recht hatte … »Darf ich es sehen?«

Sie händigte ihm das Schriftstück aus, es schien sich um eine in die Jahre gekommene Kopie zu handeln.

Darauf vermerkt war Elke Gruber, geboren 1944. Ralph überschlug im Kopf die Zahlen. Das Geburtsdatum ihres Sohnes Veith war der fünfte September 1961. Sie war mit sechzehn schwanger und mit siebzehn Mutter geworden. Er seufzte. Scheinbar stimmte, was gemeinhin behauptet wurde. Junge Mütter bekommen frühreife Töchter und werden früh Großmama. Doch halt. Er durfte Veiths Mutter nicht mit seiner eigenen vergleichen. Die beiden waren einander zudem vermutlich niemals begegnet. Trotzdem, es hatte etwas Bitteres. Ralph war Jahrgang 1971, seine Mutter Jahrgang 1955.

»Veith kam zu den Nonnen«, hörte er Schygalla, begleitet von papiernem Rascheln, sagen. »Dazu gibt es Unterlagen, diese händigt man Ihnen allerdings nur über richterliche Anordnung aus.« Sie seufzte und zuckte die Schultern. »Kirche eben. Aber es gibt etwas anderes.«

Jetzt war der knitterige, geheftete Bericht an der Reihe. In ihm fand sich eine Begründung, weshalb die Unterbringung von Veith Gruber im Kinderheim »Haus zur weißen Frau« sinnvoll sei. Es war die Rede von sozialen Auffälligkeiten, krimineller Neigung, der erfolglosen Suche nach Rollenvorbildern. Sozialarbeiterblabla, viele Worte und wenig Konkretes. Der Anhang hingegen las sich wie eine Strafakte. Einbruch, Diebstahl, Prügeleien. Veith hatte es in seinem kurzen Leben zu einer beachtlichen Ansammlung an Entgleisungen gebracht. Ralph erinnerte sich an seine eigene Akte beim Jugendamt. Entweder hatte er eine wesentlich einfühlsamere Sozialarbeiterin gehabt, oder es waren bereits bessere Zeiten gewesen. Das Dossier über seinen Halbbruder jedenfalls schien Veith selbst als Schuldigen abzustempeln, das wertlose Produkt einer verkorksten Gesellschaft. Ralph runzelte die Stirn und sagte sich, dass er verdammtes Glück gehabt hatte. Und Veith?

Er hatte es der Gesellschaft heimgezahlt.

»Er hat mehr Zeit in staatlichen Einrichtungen verbracht als draußen«, kommentierte Nadine Schygalla. »Traurig irgendwie, hm?«

»Er hat es sich ausgesucht«, brummte Ralph. Dann fiel ihm das Datum auf dem Wisch des Jugendamts auf. Er suchte fieberhaft die Zeilen ab, womöglich handelte es sich um einen Schreibfehler. Doch die Zahlen wiederholten sich.

»Das kann doch nicht sein!«, rief er entgeistert.

»Was denn?«

»Veith soll *nach* mir im Heim gewesen sein.« Er tippte auf die Jahreszahl.

»1978«, las die Schygalla, »na und?«

»Bisher bin ich davon ausgegangen, dass er vor mir dort gewesen ist. Immerhin ist er zehn Jahre älter.« Angersbach gestikulierte aufgeregt. »Wir haben uns ja praktisch die Klinke in die Hand gegeben!« Er war sich in diesem Moment nicht einmal sicher, ob es nicht sogar eine Überschneidung gegeben haben könnte. Doch er erinnerte sich an keinen Neuzugang in seinen letzten Heimmonaten. Keinen siebzehnjährigen Raufbold, der plötzlich in der Tür gestanden hatte. Die einzigen Plätze, die 1978 frei geworden waren, waren sein eigener – und der von Harald Vaupel.

Veith Gruber war zur selben Zeit im Heim gewesen, in der Harald ums Leben gekommen war.

»Hilft Ihnen meine Recherche also weiter?«, erkundigte sich Nadine Schygalla mit einem diskreten Blick auf die Uhr, wie Ralph aus den Augenwinkeln bemerkte. Er nickte.

»Ich denke schon. Die Sache fokussiert sich immer mehr in Richtung Kinderheim. Die Frage ist, was Johann Gründler damit zu tun haben soll.«

»Und Sie selbst.« Ihre Worte trafen ihn wie ein Messer.

»Danke, dass Sie es extra noch einmal erwähnen«, blaffte Ralph sie an. Sofort entschuldigte er sich. »Ich wollte Sie nicht so angehen.«

»Schon gut.« Sie lächelte. »Ich habe einen Nerv getroffen, das ist mir klar.«

Sie schob die Unterlagen zusammen und händigte ihm die Mappe aus. »Ich möchte nicht unhöflich sein, aber mein Termin … Ich muss mich noch in Schale werfen.«

Angersbach musterte sie, während er nach den Papieren griff.

Sie trug Jeans und Bluse. Nichts Aufreizendes, nichts Außergewöhnliches. Doch Nadine Schygalla war so oder so eine elegante Erscheinung.

»Verkneifen Sie sich etwa eine charmante Bemerkung?«

Sie funkelte ihn mit kokettem Augenaufschlag an. Angersbach räusperte sich. »Ich dachte nur«, begann er etwas unbeholfen, und ihr Lachen erlöste ihn.

»Es könnte das Geschäft des Jahres werden. Da setzt man eben alles ein, was man hat.«

Sie zuckte die Achseln und stand auf. Sofort beendete der Hund seinen Tiefschlaf und stand in der nächsten Sekunde neben ihr.

Der Kommissar schüttelte ihr zum Abschied die Hand und eilte dann hinaus.

»Apropos Familie«, rief Frau Schygalla, als er schon halb im Treppenhaus stand. Angersbach drehte sich noch einmal zu ihr um und schenkte ihr einen fragenden Blick.

»Hat Herr Reuter Ihnen eigentlich schon erzählt, dass Frau Vaupel seine Cousine ist?«

Sabine Kaufmann betrat die Wohnung. Es roch nach Elektrosmog, wie sie es gern nannte. Ein Mix aus Staub, dem Geruch nach Platinen und verschiedenen Plastikgehäusen. Weichmacher, Metall, es gab dafür keine präzise Beschreibung. Wenn Michael nachfragte, sagte sie, es wäre, als wenn man in den großen Elektronikmarkt auf der Zeil ginge. Er verteidigte sich dann üblicherweise vehement, immerhin hatte er Zimmerpflanzen und hier und da Spinnen in den Ecken.

»Wo Spinnen sind, herrscht gutes Raumklima«, beharrte er stets.

»Oder es fehlt an einer Katze«, frotzelte Sabine dann.
Michael sank auf die Couch. Er hatte unterwegs mehrfach geschworen, dass es ihm gutginge. Er brauche nichts, habe weder Kopfschmerzen noch Schwindel und fühle sich auch sonst wie ein junger Gott. Sein blasser Teint und seine müden Pupillen sagten etwas anderes.
»Ich bleibe trotzdem, wenn du willst.«
»Und wenn nicht?« Er zwinkerte schelmisch.
»Lass es besser nicht darauf ankommen«, erwiderte Sabine und ließ ihm die Tasche haarscharf vor die Füße fallen.
Unterwegs hatte sie einen Anruf aus Friedberg erhalten. Die Rasterfahndung des dortigen Computergenies hatte eine Unmenge an Treffern ausgespuckt, viel zu viele, um ihnen nachzugehen. Sabine war enttäuscht, obgleich sie von Anfang an Zweifel an der Methode gehabt hatte. Doch sie konnte die Sache schließlich nicht auf sich beruhen lassen.
Sie hatte Kaffee gekocht und eine Dose Ravioli aus den Tiefen des Küchenschranks befreit. Das Verfallsdatum war längst überschritten. Michael hatte nur gegrinst.
»Das ist das Verfallsdatum der Dose. Die Nudeln halten ewig.«
»Wie du meinst.« Sabine grinste zurück. »Wenn ich mir den Magen daran verderbe, pflegst du mich, kapiert?«
Übertreib's nicht, dachte sie sofort, doch Michael war offensichtlich zu erschöpft, um den Annäherungsversuch zwischen den Zeilen zu verstehen.
Während die Tomatensauce auf dem Herd zu blubbern begann, erzählte sie ihm Details über ihre Suche.
»Das hättest du nicht tun sollen«, sagte Michael schließlich. »Vor allem nicht so. Wundert mich, dass der IT-Typ das überhaupt durchgezogen hat.«
»Ich glaube, er tat es wegen Petra«, gestand Sabine ein.

»Er steht auf sie?«
»Möglich. Jedenfalls hatte er keine Einwände.«
»Hm. Kann ich die Ergebnisse denn abrufen?«
Sabine nickte. »Nicht offiziell, aber ja. Der Fall wird hier in Frankfurt untersucht.«
»Prächtig. Dann suche ich selbst. Man könnte das Ganze verfeinern, andere Parameter ...« Er verlor sich in technischen Details, denen Sabine nur schwer folgen konnte. Als er sie um sein Notebook bat, unterbrach sie ihn unwirsch.
»Du spinnst ja!«
»Wieso?«
»Schau dich mal an! Du bist völlig fertig. Jetzt wird erst mal gegessen, dann verschwindest du im Bett.«
Michael wollte etwas entgegnen, doch Sabine bedachte ihn mit einem Blick, der jeden Widerstand zu Staub zerfallen ließ. Zwei Minuten später klapperten ihre Löffel in Müslischalen.
»Du musst dich schonen.«
»Aye, aye, Captain.«
»Morgen früh, *wenn* es dir gutgeht, kannst du dich meinetwegen dransetzen. Aber du bleibst mit deinem Hintern so lange zu Hause, wie der gelbe Schein es vorsieht.«
Er stöhnte auf. Der Arzt hatte ihn noch für die gesamte kommende Woche krankgeschrieben. Außerdem sollte Michael noch einmal zur Nachuntersuchung kommen.
»Aber du schickst mir wenigstens diese Daten, versprochen?«
»Versprochen«, lächelte Sabine. »Morgen.« Sie deutete in Richtung DVD-Regal. »Bis dahin wird dir sicher etwas einfallen, um die Zeit totzuschlagen.«
»Bleibst du noch ein Weilchen?« Er griff nach ihrer Schulter. Es trieb ihr einen angenehmen Schauer über den Rücken, sofort hauchte sie ein kehliges »Ja«.

Nichts lieber als das.

Doch anstatt sie weiter zu berühren, klatschte Michael sich aufs Knie.

»Prima. Ich bin ohnehin zu aufgedreht zum Schlafen. Lass uns die Leinwand runterziehen. Bruce Willis oder Arnie?«

Sabine konnte ihre Enttäuschung nur schwer verbergen. »Mel Gibson?«, fragte sie, um die Leere zu überbrücken.

»Lethal Weapon oder Mad Max?«

»Entscheide du. Ich mach's rundherum dunkel.«

Als sie nacheinander die Knöpfe der elektrischen Rollläden betätigte, die das Wohnzimmer in Minutenschnelle zum Heimkinosaal abdunkelten, atmete Sabine schwer. Sie musste Geduld haben. Beharrlichkeit walten lassen. Nicht gerade ihre größte Stärke, wie sie sich eingestehen musste.

Viel lieber hätte sie Forever Young geschaut, wenn schon Mel Gibson, und auf ein Endzeitdrama konnte sie gut verzichten. Also Lethal Weapon, sie konnte die Teile nicht auseinanderhalten.

»Der mit Joe Pesci und den Krugerrand-Goldmünzen«, bat sie.

»Den zweiten also«, bestätige Michael, und Sabine nickte. Teil eins – er begann mit einem toten Teenager, zugedröhnt mit Drogen, und einem Cop, der sich selbst die Pistole in den Mund schob – war ihr schlichtweg zu deprimierend.

Es glich einer sonderbaren Laune des Schicksals, dass kaum anderthalb Stunden später Sabines Handy zu klingeln begann. Laut und unerbittlich, wie es nur ihre Favoriten konnten. Freunde und Kollegen. Michael unterbrach den Film, während sie sich fragte, weshalb es ausgerechnet Mirco Weitzel sein musste, der anrief.

»Was ist los?«, begrüßte sie ihn. Als müsse sie sich rechtfertigen, erklärte sie noch: »Ich bin gerade bei Michael.«

»Aha. Na das passt ja.«
»Was soll das denn heißen?«
Michael kniff argwöhnisch die Augenbrauen zusammen, und Sabine hätte sich am liebsten auf die Zunge gebissen. Bloß kein Telefondrama, mahnte sie sich, doch es kam ganz anders.
»Hätte ja sein können, dass du schon wieder im Niemandsland bist. Dein Typ wird verlangt.«
Sabine seufzte. »Geht's auch genauer?«
»Janine hat mich verständigt. Vor ihrer Haustür lungern ein halbes Dutzend Typen rum. Schätzungsweise handelt es sich um Gefolgschaft von diesem Leon.«
»Scheiße, da müssen wir hin. Sitzt Leon noch?«
»Nein. Aber er ist nicht mit dabei.«
»Der wird sich hüten«, murmelte Sabine Kaufmann und sah in Richtung Zimmerdecke, wo im Dunkel eine Digitaluhr die Uhrzeit hinprojizierte. »Gib mir zwanzig Minuten«, sagte sie und bat ihren Kollegen, zwei Funkstreifen anzufordern. Als er ansetzte, etwas zu erwidern, schloss sie mit: »Frag bitte nicht. Mach es einfach!«

Als sie im Ortsteil Okarben in die Straße einbog, in der sich Angersbachs Haus befand, war die Kommissarin zum ersten Mal froh, nicht mit einem kleinen Elektroauto anzusurren. Zwei Streifenwagen parkten schräg auf dem Gehweg, natürlich reckten hinter manchen Fenstern die Nachbarn die Hälse. Jeweils einer der Polizisten lehnte an der geöffneten Fahrertür, die anderen flankierten die Gruppe. Ausnahmslos hochgewachsene Muskelpakete mit kurzgeschorenen Haaren und Tattoos auf den Armen. Keiner unter eins achtzig, keiner älter als fünfundzwanzig. Vier Personen, nicht sechs.

Mirco Weitzel hatte offenbar damit begonnen, die Personalien aufzunehmen, er klappte gerade seinen Block zusammen. Sabine Kaufmann nickte ihm zu und stieg aus. Dabei dachte sie unwillkürlich an diese Anzeige, über die sie immer wieder im Internet stolperte. Vermutlich kam sie so hartnäckig wieder, weil sie einmal darauf geklickt hatte. Schuhe, die einen sieben Zentimeter größer wirken ließen. Eine ganze Handbreit. Doch sie hatte sich dagegen entschieden, denn sie konnte sich nicht vorstellen, dass man darin bequem stehen konnte. Geschweige denn jemanden verfolgen. Sabine atmete durch und streckte jeden ihrer hundertsechzig Zentimeter bis aufs äußerste. Kinn nach oben, Schultern nach hinten, Brust raus. Auf Zehenspitzen ging sie nicht, baute sich in zweieinhalb Metern Entfernung zu der Gruppe auf.
»Ein halbes Dutzend Schläger, wie?«, fragte sie betont überheblich. »Ich sehe hier nur diesen jämmerlichen Haufen.«
»So war die Meldung«, erwiderte Mirco.
»Na ja, für die Nachbarn scheint's wohl so auszusehen.« Sie winkte ab. »Wie auch immer. Was wollt ihr hier?«
»Geht Sie nichts an.«
Der Rädelsführer machte einen Schritt nach vorn, sofort stellte sich der Uniformierte neben ihn und bedeutete ihm, in der Reihe zu bleiben. Es war, wie nicht anders zu erwarten, der Kräftigste der vier. Eine kahle, vernarbte Stelle in den Augenbrauen deutete darauf hin, dass ihm bei einer Schlägerei ein Piercing abhandengekommen war. Ein weiteres, zwei Zentimeter daneben, wirkte frisch gestochen.
»Und ob mich das etwas angeht.« Sabine schenkte Mirco einen schnellen Blick. »Herr Kollege, wie sieht's mit den Personalien aus?«
»Bereits erledigt.«

»Wunderbar. Dann packt die Bande ein, lassen wir sie eben übers Wochenende in der Zelle und befragen sie am Montag.«
Aufgeregtes Tuscheln, bis der Vordere wütend zischte.
»Maul halten!« Dann, zu Sabine: »Wir möchten jemanden besuchen.«
»Und warum steht ihr dann hier draußen?«
Die Frage schien ihr Gegenüber zu überfordern. Sabine setzte nach: »Ich sehe das so: Wärt ihr eingeladen, bräuchtet ihr euch nicht auf dem Trottoir die Beine in den Bauch zu stehen. Seid ihr jedoch nicht eingeladen, hm …«
»Wir wollen nur reden.«
»Bitte. Ich bin ganz Ohr.«
»Mit Janine.«
»Janine hat euch nichts zu sagen.« Sabine verschränkte die Arme. »Ich wiederhole es noch einmal, damit es unmissverständlich ist: Alles, was ihr mit Janine zu klären habt, klärt ihr mit mir. Kapiert?«
»Und was, wenn wir nicht wollen?«
Langsam schien er aufzutauen.
»Ich schätze, es geht um den Stoff.« Keiner verzog auch nur eine Miene. Sabine zuckte mit den Schultern. »Wie auch immer. Das Zeug ist futsch. Und es wurde von Leon konfisziert, nicht von Janine, was auch immer er euch erzählt hat.«
Wütendes Murren, dann zischte der Frontmann wieder: »Ist es jetzt schon verboten, auf eine Freundin zu warten?«
»Auflauern trifft es wohl eher.«
»Wir möchten nichts als reden.«
Sabine tippte mit dem Daumen auf ihr Brustbein. »*Ich* rede mit euch, das kommt aufs selbe raus.«
Mirco Weitzel trat neben Sabine. »Geht es noch immer um den Stoff? Ich kann das Ganze bestätigen. Ich war dabei.«

»Jemand muss …«, begann einer seiner Kumpane, verstummte aber abrupt, als ihn ein Ellbogen in die Rippe traf.

»Schnauze!«

Sabine reagierte pfeilschnell. »Was wollte er gerade sagen? Dass jemand den Kopf hinhalten muss? Büßen?« Sie lachte kehlig. »Und das soll Janine sein?«

Kein Kommentar.

»Gut, dann sage ich euch jetzt mal was«, begann sie und schenkte ihren Fingernägeln demonstrativ mehr Aufmerksamkeit als den Muskelpaketen, die ganz Ohr waren. »Janine ist die Schwester eines Bullen, also eine von uns. Capito?« Sie deutete einmal um sich. »Wenn sich einer von euch auch nur noch ein Mal in der Nähe dieser Straße sehen lässt, buchte ich ihn gnadenlos ein.«

»Das dürfen Sie überhaupt nicht«, platzte es aus der hinteren Reihe.

»Dürfen wir nicht«, wiederholte sie abfällig und lachte in Mircos Richtung. Dann nickte sie grimmig und zeigte sich erneut teilnahmslos. »Zehn Tage Erwachsenenvollzug. Das ist kein Ponyhof, so wie der Rockenberger Jugendarrest. Da haben schon ganz andere Kaliber nach ihrer Mami geweint, als sie ihre Unschuld verloren.«

Sabine musste das nicht näher ausführen. Sie war nicht die Einzige, die durch einschlägige Hollywoodstreifen geprägt war. Das Bild von Gefängnisbrutalität war in fast allen Köpfen gleich, völlig egal, wie die Realität aussah. Sämtliche Mienen bekamen denselben Ausdruck, wenn auch nur für ein, zwei Sekunden. Untersuchungshaft, das kannten alle von ihnen, keine Frage. Aber wie vielen von ihnen war es das wert, nur um für Leon den Kopf (oder andere Körperteile) hinzuhalten?

Doch Sabine war noch nicht am Ende. Sie gefiel sich in der Rolle des Bad Cop, deutete auf einen schwarzen Mercedes, der am Ende der Straße parkte.
»Da hinten«, sagte sie, drehte sich um und zeigte in der anderen Richtung auf einen dunkelblauen BMW-Kombi, »und dort.« Sämtliche Blicke, auch die der Streifenbeamten, folgten ihr.
»Kriminalpolizei.« Sie funkelte angriffslustig mit den Augen. »Wo ihr geht und steht, *wir* sind längst da. Also kneift gefälligst eure Hintern zusammen und verschwindet aus meinem Revier. Wir haben euch auf dem Kieker.«
Das bleierne Schweigen dauerte nur wenige Sekunden. Dann steckten zwei der Jungs die Köpfe zusammen. Sabine glaubte, ein »Lass uns besser abhauen« zu hören, dann trollten sich die vier, ohne noch einmal zurückzublicken.
Drei Häuser weiter verließ ein geschniegelter Anzugträger die Tür, warf seiner Familie eine Kusshand zu und entriegelte den Mercedes. Sabine blieb das Herz beinahe stehen, als die Blinker aufflammten, doch wie durch ein Wunder bekam keiner der Typen etwas von ihrem Bluff mit.
Dann räusperte sich Mirco Weitzel, und auch einer der Uniformierten konnte ein anerkennendes Grinsen nicht länger unterdrücken.
»Alle Achtung«, sagte er, »denen haben Sie aber eingeheizt.«
Sabine lächelte ebenfalls, während sie spürte, wie sehr ihr Herz noch vor Aufregung pochte. »Tja, da behaupte noch mal einer, dass man von Achtziger-Actionfilmen nichts lernen kann.«
Sie bedankte sich bei den Kollegen und versuchte danach vergeblich, sich einem Gespräch mit Mirco Weitzel zu entziehen, denn dieser zeigte sich hartnäckig.

»Michael, wie? Die haben ihn aber schnell entlassen.«

Sabine hob die Schultern. »Er hatte Glück.«

»Mit dir, ja.« Er legte ein Lächeln auf, dessen Botschaft sie nicht verstand.

»Wie meinst du das?«

»Na, ihr beide. Das ist doch nicht wirklich vorbei, oder?«

»Wäre das ein Problem für dich?«

»Sabine.« Mirco trat vor sie und umfasste ihre Schultern. Diese Geste behagte ihr ganz und gar nicht, allein wegen der Nachbarn. Außerdem klebte Janine sicher an einem der Fenster. Sie wollte sich loswinden, doch er ließ nicht locker. Außerdem fühlte es sich nicht unangenehm an.

»Sabine. Wir sind beide erwachsen. Wir sind … Freunde. Wir waren *ein Mal* im Autokino, hey, das war ein netter Abend, sonst nichts.«

»Wirklich?«

»Glaub mir.« Er ließ ab von ihr und zwinkerte. »Hätte ich dir Avancen machen wollen, hättest du das mitbekommen. Und zwar eindeutig.«

»Interessant«, frotzelte sie, und er lachte.

»Du wärst mir erlegen, hätte ich's drauf angelegt.«

»Doofkopf.« Sie streckte ihm die Zunge raus. »Aber gut, dass wir das geklärt haben.«

»Was hast du jetzt vor?«

»Ich schnappe mir Janine, und wir fahren wieder Richtung Lauterbach. Wird wohl das Beste sein.«

»Okay. Ich lasse die Kollegen noch ein paar Extrarunden drehen, nur zur Sicherheit.«

»Danke.« Sabine umarmte Mirco. Die Nachbarn waren ihr plötzlich so was von egal.

Egon Reuter gab sich selbstsicher, das Gespräch dauerte keine zehn Minuten. Warum er nichts über seine Verwandtschaft zu Familie Vaupel gesagt habe, wollte Angersbach wissen.

»Es spielte bis dato keine Rolle«, verteidigte er sich.

»Warum glaubt eigentlich jeder, einschätzen zu müssen, was für die Ermittlungen wichtig ist?«, gab Ralph verärgert zurück.

»Unser letztes Gespräch ging um Ihren Bruder, nicht um das Heim.«

»Ja, schon gut.« Der Kommissar winkte ab. »Was können Sie mir denn zu der Geschichte erzählen?«

»Warum fragen Sie nicht Ihren Boss? Er war damals dabei.«

Ralph rechnete. Rutger Heidt? 1978? Er hatte damals maximal Berufsanfänger sein können, so genau kannte er seine Laufbahn nicht. Warum hatte er nichts davon gesagt, als sie das verlassene Haus aufgesucht hatten?

»Momentan frage ich Sie.«

»Harald wurde tot aufgefunden. Es gab eine Menge Gerüchte, irgendwann hieß es, der Fall könne nicht gelöst werden. Wie auch, ohne Waffe? Mit sich widersprechenden Aussagen von verstörten Kindern, die alle ihre eigenen Probleme hatten. Von den Erziehern will niemand etwas mitbekommen haben.«

»Und der Hausmeister?«

»Was soll mit ihm sein?«

»Er wurde damals als einziger Tatverdächtiger gehandelt.«

»Kann sein.«

»Kommen Sie.« Angersbach breitete die Hände aus. »Sie wollen mir doch nicht weismachen, dass Sie diesen Strohhalm nicht ergriffen haben. Der Sohn Ihrer Cousine wird totgeschossen. Das kann Ihnen doch nicht gleichgültig gewesen sein! Ausgerechnet Sie, der sich so leidenschaftlich mit Stammbäumen und Verwandtschaftsverhältnissen befasst.«

»Glauben Sie, was Sie wollen« , widersprach Reuter, »aber ich hatte mit Harald nicht viel am Hut. Deshalb ist mir die Sache auch nicht sofort in den Sinn gekommen.«

»Das bedeutet, Sie standen oder stehen in keinem engen Verhältnis?«

»Nein. Noch nie. Das geht schon zurück auf meinen Vater und ihre Mutter.« Reuter hob eine Schulter. »Manchmal haben sich Geschwister einfach nichts zu sagen. Was ich damals mitbekommen habe, war, dass meine Cousine der Verlust ihres Sohnes schwer aus der Bahn geworfen hat. Sie kapselte sich noch mehr ab als vorher, hörte plötzlich sogar auf zu arbeiten. Wovon sie gelebt hat, weiß ich nicht. Wir hatten nie wieder Kontakt zueinander, nicht einmal zufällig.«

Angersbach beschloss, das vorerst mal so hinzunehmen, und wechselte das Thema.

»Es gibt ein Familiengrab auf dem Totenköppel. Der Name Angersbach ist dort auch vertreten.«

»Ach ja?«

»Ist Ihnen das als Familienforscher nie untergekommen?«

»Sie werden es kaum glauben«, Reuter bekam einen zynischen Tonfall, »aber es spielte wohl keine Rolle. Ich habe die Namen dort nicht auswendig gelernt.«

»Aber nachgeforscht.«

»Ja.«

Ralph gab ihm einen Zettel, auf den er die Namen notiert hatte. Außerdem einen Ausdruck des Fotos von dem Grabstein.

»Könnten Sie dem bitte nachgehen?«

»Ist Ihr Interesse beruflich oder privat?«

Angersbach lachte düster. »Momentan ist das wohl nicht zu unterscheiden.«

Reuter versprach, sich sofort daranzusetzen. Bevor der Kommissar sich verabschiedete, hatte er noch eine Frage: »Die ganze Sache mit dem Terrorismus und so …«

»Ja?«

»Verfolgen Sie das überhaupt noch? Oder vermuten Sie den gemeinsamen Nenner tatsächlich in der alten Heimgeschichte?«

»Wenn ich das wüsste«, brummte Angersbach übellaunig, »stünden wir der Aufklärung wohl ein ganzes Stück näher.« Er wusste natürlich, dass er das nicht hätte aussprechen sollen. Derartige Kommentare hatten gegenüber Zeugen und Verdächtigen nichts verloren. Auch wenn er davon ausging, dass Egon Reuter ein auf Vorteil bedachter Wendehals war, der ihm nur bereitwillig half, weil er eine Anklage wegen der Sache mit dem Holzbalken befürchtete. Seine Beziehung zu Harald und dessen Mutter, damals wie heute, stand auf einem anderen Blatt.

»Ich frage ja nur«, sagte Reuter, doch da war etwas in seiner Stimme, das den Kommissar aufhorchen ließ.

»Sie fragen nicht einfach so, oder?«

»Nun ja«, es schien ihm unangenehm zu sein, er wand seine Hände ineinander, »mir fällt zu der ganzen Familiensache noch etwas ein.«

»Bitte.« Angersbach zückte Stift und Papier.

»Frau Bellermann, Grubers Vermieterin.«

»Was ist mit ihr?«

»Ihr Mann hat damals in einem Steinbruch gearbeitet, ich kann Ihnen den Namen raussuchen. Seit ein paar Jahren stillgelegt, aber das tut nichts zur Sache.« Reuter räusperte sich. »Er war damals Sprengmeister oder wie man das nennt.« Angersbach kniff aufmerksam die Augen zusammen, als warte er selbst darauf, dass eine explosive Ladung hochginge.

»Jedenfalls hatte er Dienst, als Dynamit entwendet wurde. Von Terroristen. Zumindest hieß es das damals. Die haben doch ständig Munitionsdepots und Sprengmittellager auf dem Schirm gehabt, um für ihre Stadtguerilla aufzurüsten.«
Ralph kratzte sich am Kinn. Davon hatte Mathilde Bellermann ihm nichts erzählt. Er suchte eine ruhige Ecke und telefonierte mit Schmittke. Dieser versicherte ihm, dass auch bei der LKA-Befragung der Witwe nichts dergleichen zur Sprache gekommen war.
Er verabschiedete sich zum zweiten Mal von Reuter und fuhr direkt zu ihr. Auf dem Weg brachte er Sabine auf den neuesten Stand und informierte sie, dass er noch ein Weilchen unterwegs sein würde.

»Warum haben Sie mir nichts von der Verbindung zwischen Ihrem Mann und dem Roten März erzählt?«
»Verbindung, Verbindung.« Frau Bellermann winkte verächtlich ab, dann blitzte es in ihren Augen auf. »Sie haben mir *Ihre* ja auch nicht verraten.«
Ralph war es zuwider, sich rechtfertigen zu müssen.
»Ich wusste es zu diesem Zeitpunkt noch nicht. Außerdem spielt es für die Ermittlung keine Rolle.« Er sagte das so einfach, dabei stimmte es hinten und vorne nicht. Doch deshalb war er nicht hier. »Was ist denn nun genau passiert damals?«
»Können wir die Sache nicht bitte einfach ruhen lassen?«
Der Kommissar seufzte und verneinte. »Wir müssen jeder Verbindung nachgehen, tut mir leid.«
»Mein Mann wurde schon genug bestraft«, jammerte Frau Bellermann. »Er hat sich diese Sache ein Leben lang nicht verziehen.«

»Und Sie haben davon gewusst?« Angersbach beobachtete sie genau. Doch die Mimik einer alten, müden Frau war schwerer zu lesen als die Gesichter, in die der Kommissar sonst meist blickte. Gesichter, die etwas verbargen. Pokerfaces. Frau Bellermann indes schien in ihren Bewegungen wie ein offenes Buch zu sein. Kooperativ, ehrlich, mitfühlend. Doch was hinter ihrer Stirn vorging – er wusste es nicht. Die Erinnerungen an ihren verstorbenen Mann, das Ehrgefühl alter Menschen, ihren Lebenspartner posthum um nichts in der Welt zu verletzen; all das durfte der Kommissar nicht außer Acht lassen. Umso erleichterter war er, als sie ihm antwortete.

»Ich habe gewusst, dass der Sprengstoff in seiner Verantwortung lag«, begann sie leise. »Er war austreten, keine fünf Minuten im Gebüsch verschwunden. Vielleicht hätten sie ihm sonst eins über den Schädel gezogen, wer weiß. Später erinnerte er sich daran, verdächtige Geräusche gehört zu haben. Aber als er zurückkam, war nichts zu sehen.«

Frau Bellermanns Stimme bekam einen Nachdruck, der Angersbach argwöhnisch machte. Er kniff die Augen zusammen, was ihr offenbar nicht entging.

»Ernsthaft«, bekräftigte sie mit starrem Blick. »Es ist ja nicht so, dass man täglich die Dynamitstangen zählt.«

»Und aufgefallen ist das Ganze wann?«

»Eine Woche später, bei der Inventur.«

»Also gab es regelmäßige Kontrollen.«

»Natürlich. Die Buchführung musste penibel stimmen.«

»Okay.« Angersbach nickte. Er hatte sich über das Vorgehen informiert. Was Frau Bellermann sagte, hatte Hand und Fuß, wobei es für die Sache mit den Sprengstoffen so viele unterschiedliche Handhaben gab, wie Steinbrüche existierten. In den Siebzigern, ohne elektronische Helferlein, noch mehr als heute.

»Man ging die Dienstpläne durch, es gab ja nur ihn und die Kollegen von der Tagschicht. Tagsüber ist aber ständig Hochbetrieb, da ist man nie allein, es musste also nachts passiert sein. So weit die Logik-Ermittler.«

»Kam es zu einer Anklage?«

»Nein. Es gab keine Beweise. Wie auch?« Frau Bellermann seufzte schwer. »Mein Mann hat den Sprengstoff ja nicht selbst entwendet. Für die Geschichte mit den verdächtigen Geräuschen erntete er Hohn und Spott. Als wäre er der Einzige, der seinen Posten je verlassen hätte. Andere kamen betrunken zur Arbeit oder rauchten wie die Schlote.«

Angersbach bekam Mitleid, als er sah, wie die alte Dame auch jetzt noch von der Sache mitgenommen wurde. Sie beruhigte sich nur allmählich, erzählte ihm noch, dass ihr Mann zwei Wochen zwangsbeurlaubt worden wäre und hinterher an eine andere Stelle versetzt worden war. Der Mangel an Arbeitskräften. Es waren andere Zeiten gewesen.

»Danke, das genügt mir«, schloss Ralph, der im Kopf einige Möglichkeiten formulierte, wie er eine letzte Frage behutsam stellen konnte. Frau Bellermann kam ihm zuvor.

»Wir haben nie erfahren, wozu das Dynamit verwendet wurde.« Es klang wie ein Schwur. Angersbach nickte schweigend und ließ ihr Zeit. Tatsächlich setzte sie noch etwas nach: »Natürlich hatten wir Vermutungen. Ängste. Doch es gab mehrere Diebstähle von Munition und Sprengmaterial. Jahrelang, überall in Deutschland. Man hegt einfach die Hoffnung, dass das, wofür man verantwortlich war, nicht in einen tödlichen Anschlag verwickelt sei. Manches ging ja auch schief. Oder wurde im Wald vergraben und nie verwendet.«

Angersbach musste ihr zugestehen, dass dies plausibel klang. Im Gegensatz zu abgefeuerten Projektilen, dachte er, wiesen Sprengmittel keine einzigartigen Marker auf. Nicht zwangsläufig jedenfalls. Er dachte an Erschießungskommandos, über die er gelesen hatte. Vier Schützen, zwei von ihnen mit Platzpatronen. So konnte jeder nach der Exekution in dem Glauben nach Hause gehen, dass zwei andere die tödlichen Schüsse ausgeführt hatten. Er entschied, Frau Bellermann nicht weiter mit der alten Geschichte zu plagen.
»All das hätte Ihnen auch diese Journalistin sagen können«, murmelte sie und klang müde. Ralphs Kopf schnellte nach oben.
»Journalistin?«
Frau Bellermann beschrieb die Frau. Ihre Darstellung bildete unzweifelhaft Nadine Schygalla ab, was Ralph nicht weiter verwunderte.
»Frau Schygalla hat mit meinem, hm … mit Veith zusammengearbeitet. So viel wissen wir bereits.«
»Warm.«
Ralph zuckte zusammen. »Was war das eben?«
»Sie sind nah dran. Aber da ist noch mehr.«
»Sie sagten ›warm‹!« Das konnte kein Zufall sein.
»Kennen Sie nicht Topfschlagen? Warm, wärmer, heiß?« Frau Bellermann bekam einen verträumten Blick. »Mein liebstes Kinderspiel, damals, in der Heimat.«
Sollte er ihr verraten, dass ein Unbekannter Graffiti gepinselt hatte, die alles andere als ein Spiel waren? Ralph atmete schwer.
»Zurück zu Frau Schygalla.«
»Ich glaube, dass die beiden nicht nur gearbeitet haben.«
Ein flüchtiges Lächeln zeigte sich, verschwand aber sofort wieder. Angersbach hatte es dennoch bemerkt.

»Sie meinen, die beiden waren befreundet?«

»Wärmer.« Er zuckte wieder, aber nur noch leicht.

»Ein Liebespaar?«

»Ich weiß es nicht genau, ich bin auch kein Waschweib. Aber er war ein einsamer Mann, das sagte ich Ihnen schon. Alles andere geht mich nichts an.«

Ralph nickte. Er würde Nadine Schygalla befragen. Am liebsten wollte er sie anrufen und zusammenfalten, weil sie ihm etwas so Wichtiges vorenthalten hatte. Doch dann riss Mathilde Bellermann ihn aus seinen zornigen Phantasien.

»Sie war am Abend vorher hier.« Sie lächelte. »Manchmal ließ er sie hinten rein, dachte, ich würde es nicht mitbekommen. Oder weil er mich nicht aufwecken wollte. Ihr Bruder war stets korrekt und äußerst rücksichtsvoll, vergessen Sie das nicht.«

»Hm. Haben Sie an diesem Abend etwas bemerkt? Irgendwas, das anders war als sonst?«

»Nein. Sie hatte den Kompuhter dabei.«

»Seinen?«

»Ja. Sie hatte ihn für Ihren Bruder besorgt. Sagte ich das nicht?«

»Nein.«

Angersbachs Gedanken rasten. Was hatte die Schygalla mit dem Laptop angestellt? Hatte sie die Daten gelöscht? Oder war es am Ende ein ganz anderer, den sie gebracht hatte? Und war es Zufall, dass das ausgerechnet am Vorabend des Mordes geschehen war?

Der Kommissar bedankte sich und konnte gar nicht schnell genug zurück zu seinem Lada kommen.

Nadine Schygalla versicherte ihm am Telefon, dass sie zu Hause auf ihn warten würde. Eigentlich hatte sie ins Büro fahren wollen, wo Ralph auch vorbeigefahren wäre. Nur aus einem Reflex heraus hatte er ihre Nummer gewählt. Schon von weitem erkannte er ihren Kombi; das graue, schlammbesprenkelte Ungetüm mit dem Hundekäfig im Heck. Ein Focus. Angersbach hätte sich am liebsten an die Stirn geschlagen. Er bremste so heftig, dass ihm wieder das Handy aus den Fingern schnellte und sich in der nächsten Sekunde im Fußraum wiederfand.

»Schickt mir Unterstützung in den Bergweg«, forderte er kurz darauf, schnell atmend, und ergänzte noch: »Spurensicherung und Abschleppwagen inklusive. Nadine Schygallas Wohnadresse.«

Er legte seine Hand aufs Zwerchfell und schloss die Augen. Zwanzig Sekunden, drei ruhige, tiefe Atemzüge. Ralph spürte, wie er zurück zur Ruhe fand. Alles war klar, er hätte es längst sehen müssen. Vielleicht hatte er es auch schon im Unterbewusstsein geahnt und nur das letzte Quentchen fehlte, um ein Bild zu formen. Nadine Schygalla hatte ihn an der Nase herumgeführt. Mit weiblichem Charme und vorgegaukelter Hilfsbereitschaft. Doch wer war ihr Partner? Ihr Helfer? Oder war *sie* es, die im Auftrag eines Dunkelmanns agierte? Passte diese Rolle zu der taffen Persönlichkeit?

»Finden wir's raus«, knurrte der Kommissar in Richtung Gehsteig, kurz bevor er die drei Stufen zu ihrer Haustür hinaufstieg.

»Da sind Sie ja.«

Es war ein Lächeln, das jeden Mann überrollt hätte, der sich auch nur im Entferntesten für das weibliche Geschlecht interessierte. Wieder einmal saß alles perfekt. Lippenstift und Fingernägel harmonierten im selben Farbton, Perlenkette und Armband wirkten fast einen Hauch overdressed. Dazu das Kostüm.

»Schick«, kommentierte Angersbach und verzog den Mund. »Erwarten Sie einen wichtigen Kunden?«

»Danke.« Sie sah reflexartig an sich herab. Erwidern konnte sie ja nichts Schmeichelhaftes. Seine Jeans war schmutzig, das T-Shirt hing schlaff über den Hosenbund. »Könnte man sagen. Es geht um ein großes Projekt am Bahnhof.« Dann senkte sie ihre Stimme. »Streng geheim – und es ist unglaublich viel Geld im Spiel.«

Angersbach gab sich unbeeindruckt. »Sagen Sie ihm ab.«

»Wie bitte?«

»Sagen Sie ihm bitte ab. Sie werden heute kaum Zeit für einen Bürotermin haben.«

Nadine Schygalla verschränkte die Arme, und ihr Gesichtsausdruck wurde düster, als sie bemerkte, dass ihr Gegenüber nicht scherzte. In diesem Moment tauchte das Ungetüm von Hund hinter ihr auf. Er streckte neugierig den Kopf aus der angelehnten Tür. Ralph schluckte und fragte sich, ob er womöglich einen Fehler begangen hatte. Er trug keine Waffe. Die Beamten würden frühestens in ein paar Minuten hier eintreffen. Mit dem Jagdinstinkt und der Aggressivität von Vierbeinern kannte sich der Kommissar nicht aus. Das Schlimmste aber war: Frauchen schien jeden einzelnen seiner Gedanken zu erraten. Ihre Lippen verformten sich zu einem süffisanten Lächeln.

»Und jetzt?«

Sie bewegte sich keinen Zentimeter. Der Hund hatte Angersbach entdeckt, eventuell wiedererkannt, das gab er nicht preis,

und rührte sich ebenfalls nicht. Ralph entschied, auf Zeit zu spielen.
»Sie haben mir nicht gesagt, dass Veith den Computer von Ihnen hatte.«
»Mag sein. Ist das wichtig?«
»Für uns ist alles wichtig.«
»Ja, er war von mir. Und?«
»Sie haben ihn am Vortag seines Todes mitgenommen.«
»Und wieder zurückgebracht, ja. Er hatte keinerlei Ahnung von Windows, Hardware und Co. Wundert Sie das?«
»Wie gesagt, Sie hätten es sagen müssen.«
»Noch was?«
»Frau Bellermann hat Sie beide zusammen, hm, als ziemlich vertraut wahrgenommen. Stimmt das?«
»Wenn man so eng zusammenarbeitet …«
»Das meine ich nicht, und das wissen Sie. Hatten Sie eine Beziehung mit Veith Gruber?«
Frau Schygalla trat von einem Fuß auf den anderen. Dann, endlich, nickte sie. »Uns verband mehr als die Arbeit. Ist es das, was Sie hören wollen?«
»Ich möchte die Wahrheit hören«, beharrte Ralph. »Welcher Gestalt ist mir egal. Warum haben Sie mir diese Information verschwiegen?«
»Reiben Sie Ihre Beziehungsgeschichten etwa jedem unter die Nase?«
»Es geht hier nicht um mich.«
»Indirekt schon«, konterte sie spitz.
Für einen kurzen Moment empfand Ralph das Bedürfnis, sie zu ohrfeigen, aber er riss sich zusammen.
Er deutete hinter sich. »Sie fahren einen anthrazitfarbenen Focus?«

»Er parkt in meiner Auffahrt, ist auf mich zugelassen und hat einen Hundekäfig im Heck. Das ist ja wohl offensichtlich«, ihre Stimme wurde schnippisch, »das können Sie mir jetzt nicht auch noch vorwerfen.«

Ralph ließ sich nicht beirren. »Wir möchten uns das Auto gern ansehen.«

»Ansehen«, wiederholte sie tonlos. »Wieso?«

»Wurden in letzter Zeit Reparaturen daran durchgeführt? Hatten Sie einen Unfall?«

»Nein? Was soll der Quatsch?«

In diesem Moment näherte sich ein Streifenwagen. Ralph Angersbach wusste nicht genau, ob sein Herz einen Schlag aussetzte oder schneller schlug, jedenfalls fiel ihm ein zentnerschwerer Stein vom Herzen.

»Frau Schygalla, ich muss Sie bitten, meine Kollegen auf die Dienststelle zu begleiten. Man wird Sie dort vernehmen, um Ihre Beteiligung an der Strafsache Veith Gruber, Johann Gründler und Michael Schreck zu überprüfen. Bitte leisten Sie keinen Widerstand.«

Es missfiel Ralph Angersbach sehr, dass sich ihr Gesichtsausdruck versteinerte, als er die drei Namen nannte. Weder in ihren Augen, die ihn mit eisiger Verachtung straften, noch in ihrer Muskulatur zeichnete sich der kleinste verräterische Hinweis ab.

Es hatte eine Weile gebraucht, bis der Kommissar zur Ruhe gefunden hatte. Es gab so viel, was er hätte tun müssen. Doch das Rauschen in seinem Kopf war zu stark, er konnte nicht mehr klar denken. Die Polizeidirektion war voll mit fähigen Kollegen, von daher nahm er sich eine kurze Auszeit. Zu Fuß war Ralph Angersbach die zwei Kilometer in den Nachbarort geschlendert. Den Galgen hatte er dabei sprichwörtlich links liegenlassen. Außer einem Traktor war ihm niemand begegnet. Jetzt saß er, die Beine baumelnd, auf einer Mauer im hinteren Teil von Neifigers Hof.

»Warum soll diese Schickimicki-Tante deinen Bruder getötet haben?«

Ralph hasste es, wenn der dröge Metzger seine tiefsten Gedanken derart auf den Punkt brachte.

»Ich sage ja nicht, *dass* sie es war«, verteidigte er sich mürrisch, »aber sie brauchte einen Schuss vor den Bug.«

»Praller Bug.« Ein Grinsen zeichnete sich zwischen Neifigers prallen Backen, und er hielt sich die Hände vor die Brust.

»Ach, sei still. Ich kann es nicht leiden, wenn jemand mit Informationen hinterm Berg hält.«

Neifigers Miene wurde düster. »Du hättest mit mir ja ruhig auch etwas früher über den alten Gründler reden können.«

Ralph musste sich eingestehen, dass er die Sache hatte schleifen lassen. Anfangs zumindest. Doch es ärgerte ihn im Moment viel mehr, dass Neifiger überhaupt nicht auf ihn eingehen wollte. Unwirsch blies er seinen Atem aus.

»Auf wessen Seite stehst du eigentlich?«

Neifiger winkte ab. »Vergiss es, ich hör ja schon auf. Was passiert jetzt als Nächstes wegen Gründler?«

»Wir suchen nach ihm, revierübergreifend. Doch es gibt keine Anhaltspunkte, leider.« Ralph knirschte mit den Zähnen. »Wir können nur hoffen, dass er noch am Leben ist.«

»Was sagt dein Bauchgefühl?«

»Ich weiß es nicht. Aber weshalb sollte man ihn ausgerechnet jetzt ermorden, wenn man sich derart Mühe mit dem Bulli und dem Entführungsfoto gibt?« Der Kommissar hob die Schultern und atmete tief durch. »Doch andererseits: Wer kann schon in den Kopf von Entführern blicken?«

Neifiger hüstelte. »Da wird dir die Schygalla aber kaum weiterhelfen können.«
»Mag sein. Ich weiß es nicht. Diese Unklarheit macht mich fertig. Dazu kommt die Angst um Janine.«
»Lässt du sie nicht beschützen?«
»Natürlich.« Angersbach stöhnte auf. »Aber was bedeutet das schon? Ein paar Runden extra mit dem Streifenwagen ums Haus. Doch es gibt keine Garantien. Wer auch immer der Feind ist, er ist verdammt gut …«
»Informiert?«
»Ich wollte organisiert sagen.« Angersbach überlegte. »Was meinst du mit informiert? Einen Insider?«
Er hatte auch schon daran gedacht, es aber nicht weiter verfolgt.
Neifiger zuckte die Achseln. »Jemanden in Verdacht?«
»Nein. Dazu kenne ich mich nicht genügend aus.« Ralph kam ein Gedanke. »Was weißt du über Rutger Heidt?«
»Den Polizeichef? Vergiss es!« Neifiger zeigte sämtliche Zähne, während er auflachte. »So eine ehrliche Haut hat man selten gesehen.«
Angersbach wusste nur zu gut, dass sich hinter jenen Fassaden oft die tiefsten Abgründe auftaten. Wenngleich er sich seinen Boss wahrlich nicht als potenziellen Mörder vorstellen mochte. Allerdings: »Er hat uns verschwiegen, bei dem toten Jungen im Kinderheim dabei gewesen zu sein. Dabei sind wir den gesamten Ort zusammen abgegangen.«
»Vielleicht hat er's verdrängt?« Neifiger hustete und tastete hinter einem Steinvorsprung nach einer Flasche. Kristallklar, jedoch alles andere als Wasser, dafür musste Angersbach nicht daran riechen. Der Metzger nahm einen Schluck, räusperte sich erneut und hielt sie seinem Freund hin. Ralph lehnte dankend ab.

»Verdrängt?« Er legte die Stirn in Falten und schüttelte den Kopf. »Seinen ersten Toten vergisst man nie. Warte kurz.«
Er rief in Lauterbach an, Rahn meldete sich. Ralph bat ihn, die Akte Vaupel aus dem Archiv zu holen.
»Bitte kümmere dich selbst darum«, betonte er. »Ohne den Häuptling einzubeziehen.«
Rahn hatte nichts dagegen einzuwenden, stellte nicht einmal eine Rückfrage. Angersbach kündigte ihm außerdem an, dass Frau Schygalla jeden Moment eintreffen könne.
»Weiß ich längst«, gab der Mann vom LKA zurück. »Sollen wir mit der Vernehmung warten?«
»Ja, bitte.«
Sollte sie ruhig ein wenig ausharren.

Er wollte gerade den Rückweg zu seinem Lada antreten, da meldete sich das Smartphone. Angersbach erkannte die Nummer nicht. Ein Handy, so viel war zu sehen. Doch die Stimme, die er Sekunden später vernahm, ließ ihm einen warmen Schauer über den Rücken gleiten.
»Ich hoffe, ich störe Sie nicht. Sie wollten doch informiert werden.«
Claire Floris. Ihre Stimme klang unsicher, als stellte sie in Frage, ob sie überhaupt hätte anrufen sollen.
»Natürlich, gut, dass Sie anrufen«, antwortete Angersbach hastig. »Worüber denn informieren? Was ist passiert?«
»Es hieß, man habe einen VW-Bus aus dem Stausee gefischt.« Sie stockte. »Handelt es sich dabei um Gründlers Camper?«
»Woher haben Sie das gehört?« Angersbach fragte sich, ob die Medien bereits darüber berichteten. Es war doch erst ein paar Stunden her.
»Eine Bekannte malt dort.«

»Sie *malt* dort?«
»Ja, Naturbilder.«
»Ach so.«
»Und Gründler?«
Angersbach überlegte kurz. »Von ihm fehlt nach wie vor jede Spur.«
»Dann war es richtig, Sie anzurufen«, schloss Claire mit gedämpfter Stimme, und Ralph horchte auf. »Im Haus unten war nämlich jemand.«
»Bei *Ihnen?*« Seine Nackenhaare stellten sich auf.
»Na ja, unten. Im Haupthaus. Ein Mann.«
»Erzählen Sie! Ist er noch da?«
»Nein.« Sie räusperte sich. »Das heißt, ich glaube nicht. Ich habe ein Auto gehört. Kurz darauf knallte eine Tür. Dann entfernte es sich.« Sie machte eine Pause und seufzte schwer. »Sie wissen ja, ich kann leider nicht hinter das Gebäude blicken. Bis heute hat mich das nicht gestört, aber seit dieser Entführungssache …«
Sie musste den Satz nicht beenden, damit Angersbach verstand. Einsam, umringt von Wäldern, und dann auch noch mit Handicap.
»Um ehrlich zu sein, wundere ich mich, dass Sie es überhaupt so lange ausgehalten haben. Ich komme mal rum, in Ordnung?«
»Geht das denn so einfach?«
»Wenn sich tatsächlich jemand Zugang zum Haus verschafft hat, handelt es sich um eine Straftat. Die Tür trägt ein Dienstsiegel. Also werde ich mir das Ganze einmal ansehen.« Ralph lächelte, auch wenn sie es nicht sehen konnte, dann fiel ihm etwas ein, und er fügte flugs hinzu: »Sie liegen ohnehin auf dem Weg.«

»Na dann«, antwortete sie, und es kam ihm beinahe schelmisch vor.
Obacht, Angersbach, mahnte er sich. *Du hast überhaupt keine Zeit für so etwas.*
Doch gab es jemals die richtige Zeit?

Das mulmige Gefühl in Ralphs Magengegend wollte nicht vergehen. Es plagte ihn, seit er vor zwanzig Minuten aufgelegt hatte. Er hatte kurz in der Pension Station gemacht und sich bei der Hausherrin erkundigt, ob sie Margarine dahabe und Salatsauce ohne Sahne zubereiten könne. In Frau Kampmanns Blick lag etwas Unbestimmtes, er war sich nicht ganz sicher, ob sie als Nächstes einen Exorzisten herbeirufen würde oder mit wütendem Stampfen verkünden, dass gegessen werde, was auf den Tisch käme.
»Janine hat ein paar seltene Allergien«, war Ralph auf die Schnelle in den Sinn gekommen, »außerdem fehlt ihr die Mutter. Diskutieren Sie am besten nicht mit ihr.« Dabei hatte er mit den Augen gerollt. Sofort entspannte sich die Miene seines Gegenübers, und sie war von dannen gezogen.
Der Lada stockte, schon wieder Zeit zu tanken? Doch die Anzeige verriet, dass noch genügend Diesel vorhanden war. Am Scheideweg überlegte der Kommissar, ob er direkt zum Nebengebäude hochfahren solle, entschied sich dann aber anders. Er ließ den Wagen ausrollen, so weit, dass sie von oben sehen konnte, dass er da war. Weit und breit war keine Bewegung auszumachen, also hupte er zweimal, was er sofort bedauerte. *Wenn* hier irgendwo jemand war …
… hat er mich ohnehin kommen sehen.
Ralph knallte die Tür und näherte sich dem Treppenaufgang. Er neigte den Kopf, das Siegel schien intakt zu sein. Keine

Einbruchspuren, jedenfalls nichts, was nicht vorher schon da gewesen wäre. Er öffnete die Tür, es knarrte, zum dritten Mal in dieser Woche stapfte Ralph Angersbach durch den Flur. Es roch genauso, das Licht fiel zwar anders, aber alles war vertraut. Menschenleer. Er knipste das Licht an, um die vernagelten Räume zu erhellen. Leuchtete mit der Taschenlampe in die schattigen Ecken, als hoffe er, eine weitere Inschrift zu entdecken. Eine Spur, einen Hinweis. Der Bus hatte keine persönliche Nachricht enthalten, zumindest keine, die ins Auge gestochen hätte. Und bis dato hatte der Feind sich nicht mit versteckten Details aufgehalten. Bislang war jedes Wort deutlich in Szene gesetzt gewesen, jeder Text schien eindeutig an ihn adressiert. So plaziert, dass er darüberstolpern musste. Das konnte nur eins bedeuten: Wo nichts zu sehen war, gab es nichts. Doch Ralph war sich trotzdem sicher, dass er etwas übersah. Irgendetwas stimmte nicht.

Er löschte die Lichter und entschied, nachher eine zweite Runde durch die Räume zu gehen. Dann erklomm er den Abhang.

Claire Floris hatte ihre Haustür verschlossen. Bisher hatten sowohl ihre Terrassenflügel als auch der Eingang sperrangelweit offen gestanden. Einladend, nichts Böses ahnend. Heute war es anders.

Ralph überlegte, ob er sie rufen solle. Doch ein förmliches »Frau Floris?« hörte sich schon in Gedanken so plump an, dass er es lieber bleibenließ. Stattdessen räusperte er sich laut, als er den Weg erreichte, und rief: »Hallo?«

Keine Antwort.

Als Nächstes sah er, dass die Haustür nicht verriegelt war, sondern nur angelehnt. Er stellte sich vor, wie hinderlich es sein musste, jedes Mal den Rollstuhl vor ein Türblatt zu bugsieren, nur um es dann im Rückwärtsgang aufzuziehen. Kein

Wunder, dass sie sie lieber offen stehen ließ. Er drückte die Tür auf.

»Frau Floris? Hier ist Ralph Angersbach. Sind Sie drinnen?«

Das Wohnungsinnere zeigte eine von Kunst dominierte Halle, mehr eine Galerie denn ein Wohnzimmer. Skulpturen, Bilder, eine mannshohe hölzerne Plastik, die mit Blumenstauden umgeben war. Ein Schmetterling saß wie selbstverständlich auf einer Blüte. Die Sonne ließ den Raum, der nach zwei Seiten hin Fenster hatte, golden erstrahlen. Ein Lichtreflex zog Angersbachs Aufmerksamkeit auf sich.

Der Rollstuhl stand zur Hälfte hinter der Skulptur. Zwei ineinander geschlungene Holzwesen, ohne Rinde, matt poliert. In einem Radius von zwei Metern gab es nichts, woran sie sich hätte festhalten können. Aufrichten. Wozu sollte sie auch? Ralphs Gedanken rasten. Außer im Bad oder im Schlafzimmer gab es doch keinen Bedarf dafür. Dann erblickte er das Telefon. Es lugte aus einer der Taschen an der Rückenverkleidung des Rollstuhls und blinkte rot. Der Akku war schwach. Von ihrem Handy war nichts zu sehen. Angersbach umrundete den Rollstuhl, tastete vorsichtig nach der Lehne. Sie war warm, allerdings schien die Sonne darauf. Er war sich nicht sicher, dachte den Gedanken nicht zu Ende, denn auf dem Boden entdeckte er ein rechteckiges Papier. Ralph bückte sich und griff danach. Seine Visitenkarte.

Er kniff die Augen zusammen, atmete durch die Nase ein. Noch immer hob sich sein Brustkorb schnell, war es nicht mehr vor Anstrengung, übernahm nun die Anspannung. Ralphs Herz pochte hörbar, erst viel zu spät wurde ihm klar, dass die dumpfen Geräusche von verstohlenen Schritten herrührten.

Der Schlag, der ihn am Hinterkopf traf, vernebelte ihm die Sinne. Schwärze, hallendes Rauschen, dann Stille.

Sabine Kaufmann stand vor dem vollgekritzelten Papierbogen. Janine beobachtete sie neugierig, tat aber jedes Mal, wenn die Kommissarin in ihre Richtung blickte, gelangweilt. Sabine drückte auf der Saftflasche herum, als hätte sie eine Hantel in der Faust liegen. Ihr Kopf drohte überzuquellen vor Gedanken, schließlich riss sie das Kunstwerk schnaubend herunter und begann noch mal von vorn.

<u>Egon Reuter</u>

- Querverweis auf Todesfall Harald Vaupel
- dadurch mögliches Motiv, den Hausmeister zu töten
- Frage: warum Veith Gruber, warum Johann Gründler? Besitzt er (technische) Mittel und Motivation, sich gegen Ralph zu stellen?
- verdächtig: stattete Galgen mit Balken aus, verschwieg Verwandtschaft zu H.V., erwähnt häufig Terrorismus (möglicherweise Ablenkung?)
- persönliche Einschätzung: wenig verdächtig, keinesfalls an allem beteiligt

<u>Nadine Schygalla</u>

- fährt anthrazitfarbenen Kombi
- plaziert Informationen so, dass sie von ihr ablenken
- gibt sich kooperativ und selbstsicher (Versuch, Ralph damit einzulullen?)

An dieser Stelle meldete sich Janine zu Wort: »Denkst du so über meinen Bruder?«
Sabine sah überrascht auf, denn als Bruder hatte Janine Ralph bis dato nicht bezeichnet. Sie fühlte sich aus ihrer Gedankenwelt gerissen, musste aber darauf antworten.

»Ich denke so von Frau Schygalla. Sie ist der Typ Frau, die Männer mit ihren Tricks bezirzen, wenn sie damit einen Vorteil herausschlagen können.«
»Ralph ist doch kein Trottel. Mehr so ein Oberlehrer. Dem passiert so was doch nicht.«
»Unterschätze nicht die Frauen«, lächelte Sabine und hob die Augenbrauen. »Ich unterstelle ihm ja auch nichts.«
Janine brummte etwas Unverständliches und widmete sich wieder ihrem MP3-Player. Sabine las die letzten Zeilen und schrieb weiter.

- verschwieg Affäre mit Gruber
- löschte möglicherweise seine Daten (techn. Know-how)
- Motiv: unklar – sucht sie die Nähe zu Ralph, um den »Feind« besser zu kontrollieren?
- Verbindung zu Vaupel und Riedesel: ??
- Verbindung zu Schönfeldt und Gründler: ??
- persönliche Einschätzung: agiert im Hintergrund. Weiß mehr, als sie vorgibt.

Es war zum Mäusemelken. Sabine suchte auf dem alten Papier, ob sie etwas übersehen hatte. Doch es ergab alles keinen Sinn. Sie begriff nicht, wo der Zusammenhang liegen sollte. Ihre Finger tippten auf die Nummer der forensischen Abteilung in Fulda. Vielleicht hatte sich etwas getan in Sachen Fahrzeug. Ohne Hinweise auf eine Tatbeteiligung an Michaels Unfall würde man die Schygalla kaum einbehalten können. War Ralphs Verhaftung am Ende nur ein Warnschuss gewesen? Sabine hätte ihn nur zu gerne gefragt, doch er ignorierte mal wieder geflissentlich sein Handy.
Die Techniker versicherten der Kommissarin, dass sie zugan-

ge seien. Doch außer Unmengen an Hundehaaren und -speichel, einem Kilo Dreck und den üblichen Schrammen an den Stoßfängern sei ihnen nichts aufgefallen.

»Übliche Schrammen?«, fragte Sabine nach.

»Absplitterungen vom Parken, Kratzer durch Anschlagen der Tür, Spuren, die Schlüsselbund und Reißverschluss hinterlassen. Und die Krallen des Hundes.«

Sie lauschte der Aufzählung des Kollegen, witterte zunächst eine versteckte Botschaft à la Frau am Steuer, doch es kam nichts dergleichen.

»Der Focus ist sechs Jahre alt und wird als Gebrauchsgegenstand eingesetzt, nicht als Statussymbol«, schloss ihr Gesprächspartner. »Keine der Spuren ist im Geringsten verdächtig.«

Es wäre ihr lieber gewesen, sie hätte etwas anderes gehört. Zum vierten Mal binnen einer Stunde versuchte die Kommissarin, ihren Partner zu erreichen. Sie kam sich beinahe so vor wie eine verlassene Ehefrau. Sie saß da, das Mädchen am Hals, sein Chaos vor der Nase, und hatte nicht den geringsten Plan, was sie tun sollte.

Wo zum Teufel steckte Angersbach?

»Neuer Ansatz?«, erkundigte sich Rahn, der lautlos das Besprechungszimmer betreten hatte, und Sabine ließ vor Schreck die Flasche fallen.

»Da siehst du's mal selbst«, erklang Schmittkes Stimme mit einem meckernden Lachen, »mir glaubst du ja nicht. Deine Wirkung auf Frauen ist grottig.«

»Depp«, murrte Rahn und wollte sich bücken. Sabine war schneller.

»Ich sehe keinen Zusammenhang«, kommentierte sie die Eingangsfrage mit einem Fingerzeig auf das Papier.

»Es sind zwei Fälle«, konstatierte Schmittke.
»Blödsinn.« Rahn schüttelte energisch den Kopf. Doch Schmittke schien seiner Sache sicher. Er summierte die Fakten, als zähle er sie an den Fingern ab.
»Die Terroristensache richtet sich gegen Angersbach und Gruber. Dahinter steckt eine Familienkiste, die wir noch nicht sehen. Klassische Rache, vermutlich aus der Familie Gründlers.«
»Aber Gründler ist doch selbst Opfer«, warf Sabine ein.
»Wissen wir's?«
Im Hintergrund hob Rahn nur stumm die Hände. Es war offensichtlich, dass er die Sache völlig anders sah.
»Okay, weiter.« Die Kommissarin wollte auch den Rest der Theorie hören.
Schmittke hob zwei weitere Finger. »Harald Vaupel ist der Beginn von Ebene zwei. Sein Tod wird gerächt, der Mörder war Schönfeldt.«
»Er wurde nie angeklagt.«
»Vielleicht hat er es auf seine alten Tage hin gestanden? Ich sage nur: Seelenfrieden.«
»Und wer hat ihn umgebracht?«
»Ich habe Theorien, keine Täter«, wehrte Schmittke ab.
»Könnte auch Haralds Mutter sein«, brummte Rahn. »Wohnt die nicht sogar im selben Ort, wo das Altenheim steht? Sie müsste Mitte fünfzig sein.«
»Blabla.« Schmittke verzog das Gesicht. »Und dann klaut sie den Alten aus der Leichenhalle, karrt ihn dreißig Kilometer durch die Pampa und schleppt ihn ins Obergeschoss eines verlassenen Hotels?«
»Es ist *deine* Theorie«, konterte Rahn spitzzüngig.
Sabine Kaufmann nahm sich im Stillen vor, Frau Vaupel auf-

zusuchen. Dann räusperte sie sich. »Ulrichstein hat selbst ein verlassenes Hotel.« Sie kannte es zufällig, hatte es beim Geocaching entdeckt. Im Gegensatz zu Lißberg lag es weniger versteckt und war durch einen Bauzaun gesichert. Dennoch blieb die Frage. »Warum nicht dorthin?«

»Weil es eben doch nur *ein* Fall ist«, schlussfolgerte Rahn. »Jeder Ort und jede Person sind durch mindestens zwei Faktoren miteinander verknüpft.«

»Verschwörungstheorie«, grummelte Schmittke.

»Ich möchte es hören«, forderte Sabine.

Minuten später stand eine neue Liste auf dem Papier.

Lißberg:
Schönfeldt (Heim)
Riedesel (März)
Graffiti

Ulrichstein:
Vaupel (Heim) -O Frau V. muss unbedingt befragt werden!
Schönfeldt (Heim) (dadurch auch Angersbach/Gruber)

Kinderheim:
Angersbach/Gruber (Gruber i März)
Vaupel
Graffiti

Galgen:
Gruber (Heim und März)
Reuter (Heim)
Bellermann (März)

Gründler-Hof:
Johann Gründler (März)
Graffiti

»Fragen?« Rahn rieb sich mit Spucke über den Daumen, wo der Edding einen Streifen hinterlassen hatte.
»Eine Menge«, schmunzelte Sabine, während sie das verzweifelte Reinigungsritual beäugte. »Wo laufen die Fäden deiner Meinung nach zusammen?«
»Kann ja nur das Kinderheim sein«, sagte Schmittke, und sie drehte sich in dessen Richtung.
»Warum?«
»Die Koordinaten des Fotos führten uns dahin, dann haben wir die erste Inschrift dort gefunden. Angersbach und Gruber lebten da. Na ja, und eben der kleine Vaupel.«
»Sag ich doch«, meldete sich Rahn triumphierend. »Seine Mutter hätten wir uns greifen sollen, nicht diese Schygalla.«
Sabine Kaufmann schlich hinüber zu Janine, welche sie herbeigewinkt hatte.
»Das ist ja noch öder als in der Glotze«, wusste das Mädchen zu sagen, und die Kommissarin stieß einen nicht ganz ernstgemeinten Seufzer aus.
»Sollen wir lieber spontan um uns schießen oder Türen eintreten?«
Vielleicht hätte sie Ralphs Schwester bei Michael zwischenparken sollen. Ein paar Stunden Action aus Hollywood, doch vermutlich würde sie auch daran etwas auszusetzen haben. Spätestens dann, wenn Michael damit begänne, Salamisticks und Chips mit Bacon zu verspeisen.
»Ich will in die Pension. Geht das?«

Impulsgesteuert fuhr Sabines Hand in Richtung Mercedesschlüssel, dann fiel ihr ein, dass Janine erst siebzehn wurde. »Jemand soll dich fahren. Ich kümmere mich darum.«

Sie organisierte eine Streife, in zehn Minuten sei jemand da, sagte man ihr. Man patrouillierte sowieso vor Ort, wie Sabine wusste, von daher war es kein besonderer Aufwand.

Sie sah Janine nach, wie diese den Gang entlangtrottete und verschwand. Danach wandte sie sich wieder den beiden Kollegen zu, die noch immer Sticheleien über ihre Denkansätze austauschten.

»Das, das und das«, Schmittkes Hand ruderte kreuz und quer übers Papier, »sind doch willkürliche Zusammenhänge.«

»Behauptest du«, konterte Rahn.

»Ich könnte dir ad hoc ein halbes Dutzend besserer Faktoren nennen.«

»Ach ja, ich bin ganz Ohr!«

»Die Opfer sind alle männlich, die Häuser sind allesamt alt, die Jahreszeit ist Sommer, und der Himmel war blau.«

»Jetzt kriegt euch mal wieder ein«, unterbrach Sabine die beiden, bevor sie zu HB-Männchen mutierten. »Beide Theorien haben etwas, aber nichts von alldem führt die Fäden zu Nadine Schygalla.«

»Ralph hat sie verhaften lassen«, gab Schmittke zurück. »Er wollte die Vernehmung selbst durchführen.«

»Ich weiß. Aber er ist nicht greifbar, ergo muss sich jemand anderes darum kümmern. Vielleicht …«

»*Ich* vernehme sie«, dröhnte es aus dem Hintergrund, und alle zuckten zusammen. Rutger Heidt, der in einer blassroten Sommerjacke mit dem grauen Vollbart aussah wie ein verunglückter Weihnachtsmann, hatte sich im Eingangsbereich aufgebaut. »Einer von Ihnen begleitet mich.«

Sofort wollte Sabine auf ihn zugehen, da wiederholte er: »Einer, nicht eine.«
Missmutig wandte sie sich ab, dann verschwand Rahn aus ihrem Blickfeld.
»Was stellen wir beide jetzt an?«, fragte Schmittke.
»Ich will *alles* über diese gottverdammten Projektile auf meinem Tisch haben«, schnaubte Sabine zornig. »Außerdem hatte Ralph, soweit ich weiß, die Akte Vaupel angefordert. Damit fangen wir an. Irgendwann wird er sich schon rühren.«
Sie überlegte, ob er bei diesem kauzigen Metzger sein könnte. Doch was sollte jemand, der kein Fleisch aß, schon dort, wenn es nichts zu bereden gab?
Auf Angersbachs Tisch herrschte eine Ordnung, die sie aus Bad Vilbel nicht kannte. Vermutlich, weil er so selten dransitzt, schloss Sabine amüsiert und fand nach wenigen Handgriffen die Akte. Die Pappe war brüchig und roch nach feuchtem Keller. Schätzungsweise hatte man sie über dreißig Jahre nicht mehr geöffnet. Die Kommissarin wunderte sich, dass man sie überhaupt so schnell gefunden hatte. Angersbach musste ordentlich Dampf gemacht haben.
Es gab eine Handvoll Schwarzweißaufnahmen. Der Körper des Jungen – ein magerer, blasser Hänfling. Die Kugel war unterhalb des Halses eingedrungen, ins Trudeln geraten und hatte Lunge und Herz in Mitleidenschaft gezogen. Laut Rechtsmedizin hatte er nicht lange leiden müssen, es war von Minuten die Rede. Sabine fand das zynisch und stellte sich vor, wie ewig eine Minute wirken musste, wenn man sich im Todeskampf befand. Überhaupt staunte sie, wie emotionslos und knöchern sich manche Dinge lasen. Es war eine andere Zeit, sagte sie sich immer wieder, eine ganz andere.

Die Vernehmung von Waldemar Schönfeldt weckte ihre Aufmerksamkeit. Sie überflog die Einleitung und eine halbe Seite, bis das Gespräch auf die Tatwaffe gelenkt wurde.

»Besitzen Sie eine Schusswaffe?«
»Wer sagt das?«
»Beantworten Sie bitte die Frage.«
»Nein.«
»Wir wissen, dass Sie in Ihrer Werkstatt einen Waffenschrank haben.«
»Ich lagere dort meine Zigaretten und den Schnaps. Vor diesen Bälgern ist ja nichts sicher.«
»Es wurde ein Gewehr darin gesehen.«
»Ich habe kein Gewehr.«
»Haben Sie einen Waffenschein?«
»Wozu, ohne Gewehr?«
»Vor Gericht werden Sie unter Eid aussagen müssen. Bleiben Sie dabei, keine Waffe zu besitzen oder jemals besessen zu haben?«
»Ich habe keine Waffe.«
»Irren sich unsere Zeugen also alle miteinander?«
»Vielleicht lügen sie absichtlich, Ihre Zeugen.«
»Warum sollten sie das tun?«
»Wer sind denn Ihre Zeugen? Diese missratenen Gören?«
»Uns liegen glaubhafte, übereinstimmende Aussagen vor, dass sich in Ihrem Waffenschrank noch bis vor kurzem ein Gewehr befunden hat.«
»Ich habe kein Gewehr.«

Sabine las bis zum Ende. Es gab kaum Neues, an der Aussage Waldemar Schönfeldts änderte sich nichts. Er beteuerte seine

Unschuld, gab sogar zu verstehen, dass Harald Vaupel einer der wenigen Jungen war, die er halbwegs gemocht hatte.
»Nicht so missraten wie die anderen«, so hatte er es ausgedrückt. Der Satz klang eine Weile nach. Leider gab es keine Bandaufzeichnung und kaum Hinweise darauf, wie Schönfeldt sich während der Befragung verhalten hatte. Trauer, Wut, Emotionen. Es gab kaum Randnotizen. Einmal war er aufgesprungen, an anderer Stelle hatte er verächtlich gewirkt. Man bescheinigte ihm Jähzorn, dies wurde auch durch andere Aussagen bekräftigt. Doch ohne seine Waffe und ein erkennbares Motiv hatte man offenbar keinen Prozess anstrengen wollen.
»Hast du einen Augenblick?«
Schmittke.
»Wenn's wichtig ist.«
»Wichtig ist relativ.«
Ein Ausdruck segelte auf den Schreibtisch. Zwei Aufnahmen waren auf dem Papier, sie zeigten das Projektil und die Patrone, die man bei Gruber gefunden hatte. Darunter ein Maßstab.
»Kenne ich doch schon.« Sabine sah fragend auf.
»Es ist nichts, absolut *gar* nichts darüber in Erfahrung zu bringen«, sagte der Rotschopf mit resigniertem Blick. Auch das war Sabine nicht neu.
»Das bedeutet im Klartext«, fuhr er fort, »es gibt definitiv was. Die Frage ist nur, wie wir da rankommen.«
Sabine seufzte. Sie war kurz davor, Michaels Nummer zu wählen, damit er sich sonst wo reinhackte, wie man so schön sagte. Doch dann kam ihr eine Idee. Etwas, das Professor Hack erwähnt hatte. Sie kramte in den Fotos, förderte Sekunden später zutage, was sie gesucht hatte.
»Was ist das?«, blinzelte ihr Kollege.

»Der Fall Vaupel. Man fand ein Geschoss, aber keine Waffe.«
»Und ich soll …«
»Abgleichen, genau. Der Fall ist so alt, dass nichts davon digitalisiert wurde.«
»Das ist doch verrückt«, stieß Schmittke aus.
Sabine funkelte ihn herausfordernd an.
»Wer hat denn vorhin über gemeinsame Faktoren diskutiert?«

Das Erste, was er wahrnahm, waren hektische Schritte. Vier Füße, in leichtem Trab. Dann kam der stechende Schmerz, noch bevor er den Nacken bewegte. Benommen lugte Ralph Angersbach aus seinen Augenschlitzen. Es gelang ihm nicht, den Kopf zu heben, er spürte, dass er seitlich lag. Halbwegs weich. Dafür drang ihm muffiger Gestank in die Nase. Das wenige, was er sah, war schwaches Licht und eine Menge Schatten. Eine Bewegung löste sich aus dem Nichts. Der Kommissar erkannte zwei schwarze Pupillen, die ihn neugierig beäugten, dann eine Nase und Schnurrhaare.

Mit einem unterdrückten Schrei schreckte er nach oben. Dabei schien der Kopf dem restlichen Körper so widerwillig zu folgen wie eine jener Eisenkugeln, die man früher an Sträflinge gekettet hatte. Das dumpfe Trommeln raubte ihm fast die Sinne, er fasste sich mit beiden Händen an die Schläfen und presste wimmernd die Augenlider aufeinander.

»Reiß dich zusammen«, sagte er sich mehrmals hintereinander. Er musste herausfinden, wo er war. Herr der Lage werden. Die Situation kontrollieren. All das, während er am liebsten gebrüllt hätte vor Schmerz.

Der Raum war dem Eindruck nach ein Kellergewölbe. Natursteinwände, getrampelter Erdboden. Teilweise ausgegossen. Aus einem schmalen Fenster in Deckennähe fiel Licht in den Raum. Ralph schätzte ihn auf zwölf bis fünfzehn Quadratmeter groß. Zwei Türen, beide aus Metall. Sie waren das Einzige, was halbwegs zeitgemäß wirkte. Eine zerdrückte Wasserflasche lag auf dem Boden in der gegenüberliegenden Ecke. Ralph bekam allein vom Ansehen Durst und schickte sich an, sie aufzuheben. Ein Rasseln und ein unmittelbarer Ruck ließen ihn innehalten, bevor er in ihre Reichweite kam.

Erschrocken fiel sein Blick zu Boden, dorthin, wo es sich anfühlte, als habe eine Eisenklaue seine Wade gepackt. Ralph erkannte einen Metallbeschlag, fast zentimeterdick, daran eine rostige Kette. Er folgte den Gliedern, rüttelte daran, sie verschwanden in einem Loch in der Steinmauer. Nebenan klirrte es metallisch.

Angekettet, eingekerkert.

Dem Kommissar wurde flau. Ein Schauer lief vom Nacken abwärts, während das pochende Stechen ohne Unterbrechung nach oben strahlte. In sicherer Entfernung kauerte die Ratte auf den Hinterläufen und hielt ein Stück Brot. Vermutlich wusste sie, dass er sie nicht erreichen konnte. Knuspernd rieselten kleine Krümel zu Boden. Hunger hatte er auch.

Angersbach setzte seine Begutachtung des Raumes fort. Er spannte die Kette, versuchte, ob sie lang genug sei, um das Fenster zu erreichen. Fehlanzeige. Er tastete die Tür ab, die in seinem Bewegungsradius lag. Sie führte in den Raum, in dem die Kette verschwand. Die Oberfläche war kalt, metallisch, eine Brandschutztür, wie man sie vor Heizungsräumen findet. Doch kein Heizungsschalter, keine Rohre, nicht einmal Kabel. Die einzige Installation war eine Deckenlampe, staubig und mit Spinnweben behangen. Sie brannte nicht, und der

Drehknopf lag in unerreichbarer Entfernung. Bewacht von der Ratte.

Dann entdeckte er den bräunlichen Fleck auf einem betonierten Teil des Bodens. Ralph Angersbach wusste, noch bevor er sich mit Spucke und seinem Zeigefinger davon überzeugt hatte, dass es sich um Blut handelte.

Sabine Kaufmann genoss die Stille. Sämtliche Kollegen waren in anderen Räumen zugange, sie befand sich allein an Ralphs Arbeitsplatz, die alte Akte vor sich ausgebreitet. Etwas war ihr ins Auge gefallen. Nur flüchtig, doch manchmal brauchte es nicht mehr. Vielleicht war ja doch etwas dran an der Sache mit dem Fotogedächtnis. Sabine schob den Gedanken beiseite und suchte das Blatt. Dort stand es, schwarz auf weiß. Rutger Heidt war vor Ort gewesen, als man Haralds Tod untersuchte. Er hatte Frau Vaupel informiert. Er war damals sehr jung gewesen, vermutlich hatten die Kollegen ihm die unangenehme Pflicht aufgebürdet. Es gab, wie Sabine wusste, kaum etwas Schlimmeres, als Angehörige über einen Todesfall zu informieren. Eltern über den Tod eines Kindes. Sie atmete schwer, dann wurde sie stutzig. Die Auflistung der Beweismittel fehlte. Sabine ging den Stapel systematisch durch, ohne Erfolg. Dabei stieß sie auf zwei weitere Dokumente, die eigentlich hätten abgelegt sein müssen. Auch sie fehlten. Fieberhaft durchforstete sie die Akte, sie hatte längst nicht alle Seiten beachtet. Zwischen den gehefteten Seiten des Obduktionsberichts fand sie ein zusammengefaltetes Durchschlagpapier. Die Kommissarin hielt es gegen das Licht. »Beweismittelverzeichnis«.

»Bingo«, murmelte sie. Doch das Kohlepapier war derart faltig und abgenutzt, dass sie kaum etwas entziffern konnte. Sie schaute auf, ob Schmittke schon in Sichtweite war. Ohne Erfolg. Sie trottete zum Getränkeautomaten und zog sich eine Cola light, dann suchte sie ihren Kollegen im Technikraum auf.

»Arbeit für dich«, sagte sie und raschelte mit dem Papier.

»Was ist das?«

»Durchschlagpapier. Kennst du das noch?«

»Klar. Was soll ich damit?«

»Digitalisieren. Ich möchte präzise wissen, was alles darauf steht.«

Schmittke jammerte ein wenig über die Hardware des Präsidiums. Dabei stammten einige der Utensilien doch aus Wiesbaden, wie Sabine wusste. Er stecke gerade inmitten der Bildbearbeitung des alten Fotos. Hochauflösend, mit Schärfefiltern und allerhand Spielereien an der Belichtung.

»Eins nach dem anderen«, lächelte Sabine und beugte sich nach vorn. »Ist es das?«

Schmittke rief zwei Bilder auf und schob diese nebeneinander auf den Desktop. Dann spiegelte er eines davon.

»Du hast so ein verdammtes Glück«, murrte er, »so ein gottverdammtes Glück.«

Sabine erkannte, was er meinte. Das Foto von 1978 zeigte nur eine Seite der Kugel. Ein paar Riefen, wie kleine Kratzer, das meiste davon verschwommen. Staubkörner und ein Haarschatten lagen auf der Aufnahme. Von dem Projektil in Grubers Brust gab es eine ganze Reihe von Aufnahmen. Schmittke hatte so lange gebastelt, bis er ein passendes Gegenstück gefunden hatte.

»Ich musste zwei Bilder kombinieren«, erklärte er. »Mit dem Original zu arbeiten wäre weitaus einfacher gewesen.«

Sabine tätschelte ihm anerkennend die Schulter.

Das Projektil in Veith Grubers Körper stammte aus derselben Waffe, die auch Harald Vaupel getötet hatte. Fünfunddreißig Jahre später.

»Zweifel ausgeschlossen?«

Schmittke nickte. »Woher wusstest du das?«

»Ich wusste es nicht. Ich ahnte es.«

»Aber wieso?«

»Weil die Kugel und eine Patronenhülse bei Gruber plaziert wurden. Der Schuss trug nichts zu seinem Tod bei, wir sollten beides lediglich finden und untersuchen. Dasselbe gilt für Schönfeldt.«

»Deshalb eure Hartnäckigkeit.«

»Unter anderem.« Sie strich sich durch die Haare. »Es scheint da ja noch mehr zu geben, doch da kommen wir nicht ran. Ich schätze, zur endgültigen Lösung brauchen wir auch dieses Puzzleteil.«

Schmittke lief auf und ab, mit verschränkten Armen und einer Miene, als versuchte er die Relativitätstheorie neu aufzustellen. Sabine verfiel ebenfalls ins Grübeln, erneut dachte sie daran, Michael einzuweihen. Was blieb ihr anderes übrig? In dem Augenblick, als sie sich räusperte und ansetzte zu sagen: »Ich habe da jemanden«, blieb auch Schmittke stehen.

»Ich hätte da womöglich jemanden«, verkündete er, und Sabine musste lachen.

»Zwei Dumme, ein Gedanke«, erklärte sie hastig abwinkend. »Wen hast du denn?«

»Namen tun nichts zur Sache. Aber wenn so viel daran hängt, diese Information zu erlangen, dann sei's drum. Nur eine Bitte«, er sah sich über die Schulter, als plane er eine Straftat, »es darf zu niemandem durchsickern.«

»Wie soll das denn funktionieren?« Sabine runzelte die Stirn.

»Das lass mal meine Sorge sein.«

»Einverstanden.« Sie raschelte mit dem Kohlepapier. »Kümmern wir uns um diesen Wisch, bevor Heidt wieder auftaucht.«

»Hast du Geheimnisse vor ihm?«

»Die Frage ist eher, ob er welche vor uns hat.«

Janine hatte sich oberhalb der Pension auf einen Hang gelegt. Im Haus roch es nach Butter, Speck und Eiern, ein Gemetzel, wie sie es kaum ertragen konnte. Zum Glück hatte das Smartphone noch genügend Akku, sie hatte sich eine Flasche Cola und ihre Sonnenbrille geschnappt und lag nun im Schatten einer Eiche. Eine Hummel landete unglücklich auf Janines Lederarmband, sie beobachtete sie eine Minute lang, dann hob die Haarkugel wieder ab. Über die Kopfhörer spielte Marilyn Manson, auf dem Display explodierten grüne Schweineköpfe unter dem Beschuss bunter Piepmätze. Angry Birds. Die einzigen Tiere, die man guten Gewissens töten durfte. Janine bemerkte nicht, wie der Wagen den Feldweg entlangkam. Vermutlich hätte sie sich auch nicht daran gestört, denn hier oben schien es für niemanden einen Unterschied zu machen, ob man eine Landstraße oder einen Waldweg befuhr. Außerdem patrouillierte die Polizei regelmäßig, auch in Zivilfahrzeugen. Eine Schutzmaßnahme ihres Bruders, für die Janine dankbar war. Denn Sabine und er wirkten angespannter als sonst. Irgendetwas stimmte nicht, das spürte sie, auch wenn sie nur die Hälfte über den Fall wusste. Doch allein das filmreife Auftreten der Kommissarin gegenüber Leons Schlägern hatte Janine eine gewisse Geborgenheit vermittelt.

Dieses Gefühl von Sicherheit sollte ihr nun zum Verhängnis werden. Viel zu spät stieg der Argwohn in ihr auf, als der Wagen anhielt und sich die Fahrertür öffnete. Ein fremder Mann, ganz in Schwarz, mit Sonnenbrille, stieg aus. Er sah sich um, außer ihnen beiden war niemand zu sehen. Die Küche, in der noch immer gebrutzelt wurde, lag auf der gegenüberliegenden Seite des Hauses. Als er sich die zwanzig Schritte hangabwärts bewegte, fiel sein Schatten in Richtung des Mädchens. Sie richtete sich auf, blinzelte gegen das Licht und zog die Ohrstöpsel heraus.

»Was wollen Sie?«

»Dein Bruder schickt mich.«

»Warum hat er nicht angerufen?«

»Er braucht dich persönlich.«

Der Fremde stand nun direkt vor ihr. Er lächelte und nahm die Sonnenbrille ab. Stahlblaue Augen blickten ihr entgegen. Janine trat unsicher auf der Stelle. Sie kannte keinen der hiesigen Polizeibeamten, außer denen der Soko. Was sollte sie also tun?

»Haben Sie einen Dienstausweis?«

»Natürlich.« Er tastete an sein Gesäß, dann ans Hemd. Sein Blick trübte sich ein. »Oje, im Auto gelassen. Aber gut, dass du fragst. Polizistenblut in den Adern, das merkt man.« Zwinkernd drehte er sich um und nickte in Richtung des dunkelgrauen Kombi. »Ich zeig ihn dir oben.«

Ohne eine Antwort abzuwarten, stiefelte er los. Janine folgte ihm. Was blieb ihr schon anderes übrig?

»Zwanzigtausend D-Mark!« Sabine Kaufmann rieb sich Schweißperlen von der Stirn.

»Und die gammeln irgendwo als Asservaten herum?« Schmittke starrte ungläubig auf den Monitor, doch die Eintragung war eindeutig. Als eine der Positionen der kurzen Beweismittelliste war exakt diese Summe vermerkt. Daran änderten auch die maschinengeschriebenen »XXX« nicht, die man darübergehämmert hatte.

»Das glaube ich kaum«, dachte die Kommissarin laut. »Warum sollte man sie sonst wieder streichen?«

»Es dürfte schwierig werden, das nachzuprüfen.« Schmittke knetete sich nachdenklich das Kinn. »Nach so vielen Jahren.«

Doch Sabine Kaufmann lächelte nur grimmig. Ihr fiel eine Bemerkung von Ralph ein. Alles passte. Frau Vaupel hatte gearbeitet bis zum Umfallen, um sich und ihr Kind zu ernähren. Auch als Harald längst im Heim lebte. Doch irgendwann nach seinem Tod hatte sie, laut Reuter, damit aufgehört. Es gab nur zwei Möglichkeiten. Eine davon war Sozialhilfe. Die andere … Sabine wusste, wen sie fragen musste.

Sie nahm ihrem Kollegen das Versprechen ab, nichts über die neu gewonnenen Erkenntnisse verlauten zu lassen. Als Rutger Heidt nach zehn Minuten zurückkehrte, Rahn im Schlepptau, bat sie ihn zu sich.

»Chef, auf ein Wort bitte.« Es kam ihr seltsam vor, jemand anderen als Konrad Möbs mit Chef anzureden. Noch komischer war das Gefühl in ihrer Magengegend, denn Heidt war ein durch und durch sympathischer Mann. Etwas verschroben vielleicht, aber er hatte sich in all den Jahren seine Menschlichkeit bewahrt. An diesem Eindruck zu kratzen fiel Sabine schwerer, als sie sich eingestehen wollte.

Sie dirigierte ihn in sein Büro. Als er Ralphs Schreibtisch passierte, fiel sein Blick auf die Akte. Er stoppte und zeigte darauf. »Was soll das?«

»Der Fall Harald Vaupel. Angersbach hat die Unterlagen angefordert.«

»Warum hat er mich nicht darüber informiert?«

Seine Gestik war fahrig, plötzlich schien er nervös. Sabine fiel das Schachspiel ein. Gut zu wissen, dass auch ein Stratege wie Heidt nicht unverletzlich war.

»Es ist doch nur eine alte Akte«, tat sie die Sache ab. Heidt eilte weiter und verschwand im Schutz seines halbdunklen Büros, er hatte die Jalousien noch nicht geöffnet. Wie verschanzt saß er in seinem Sessel, als Sabine sich zu ihm gesellte. Ungefragt schritt sie zum Fenster und ließ Licht in den Raum.

»Bedeutet Ihnen der Fall etwas?«, fragte sie wie beiläufig.

»Weshalb fragen Sie?«

»Sie waren dabei. Muss schlimm gewesen sein.«

Heidt räusperte sich. »Sie haben die Akte also gelesen?«

Sabine nickte. »Ralph ist leider nicht erreichbar, doch die Fäden laufen immer wieder im ›Haus zur weißen Frau‹ zusammen. Ergo habe ich mich damit befasst.«

»Und?« Er musste etwas sagen, seine Frage wirkte wie ein Spiel auf Zeit.

»Ich dachte, mir zieht es den Boden unter den Füßen weg.«

Schweigen.

Heidt rutschte kaum merklich hin und her.

»Jetzt lassen Sie sich nicht alles aus der Nase ziehen«, forderte er schließlich mit fester Stimme. Offenbar kehrte seine Stärke zurück.

»Das Projektil von damals stammt aus derselben Waffe wie die in unseren beiden Toten.«

Heidt lachte kurz auf. »Tatsächlich? Ich meine – *sicher?*«

»Schmittke meint, es gäbe keinen Zweifel.«

»Verdammt. Dann ist es kein Wunder, dass die Schygalla uns nicht weiterbringt.«

»Wir müssen uns dringend mit Frau Vaupel unterhalten«, bekräftigte Sabine Kaufmann.

»Sie verdächtigen doch nicht etwa …« Rutger Heidt wirkte empört. Und in diesem Augenblick wurde Sabine Kaufmann es klar.

»Um eine Befragung auf der Dienststelle wird sie nicht herumkommen«, sagte sie betont gleichgültig und zauberte ihr Handy hervor. »Schicken wir am besten die Kavallerie, um sie einzusammeln.«

»Moment, nicht so eilig.« Heidt wedelte mit den Armen. »Ich kümmere mich selbst darum.«

»Weshalb der Umstand?«

»Ich sagte, ich kümmere mich«, platzte Heidt heraus, »genügt das nicht?«

»Um ehrlich zu sein, nein.« Sabine hielt noch immer das Handy im Anschlag. »Es sei denn, Sie verraten mir, woher Ihr Interesse an Frau Vaupel rührt.«

Heidt schlug wütend auf den Tisch. »Was erlauben Sie sich eigentlich? Marschieren hier rein und …« Er schnaubte, dann wurde er ruhiger. »Ich möchte nicht noch eine sinnlose Verhaftung, das ist alles.«

»Ist Frau Schygalla wieder zu Hause?«

»Es gab keinen Grund, sie dazubehalten.«

Die Anspannung hatte spürbar nachgelassen, wie Sabine erleichtert feststellte. Zeit für einen neuen Versuch.

»War Harald Vaupel Ihr erster Todesfall?«

Rutger Heidt blickte in die Ferne und nickte langsam. Sabine erinnerte sich an ihre erste Leiche. Sie hatte damals bei der Sitte gearbeitet. Suizid. Eine junge Frau, zwangsprostituiert. Das Schlimmste daran war, dass die Identität der Toten, sie war höchstens zwanzig, nie ermittelt werden konnte. Eine namenlose Leiche in einem anonymen Grab. Irgendwo in Osteuropa lebten womöglich Eltern, die niemals etwas über das Schicksal ihrer Tochter erfahren würden. Vielleicht war es sogar besser so. Sabine Kaufmann zwang sich zur Konzentration und sagte leise: »Den ersten vergisst man nie.«

»Für die Mutter war es ein Weltuntergang«, antwortete Heidt. »Sie hatte es ohnehin schon schwer genug. Unehelich schwanger, von der Familie verstoßen, sie lebte am Existenzminimum.«

»Haben Sie ihr die zwanzigtausend Mark zukommen lassen?«

Heidt fuhr zusammen wie vom Blitz getroffen. Bevor er etwas erwidern konnte, nickte die Kommissarin.

»Dachte ich's mir doch.«

»Wie sind Sie darauf gekommen?«

Sabine berichtete von dem Kohlepapier und davon, dass das Geld nirgendwo sonst Erwähnung fand. Sie wies außerdem auf die fehlenden Papiere hin.

»Den Durchschlag muss ich übersehen haben«, grummelte Heidt.

»Er war zwischen den Obduktionsbericht geraten. Aber eines müssen Sie mir jetzt erklären.«

»Fragen Sie.«

»Sie durften all die unangenehmen Aufgaben erledigen. Den Kontakt zur Hinterbliebenen, den Papierkram, all das, wovor man sich gerne drückt. Doch wo, um Himmels willen, kommt dieser Batzen Geld ins Spiel? Und warum waren Sie, ein Anfänger, damit betraut?«

»Ich möchte nicht, dass sie Schwierigkeiten bekommt.« Heidt schniefte nachdenklich. »Doch es ist ja längst verjährt, und Anspruch wird wohl auch niemand mehr erheben. Das Geld lag einige Tage nach der Beerdigung vor Frau Vaupels Tür.«

»Ich höre wohl nicht richtig.«

»Im Ernst. Eingepackt in Zeitungen, kein Absender. Am selben Abend erhielt sie einen merkwürdigen Anruf. Die Stimme flüsterte. Sie verstand nur die Hälfte, weil die Verbindung so schlecht war. Irgendetwas mit ›unendlich leidtun‹. Frau Vaupel rief mich am nächsten Tag an. Sie hatte die ganze Nacht überlegt, wie sie sich verhalten solle, aber sie könne das Geld nicht annehmen. Es würde ihr den Sohn nicht zurückbringen. Also nahm ich es mit. Fingerabdrücke gab es keine, außer ihren. Ich habe das Bündel, es waren nur kleine Scheine, gezählt und ins Inventar aufgenommen. Eine Erklärung hatte ich nicht. Unser einziger Verdächtiger, Schönfeldt, befand sich in Untersuchungshaft. Von ihm konnte es also nicht stammen.«

Heidt unterbrach seinen Bericht, dem Sabine gebannt lauschte. Sie konnte ihn verstehen, fragte sich insgeheim, ob sie nicht genauso gehandelt hätte. Es endete so, wie sie es sich zusammengereimt hatte. Rutger Heidt hatte das Geld, bevor jemand etwas merkte, wieder entnommen. Warum sollte es ungenutzt verkommen, wo es an anderer Stelle helfen konnte. Frau Vaupel habe es zuerst nicht annehmen wollen, doch er hatte ihr versichert, dass sich damit niemand von der Schuld freikaufen könnte. Das Geld würde verrotten, wenn sie es nicht annähme. Schließlich ließ er es da. Er habe noch einige Jahre mit ihr den Kontakt gehalten, schloss Heidt, doch sie habe seines Wissens nie etwas davon angerührt.

»Wir müssen mit ihr reden«, sagte Sabine, als er geendet hatte. »Lassen Sie uns zusammen hinfahren.«

Heidt ließ sich das nicht zweimal sagen, es war offensichtlich, dass er alles tun würde, um die unangenehme Beichte in seinem Büro hinter sich zu lassen. Er warf einen Blick auf die Wanduhr.

»Mit etwas Glück erwischen wir sie noch bei der Arbeit.«
»Sie wissen, wo sie arbeitet?«
»Na, in dieser Seniorenresidenz in Ulrichstein.«
Sabine wunderte sich nicht besonders, dass Heidt den Arbeitsplatz von Frau Vaupel kannte. Vielmehr fragte sie sich, ob es ihn wie sie beunruhigte, dass an diesem Ort Waldemar Schönfeldt zu Tode gekommen war.

Als sie das Altenheim betraten, empfing sie ein süßlicher Duft. Das Einzige, was einen Besucher an die Funktion des Gebäudes erinnerte, waren zwei Rollstühle, die neben der Glastür parkten. Ansonsten glich alles eher einem Mittelklassehotel. Blumenstöcke im Eingangsbereich versprühten ihr Bouquet, vermutlich, um dem erwarteten Geruch nach Krankenstation entgegenzuwirken.
Heidt wedelte mit seinem Ausweis, sie hielt ihren daneben, obwohl es die elegante Mittfünfzigerin am Tresen nicht weiter zu interessieren schien. Sie hatte eine perfekt gesteckte Frisur, Perlenohrringe nebst Brosche und ein Seidenoutfit. Völlig overdressed. Das und ihr abschätziger Blick verliehen ihr eine gewisse Autorität.
»Frau Vaupel ist nicht da.«
Sabine beugte sich nach vorn. »Hat sie schon Feierabend?«
»Wissen Sie, wie viele Angestellte wir hier haben?«, kam es frostig. Der Hausdrachen trug kein Namensschild. Heidt versuchte es mit einem warmherzigen Lächeln.
»Sie sagten eben, Frau Vaupel sei nicht da. Wir haben daher gehofft …«
»Für Dienstpläne bin ich nicht zuständig.« Sie wartete, zweifelsohne mit voller Absicht, einige Sekunden, dann erhob sie sich. »Warten Sie bitte hier.«

Selbst wenn sie nichts gesagt hätte, Sabine Kaufmann hätte es kaum gewagt, sich zu bewegen. Sie wechselte einen Blick mit Heidt, der die Schultern zuckte und eine Grimasse schnitt.

»Das habe ich gesehen«, kam es aus dem Hintergrund, wo eben noch Papier geraschelt hatte. Heidt zuckte zusammen.

»Entschuldigung. Wir haben keinen guten Tag heute.«

»Ich auch nicht. Aber danach fragt keiner.« Ihr Armreif, ebenfalls mit Perlen besetzt, knallte auf das marmorierte Furnier des Tresens. In ihrer Hand ein rosafarbenes Papier, das den Stempel mit dem Logo des Heimes trug.

»Frau Vaupel hat es wohl am besten.« Sie rümpfte die Nase. Dann las Sabine die Zeilen. »Sie hat Urlaub.«

Ihr Finger zog eine Linie unter die Zeile mit den Daten.

»Schon seit vergangenem Freitag«, ergänzte Heidt schnaufend, und die Kommissarin vermochte nicht einzuschätzen, ob es Enttäuschung oder Erleichterung war. Sie tippte auf Letzteres.

»Mallorca.« Prüder und missgünstiger hätten der Tonfall und die Mimik der Empfangsdame nicht ausfallen können.

»Sie wissen ja doch ganz gut Bescheid«, feixte Sabine.

Sofort schnellten die Hände mit den langen, lackierten Nägeln in Abwehrhaltung. »Man schnappt so einiges im Vorbeigehen auf, ob man will oder nicht. Diese jungen Dinger schnattern unablässig.«

»Junge Dinger?«, hakte Heidt nach.

»Pflegerinnen, Küchenpersonal, Reinigungsfrauen. Die meisten von ihnen sind kaum fünfundzwanzig. Bei *denen* könnte ich es ja noch verstehen mit Mallorca.«

»Gönnen Sie Gisela Vaupel doch die Freude.«

»Bitte. Meinetwegen kann doch jeder machen, was er will.«

Sie widmete ihren Blick wieder dem Geschehen unter der erhöhten Holzplatte. »Sonst noch etwas?«

»Danke, das war es fürs Erste«, brummte Heidt.

Sabine Kaufmann verabschiedete sich ebenfalls und zog das Handy aus der Tasche.

»Wen rufen Sie an?« Heidt warf ihr einen fragenden Blick zu.

»Flughafen, Passstelle, zur Not auch den Piloten.«

»Im Ernst?«

»Ich verlasse mich doch nicht auf solch vage Aussagen. Wenn Frau Vaupel außer Landes ist, hat sie ein Alibi. Aber das möchte ich dann auch in Stein gemeißelt haben.«

Dann meldete sich Mirco Weitzel.

»Was willst *du* denn?«, fragte Sabine irritiert.

»Scherzkeks. Du hast mich angerufen.«

»Mist. Muss ein Reflex gewesen sein.« Sabine schluckte und grinste. »Egal. Hast du Zeit?«

»Für dich immer.«

Solche Kommentare war sie von Mirco gewohnt, vielleicht hatte sie sich deshalb auch in die Idee verrannt, dass da mehr zwischen ihnen sein könnte als nur Freundschaft. Zum Glück war dieser Punkt geklärt. Sie erklärte ihm, was geprüft werden sollte, und gab die Daten von Frau Vaupel durch.

»Abreise am Freitag?«, vergewisserte sich Mirco.

»Kann auch Wochenende gewesen sein, das wissen wir nicht. Dieser Punkt ist besonders wichtig«, betonte Sabine. »Denn ab Montag sollte sie um ihretwillen ein gutes Alibi vorzuweisen haben.«

Rutger Heidt hatte keine Einwände gehabt, einen kleinen Umweg einzulegen. Er manövrierte den Dienstwagen geschickt in den versteckt liegenden Zufahrtsweg. Die Dämmerung hatte noch nicht eingesetzt, und für jeden anderen hätte das verlassene Haus womöglich eine märchenhafte Ausstrahlung. Ein Efeumantel, erhabene Bauweise, im Hintergrund ein sattgrüner Hang, auf dem eine knorrige Eiche stand. Das Dreieckschild, welches sie als Naturdenkmal auswies, war trotz der Entfernung zu erkennen. Eine Metallfessel hielt den Stamm zusammen, er musste weit über zweihundert Jahre alt sein. Ein Blitz oder ein Sturm hatten einen mannsdicken Ast aus der Seite gerissen, das klaffende Loch wurde von den Eisenbändern umfasst. Heidt war dem Blick der Kommissarin gefolgt.

»Das war achtundsiebzig schon so«, sagte er und schien sich an etwas zu erinnern. »Die Wiese gehört zum Heimgelände. Zum Ballspielen zu steil, also kletterten die Kinder ständig auf den Baum. Der Hausmeister hat etwas in dieser Richtung gesagt, meine ich. Dass die Eiche lebensgefährlich sei. Das Klettern sei verboten, aber die Jungs parieren nicht. Schwererziehbare eben. Also müsse er, auf Geheiß der Heimleitung, das alte Holz immer wieder mit Metallbändern und allerlei Basteleien absichern.«

»Der Fall ist Ihnen nie aus dem Kopf gegangen, hm?«

»Nein.« Heidt hielt Sabine am Arm zurück und wollte etwas sagen, da rief Mirco Weitzel an. Er bestätigte, dass Frau Vaupel einen Direktflug genommen habe, am Samstag. Es sei eine Pauschalreise, wie er wusste, und sie habe in ihrem Club eingecheckt und einen Mietwagen gebucht.

»Können wir sie erreichen?«, fragte Sabine.

»Wenn du's drauf anlegst.«

»Vorerst nicht, danke, aber schick mir bitte eine Mail mit den Daten. Wann kommt sie wieder?«

»Dienstag.«

Sabine dankte Mirco und wünschte ihm ein schönes Wochenende. Dann sah sie Rutger Heidt in die Augen.
»Mitbekommen? Frau Vaupel ist aus dem Schneider.«
»Gott sei Dank.« Er wischte sich über die Stirn. »Darüber wollte ich ohnehin noch kurz mit Ihnen sprechen.«
»Wegen der zwanzigtausend?«
»Sie sagen es.«
Sabine hatte sich längst ihre Gedanken darüber gemacht, deshalb traf sie Heidts Anliegen nicht unerwartet. Doch zuerst wollte sie noch einen Punkt geklärt wissen.
»Woher stammt das Geld? Was glauben Sie?«
»Ich hatte da eine Theorie«, begann Heidt und erzählte im Folgenden eine recht abenteuerliche Geschichte. Waldemar Schönfeldt kam darin vor, außerdem ein Bankraub. »Es ist ja kein Geheimnis, dass er vor seiner Tätigkeit im Kinderheim ein recht zwielichtiges Leben geführt hat«, schloss er.
Sabine war längst nicht überzeugt, sie kratzte sich am Ohr. »Demnach wäre das Geld ein Schuldeingeständnis?«
»Ein Versuch der Wiedergutmachung zumindest.«
»Also denken Sie, es war tatsächlich Schönfeldts Waffe, mit der Harald erschossen wurde? Und er hat sie daraufhin irgendwo verschwinden lassen.«
Heidt kniff die Augen zusammen. »Möglich wäre es. Eine andere Erklärung habe ich nicht. Es könnte ein Schuss gewesen sein, der sich versehentlich löste. Weil er vorbestraft war und seine Schuld nicht eingestehen wollte, hat er die Waffe entsorgt.«
»Und was ist mit dem Geld? Musste er bei einem Bankraub nicht befürchten, dass es markierte Scheine waren?«
Heidt wand sich. »Na ja, damals …«
»Außerdem befand er sich doch in U-Haft. Schönfeldt kann das Geld überhaupt nicht vor Frau Vaupels Tür gelegt ha-

ben.« Sabine runzelte die Stirn. »Sind Sie diesen Fragen überhaupt nachgegangen?«

Heidt verneinte kleinlaut. »Wie gesagt. Es war bloß eine Theorie, nichts weiter.«

Sie hatten sich im länger werdenden Schatten des Eingangs auf die Treppenstufen gesetzt. Im Kopf ging Sabine die Möglichkeiten durch. »Eines der Kinder könnte ihn gesehen haben, vielleicht sogar die Tat. Es könnte sogar die Waffe an sich genommen haben.«

»Zum Beispiel Veith Gruber?«

»Nein. Der kam erst hinterher.«

»Irgendeine Verbindung zu ihm muss es aber doch geben.«

Heidt hüstelte. »Er könnte sie auch zufällig gefunden haben.«

Doch Sabine überzeugte das alles nicht. »Wer sollte heute noch ein Interesse daran haben, ausgerechnet mit dieser Waffe auf Gruber zu schießen? In einer Art, dass wir zwingend darauf aufmerksam werden?«

»Es hilft alles nichts«, sagte Heidt abrupt. »Wir brauchen eine Liste sämtlicher Bewohner. Die hätten wir schon längst anfordern sollen.«

»Soweit ich weiß, hatte Ralph das längst in Arbeit.«

»Apropos«, wunderte sich Heidt. »Ich frage mich langsam, wo Angersbach sich rumtreibt.«

»Das wüsste ich selbst gern«, gestand Sabine Kaufmann ein und wählte zum x-ten Mal über Kurzwahltaste ihren Partner an. Mailbox. Warum schaffte ein erwachsener Mann es nicht, seinen Handyakku regelmäßig aufzuladen?

Sie schrieb eine SMS an Janine. Wenn Ralph sich blicken ließe, solle er bitte umgehend anrufen.

Ralph Angersbach hatte das Zeitgefühl verloren. Ohne Armbanduhr, mit künstlichem Licht, und das Handy war auch verschwunden. Dafür wurden seine Gedanken klarer. Er rekonstruierte, woran er sich als Letztes erinnern konnte.
Der Waldweg. Claire Floris. Das Atelier.
Er hätte sich besser um die behinderte Künstlerin kümmern müssen. Wenigstens eine Streife dazu abordnen, regelmäßig Kreise zu ziehen. Jetzt war es zu spät. Der Rollstuhl. Sie hatte ihn nicht aus eigener Kraft verlassen, es gab nichts, an dem sie sich festhalten konnte. Der Kommissar wusste nicht einmal, welcher Art ihre Lähmung war. Wie weit sie ging. All diese Gedanken kamen reichlich spät. Er verfluchte sich selbst dafür. Er musste sich eingestehen, ihr zu wenig Aufmerksamkeit eingeräumt zu haben. Als Zeugin war sie nur eingeschränkt nützlich, da sie keinen günstigen Sichtwinkel zum Haupthaus hatte. Als Frau … Ralph atmete schwer. Unter anderen Umständen – wer konnte schon wissen, was unter anderen Umständen geschehen wäre?
Er zwang sich zur Konzentration. Andere Bedingungen bedeuteten letztendlich, dass sie sich wohl niemals kennengelernt hätten. Ein Rascheln ließ ihn zusammenzucken. Seine Augen suchten nach dem vierbeinigen Nagetier, fanden es aber nicht. Eine Erinnerung stieg in ihm hoch. Seine erste Begegnung mit Janine. Es war ein kühler Tag gewesen, in der düsteren Jahreszeit. Ihre Jeans hatten mehr Löcher als Stoff aufgewiesen, Antifa-Buttons klapperten an einem übergroßen Shirt. Unter dem Irokesen deutlich zu viel Schminke, lila und schwarz, außerdem eine Menge Metall im Gesicht. Erst nach und nach war Ralph klargeworden, dass einige der Ringe nur zum Anstecken gewesen waren. Blanke Provokation; schließlich traf man nicht alle Tage auf einen Halbbruder, der zudem

noch Bulle war und der von nun an einen auf Familienvater machen wollte. Die Krönung von Janines Auftritt war eine schwarze Ratte gewesen, die sie auf ihrer Schulter trug.
Schritte hallten. Keine Krallen, kein Vierbeiner. Es waren Schuhe, lauter werdend, die auf Holz traten. Zwei gedämpfte Atemzüge später klimperte Metall, dann öffnete sich die Tür. Angersbach unterdrückte den Fluchtreflex, hockte sich in sprungbereite Haltung. Er kannte den Bewegungsradius, den seine Kette ihm ließ, hatte ihn genau studiert. Gespannt, in wessen Augen er nun blicken würde, verharrte er.
Ein heiseres Kommando wurde gegeben, dann schob sich eine Gestalt hinein. Unbewaffnet, das prüfte Ralph sofort, und augenscheinlich verletzt. Dann erkannte er das Gesicht, und schon knallte es wieder. Schritte entfernten sich. Von dem gebückten Mann, der da vor ihm stand, ging unter Garantie keine Gefahr aus. Gründler nickte nur. Er näherte sich mit Tippelschritten, seine Füße waren gefesselt.
»Johann Gründler.«
»Du weißt Bescheid?«
Ralph verstand die Gegenfrage nicht und neigte den Kopf. »Ich habe Ihr Foto gesehen. Sie werden seit über drei Wochen vermisst.«
»Mhm.«
Dann fiel ihm etwas ein. »Ralph Angersbach. Kriminalpolizei.« Er zog eine Grimasse. »Auch wenn es momentan wohl nicht danach aussieht.«
»Ich kenne dich auch«, erwiderte Gründler nach einigen Sekunden. Seine Stimme klang müde und heiser, als habe er wochenlang nicht gesprochen.
»Du bist der Sohn von Margot Angersbach. Ich, ähm«, er pausierte, »kannte sie. Näher.«

Ralph riss die Augen auf. »Bedeutet das etwa …« Ihm schwante, was da auf ihn zukam.

»Dein Vater«, nickte Gründler und rang sich ein Lächeln ab. »Tut mir leid für die Umstände, unter denen das hier stattfindet.«

»Und Sie …« Ralph schnappte noch immer nach Luft. »Du hast es die ganze Zeit gewusst?«

Er wusste nicht, was ihm mehr zu schaffen machte. Die Tatsache, dass man ihm gegenüber einen Wissensvorsprung besaß oder dass Gründler sich niemals bemüht hatte, Kontakt aufzunehmen. Doch statt Entschuldigungen schüttelte dieser nur den Kopf.

»Es betrifft aber bloß dich. Warum sie auch das Mädchen haben …«

»Welches Mädchen?« Ralph sprang auf. Panik überkam ihn. Gründler machte eine gequälte Miene und ging auf alle viere. Er zupfte die Decke zurecht und deutete darauf. Angersbach machte ihm Platz, und er setzte sich hin.

»Er nannte sie Jasmin. Glaube ich. Ich habe es nicht so genau mitbekommen.«

Ralph keuchte. »Janine!«

Schmittke und Rahn waren im Begriff, Feierabend zu machen. Auch Rutger Heidt stromerte zwischen den Schreibtischen umher wie auf rohen Eiern. Es schien, jeder andere Ort wäre ihm angenehmer als die eigene Dienststelle. Er verzog sich in sein Büro. Eine halbe Stunde zuvor hatten er und Sabine noch unter der Eiche gestanden, umgeben von kniehohem Gras und Wildblumen. Er hatte ihr die Stelle gezeigt, an der Harald gelegen hatte. Halb aufgerichtet, die Hände im Schoß liegend. Seiner Ansicht nach war der Junge so positioniert worden. Einen Schusswinkel zu rekonstruieren war daher sinnlos erschienen, wusste er zu berichten. Sabine spürte in jedem Satz, wie deutlich Heidt die Bilder noch vor Augen haben musste. Immer wieder verwendete er das Adjektiv »schrecklich«, stets mit einem düsteren Blick. Und, so vermutete sie, mit einem stillen Gedanken an Haralds Mutter.

Im Auto hatten die beiden darüber diskutiert, ob man Mallorca unbemerkt verlassen könne oder nicht.

»Es gibt eine Fähre nach Spanien«, hatte die Kommissarin begonnen. »Per Mietwagen …«

Sofort kam der Einspruch. »Selbst in Spanien bräuchte man hierfür Personalausweis und Führerschein.«

»Gut, dann mit dem Zug. Oder ein Charterflug mit falschen Papieren.«

Sabine war sich darüber im Klaren, wie unwahrscheinlich es sein dürfte, dass Frau Vaupel mit einem professionell gefälschten Ausweis unterwegs war. Sie wollte etwas ganz anderes herausfinden.

»Hören Sie endlich auf, auf Gisela rumzuhacken!«, hatte Heidt wutentbrannt verlauten lassen.

»Erst wenn Sie mir verraten, wie genau Ihrer beider Verhältnis ist.«

Kleinlaut hatte der Dienststellenleiter ihr schließlich eingestanden, dass zwischen den beiden mehr gewesen war als bloße Sympathie.

»Aber heute nicht mehr?«, fragte Sabine freundlich.

»Nein. Irgendwann verloren wir uns aus den Augen.« Heidt spielte mit seinem Schlüsselbund. »Aber ich würde sie gern einmal wiedersehen.«

»Ich halte sie für nicht verdächtig.« Sabine schenkte ihm ein warmes Lächeln. »Von mir muss niemand etwas erfahren. Das Geld, woher auch immer es stammt, hat für niemanden mehr Belang, und Ihre privaten Dinge gehen nur Sie etwas an.«

»Danke.«

»Bleibt die Frage«, sie hatte dabei die Autotür aufgestoßen, »wo die Verbindung ist und wer meinem Partner ans Leder will.«

Und wo ihr Partner steckte. Sabine Kaufmann würde in der Pension vorbeifahren. Oder bei diesem Neifiger, den sie mittlerweile sogar ohne Navigationsgerät finden würde. Doch zuallererst stand Schmittke auf der Agenda.

Bevor er und sein Kollege Rahn sich aus dem Staub machen konnten – Sabine fiel auf, dass sie weder wusste, wo die beiden nächtigten, noch, ob in Wiesbaden Familie auf sie wartete –, winkte sie ihn zu sich. Prompt kamen beide, Schmittke verzog gequält das Gesicht.

»Was gibt's denn noch, das nicht bis morgen warten kann?«, erkundigte sich Rahn, der vorangeschritten war.

»Zwei Sätze mit *ihm*.«

Die Kommissarin deutete auf Schmittke und hob die Augenbrauen. »Borg ihn mir einfach für einen Augenblick aus, danach könnt ihr beide verschwinden.«

Doch Rahn verstand nicht, vielleicht wollte er es auch nicht begreifen. Er klebte auf der Stelle. Schmittkes Mimik schaltete um auf flehend, als fürchtete er, Sabine würde im nächsten Augenblick ihr Versprechen brechen, nichts zu verraten. Die Kommissarin geriet ins Schwimmen. Sie brauchte die Ergebnisse, doch sie wollte den Kollegen nicht auffliegen lassen. Dann kam ihr die erlösende Idee.

»Ich habe eure Handynummern noch gar nicht«, fiel ihr wie beiläufig ein. Rahn schnaufte.

»Heidt will weg, ihr auch«, zählte sie auf. »Ralph ist abgetaucht. Was, wenn ich jemanden brauche?«

»Schon gut«, nahm Schmittke geistesgegenwärtig den Ball auf. Sichtlich erleichtert griff er sich einen Zettel. Rahn rempelte ihn mit dem Ellbogen an und zückte eine Visitenkarte.

»Warum so umständlich?«

Schmittke tat es ihm nach, und Sabine bedankte sich.

»Wir besprechen alles Weitere morgen«, schloss sie und sah den beiden nach.

Eine halbe Stunde, so lange würde sie ihnen geben. Zeit genug, um zu essen und sich zurückzuziehen. Das Bett teilen würden sie ja wohl kaum. Wobei die Kommissarin gelernt hatte, nichts mehr für unmöglich zu halten.

Sie setzte sich an den Schreibtisch und vergrub sich zwischen Notizen und Theorien. Sie las die Vernehmung von Nadine Schygalla, parallel dazu blätterte sie durch die Analyse ihres Kombi. Er hatte eine präzise Unfallhistorie, wie man heutzutage anhand der Fahrgestellnummer ohne Schwierigkeiten in Erfahrung bringen konnte. Zumindest, solange Fachwerkstätten und Versicherungen beteiligt waren. Seit drei Jahren war der Wagen auf Frau Schygalla angemeldet. Keine Unfälle seither.

Rutger Heidt verabschiedete sich von ihr, Sabines Blick wanderte zur Uhr. Als sie die Tür einschnappen hörte, tippte sie eine SMS an Bernhard Schmittke. Fünf unendlich erscheinende Minuten später piepte es. Er brauche noch eine Viertelstunde, sie solle warten. Es würde sich lohnen.

Keine Frage, dass die Wartezeit ihr jetzt erst recht endlos vorkam. Sabine entschied sich, einen Imbissstand in Laufweite des Büros aufzusuchen. Sie hatte seit Stunden nichts gegessen und wollte nicht darauf warten, was Frau Kampmann ihr später auftischen würde. Sie hatte die Currywurst gerade verschlungen und stempelte mit fingerdicken Pommes Löcher in die Sauce, da rief er endlich an.

»Sorry, ich musste Holger erst loswerden«, entschuldigte sich Schmittke.

»Ihr seid aber nicht verheiratet, oder so?«

»Nein!«

Sabine grinste. So eingeschnappt, wie das kam, gab es da keine pikanten Geheimnisse.

»Okay, ich bin gespannt wie ein Flitzebogen«, sagte sie.

»Die Waffe hat eine Geschichte.«

So begann Schmittkes Erzählung, bei der Sabine aus dem Staunen nicht mehr herauskam. Ohne die Pommes wäre ihre Kinnlade offen stehengeblieben.

»Am 17. August 1975 fand ein Raubüberfall auf ein Waffengeschäft in Hannover statt. Dabei wurden ein Dutzend Faustfeuerwaffen und fast zweitausend Patronen entwendet. Dazu allerhand weiterer Kram, der jetzt keine Rolle spielt. Es war eine sogenannte Beschaffungsaktion des Roten März, so viel steht fest.«

»Woher weiß man das?«

»Einige der Waffen wurden im Laufe der Jahre bei Verhaftungen sichergestellt, unter anderem, und jetzt kommt's, bei Veith Gruber.«

»Heiliges Kanonenrohr! Aber wie kann es dann sein …«

»Lass mich fertigerzählen, dann weißt du's«, bremste Schmittke sie aus. »Gruber war zum Zeitpunkt seiner Verhaftung in Besitz von Geld, gefälschten Ausweisen und einer jener Pistolen.«

Sabines Gedanken rasten, der Gründler-Hof kam ihr in den Sinn. Es hatte dort eine Razzia mitsamt Schießerei gegeben, so stand es im Protokoll.

»Welcher Terrorist trägt zu Hause Geld, Papiere und eine Waffe am Körper?«, spann sie den Faden weiter. »Versucht man nicht eher, diese Dinge loszuwerden?«

»Man hat sie nun einmal gefunden, das ist doch erst mal wichtiger. Ich will auf etwas ganz anderes hinaus.«

»Entschuldige bitte.«

»Diese Fakten sind allesamt frei zugänglich«, betonte Schmittke, »zumindest wenn man weiß, dass man nach einer dieser Knarren sucht. Das wirklich Interessante kommt jetzt. Normalerweise hätte bei einer ballistischen Untersuchung sofort die Querverbindung zu dem Waffenraub und dem Roten März auftauchen müssen. Die Fahndung ist noch aktiv, so lange, bis sämtliche Waffen wieder aufgetaucht sind.«

»Aber?«

»Die Verbindung wurde gezielt gekappt. 1978, bei Harald Vaupel, fehlte es an einer umfassenden Ermittlung. Das ist zumindest meine Vermutung. Niemand setzte damals ein totes Kind im Hinterland mit dem Deutschen Herbst in Verbindung. Oder hat Heidt etwas Gegenteiliges behauptet?«

»Nein. Weiter!« Sabine wurde ungeduldig.

»Sechs Jahre später, am Tag von Grubers Verhaftung, tötete eine Kugel aus derselben Waffe einen GSG 9-Beamten. Otto Bluhm.«

»Wie kann es dann sein, dass vor ein paar Tagen damit geschossen wurde?«

»Die Waffe wurde niemals inventarisiert. Im Klartext, wir haben eine Pistole aus einem Waffenraub, die zwei bis drei Menschen tötete, aber niemals durch eine unserer Behörden sichergestellt wurde.«

»Stopp, langsam!« Sabine musste sich das Ganze in Ruhe zusammensetzen. »Wie können wir dann überhaupt sicher sein, dass es sich um eine der gestohlenen Waffen handelte? Und weshalb sagtest du ›zwei bis drei‹ Menschen?«

»Veith Gruber hat den Todesschuss auf Bluhm vehement geleugnet. Steht in den Akten, bitte lies sie selbst. Ich bin nicht in Ruhe dazu gekommen.«

»Akten?«, hakte Sabine nach.

»Ich habe einiges an Material auf einen USB-Stick gezogen, vor allem Protokolle und Berichte der Verhaftung. Inoffizielles Zeugs, alles, was ich kriegen konnte. Ich konnte meine Quelle nur ein einziges Mal anzapfen, von daher habe ich es ausgenutzt.«

»Prima. Wo ist der Stick?«

»Im Stiftfach meiner Schreibtischschublade. Ich konnte ihn dir vorhin nicht unbemerkt geben, und auf dem Laptop wollte ich nichts hinterlassen.«

Guter Mann, dachte Sabine, nachdem sie sich überschwenglich bedankt hatte, und meinte es ernst. Heutzutage war man ohne den guten Draht zu den Computerspezialisten praktisch aufgeschmissen.

Sie entsorgte den Rest der weich gewordenen Kartoffelstäbchen in den Abfalleimer und ging zurück in Richtung Polizeidirektion.

Ralph Angersbach hatte die Augen geschlossen und ließ den Kopf hängen. Es zehrte an ihm, er hatte tausend Fragen im Kopf, aber keine erschien ihm passend. In der Dunkelheit huschten immer wieder Filmsequenzen vorbei, eine davon besonders hartnäckig.

Star Wars, Luke Skywalker und Darth Vader.

»Ich bin dein Vater.« Der Schock. Musik.

Ralph konnte es nachfühlen, tief im Inneren. Doch Johann Gründler war kein Monster. Seine Akte war sauber, nicht einmal Verkehrsvergehen. Zu sauber, dachte Ralph weiter, für einen alten Linken mit Verbindungen zu einer terroristischen Zelle. Er beschloss, das Ganze zu vertagen, denn es gab im Moment Wichtigeres. Janine, zum Beispiel. Er hatte seinem Vater (es war komisch, dieses Wort auch nur zu denken) Löcher in den Bauch gefragt, doch dieser hatte ihm nichts Genaueres sagen können.

»Wie hat sich das abgespielt, als sie zu dir kamen?« Der Kommissar öffnete die Augen wieder und nahm einen tiefen Atemzug. »Ist der Muskelmann einfach reinmarschiert und hat dich überwältigt? Und warum? Irgendeinen Grund muss es doch geben.«

»Es sind zwei. Mindestens. Wie lange, sagtest du, bin ich verschwunden?«

»Drei Wochen und ein paar Tage.«

Gründler machte eine bestürzte Miene. »So lange?«

Angersbach nickte stumm.

»Ich wachte auf, im Dunklen. Benommen. Sie müssen mich betäubt haben, zumindest kam es mir lange so vor. Das hier war seitdem mein Quartier. Die ganze Zeit über. Man hat nicht mit mir gesprochen, ich wusste nicht, weshalb ich hier saß. Weiß es immer noch nicht. Es war Isolationsfolter, wie damals, in Stammheim, Wittlich, Ossendorf.«

»In Stammheim …«

»Keine politische Debatte, ja?« Gründler hob abwehrend die Hand. »Du bist Bulle, ich bin Linker. Belassen wir es dabei.«

»In erster Linie sind wir zwei Gefangene«, knurrte Ralph übellaunig, und sein Vater schenkte ihm prompt ein Zwinkern.
»Das macht uns wohl zu Verbündeten.«
»Was haben die mit dir angestellt?«, erkundigte sich der Kommissar und wies auf die Brustbandage.
»Das waren nicht die.«
»Wie bitte?«
Gründler deutete in Richtung Fenster. »Ich habe mich dort hochgekämpft, konnte ein Auto sehen. Versuchte, das Glas zu zertrümmern. Dabei zertrümmerte ich mir um ein Haar den Schädel.«
Die Worte sprudelten plötzlich regelrecht aus ihm hervor, obwohl er zutiefst erschöpft wirkte. Dankbar, dass er jemanden hatte, mit dem er sich unterhalten konnte. Ralph erinnerte sich an ein Seminar über sensorische Deprivation. Wenn man seinen Vater drei Wochen isoliert eingekerkert hatte, musste er am Durchdrehen gewesen sein. Unterernährt und auf Reizentzug. Er musste sich die Seele aus dem Leib gebrüllt haben. Dann Katatonie. Tagträume. Selbstgespräche. Jeder Mensch verhielt sich anders. Gründler berichtete von einem Krankenzimmer, womöglich ein Raum in einem Nebengebäude, den die Entführer notdürftig eingerichtet hatten. Und dem Ausweichversteck in einem feuchten Loch, ein Bunker vielleicht, seine Beschreibung blieb vage.
»Und *das* hier«, Ralph deutete nach unten, »ist dein Hof?«
»Ja.«
»Wir haben das Haus dreimal durchsucht. Wo zum Teufel ist der Zugang?«
»Eine Luke auf der Rückseite. Als der Keller ausgehoben wurde, befand sich ein Anbau darüber. Damals, bei der Raz-

zia, verschanzte sich einer von uns unter der Klappe.« Gründlers Blick wurde leer. »Ihr habt ihn einfach niedergemäht.«
»*Ich* mit Sicherheit nicht!«
»Wie auch immer. Die Luke ist kaum zu sehen, hinter Holz. Man gelangt nur dorthin, wenn man weiß, dass sich da ein Zugang befindet.«
Angersbach knirschte mit den Zähnen. Auf Hilfe von außerhalb brauchten sie demnach wohl nicht zu hoffen.

Sabine Kaufmann hatte Unmengen an Papier in den Drucker gelegt, irgendwann war sie dazu übergegangen, die Dokumente parallel dazu am Bildschirm zu sichten. Sie wusste nicht genau, *wonach* sie suchte, doch irgendetwas störte sie gewaltig. Auf der einen Seite Otto Bluhm. Ehemann und Familienvater. Es hatte zwei Todesopfer gegeben, 1984, auf dem Hof von Johann Gründler. Ein Neunzehnjähriger, ausgebüxt aus einem Erziehungsheim bei Kassel und in der Kommune untergekommen. Den Akten nach war er auf einem Drogentrip, er hatte sich im Keller verkrochen, »Fliegeralarm« geschrien und mit einem Sturmgewehr aus der Luke geschossen. Erst nachdem Tränengas eingesetzt worden war, stieß er die Luke auf. Er feuerte weiter. Ein Stoppschuss in die Schulter verfehlte sein Ziel und zerfetzte sein Herz. Bluhm hatte es an der Lunge erwischt. Trotz Schutzweste. Der Schuss war an einer der wenigen ungeschützten Stellen eingedrungen, dort, wo sich Vorder- und Rückseite der Weste trafen. Ein Sechser im Lotto schien nur wenig unwahrscheinlicher.
Wieder, das hatten die Akte Vaupel und die Akte Bluhm gemein, ärgerte sich die Kommissarin über schlampige Arbeit, unvollständige Aufzeichnungen und handschriftliche Ergän-

zungen, deren Sauklaue meist unleserlich war. Sie kramte eine Luftaufnahme des Hofes hervor und kopierte sie. Eine Skizze von 1984 half ihr dabei, die wichtigsten Punkte einzutragen. Die Position der erschossenen Männer, weit voneinander entfernt, auf den gegenüberliegenden Seiten des Hauses. Die Position der Verhafteten. Es fiel ins Auge, dass sämtliche Bewohner des Hofes unmittelbar an der Haustür in Empfang genommen worden waren. Auch Gruber. Eine Verhaftung von Johann Gründler war nicht dokumentiert. Von beiden Männern fehlten außerdem die Vernehmungsprotokolle.

Irgendwann rauchte Sabine der Kopf. Draußen verwandelte sich der Horizont in eine rot glühende Pracht. Sie dachte daran, dass Janine mutterseelenallein in der Pension saß. Doch sie konnte sich einfach nicht losreißen.

Das Telefon läutete. Mathilde Bellermann.

»Ich hätte nicht damit gerechnet, jemanden zu erreichen. Störe ich?«

»Nein«, versicherte Sabine ihr mit einem Schmunzeln. »Die Polizei ist rund um die Uhr da.«

»Ich hatte Herrn Angersbach erwartet.«

Nicht nur Sie, dachte Sabine schwermütig. »Er ist außer Haus. Ich bin seine Partnerin, Sabine Kaufmann. Wir ermitteln zusammen.«

»Gut, gut.« Frau Bellermann atmete aufgeregt. »Eben war ein Mann im Fernsehen, der vermisst wird. Hannes, ähm, Johann Gründler.«

Sabine richtete sich auf. »Sie kennen ihn?«

»Ich hätte es Herrn Angersbach längst sagen müssen«, kam es klagend, »aber ich wusste ja nicht …«

»Was ist mit Gründler?«

»Mein Mann und er waren so etwas wie Kollegen. Steinbruch. Da, wo alle jungen Männer damals Arbeit suchten. Hannes war deutlich jünger, er hatte meist die Schichten vor oder nach meinem Mann.«

»Er hatte demnach Zugang zu den Sprengstoffen.«

»Sie wissen davon«, kam es unterkühlt, beinahe so, als hätte Angersbach ein Geheimnis ausgeplaudert.

»Wir werfen Ihrem Mann nichts vor«, bekräftigte Sabine.

»Das haben die vom Bergbau damals auch behauptet.«

»Halten Sie es für möglich, dass Gründler etwas mit dem Diebstahl zu tun hatte?«

»Ich beschuldige niemanden«, wehrte Frau Bellermann ab. »Doch besonders fleißig war Hannes nicht. Und ein paar Wochen nach der Sache warf er den Job hin.«

Das passte halbwegs ins Bild. »Wussten Sie von seiner Verbindung zum Roten März?«

Mathilde Bellermann lachte verbittert. »Nach dem Anschlag zeigten sie alle mit dem Finger auf ihn. Aber so richtig gewusst?« Sie überlegte kurz. »Dass er einer dieser Linken war, daraus machte er weiß Gott keinen Hehl. Doch Hannes war einer derjenigen, die stets bei allem dabei waren, aber nie direkt beschuldigt wurden. Kennen Sie das Stück ›Biedermann und die Brandstifter‹?«

Sabine bejahte, obwohl sie nicht fand, dass es der Sache gerecht wurde.

»Sie möchten Gründler nicht beschuldigen, hm?«, fragte sie leise.

»Ich werde ihm nichts nachsagen, wofür es keine Beweise gibt. Das gehört sich nicht.«

»In Ordnung. Was wollten Sie uns denn über Johann Gründler sagen?«

»Er hat mich besucht.«
»Kürzlich?«
»Ja. Wir hatten jahrelang keinerlei Kontakt. Dann stand er plötzlich vor der Tür. Er wollte zu seinem Sohn.«
Sabine schnappte nach Luft. »Wiederholen Sie das bitte!«
»Gründler war Grubers Vater, das heißt, er ist es noch.« Sie schnaufte. »Jescheschmorije. Das ist alles so traurig. Sie haben es nicht mehr geschafft, sich wiederzusehen.«
»Ich dachte, er sei deshalb bei Ihnen gewesen.«
»War er auch. Aber Veith war zu diesem Zeitpunkt unterwegs. Hannes bat mich inständig darum, ihm gegenüber nichts zu erwähnen. Er wolle ein anderes Mal wiederkommen. Doch er kam nicht.«
»Und wann genau war das?«
»Vor vier oder fünf Wochen«, überlegte Frau Bellermann. »Ich kann es nachschlagen, denn am nächsten Tag hatte ich einen Termin beim Kardiologen.«
Sabine hörte, wie sie in irgendetwas herumblätterte. Sie rechnete derweil nach. Vier Wochen, das kam hin. Und als Frau Bellermann ihr das Datum nannte, war kaum mehr Platz für Zweifel. Johann Gründler war entführt worden, bevor er den zweiten Versuch eines Treffens hatte angehen können.
Und die zweite Erkenntnis, die sie viel mehr erregte:
Johann Gründler war Veith Grubers Vater.
Wenn man die DNA-Analyse zugrunde legte, war er damit außerdem der Erzeuger von Ralph Angersbach.
Immer wieder Ralph.
Sabine begriff schlagartig, dass sein Verschwinden nicht mehr mit einem leeren Handyakku zu erklären war. Um ehrlich zu sein, war ihr schon seit Stunden flau, sie erkannte es nur jetzt erst in voller Stärke.

Sie rief im Präsidium in Fulda an, ließ sich an eine entsprechende Stelle vermitteln und ordnete eine Handyortung an. Man versicherte ihr, sich in Kürze zu melden. Sie schaltete das Telefon auf ihr Handy um und machte sich auf den Weg zu Janine. Unterwegs würde sie bei Metzger Neifiger haltmachen. Hauptsächlich ging es ihr dabei um Informationen, doch sie hatte außerdem eine unbändige Lust auf eine Portion Presskopf.

Neifiger schlug sich die Hand vor den Mund.
»Der alte Gründler soll Ralphs Vater sein? Da wird ja der Hund in der Pfanne verrückt!«
Vinzenz hob grunzend den Kopf, als fühlte er sich angesprochen. Er nieste zweimal, dann bohrte er seine Nase wieder halb unter eine löchrige Decke.
»Ralph ist unauffindbar«, sagte Sabine hastig. »Irgendeine Idee, wohin er gefahren sein könnte?«
»Er wollte noch zu Nadine Schygalla«, erinnerte sich der Hüne und gähnte. »Ich habe ihn rübergefahren, weil er zu Fuß bei mir aufgekreuzt war.«
»Ohne den Lada?«
»Schon komisch. Er hatte laufen wollen. Irgendetwas schien ihm Kopfzerbrechen zu bereiten.« Neifiger rieb sich die Wangen, dabei breitete er einen öligen Punkt zu einem handtellergroßen Fleck aus. Sabine rechnete nach und kam zu dem Ergebnis, dass selbst ein Fußmarsch von zwei Kilometern nicht die stundenlange Abwesenheit erklären konnte. Nicht in dieser Phase einer Ermittlung. Doch bevor sie etwas dazu sagen konnte, durchzuckte ein verstohlenes Zwinkern Neifigers Augenlid. »Kann es nicht auch sein, dass er einfach nur *ungestört* sein will?«
Sabine rümpfte die Nase. »Inwiefern?«

»Es gibt auf dem Gründler-Hof doch diese Hippie… ähm, Künstlerin.«
Die Kommissarin erinnerte sich. Ralph hatte diese Frau bislang stets alleine aufgesucht. Nicht, dass sie damit ein Problem gehabt hätte; er war ihr keine Rechenschaft schuldig. Doch ihr Kollege war – Handyakku hin oder her – zuverlässig genug, um während einer Ermittlung nicht stundenlang ohne einen Hinweis vom Erdboden zu verschwinden.
»Claire Floris«, murmelte sie.
»Genau die.«
»Ich fahre da mal vorbei«, entschied Sabine Kaufmann.
Doch zuerst würde sie in der Pension nach dem Rechten sehen.
Den Presskopf hatte sie vergessen.

Ralphs Handy ließ sich, so vermeldete eine gleichgültige Männerstimme am Telefon, nicht orten. Wo es zuletzt eingeloggt gewesen sei, wollte Sabine daraufhin wissen. Auch diese Daten seien widersprüchlich, gab man ihr zu verstehen. Womöglich eine Netzstörung, oder er habe sich im Schnittbereich zweier Zellen befunden.
Als Sabine kurze Zeit später das Gästehaus erreichte, fand sie außer Frau Kampmann niemanden vor. Diese trug eine gesprenkelte Schürze und einen hölzernen Rührlöffel, von dem dampfendes Mus tropfte.
»Keine Zeit, keine Zeit«, rief sie, »mir brennen die Äpfel an!«
Sabine folgte ihr in die Küche, wo sie sofort eine Aufgabe zugewiesen bekam. Während Frau Kampmann quietschend an einer Art Metallmühle kurbelte, musste sie den Topf umrühren. Dicke Blasen zerplatzten spritzend, es erinnerte an vulkanische Schlammquellen.

»Wo sind Angersbach und seine Schwester?«, wollte Sabine wissen.
»Jetzt reinkippen!« Frau Kampmann deutete auf Topf und Metallsieb. Sabine tat wie geheißen und kippte den restlichen Topfinhalt aus.
Frau Kampmann leierte weiter, und Sabine schaltete die Herdplatte aus und füllte den Topf mit kaltem Wasser.
»Danke.« Die Wirtin fuhr sich mit dem Arm über die Stirn, ihre Wangen glühten. »Manchmal fehlt ein zweites Paar Hände.« Dann entsann sie sich der Frage. »Was wollten Sie wissen?«
»Mein Partner. Ich versuche ihn seit Stunden zu erreichen.«
»Hier war er nicht.«
»Was ist mit Janine?«
Frau Kampmanns Blick und Ton wurden verschwörerisch. »Ich denke, sie trifft sich mit jemandem.«
Sabine verzog den Mund. »Will heißen?«
»Dieser Handwerker von neulich.« Sie hob die Hände. »Aber das Privatleben meiner Gäste geht mich nichts an.«
»Tut mir leid, ich verstehe nur die Hälfte. Welcher Handwerker?«
Die Wirtin schlug sich prompt die Hand vor die Stirn. »Wie dumm von mir, das können Sie ja überhaupt nicht wissen!«
Sabine verdrehte die Augen. »Was denn nun?«
»Na, der Elektriker war doch hier. Aber da war Ihr Kollege noch allein.« Ihre folgende Personenbeschreibung blieb oberflächlich und endete mit: »Ein schnittiger Mann, aber bestimmt so alt wie Sie.«
Na danke. Sabine wollte sich gerade empören, da kam noch etwas nach.
»Ich meine nicht *alt*«, korrigierte sich Frau Kampmann schmunzelnd, »aber nun mal doppelt so alt wie die Kleine.

Hach, die jungen Dinger. Dass es auch immer die älteren Männer sein müssen. Wobei«, sie stockte, »einen Ehering trug er nicht, glaube ich. Oder er legt ihn bei der Arbeit ab. Strom und Metall ist doch gefährlich, nicht wahr?«

Das Pingpongspiel im Kopf der Kommissarin kam nur allmählich zur Ruhe.

»Ein Elektriker«, resümierte sie, »hier im Haus. Blond, Mitte dreißig.«

»Wie ich sagte.«

»Was für einen Wagen fuhr er?«

»Einen dunklen Kombi mit Firmenlogo.«

»Und dieser Wagen ist heute wieder aufgetaucht?«

»Ja, das heißt nein.« Frau Kampmann blinzelte unsicher.

»Was denn nun?«

»Ein Logo habe ich nicht gesehen. Aber er war es. Ganz bestimmt.«

»Und Janine ist bei ihm eingestiegen?«

»Sie sind zusammen zum Wagen gegangen. Dort oben.« Sie deutete in Richtung Wiese. Etwa fünfzig Meter entfernt standen zwei Bäume, dahinter, etwas höher, verlief ein Weg.

»Haben Sie Janine beim Einsteigen beobachtet?«

»Nein.« Frau Kampmann zog eine empörte Schnute. »Ich beobachte meine Gäste nicht. Ich sah die beiden nur, als ich einen Laib Brot auf die Fensterbank stellte. Haben Sie schon gegessen?«

»Es geht mir darum, ob sie freiwillig eingestiegen ist«, verdeutlichte die Kommissarin ihr.

»Tut mir leid.« Frau Kampmann blickte ein Weilchen ins Leere, dann trübten sich ihre Augen ein. »Sie denken doch nicht etwa …«

»Es ist ja nicht Ihre Schuld«, versicherte Sabine eilig. »Fakt ist leider, dass sowohl Janine als auch Ralph verschwunden sind.

Es macht mich wahnsinnig, ich kann meinen Partner seit Stunden nicht erreichen.«

Besonders schlimm fand Sabine dabei, dass sie erst so spät geschaltet hatte. Vor allem, da es nun offenbar auch um Janine ging. Es *musste* etwas Schlimmes passiert sein, sie durfte gar nicht daran denken …

Die Hauswirtin unterbrach sie mit einer fast tonlosen Feststellung. »Also ist es hier ganz und gar nicht so sicher, wie Herr Angersbach mir versprach.«

Sabine fiel nichts ein, was sie darauf hätte antworten können. Also deutete sie schlicht Richtung Decke.

»Ich möchte mich in den Zimmern umsehen, einverstanden?« Falls sich hier ein falscher Handwerker zu schaffen gemacht hatte, musste sie das genau wissen. Frau Kampmann hatte nichts dagegen einzuwenden.

Holger Rahn machte keinen Hehl daraus, dass er das Ganze für vergebliche Liebesmüh hielt.

»Hat das nicht Zeit bis morgen?«

»Dann hätte ich nicht angerufen«, erwiderte Sabine. Dann, spitzzüngig: »Du kannst es ja deinem Partner überlassen.«

Sie hatte sich gewundert, dass Rahn an Schmittkes Handy gegangen war. Vermutlich lag es daran, dass er eine unbekannte Handynummer gesehen hatte. Bestenfalls war es die blanke Neugier. Die beiden versprachen Sabine, sofort zu kommen, und sie gab ihnen genaue Anweisungen. Das Navigationsgerät, wie die Kommissarin am eigenen Leib erfahren hatte, schickte einen einige hundert Meter am Ziel vorbei. Ehe man sichs versah, parkte man vor einem gigantischen Misthaufen und hatte einen gauzenden Schäferhund, der wütend gegen die Tür sprang.

»Wartest du auf uns?«
»Bedaure. Ich muss los. Frau Kampmann zeigt euch alles.«
Sabine Kaufmann machte sich nicht einmal mehr die Mühe, in ihren Schrank zu schauen. Sollten die beiden ihre Kleidung ruhig durchsuchen. Mehr als langweilige Schlüpfer und tragebequeme BHs hatte sie nicht mitgenommen. Ein Katalog mit Dessous dürfte weitaus erotischer sein als das, was ihr Wäschefach hergab.

Als Janine durch die Tür taumelte, schraken beide Männer auf. Kein Wort fiel, es knallte nur, und draußen wurde wieder verriegelt. Angersbach verschaffte sich einen schnellen Überblick. Sie stand auf wackeligen Beinen, schien aber unverletzt zu sein.
»Janine, geht es dir gut?«
Sie starrte ihn nur an. Er suchte die Kleidung nach Rissen ab, außerdem hielt er nach Blutflecken Ausschau, was das monotone Schwarz der Textilien nicht ganz einfach machte. Dann rümpfte sie die Nase und legte die Stirn in Falten.
»*Du* hier? Und wer ist das?«
»Mein Vater«, murmelte Ralph.
Man konnte die Gedankenmühle förmlich mahlen sehen.
»Nur seiner«, bekräftigte Gründler mit einem Fingerzeig auf Ralph.
»Ich bin ja nicht bescheuert«, kam es patzig zurück. Janine wusste sehr genau, dass *ihr* Erzeuger ein anderer gewesen war. Gemeinsam hatten die beiden höchstens, dass sie sich nie um ihren Nachwuchs geschert hatten. Ralph räusperte sich.
»Es ist meiner und der von Veith Gruber.«
»Dem Gehängten.«

Ralphs Herz stockte. Wenn keiner mit Gründler geredet hatte, wusste er dann überhaupt schon Bescheid? Das abrupte Versteifen seines Vaters beantwortete den Gedanken postwendend. »Wie bitte?«

»Veith ist tot, tut mir leid, dass du es so erfahren musst.«

»Was meint sie mit ›gehängt‹?«

»Der Galgen von Hüpfinsfeld. Oder so.«

»Janine!«, zischte der Kommissar und korrigierte: »Sie meint Hopfmannsfeld.«

Wenn sie hier rauskamen, *falls*, musste er das Mädchen dringend ein paar Takte Anstand lehren.

Johann Gründler sank in sich zusammen und starrte ins Nichts. »Tot«, wiederholte er tonlos. »Tot.«

»Hat man dir weh getan?«, erkundigte sich Ralph, während Janine sich in eine der Ecken hockte. Er deutete auf ein schmales Eckchen der Decke, doch sie schüttelte den Kopf.

»Wurdest du betäubt?«

»Dieser Typ ist durchtrainiert ohne Ende«, antwortete sie kleinlaut. »Also war es nicht nötig.«

»Er hat dir aufgelauert?«

»Ich dachte, es sei ein Kollege von dir.« Das Ganze schien ihr unangenehm zu sein. Ralph ließ es dabei bewenden.

»Konntest du sehen, wo ihr zuerst hingefahren seid?«

Kopfschütteln. »Ich lag doch hinten drin.«

»Und sonst etwas, das uns weiterhelfen könnte?«

»Es waren zwei.«

»So viel wissen wir auch schon«, murmelte Gründler.

»Ein Mann und eine Frau«, ergänzte Janine.

In diesem Moment wurde die Tür wieder geöffnet. Eine Wasserflasche klatschte vor Gründlers Füße. Gierig griff er danach, nahm einen Schluck.

»Immer hübsch teilen, es bleibt ja in der Familie!«

Lachen polterte durch die feuchtkühle Luft. Der strohblonde Riese trat ein und drückte das Metallblatt ins Schloss. Ein letzter Windzug frischer Luft strich hinein. Ralph rollte das Wasser zuerst in Janines Richtung, obwohl seine Kehle sich so trocken anfühlte, dass ihm jedes Schlucken ein Ziehen bereitete.

»Was wollen Sie von uns?«, fragte er.

»Eins nach dem anderen«, knurrte der Entführer, dann grinste er hämisch. »Genießt aber besser die Zeit, die euch noch bleibt.«

Janine zuckte zusammen. Er spuckte neben sich, dann zischte er ein abfälliges: »Familie!«

Hinter seinem Rücken befand sich ein Hocker, außerdem hatte er einen Rucksack in den Raum gebracht, den Ralph erst jetzt wahrnahm. Den Schemel ließ er stehen, öffnete behutsam die Tasche.

»Ihre Familie ist jetzt schon größer, als mir es vergönnt war«, stieß er hervor.

Er machte sich keine Mühe, sein Aussehen zu verbergen. Ralph Angersbach wusste, dass das kein gutes Zeichen war. Nur wer nichts zu verlieren hatte, gab sich diese Blöße. Oder wer keine Zeugen hinterlassen würde.

Seelenruhig begann der Blonde, sie zu fesseln.

Die Einfahrt musste jeden Augenblick auftauchen. Es war längst dunkel, doch der Mond tauchte die Gegend in ein ungewöhnlich helles Licht. Im Kegel ihres Fernlichts huschten Mäuse über den Asphalt, sie hatte außerdem zum ersten Mal in ihrem Leben einen Waschbären gesehen. An der Böschung kauernd, völlig unbeeindruckt von dem herannahenden Mercedes, mit den Pfoten in einer braunen Papiertüte grabend. Reste von Pommes, mit etwas Glück ein halber Big Mac. Waschbär müsste man sein, dachte sie halbernst. Sie musste abbremsen, es wurde kurvig. Im Tal waren Lichtpunkte zu erkennen, der Hof. Das plötzliche Abbremsen rettete Sabine Kaufmann vielleicht das Leben. Eine Rotte Wildschweine brach aus dem Dickicht, gut und gern ein Dutzend Tiere. Im ersten Moment, bevor ihr Oberkörper nach vorn schnellte und der Mercedes nur wenige Meter vor den Tieren auf der Gegenfahrbahn zum Stehen kam, dachte sie, es seien Schwarzbären. Riesenhafte Tiere, die sie keines Blickes würdigten. Sekunden später, wie als Nachhut, sprang das letzte Schwein mit hochgestellten Borsten vor ihren Kühler. Bremste kurz ab, verschwand im nächsten Augenblick in der gegenüberliegenden Böschung. Selbst durch die geschlossenen Scheiben und das leise spielende Radio waren die aufgeregten Schreie und das Knacksen zu hören. Sabine fasste sich an die Brust, wo ihr Herz hämmerte. In dieser Sekunde vermisste sie nichts so sehr wie die Bad Vilbeler Altstadt. Geschäft an Geschäft, aber nicht so stickig wie die Einkaufspassagen Frankfurts. Die einzigen Tiere, auf die man dort traf, trotteten brav an der Leine ihres Besitzers. Wollte man Wildtiere, gab es ein paar Meter entfernt die Enten an der Nidda.

Sie vergewisserte sich mit gerecktem Hals, ob noch mehr Waldbewohner ihren Weg zu kreuzen drohten. Drei Kurven vor ihr reflektierte ein Fahrbahnpfosten. Jemand näherte sich auf der Gegenspur. Sabine Kaufmann fuhr ruckartig an, erreichte die Einmündung und setzte den Blinker. Sie ließ einen aufgemotzten Opel Corsa passieren, der wie ein Jagdbomber dröhnte. Dann rollte sie hinab ins Tal.

Das gläserne Auge, gekoppelt mit einem Bewegungsmelder, meldete dem Überwachungsprogramm, dass sich jemand näherte. Die beobachtende Person schreckte aus einem Dämmerzustand hoch, der gerade tief genug gewesen war, um sich benommen und gerädert zu fühlen. Die Kamera war sicht- und wettergeschützt in einem Hornissenkasten verborgen, dessen Zugangslöcher von innen verklebt waren, um zu verhindern, dass er tatsächlich von einem Insektenstaat bevölkert wurde. Hornissen. Niemals würde sich jemand in die Nähe des Kastens wagen. Die Menschen hatten eine unbegründete Angst vor den relativ harmlosen Tieren, es mochte an ihrer Größe und den verbreiteten Ammenmärchen liegen. Mit einem zufriedenen Gähnen fuhr die Hand in Richtung Computermaus. Klickend wechselte das Bild. Es war ein Mercedes. Sabine Kaufmann. Die Kommissarin kam schneller als erwartet. Und sie kam allein.

Das Handy hätte zu keinem ungünstigeren Zeitpunkt klingeln können. Noch voller Adrenalin von der Wildschweinattacke, hob es Sabine beinahe aus dem Fahrersitz. Nur ihrer geringen Körpergröße verdankte sie es, dass ihr Kopf nicht gegen den Himmel knallte.

»Ungünstig grad!«, rief sie in das Mikrofon der Freisprechanlage, genauer gesagt dorthin, wo sie es vermutete. Ein kleines Loch in der Plastikverblendung.

»Angersbachs Zimmer ist komplett verseucht«, antwortete Schmittkes Stimme ein wenig verzerrt, und als Nächstes brach die Verbindung ab. Prompt kam eine SMS, die Sabine auf Knopfdruck von einer Computerstimme verlesen ließ, nachdem der Wagen den Hof erreicht hatte. Das einzige Haus, in dem Licht brannte, war das Atelier. Instinktiv steuerte sie die A-Klasse dorthin.

»Angersbachs Zimmer: verwanzt. Hightech. Holger checkt eure Laptops auf Trojaner. Dein Zimmer: clean.«

Sabine tippte eine knappe SMS, in der sie sich bedankte und ankündigte, sich später zu melden. Sie überlegte kurzzeitig, ob sie Michael anrufen solle. Das Signal einer Wanze musste sich doch, theoretisch, zu einem Empfänger zurückverfolgen lassen können. Die Entscheidung, ob sie seine Nummer nun wählen sollte oder nicht, wurde ihr durch ein freundliches Rufen abgenommen. Die Kommissarin blickte auf. In der geöffneten Eingangstür stand der Rollstuhl, in ihm saß Claire Floris. Sie winkte ihr zu.

»Guten Abend!«

Sabine Kaufmann stellte sich vor und sah sich um. Die Holzfiguren ringsherum mochten nicht jedermanns Geschmack sein, und doch hatten sie etwas. Sie erinnerte sich an Ulrichstein. Drei überdimensionale, bunt gepinselte Holzpfeiler, wie Totempfähle, säumten dort die Ortszufahrt. Stumme Wächter. So wirkten auch die Wurzelfratzen, gleichzeitig verliehen ihnen das helle Holz und ihre Schlankheit etwas Zauberhaftes. Hatte Frau Floris sie allesamt gestaltet? Sabine stellte sich vor, wie es wohl sein mochte, wenn man nur die obere Hälfte seines Körpers kontrollierte. Selbst sammeln konnte Claire das Holz wohl nicht.

»Gefällt sie Ihnen?«

Claire deutete auf ein Hexengesicht, dessen Grinsen Sabines Blick eingefangen hatte. Je länger sie hinschaute, desto freundlicher wurde es. Sie nickte wortlos.

»Es ist eine Waldelfe, besser, deren Königin.«

»Haben Sie sie gemacht?«

»Das meiste hat die Natur gemacht«, lächelte Claire. »Ich lege die Konturen lediglich frei und gebe ihnen den letzten Schliff.«

»Wie lange dauert so etwas?«

»Vom Sammeln bis zum fertigen Objekt? Schwer zu sagen. Frau Holle hier hatte mich eine Woche lang gefangen.«

Sabine schürzte die Lippen. »Frau Holle?« Und dann hatte sie »gefangen« gesagt. Wählte die Künstlerin ihre Worte mit Absicht so geschwollen?

»Sie kennen sie vermutlich nur aus dem Märchen.« Frau Floris lachte abwinkend auf, während Sabine sie fragend ansah. »Die wirkliche Geschichte hinter diesem Charakter erfahren Sie nur, wenn Sie sich hier in dieser Gegend damit befassen. Aber Sie sind sicher nicht wegen der ›weißen Frau‹ zu mir gekommen, nicht wahr?«

»Nein.«

»Bitte.« Claire bat Sabine ins Hausinnere und wendete behende auf der Stelle. Die Kommissarin folgte ihr. Kaum etwas in dem Atelier erinnerte daran, dass die Frau nicht laufen konnte. Einzig die Tischplatten und die Arbeitsfläche in der Küche wirkte einen Deut tiefer als gewohnt.

»Weshalb sind Sie denn hier? Und wo ist Ihr reizender Kollege?«

»Das versuche ich herauszufinden«, gab Sabine zurück und beobachtete ihr Gegenüber. Sie hatte die Haustür hinter sich zugedrückt, was die Gardinen an der geöffneten Terrassentür mit einem leichten Aufwogen quittierten.

»Wie kommen Sie darauf, dass er hier sein könnte?«

Sabine Kaufmann schniefte. Sie mochte es nicht, wenn ihre Gesprächspartner mit Gegenfragen antworteten. »Ich folge lediglich Hinweisen.«

»Hm.« Ein blondes Pokerface blickte ihr entgegen.

»Wussten Sie, dass uns unten im Hauptgebäude Hinweise gegeben wurden? Warm – wärmer – wie beim Topfschlagen?«

»Topfschlagen ist leider nicht ganz mein Spiel«, erwiderte Claire Floris spitz und klopfte sich auf die Knie. Sie behielt Sabine fest im Blick, so bohrend, dass es ihr beinahe unangenehm war.

»Ralph war also nicht hier, und Sie haben nicht mit ihm gesprochen?«

»Das waren zwei Fragen.«

»Warum beantworten Sie sie nicht einfach?«

Auf ihrer Haut spürte Sabine Kaufmann einen Windhauch. Sie wollte sich noch in Richtung der Glasfensterfront drehen, da spürte sie zwei kräftige Hände, die sich um sie schlangen. Keiner ihrer Verteidigungsgriffe blieb ihr mehr auszuführen, schon gar nicht, als sie in die Mündung einer Pistole blickte. Claire Floris fuchtelte damit vor ihrer Nase herum, bis die fremden Männerpranken sie so weit verschnürt hatten, dass keine Fluchtgefahr mehr bestand. Sabine fluchte und spie, spannte ihre Muskeln entgegen der Bewegung, die man ihr aufzwang. Dann klappten die metallenen Fußstützen des Rollstuhls zur Seite und Claire Floris stand auf.

»Bitte sehr, extra warmgesessen.«

Sie lächelte süffisant, und Sekunden später wurde Sabine in den Rolli gepresst. Sie konnte das Gesicht ihres Angreifers nicht erkennen. Sie sprachen nicht, tauschten nur flüchtige Blicke. Demnach war alles geplant gewesen, folgerte die Kommissarin. Sie erkannte, dass Widerstand zu diesem Zeitpunkt zwecklos war, und konzentrierte sich darauf, so viel wie möglich zu beobachten.

»Danke, ich übernehme jetzt.« Claire nickte an ihrer Schulter vorbei.

»Okay.«

Eine Männerstimme, passend zu den Männerhänden. Muskulös, blonde Haare auf dem Handrücken. Sabine musste an die Beschreibung des vermeintlichen Handwerkers denken. Allerdings gab es natürlich nicht nur einen blonden Mann auf dem Planeten. Holger Rahn kam ihr in den Sinn. Dann polterte es. Der Eingang wurde geschlossen. Sie waren wieder allein.

Claire Floris verriegelte die Terrassentür und schob den Rollstuhl halb um die Ecke im hinteren Bereich des Raumes. Ein Schreibtisch mit Computer tauchte auf, der Monitor war so groß, dass selbst Michael neidisch geworden wäre. Der Bildschirmschoner zeichnete Regenbogenlinien.

»Das mit Ihrem Freund tut mir übrigens leid.« Sabine schrak zusammen. Es war, als kommentierte die Frau den Gedanken an Michael.

»Was meinen Sie?«

»Wir sind da wohl ein wenig übers Ziel hinausgeschossen.« Claire stoppte die Fahrt und beugte sich nach vorn, um die Bremsen zu arretieren. »Das Ganze sollte ein Solo-Spiel für Ihren Partner Angersbach werden. Und plötzlich tauchen Sie auf. Dagegen mussten wir etwas unternehmen.«

»*Sie* haben Michael von der Straße gedrängt?«

»Nicht ich persönlich.« Claire zuckte mit den Schultern. »Aber warum musste er auch mit *Ihrer* Hasenkiste unterwegs sein?«

Sabines Herz bekam einen Stich. Michael war gefahren, weil sie zu viel getrunken hatte. Weil sie ihn nicht bei sich hatte haben wollen. Wut stieg in ihr auf. Am liebsten hätte sie um sich geschlagen, doch sie konnte sich nicht bewegen.

»Er kommt zurück«, hauchte Janine. Ihr Ohr lag an der Tür. Dann hörte auch Ralph die Schritte. Kurz darauf erschien das Muskelpaket und schritt zielstrebig auf das Mädchen zu. Sie hatte sich auf den Schemel gesetzt, so, dass beide Männer sie sehen konnten.

»In die Ecke!«, befahl der Kidnapper. Es war der abgelegenste Winkel des Raumes. Und er lag so, dass Ralph seine Schwester nicht sehen konnte, ohne sich aufs äußerste zu verrenken.

»Was soll der Scheiß?«

Es tat gut zu hören, dass seine Schwester noch immer eine Kämpferin war.

»Dahin!«

Holzbeine schrammten über den Boden, Kabelbinder ratschten. Er fixierte Janine an den Hocker, so viel war herauszuhören.

»Ich habe nichts getan, ich gehöre nicht einmal zur Familie«, brachte sie hervor. Es war kein Verrat, das wusste Ralph, es war reine Verzweiflung. Er wünschte sich insgeheim, er könne dasselbe sagen. Was verband ihn schon mit Johann Gründler?

Der Kidnapper lachte schallend. »Du bist Beifang. Eine Motivationshilfe. Keine Sorge.« Er hustete. »Du wirst deine Rolle erhalten.«

Gründler ertrug es nicht länger. »Dann verraten Sie endlich, was Sie mit uns vorhaben!«

Der Mann baute sich vor ihm auf.

»Das werde ich.« Bellendes Lachen. »Und *wie* ich das werde.«

Ralph Angersbach jagte es einen kalten Schauer halsabwärts.

»Sie dürfen schweigen«, sagte Claire Floris und grinste dabei über ihre Schulter. »Schweigen und zusehen.«

Sabine Kaufmann saß neben ihr, mit Kabelbindern und Gewebeband an den Rollstuhl gefesselt. Das Plastik, welches ihre Arme auf die gepolsterten Lehnen zwang, schnitt ihr ins Fleisch. Bald würden die Hände taub werden. Ihre Unterschenkel klebten am Gestänge, um ihre Hüfte führte ebenfalls ein dicker Streifen des Bandes. Sie verkrampfte sich und versuchte zu rütteln. Der Rolli erzitterte. Die Frau starrte sie überheblich an.

»Meine Hände werden taub!«

»Haben Sie sich nicht immer schon gefragt, wie es sich anfühlen muss, wenn man an ein solches Fortbewegungsmittel gefesselt ist?«

»Sie sind es offenbar nicht«, stieß die Kommissarin hervor.

»Aber ich war es. Zeitweise.«

Sabine kniff die Augen zusammen. Sie wollte keinen Smalltalk. Sie musste Angersbach befreien.

»Glasknochenkrankheit. Schon mal gehört?«

Sabine presste die Lippen aufeinander und zog mit aller Kraft die Ellbogen nach hinten. Ohne Erfolg.

»Der medizinische Begriff lautet anders, aber den kennen nur wenige. Sei's drum. Ich habe in meiner Kindheit und Jugend so viele Stunden an Krücken oder im Rollstuhl verbracht …« Sie seufzte. »Erst mit Anfang zwanzig haben meine Gräten sich allmählich eingekriegt. Damit geht es mir besser als den meisten mit dieser Krankheit.«

»Warum dann das Theater?« Sabine funkelte sie an. »Erhoffen Sie sich bessere Preise für Ihre Kunst? Mitleidskäufe?«

Eine Ohrfeige traf die Kommissarin wie aus dem Nichts.

»Werd nicht frech, Kleines!«

Sie wollte sich die Wange reiben, vergaß für eine Sekunde den Schmerz ihrer Fesseln. Ein Ziehen, wie mit einem Fingernagel, der sich tief in die Haut gräbt, erinnerte sie daran.
»Habe ich etwa einen Nerv getroffen?«
Claire Floris verzog trotzig das Gesicht.
»*Schweigen* und zusehen, sagte ich.« Sie deutete auf die silbrige Rolle, die neben dem Computermonitor lag. Ein Teppichmesser und ein Bündel Kabelbinder befanden sich ebenfalls dort.
»Panzertape eignet sich hervorragend zum Stopfen von Plappermäulern.«
»Tun Sie's doch«, konterte die Kommissarin, die spürte, wie ihre Handgelenke zu kribbeln begannen. »Aber ich glaube, Sie möchten viel lieber mit mir reden.«
Auf dem Monitor zeigte sich noch immer Schwärze.
»Was möchte ich denn Ihrer Meinung nach bereden?«
»Über Ihre Krankheit. War es Ihre schwere Kindheit, die schuld daran ist, dass Sie heute eine Mörderin sind?«
Claire lachte spitz. »Wer sagt denn, dass ich eine Mörderin bin?«
»Was sind Sie denn sonst?«
Darüber musste sie offenbar nachdenken. Sabine überlegte, ob sie mit Rechtsbegriffen wie Beihilfe um sich werfen sollte, entschied sich aber dagegen. Sollte Claire den nächsten Schritt tun.
»Sie werden mir nichts anhaben«, lachte die Künstlerin schließlich spöttisch. »Ich war jahrelang im Ausland, und dorthin verschwinde ich auch wieder.«
»Mit oder ohne ihren Rolli?« Sabine hob angriffslustig die Brauen. Der einzig neuralgische Punkt schien Claire Floris' Erkrankung zu sein.

»*Den* brauche ich nicht mehr«, winkte diese ab, blieb mit ihrem Blick jedoch erstaunlich lange an ihm haften. Mehr zu sich als zu Sabine murmelte sie: »Er hat schon viel zu viel zerstört.«

Sabine war keine Expertin in Sachen Rollstühlen, doch sie hatte in der Lobby des Altenheimes einige gesehen. Allesamt um Längen moderner als dieser hier.

»Was hat er zerstört?«, bohrte sie nach.

»Alles!« Die Kommissarin zuckte unter dem Fauchen zusammen.

»Rolli, Krücken ...« Claire sprang auf und lief fuchtelnd auf und ab. »Haben Sie eine Ahnung, wie stur sich Krankenkassen stellen können?«

»Allerdings«, entwich es Sabine, die an diverse Anträge dachte, die sie mit Hedwig hatte ausfüllen müssen. Doch die Frau reagierte nicht.

»Kostenübernahme, das ständige Rennen! Brüche, die zu spät behandelt wurden, weil ich nicht rechtzeitig zum Arzt kam. Alles nur, weil Mama ...«

Sabine begann zu begreifen.

»Verdammt!« Sie musste nicht nachrechnen. 1984, 2013. Das Alter passte in etwa. Eine Frau, die damals aus der Tür des Hofes gestürmt war. Rotes Wickelkleid. Babybauch. Ein Säugling, der von Beamten aus dem Inneren getragen wurde. Es stand alles in den Akten.

Claire fuhr herum. »Was?«

»Ihre Mutter wurde hier verhaftet, habe ich recht? Sie waren das Kind im Haus, oder waren Sie das Kind im Bauch? Schieben Sie Ihre Erkrankung etwa darauf?«

Befremdlicher hätte die Miene ihres Gegenübers kaum werden können.

»Wie sind Sie denn drauf?« Claire glotzte sie entgeistert an und tippte sich an die Schläfe. »Osteogenesis ist außerdem eine Erbkrankheit.«

»Was ist es dann?«

Zu einer Antwort kam es nicht mehr. Auf dem Monitor zeichnete sich eine Bewegung ab.

»Showtime.«

Claire schnappte sich den Bürostuhl und vergewisserte sich, dass die Bremsen des Rollis fixiert waren. »Genug geredet«, verkündete sie mit auf den Lippen liegendem Zeigefinger und einem Zwinkern in Richtung der Kleberolle.

»Der schwarze Mann.« Häme sprach aus der Stimme des Fremden. Dozierend schritt er auf und ab, verliebt in den Klang der eigenen Stimme. Ein Auftritt, auf den er sich seit Wochen vorbereitet hatte, wie Ralph vermutete. »Sinnbild für den Henker, den Teufel, die Pest. Und ist es nicht unglaublich lustig, dass man aus Ihrem Namen ›Schabernack‹ formen kann?«

»Wenn man Legastheniker ist«, gab Ralph zurück, und sofort stand der Blonde mit erhobener Hand vor ihm. So angespannt, dass die Adern am Hals hervortraten. Doch er hielt sich zurück, ließ sie wieder sinken.

»Es war ein G! Es hat nur ausgesehen wie ein CK, das nicht mehr hinpasste. Außerdem: Was soll's? Sie haben sich trotzdem darauf eingelassen«, spottete er. »Wie ein Kind.«

»Lustig fand ich es nicht.«

»Glauben Sie etwa, *meine* Kindheit sei zum Lachen gewesen?«

»Meine auch nicht«, konterte Ralph. »Nichtsdestotrotz kein Grund für mich, mich mit Geiseln in einem Keller zu verschanzen.«

Das Gesicht des Kidnappers war puterrot. Er schien aus der Fassung zu geraten.
»Halten Sie endlich den Rand«, stieß er hervor.
»Erzählen Sie endlich, was Sie von uns wollen!«, forderte der Kommissar.
Sein Gegenüber rang sich ein Lächeln ab und kicherte hysterisch.
»Ich weiß, was Sie versuchen.« Er winkte ab und entfernte sich. »Sie wollen mich aus der Fassung bringen. Das wird Ihnen nicht gelingen. Nicht heute. Ich werde mich auf keines Ihrer Spielchen einlassen.«
»Wunderbar. Dann reden Sie doch endlich«, erklang es hinter Ralph. Es war Gründlers Stimme.
»Ich erinnere mich gerne, *ich* kann mich schließlich erinnern«, begann der Mann. Ralph spitzte die Ohren, um nichts zu versäumen. »Vor vier Wochen standen wir auf der Matte. Er hat geguckt wie ein Auto, vor allem, als er *sie* gesehen hat. Auf zwei Beinen.« Dann winkte er ab. »Aber das nur am Rande.«
Ralph versuchte, ihm zu folgen. *Auf zwei Beinen*. Das klang nach Claire Floris. Doch weshalb …
Weiter kam er nicht, denn er wollte den Faden nicht verlieren. Der Fremde berichtete selbstgefällig: »Ein kleiner Cocktail aus Chemie, und schon hat Gründler gesungen wie ein Vogel. Von dem Waffenversteck, das er für diese Terrorbande angelegt hatte. Von seinen Gewissensbissen, als in ihm der Verdacht reifte, der Hausmeister des Kinderheims hätte es gefunden haben können.« Er spuckte abfällig. »Als Gutmensch spielte er sich auf. Nahm Geld aus dem Versteck, als könne er damit den Verlust eines Kindes ausgleichen.«
»Falsch!« Gründler wollte aufbegehren, doch er kam nicht weiter.

»Schnauze! Oder ich stopfe sie dir.«
Gründler zuckte und schwieg. Der Mann klang spöttisch, als er weitersprach. »Wer legt denn auch ein Waffen- und Geldlager in der Nähe eines Kinderheims an?« Er tippte sich mit dem Finger an die Stirn. »Das Versteck musste aufgelöst und verlegt werden. Sein ach so tolles Gewissen hat ihn in die Fänge der Polizei getrieben. Um seinen Sohn zu schützen, machte er einen Deal. Dieser Idiot. Als hätte er ernsthaft daran geglaubt, man ließe einen Sprengstoffattentäter straffrei ausgehen. Aber egal.« Er winkte ab. »So high jedenfalls dürfte der Gute seit Jahren nicht mehr gewesen sein. Und das Schöne: Es hinterließ keine Erinnerung. Nur einen Brummschädel und hartnäckige Halluzinationen. Die ersten Tage hier unten müssen die Hölle gewesen sein.« Er klopfte sich grinsend auf die Bauchdecke. »Und genau das wollten wir für ihn.«
»Ich bin an Ihrer Selbstbeweihräucherung nicht interessiert«, brachte Angersbach hervor.
»Da müssen Sie jetzt wohl durch.«
Der Kommissar gab sich unfügsam. »Was, wenn ich schreie oder lauthals singe?«
»Dann stopf ich dir das Maul!«
Angersbach lachte auf, prompt fügte der Fremde hinzu: »Oder ich tue deiner kleinen Schwester weh.«
Ralph fuhr zusammen. »Okay, ich höre ja zu. Aber kommen Sie auf den Punkt.«
»Heute wird sich die Gerechtigkeit durchsetzen. Mord wird gesühnt werden, Auge um Auge.«
»Klingt ziemlich pathetisch.«
In den Augen des Fremden loderte es, als er sich wieder vor Ralph aufbaute. »Pathetisch? Von Ihnen hätte ich mehr erwartet!«
»Mehr was?«

»Gerechtigkeitssinn. Ihr Bruder ist ein Mörder. Sie sind eine Familie von Mördern.«
»Veith saß jahrzehntelang im Gefängnis«, erwiderte Ralph.
»Aber niemand sühnte für den Mord an Otto Bluhm.«
Ralph verstand nur Bahnhof, dafür spürte er, wie Johann Gründler sich versteifte.
»Kenne ich nicht«, sagte er achselzuckend. Mit dieser Gleichgültigkeit brachte er sein Gegenüber zu einem erneuten Wutausbruch. Er lief rot an, trat schreiend gegen die auf dem Boden liegende Plastikflasche. Sie flog aus Ralphs Sichtfeld, dann ein berstendes Geräusch und ein spitzer Schrei.
»Aua!«
Janine. Er wollte sich umdrehen, doch mehr als ein Blick aus den Augenwinkeln gelang ihm nicht. Sie war nass, offenbar war die Flasche geplatzt und hatte sie getroffen. Schon griffen zwei Hände nach seinem Kragen und schüttelten ihn.
»Otto Bluhm. Getötet bei einem Einsatz der GSG 9, hier auf dem Hof. 1984. Ein feiger Schuss aus dem Hinterhalt.«

»Bullshit!« Sabine schüttelte energisch den Kopf.
»Von wegen!« Claire bewegte die Lippen kaum und schenkte der Kommissarin keine weitere Beachtung. Diese blieb hartnäckig.
»Ein Blick auf die Skizze genügt, um zu wissen, dass Veith in Handschellen aus dem Haus geführt wurde. Er *kann* diesen Beamten nicht erschossen haben.«
»Das wissen wir auch!« Claires Hand landete mit einem Scheppern auf dem Tisch. Dann wurde sie leise. »Sein Körper lag ein ganzes Stück weit vom Hauptgebäude entfernt. Er verblutete irgendwo dort unten zwischen den Bäumen.«

Sie deutete auf den Bildschirm, wo sich ihr Finger und die hasserfüllten Blicke auf Johann Gründler konzentrierten. »*Er* war es.«
»Gründler?« Sabine Kaufmann hätte um ein Haar aufgelacht, doch sie unterdrückte es.
»Er war der Einzige, der im freien Gelände verhaftet wurde. Der sich ausgerechnet an jenem Tag wie durch ein Wunder nicht im Haus befand.«
»Ein Spitzel?« Sabine wusste, dass es in diesen Jahren Dutzende von Informanten und Doppelspielern gegeben hatte. Einige von ihnen lagen noch heute im Dunkeln und würden dort auch bleiben. Doch etwas störte sie. »Das würde bedeuten, dass Gründler seinen eigenen Sohn verraten hat.«
Welcher Vater würde so etwas tun?
»Vielleicht wusste er davon überhaupt nichts?«
Sprach Claire von der Vaterschaft?
»Blödsinn!« Sabine konnte sich nicht vorstellen, dass die beiden nichts voneinander gewusst haben sollten. Gruber trug den Namen seiner Mutter. Selbst wenn er nicht gewusst haben sollte, dass Johann Gründler sein biologischer Erzeuger war – Gründler hatte gewiss eins und eins zusammengezählt. »Auf seinem Hof verkehrt plötzlich ein junger Mann, der denselben Nachnamen trägt wie eine seiner Liebschaften. Noch dazu ist er im passenden Alter. Männer mögen ja Schürzenjäger sein, aber an die Namen seiner Verflossenen erinnert man sich doch, oder nicht?« Sabine runzelte nachdenklich die Stirn. »Was möchten Sie konkret von Angersbach?«, fragte sie dann und korrigierte sich sofort. »Von Ralph?«
Die Kommissarin wusste, dass es besser war, eine möglichst persönliche Ebene zu erreichen. Je menschlicher ein Opfer

wurde, desto höher lag die Chance, eine schlummernde Empathie zu wecken. Das Gewissen zu berühren. Doch Claire Floris zeigte sich unbeeindruckt. Sie lachte spöttisch.

»Da müssen Sie wohl noch abwarten.«

»Warten worauf?«

»Auf Anklage, Urteil und Vollstreckung.« Claire stand abrupt auf. »Doch jetzt genug palavert.«

Kurz darauf ratschte das Panzertape. Mit dem Teppichmesser schnitt sie einen handbreiten Streifen ab, fein säuberlich, obwohl man es ebenso gut hätte reißen können.

»Können wir uns das nicht sparen?«

»Vergessen Sie's.«

Claire baute sich vor ihr auf, instinktiv bog Sabine den Kopf nach hinten. Doch sie konnte nichts tun, schon zwangen die Hände ihre Wangen wie in einen Schraubstock, und im nächsten Moment legte sich die Klebefläche auf ihre Mundpartie. Sofort verzog Sabine den Mund, doch sie erreichte nur kribbelnde Stiche. Der Kleber übertrumpfte ihre Grimassen. Sie fing den Blick ihrer Entführerin ein, in dem keinerlei Mitgefühl zu erkennen war. Wie sie so vor ihr stand, strohblond, mit dem Schneidwerkzeug in der Hand und eher burschikos als damenhaft, machte es klick im Kopf der Kommissarin. So laut, dass sie darauf geschworen hätte, dass man es hören konnte.

»Bluhm!« Ihre Wangen wölbten sich, und offensichtlich hatte Claire verstanden, welches Wort sie hinter ihrem Knebel gerufen hatte. Heftig schnaufend registrierte Sabine das triumphierende Lächeln im Gesicht der Blondine. Floris. Blume.

»Na endlich.« Claire neigte den Kopf und kostete für einen kurzen Moment die Stille aus. Und ihre Überlegenheit. »Ich fragte mich schon, wann Sie es endlich begreifen. Klara Bluhm. War das wirklich *so* schwer?«

Otto Bluhms Tochter. Irgendwo in der Akte hatte gestanden, dass er Familienvater gewesen war. Von zwei Kindern. Sabines Augen weiteten sich. Sie wollte etwas sagen, doch mehr als ein »Mmmh« brachte sie nicht zustande.

Klara Bluhm zeigte die Zähne und nickte in Richtung des Computers. »Sein Name ist Nils.«

Die Unterbrechung des Bilds hatte nur wenige Minuten gedauert. Alles wirkte unverändert. Janine kauerte mit angezogenen Knien in der Ecke. Ralph und sein Vater saßen auf dem Boden, Rücken an Rücken, die Hände und Füße gefesselt, außerdem miteinander vertäut.

»Mein Vater. *Unser* Vater.« Nils Bluhm schritt hin und her. »Haben Sie den Fall nicht rekonstruiert?«

»Doch«, antwortete Ralph. »Aber ich erinnere mich nicht, dass Veith eines Polizistenmords angeklagt wurde.«

»Eben!« Bluhm blieb abrupt stehen und rief armschlagend: »Weil er es nicht gewesen ist.«

Angersbach stand noch immer auf der Leitung. »Aber Sie sagten doch eben …«

Dann fiel es ihm ein. Parallel dazu vollendete Bluhm den Satz: »… dass Sie eine Familie von Mördern sind.«

Energische Bewegungen machten sich hinter dem Kommissar bemerkbar, ein »Hmm« zeigte an, dass Gründler, der mittlerweile geknebelt war, unbedingt etwas zu sagen hatte.

Nils Bluhm lachte, und es war ein unheilvoller Klang, der durch den Raum schwang.

»Rufen wir Ihren Vater in den Zeugenstand!«

Ratsch, dann ein Spucken und heftiges Husten.
»Ich habe nichts damit zu tun«, krächzte Johann Gründler.
Bluhm ignorierte es. »Dein Ältester hat genauso belemmert geschaut wie du jetzt.« Dann griff er sich an die Nase. »Hat mich fies mit dem Ellbogen erwischt, bevor er zusammenklappte. Ich habe geblutet wie ein Schwein.«
Der Tropfen auf dem Arm. Ralphs Gedanken rasten, doch er kam immer wieder darauf zurück, was Bluhm zuvor gesagt hatte. *Eine Familie von Mördern.* War das seine persönliche Realität?
»Lügen!«, spie Bluhm und trat nach Gründlers Beinen, die dieser vor sich ausgestreckt hatte. Es zuckte wieder. Ralph verdrehte den Kopf, erfasste Janines Blick. Panik lag auf ihrer Miene. Sie war ebenfalls gefesselt, hockte auf einem Schemel und machte sich so klein, wie es nur ging.
»Hilf mir«, stand auf ihrem Gesicht. »Ich möchte noch nicht sterben.«
Zumindest las er das heraus. Ralph Angersbach spürte, wie sein Herz einen Extraschlag tat. Er deutete ein Nicken an, ein Quentchen Zuversicht, während ihr Geiselnehmer auf seinen Vater einzureden begann.
»Niemals hast du einen Tag in Haft verbracht. Niemals wurdest du befragt.«
»Ich schwöre Ihnen, ich habe es nicht getan.«
»Dieselben Lügen, immer nur Lügen.« Bluhm wiederholte sich, es ähnelte einem Gesang. Hasserfüllt, aber auch verzweifelt. Dann verfiel er in einen zynischen Monolog:
»Sie müssen Akteneinsicht beantragen, Herr Bluhm – Oh, es tut uns leid. Aber diese Akten sind vertraulich – Natürlich, wir werden Ihren Vater nie vergessen – Die Akten unterliegen dem Staatsschutz.«

»Das ist die Schuld der Behörden«, meldete sich Ralph, »nicht meines Vaters.«
Sofort war Bluhm zur Stelle. »Sie repräsentieren doch die Behörden.«
»Nicht das LKA.«
»BKA, LKA, blablabla!«
Bluhm benahm sich wie ein Kind, dem man sein Spielzeug weggenommen hatte.
»Weshalb soll mein Vater Ihren Vater erschossen haben?«
»Fragen wir ihn doch!«
Ralph musste schnell reagieren, damit er bei ihm blieb. »Sie müssen doch eine eigene Theorie haben.«
»Die Waffe. *Er* hatte die Waffe. All die Jahre hat er sie behalten. Vielleicht realisierte er ja am Tag des Zugriffs, dass man seinen ach so guten Veith für die nächsten Jahrzehnte wegsperren würde. Vollkommen egal, was man ihm zugesichert hatte. Also richtete er die Waffe gegen meinen Vater.«
Sein Gesicht versteinerte bei diesen Worten. Ralph überlegte schnell. Bluhm konnte nur von der Pistole reden, mit der er auf Veith geschossen hatte.
»Das Projektil ergab keinen ballistischen Treffer«, erwiderte er.
»Damals gab es auch noch keine Computerscans.«
Verdammt. Wo er recht hatte …
»Weiter. Woher wussten Sie von der Waffe?«
»Er hat das Versteck in Trance ausgeplaudert.«
»Aber wie sind Sie überhaupt auf ihn gekommen?«
»Veith Gruber. Seine Entlassung hat das Ganze ins Rollen gebracht. Seine selbstgefällige Fresse im *Stern*. Drei Seiten haben die ihm gegönnt, nach der Begnadigung.«
Angersbach erinnerte sich an den Artikel. Das übliche Hin und Her, ob man nichtreuige Täter auf freien Fuß setzen soll-

te. Ob das Prinzip Strafe bei Schwerverbrechern überhaupt wirksam war.

»Mein Vater«, kam es verbittert hinterher, und Bluhm hob die Hand, »hatte so viel als Todesanzeige.« Daumen und Zeigefinger waren kaum breiter gespreizt als ein Zigarettenpäckchen.

»Sie haben Veith umgebracht!«

»Natürlich haben wir das.«

Angersbach versuchte, seine Wut im Zaum zu halten. Es gab noch zu viele Fragen, auch wenn ein Geständnis unter diesen Umständen vor Gericht keinerlei Bestand haben dürfte. Doch in dieser Situation an einen Prozess zu denken wäre dem Kommissar nicht in den Sinn gekommen. Er wollte verstehen.

»Haben Sie ihn gefoltert?« Spuren, so erinnerte er sich, hatte Veiths Körper nicht aufgewiesen. Bluhm zog eine Grimasse.

»Nein, wieso? Wir wussten doch längst, dass es Gründler gewesen sein musste.«

»Woher?«

»Recherche. Jahrelange Kleinstarbeit. Mein Vater hatte Aufzeichnungen. Es gab für mich nur zwei Möglichkeiten. Entweder war Gründler ein Spitzel, oder er gab sich als Spitzel aus, um andere Interessen zu verbergen.«

»Weshalb steht davon nichts in den Akten?«

»Es waren Privatnotizen. Mein Vater hat sich auf den Einsatz vorbereitet, er war wochenlang geplant. Spricht doch sehr für einen Insider, hm?«

»Nun ja …«

»Das und die Tatsache, dass es eine Weisung gab, keine letalen Schüsse abzufeuern. Insbesondere nicht auf Gründlers Sohn Gruber.«

»Scheiße«, wisperte Angersbach. Wieso schien alle Welt von der Vaterschaft gewusst zu haben, nur er nicht?

»Warum sind Sie damit nicht zu den Kollegen Ihres Vaters gegangen?«

»Wollten wir. Doch ich fand die Papiere erst Jahre später. Viele der alten Garde waren befördert, woandershin gewechselt, gestorben.« Seine Stimme wurde bitter. »Und dann die Sache mit den Akten. Man hat uns ausgeschlossen. Ich zitiere: ›Lassen Sie es ruhen!‹«

Die Worte kamen voller Ekel.

»Wir«, wiederholte der Kommissar, der sich in diesem Moment wunderte, weshalb sein Vater so konsequent schwieg. »Sie sprechen von sich und …« Er nickte zum Fenster hin, auch wenn er nicht wusste, ob er damit die Richtung traf. Bluhm verstand aber richtig und nickte.

»Klara Bluhm. Meine Schwester. Sie hat das Glück, von alldem nicht so viel mitbekommen zu haben.«

»Claire Floris«, sagte Ralph sich vor und schüttelte den Kopf. Wenn man es wusste, sprang die Wortverwandtschaft einen förmlich an. »Inwiefern nicht mitbekommen?«

»Sie war damals erst drei Jahre alt. Außerdem brauchte sie all die Aufmerksamkeit unserer Mutter.«

»Wegen ihrer Lähmung?«

Ralph verstand das Kichern nicht, das Nils Bluhm ausstieß. Dann versteinerte dessen Miene wieder.

»Wenn nicht schon der Tod unseres Vaters sie gebrochen hätte, dann wäre es das gewesen. Mutter starb, als ich fünfundzwanzig war. Sie war nicht einmal fünfzig, aber am Ende ihrer Kräfte. Klara begann es gerade besser zu gehen. Sie ging ins Ausland. Ich glaube manchmal, sie hat sich die Schuld an Mamas Tod gegeben.«

Bluhm hatte die beiden Männer umrundet, befand sich nun außerhalb von Ralphs Blickradius. Er knackte mit den Knöcheln und schmetterte Gründler seine nächsten Worte entgegen: »Siehst du, was du getan hast? Eine ganze Familie hast du zerstört! Während unsere Mutter vor die Hunde ging, hocktest du hier in deiner Kommune und machtest dir einen schönen Lenz.«

»Ich schwöre«, begann der alte Mann zittrig, doch Bluhm schnitt ihm das Wort ab.

»Schwören kann nur, wem etwas heilig ist!«

»Ich versichere es Ihnen«, versuchte der alte Mann es erneut, »ich schwöre bei meinen Söhnen.«

Abrupt fuhr ihm auch diesmal Nils Bluhm in die Parade.

»Die Zeit des Redens ist vorbei.«

Sabine Kaufmanns Zunge schmerzte. Sie stieß, wieder und wieder, gegen dieselbe Stelle. Sammelte Speichel, presste ihn in Richtung ihres linken Mundwinkels. Spürte, wie die Spucke unter dem Klebeband hervorquoll und übers Kinn halsabwärts rann.

Panisch beobachtete sie, wie Nils Bluhm sich die beiden Männer vornahm. Die Lautsprecher übertrugen seine Tiraden. Er habe Aufzeichnungen seines Vaters gefunden, Tagebucheinträge, die um die Zeit der Geiselbefreiung von Mogadischu entstanden waren. Abknallen müsse man sie, waren seine Worte, ohne jede Gnade. Oder isolieren. Sie in den Wahnsinn treiben, anstatt auf Resozialisierung zu hoffen. Sabine glaubte zu verstehen, weshalb man Gründler seit drei Wochen in seinem eigenen Keller unter Verschluss hielt. Für Nils musste er, ebenso wie Veith, ein Paradebeispiel einer gescheiterten Justiz sein. Er lebte seine Wut an ihnen aus, vermutlich in dem Bewusstsein, seinem Vater endlich Recht zu verschaffen.

Die körnige Bildübertragung ließ Details verschwimmen, doch Sabine konnte Gründler eindeutig identifizieren. Erst war Ralph an der Reihe, dann der alte Mann. Seine Bewegungen vollzog er gequält. Kein Wunder, nach so langer Zeit in diesem Loch.

Klara Bluhm verfolgte das Geschehen ebenfalls mit Konzentration. Sie bekam nichts von den Versuchen der Kommissarin mit, ihren Knebel loszuwerden. Stattdessen zoomte sie, schaltete zwischen Kameras hin und her. Es waren zwei, die den Raum zeigten. Eine Perspektive brachte Janine ins Bild. Das Mädchen war als Einzige nicht bis aufs äußerste verschnürt. Sie wippte mit dem Oberkörper hin und her, ihre Augen fixierten verängstigt einen Punkt, den Sabine nicht erkennen konnte. Sie tippte auf die Tür. Es befanden sich zwei davon in dem Kerker. Die Audioübertragung brachte nur Poltern und angestrengtes Atmen.

»Hmm!«

»Entspann dich mal«, sagte Klara Bluhm, ohne einen Blick über die Schulter.

Es war eine ausgeklügelte Todesmaschine, simpel ausgeführt, aber effizient. Ralph Angersbach kniete, die Arme und Beine noch immer gefesselt, im Nebenraum. Dort, wo man die Aufnahme nachgestellt hatte. Ein Querverweis auf eine Entführung, die die Nation in Bann gehalten hatte. Auf eine Zeit, in der Otto Bluhm von »kurzem Prozess« geschrieben hatte. Angersbach hatte den Holzverschlag sofort wiedererkannt, nachdem Nils Bluhm ihn durch die Tür gestoßen hatte. Taumelnd war der Kommissar darauf zugegangen, mehr hüpfend als in Schritten. Würde es nun enden, wie die Sache damals geendet hatte? Seine Füße kribbelten, die Seile schmerzten. Er war nur wenige Schritte gegangen, dann hatte der Kidnapper ihn in den Verschlag gestoßen. Mit Spanngurten und Handfesseln fixiert. An Ösen, die im Boden und an der Rückwand angebracht waren – einzig diesem Zweck dienend, wie Angersbach vermutete. Immer wieder aufs Neue wurde ihm gewahr, dass der teuflische Plan wochen-, wenn nicht monatelang ausgeheckt worden war. Angst machte ihm die Tatsache, dass sie auch das Ende mit Akribie geplant haben mussten. Den Schlussakkord, der offensichtlich in diesem Raum gespielt werden wollte.

Zwei Armlängen vor ihm presste Nils Bluhm Gründler in eine Art Metallkäfig. Hohe Vierkantprofile, mit Streben aneinandergeschweißt, in der Mitte ein hölzerner Stuhl. Massiv und mit dem Gestell verschraubt. Bretter verstärkten die Konstruktion, die entfernt an einen frühen elektrischen Stuhl erinnerte. Nur, dass statt der Kopfhaube eine Armlehne hervorstach. Gründlers rechter Arm wurde dort schulterhoch fixiert. Kabelbinder zurrten, einer oberhalb des Ellbogens, der nächste unweit der Achsel. Dann aluminiumfarbenes Klebeband. Angersbach schnaufte. Er hatte bei Reparaturen an seinem Lada nicht wenig dieses Bandes verwendet. Nun rollte es sich um den Oberarm seines Vaters, der als Endresultat gestreckt, mit sonderbar fixierter rechter Seite, ihm gegenübersaß. Müde Augen trafen Ralphs Blick. Sie hatten sich gerade erst kennengelernt. Vierzig Jahre zu spät. Würden sie nun zusammen sterben? In der wilden Entschlossenheit, mit der Bluhm agierte, lag etwas Endgültiges. Er würde nicht nur Rache nehmen, fürchtete Ralph, sondern auch keine Zeugen hinterlassen.

Janine! Sie befand sich noch im Verlies nebenan. Ralph wurde übel. Wenn er wenigstens das Mädchen verschonen würde. Er wollte verhandeln, zur Not auch flehen, doch ein Knebel hinderte ihn. Auch im Mund seines Vaters steckte eine Mullbinde, fixiert mit Klebeband, einmal rundherum, wie bei Ralph. Die kleinste Bewegung mit dem Nacken verursachte daher brennendes Ziehen in den Haaren. Trotzdem versuchte er, so viel wie möglich in Erfahrung zu bringen. Sie befanden sich unter dem Gründler-Hof, doch wie waren sie dorthin gelangt? Der Zugang zum Keller war verrammelt und vermüllt, und das dem Anschein nach seit Jahren. Irgendwo musste es einen versteckten Zugang geben.
Nils Bluhm verschwand aus dem Sichtfeld der beiden Männer, es raschelte kurz, dann kehrte er zurück. Er schaltete eine weitere Lampe an, das weiße Licht zweier Röhren blendete Ralph. Aus verengten Schlitzen sah er die Pistole, die Bluhm plötzlich in Händen hielt. Er wog sie, überprüfte das Magazin. Eine Patrone fiel zu Boden und rollte ins Nirgendwo. Es schien ihm gleichgültig zu sein. Dann schritt er auf Johann Gründler zu, der angestrengt keuchte. Sein Allgemeinzustand war miserabel, Prellungen, womöglich Rippenbrüche, ein breiter Verband. Blutergüsse und eine Platzwunde am Kopf. Doch für einen Siebzigjährigen gab er sich tapfer. Ralph stockte der Atem, als Bluhm seinem Vater, dessen Gesicht einmal quer von Klebeband gekreuzt wurde, die Waffe in die Hand drückte. Gründler presste ein wütendes »Gnn« hervor und rüttelte an der Konstruktion, auf der er saß, wie eine Ratte im Versuchslabor. Doch sie war stabil. Knarrte bloß und bewegte sich kaum.
Erst jetzt wurde der Kommissar gewahr, dass der Lauf direkt auf seinen Kopf zeigte.

Sabine Kaufmann vergaß vor lauter Anspannung vorübergehend ihr Bestreben, den Knebel loszuwerden. Ihre Zunge dankte es ihr, sie brannte und fühlte sich geschwollen an. Der Monitor war plötzlich heller geworden, der Raum lag in gleißendem Licht. Die Kamera musste sich an der Decke befinden, sie zeigte beide Türen und, zentral im Raum, Johann Gründler. Den Stuhl, auf dem er saß, umgab ein Metallgerippe. Sein rechter Arm lag kopfhoch, es musste verdammt unbequem sein, und entsprechend war auch seine Miene, die zur Hälfte hinter einem Knebel lag. Die Pistole in seiner Hand ragte in Richtung Kamera. Der Unterarm lag als Einziges frei, doch er bewegte ihn nicht. Die Finger krampften sich um den Griff. Er ließ die Waffe seitlich sinken.

»Hier die Regeln«, erklang es schnarrend aus dem Off. Von Angersbach war nichts zu sehen, der Schatten im Bild musste zu Nils Bluhm gehören. »Der Schaft ist mit Sekundenkleber behandelt, versuche nicht, die Waffe fallen zu lassen.«

Sofort zuckten die Finger Gründlers. Tatsächlich schien er die Hand nicht mehr lösen zu können.

»Es gibt einen Schuss, einen Versuch, eine vollstreckende Kugel. Du nahmst mir den Vater, doch heute bist du alt. Du sollst leben. Leben mit der Gewissheit, dass ich dir einen Sohn nahm.«

Sabine schluckte schwer.

»Und du dir selbst den anderen.«

Ralph Angersbach musste vor der Mündung sitzen. Vielleicht zwei Meter entfernt, sie konnte es nur schätzen. Seine Augen waren weit aufgerissen, und unter dem Knebel zeichneten sich die schreckverzerrten Mundwinkel ab. Selbst ein ungeübter Schütze würde auf diese Distanz treffen, und offenbar ging Bluhm unbeirrbar davon aus, dass Gründler nicht zum ersten Mal eine Waffe in Händen hielt. Dass er seinen Vater

erschossen hatte. Aus dem Hinterhalt. Aus bedeutend größerer Entfernung.
Die Kommissarin stieß wieder mit der Zunge gegen das Band. Gedanken hämmerten im Takt dazu.
Was, wenn es wahrhaftig stimmte?
War Gründler am Ende doch ein Mörder?
Würde er kaltblütig abdrücken, um einen Mann zu erschießen, zu dem er nie eine Beziehung gehabt hatte?

»Ach ja, noch etwas.«
Nils Bluhm gluckste. Er schob ein klappriges Schränkchen, dem ein Bein fehlte, herbei und plazierte einen Wecker darauf. Das Ticken hallte. Die Zeiger standen auf Viertel vor zwölf, er drehte das Ziffernblatt so, dass beide es sehen konnten.
»Ich gehe nach draußen. Der Weg zur Lunge will geteert werden, wie man so schön sagt. Danach setze ich mich rüber zu der Kleinen.«
Er hob vielsagend die Augenbrauen, und Ralph wurde heiß und kalt. Bluhm zog mit zwei Fingern eine zweite Pistole aus seiner Jackentasche.
»Zwei Möglichkeiten, wie das hier endet. Erstens, es knallt hier drinnen, bevor der Wecker klingelt. Gründler und das Mädchen dürfen gehen. Zweitens, der Wecker klingelt, und es macht ›bumm‹.« Er deutete mit dem Daumen über seine Schulter und setzte ein gequältes Lächeln auf. »Wäre schade um die Kleine. Und in meiner Knarre stecken auch noch ein paar Patronen für euch.«
Er sah zwischen den beiden Männern hin und her und räusperte sich. »Die Entscheidung, wie das hier endet, liegt bei

Ihrem alten Herrn, Kommissar. Es ist nichts gegen Sie persönlich, das begreifen Sie doch, hm?«
Hätte Angersbach mit Blicken töten können, er hätte in diesem Augenblick nicht gezögert.

Der Wecker tickte unbarmherzig. Immer wieder wanderten Ralphs Blicke in Richtung Ziffernblatt, wo er sich einbildete, den Minutenzeiger wandern zu sehen. Dann wieder zurück zu seinem Vater. Ein Mann, der ihm völlig fremd war. Er wollte nicht sterben, um keinen Preis, doch er durfte gar nicht daran denken, wie sehr er sich um Janine sorgte. Sie war diesem Psychopathen ausgeliefert, einem Mann, für den es nur Rache gab.
Weshalb sollte er Wort halten und sie am Leben lassen?
In den Augen Johann Gründlers standen dieselben Fragezeichen. Zumindest deutete Angersbach dessen Blicke so. Gequält, verunsichert, unter einer Bürde begraben, die kaum ein Mensch ertragen konnte. Gründler hatte noch nicht abgedrückt, ja nicht einmal die Waffe angehoben. Ralph rechnete sich aus, dass er, mit freiem Unterarm, gerade so viel Bewegungsfreiheit hatte, um ihn ins Visier zu nehmen. Die Kugel in seinen Kopf zu versenken.
Oder in die Brust, wenn Gründler sein Handgelenk nach vorn dehnte. So wie bei Otto Bluhm.
Welche Überlegungen spielten sich im Kopf des alten Mannes ab? Vatergefühle?
Dann spannte Johann Gründler die Faust. Angersbachs Herz schlug bis zum Hals. Der Lauf richtete sich auf, Atemluft wurde fast zischend in seine gespreizten Nasenflügel gesogen.
Der Wecker zeigte sieben vor zwölf.
Gründler drückte ab.

»Nein!«

Klara Bluhm fuhr ungläubig herum. Sabine Kaufmann hatte sich ausreichend Luft verschafft, um Worte zu formen. Das Gewebeband hing noch immer über ihrem Mund, doch der Spalt war groß genug für einen erschrockenen Aufschrei.

»Wie haben Sie …«, wunderte sich die Blondine, winkte dann aber ab. »Ach, egal.«

Für sie gab es Wichtigeres zu tun. Klara Bluhm vergewisserte sich, dass die Kommissarin ansonsten keine ihrer Fesseln gelöst hatte, dann widmete sie ihre Aufmerksamkeit wieder der Videoübertragung.

Sie klickte mit der Maus. Eine zweite Kamera befand sich im Raum, auf ihr war Ralph Angersbach zu erkennen. Unverletzt, wie es schien. Die Auflösung war nicht hoch genug, um zu erkennen, ob er irgendwo ein bleistiftgroßes Einschussloch hatte. Blut quoll keines, dann donnerte auch schon ein Türblatt gegen die Wand.

»Netter Versuch.«

Nils Bluhm verschaffte sich einen Überblick. Die Waffe hatte nachgeklickt, offenbar hatte Gründler versucht, ob weitere Schüsse kamen. Bluhm beugte sich vor, untersuchte den Verschlag. Auch Sabine erkannte ihn eindeutig. Grinsend drehte er sich um und fingerte eine Patrone aus der Hosentasche. Sein Oberkörper verbarg, was er dann tat, doch zweifelsohne lud er die Pistole nach. Es dauerte, vermutlich, weil die Waffe mit Gründlers Hand verklebt war. Dann trat er zurück und sein Finger deutete in Richtung Wecker, der unbeirrt weitertickte.

»Vier Minuten. Der nächste Schuss sollte besser sitzen.« Er drehte den Kopf in Richtung Nebenzimmer.

»Denn der übernächste wird es sicher.«

Ralph Angersbach wusste nicht, wie ihm geschehen war. Kurz vor dem Schuss, dessen Hall ihm kurzzeitig das Hören nahm, war etwas in Gründlers Augen gewesen. Ein Lodern der Entschlossenheit, das ihm Angst machte. Zugleich aber auch ein angedeutetes Nicken. Ein Hauch von Zuversicht, wie ein Vater, der seinem Sohn zuruft, dass er Vertrauen haben soll. Auf dem Sportplatz, vor einem Torschuss. Vor einer wichtigen Klassenarbeit. Am Tag der Führerscheinprüfung.
Hab Vertrauen. Alles wird gut.
Dinge, die Johann Gründler zeit seines Lebens nicht zu einem seiner Söhne gesagt hatte.
Ein Splitter hatte Ralph am Ohr getroffen, während er noch glaubte, dass im folgenden Moment das Licht für immer ausgehen würde. Doch das Schwarz blieb aus.
Sein Vater hatte ihn verfehlt. Absichtlich?
Zwei vor zwölf.

»Erschieß ihn«, presste Klara Bluhm hervor. Sie kauerte vor dem Monitor, so dass Sabine den Hals ziemlich lang machen musste, um etwas zu sehen. »So hast du es dir immer gewünscht.«
»Nur er?«
»Scht!« Klaras Hand winkte in Richtung der Kommissarin.
»Was ist mit Ihnen? Es ist nicht Ihr Kampf, habe ich recht?«
Der Zeiger des Weckers stand bedrohlich nahe der Zwölf. Wie viele Minuten verblieben? Wie präzise funktionierte die Mechanik?
»Ich habe meine Familie hinter mir gelassen.« Klara Bluhm klang sonderbar monoton, als vergrabe sie Schuldgefühle. Oder sie vermied eine Auseinandersetzung mit der Eskalati-

on der Dinge, die unaufhaltsam im Gange war. »Mein Bruder verdient allerdings meine Unterstützung.«

»Und was verdienen Sie?« Sabine hatte sich mit ihrer Zunge genügend Freiraum verschafft, damit ihre Worte nicht vollends lächerlich klangen. »Lebenslänglich wegen Mittäterschaft? Um Ihres Bruders willen?«

Klara Bluhm fixierte den Computer, als gäbe es keinen anderen Halt für sie.

Dann wogte die Gardine auf, die vor dem geöffneten Fenster hing.

Sabine bemerkte es zuerst, doch sie kam nicht mehr dazu, darauf zu reagieren.

Der Wecker schrillte.

Johann Gründler verrenkte sich auf eine Weise, die sie nicht verstand.

Dann krachte der Schuss.

Ralph Angersbach versteifte sich, als die Metalltür aufflog. Als er Sabine Kaufmann in den Raum stürmen sah, war es, als würde ihm ein eisernes Korsett vom Brustkorb genommen.

Vor ihm, auf dem Boden, lag Johann Gründler. Nils Bluhm hatte die Fesseln durchtrennt, so schnell er konnte. Blutüberströmt war das Hemd, der Verband um Gründlers Brustkorb sog sich voll. Die Augen wurden glasig, als er sie schloss. Beim Herunternehmen von seinem Stuhl war die Hand mit der Pistole auf den Boden geknallt. Wie ein Bleigewicht an einer Angelschnur, nun lag der Arm in ungewöhnlichem Winkel da.

»Du sollst leben! *Leben!*«

Bluhm keuchte, Schweiß rann ihm von der Stirn. Seine Worte kamen im Rhythmus der Herzdruckmassage, die er leistete.

»Angers-bach muss ster-ben. Es soll dich je-den Tag zer-mür-ben, die Schuld soll dich auf-fressen.«

Er realisierte viel zu spät, was um ihn herum geschah. Als er die Kommissarin wahrnahm, mit gezückter Dienstwaffe, griff Bluhm reflexartig nach seiner eigenen.

»Das würde ich besser lassen!«, mahnte aus dem Hintergrund Bernhard Schmittke.

Unter Bluhm hob sich der Brustkorb Gründlers, langsam, aber aus eigener Kraft. Er lebte. Die Frage war bloß, wie lange noch. Der Schuss schien ihm das Ohr weggefetzt zu haben, mehr erkannte Sabine in der Hitze des Augenblicks nicht. Er ließ von ihm ab. Auch der Kidnapper hatte die Lebensgeister bemerkt. Seine Augen rasten über die Hände, die sich in seine Richtung streckten. Zwei 9 mm. Ralph Angersbach saß kaum eine Armlänge von ihm entfernt. Sie würden das Leben ihres Kollegen nicht leichtfertig riskieren, sonst hätten sie ihn schon längst niedergestreckt.

Bluhm lächelte auf eine sonderbar verklärte Weise. Ehe jemand auf seine Bewegung reagieren konnte, hob er die Pistole an und drückte ab. Nur einen Wimpernschlag später knallte es ein zweites Mal. Sabine Kaufmann sprang mit der gezückten Waffe auf ihn zu, während Bluhm brüllte. Sein Kopf klappte nach unten. Seine Augen schienen die Stelle zu suchen, wo das Projektil ihn getroffen hatte. Blut breitete sich auf seinem Hemd aus wie Tinte, die sich in Löschpapier saugt. Seine Waffe fiel zu Boden, längst hatte die Kommissarin ihn in eine Art Würgegriff genommen. Doch sein Körper verlor bereits an Kraft, bald hingen die Arme schlaff hinunter. Während sich im Hintergrund Holger Rahn um Johann Gründler kümmerte, legte Sabine den Mann zu Boden. Er war unglaublich schwer.

»Einen Notarzt, schnell«, hallte es keuchend durch den Keller.
Ihre Hand drückte auf Bluhms Brust, aus der es warm pulsierte.
Blut füllte seine Lungen, er hustete.
Und starb.

Das Blaulicht erhellte die im Dunkel liegende Hofkulisse. Die vielen Autos, umherhuschende Männer und Frauen … Wenn man es nicht besser wusste, wirkte es wie eine Filmkulisse.
Janine Angersbach hockte, in eine Decke gewickelt, auf einer Holzbank. Ihr Blick war leer, Ralph, noch etwas wacklig auf den Beinen, setzte sich neben sie.
Sie atmete schneller, dann kippte ihr Kopf an seine Schulter. Wärme durchwogte ihn, ein kleiner Schimmer Glück an diesem düsteren Tag. Ein Rettungswagen startete, der Kommissar hatte nicht den blassesten Schimmer, wen er abtransportierte.
»Kannst du mir bitte erklären, was hier passiert ist?«
»Ausführlich?« Ralph seufzte. »Das schaffe ich nicht. Nennen wir es … ein missglücktes Rachespiel. Bluhm hat meinem Vater die Schuld am Tod seines eigenen gegeben.«
»Das habe ich mit angehört. Aber der ganze Rest?«
Sabine Kaufmann hatte sich den beiden genähert. Sie rückten enger zusammen, damit die Kommissarin sich zu ihnen setzen konnte.
»Was ist passiert?«, fragten sie und Ralph beinahe gleichzeitig. Sie sahen sich kurz an und mussten unwillkürlich lachen. Janine rümpfte zuerst die Nase, dann aber stimmte sie mit ein. So deplaziert es wirkte, es hatte etwas Befreiendes. All die

Last, die Angst, von der nun nichts mehr übrig war, schwang darin mit.

»Claire hat mich angerufen«, begann Ralph zu berichten und fasste sich dabei so kurz wie möglich. »Und jetzt du.«

»Moment, erst möchte ich wissen, wer denn nun diesen Bluhm senior erschossen hat.«

Angersbachs Blick verharrte in der Ferne. Leise, aber bestimmt presste er hervor: »Nicht mein Vater jedenfalls.«

Sicher sein konnte er sich da nicht, das behielt er aber für sich. Sabine war taktvoll genug, um ihm nicht zu widersprechen. Sie berichtete ihren Teil der Geschichte, was unerwartet viel Zeit in Anspruch nahm. Das kreisende Blaulicht erlosch irgendwann, zwischendurch kam ein Sanitäter, um nach den dreien zu sehen. Die Spurensicherung rückte an. In dem Holzschuppen, wo einst Gründlers Campermobil gestanden hatte, fanden sie Ralphs Lada. Dann eilte Schmittke auf sie zu.

»Du kommst gerade recht«, sagte die Kommissarin. »Erzähle Ralph doch mal, wie ihr uns gefunden habt.«

Der Rothaarige verschränkte die Arme.

»Es war deine SMS. Wir haben sie der Funkzelle zugeordnet, von der sie gesendet wurde. Der Hof liegt in unmittelbarer Nähe.«

»Dann habt ihr euch aber ganz schön lang Zeit gelassen.«

Schmittke sah betreten zu Boden. »Das Weißfrauenhaus, oder wie das Ding heißt, befindet sich in derselben Zelle. Wir sind zuerst dorthin gefahren.«

Rahn und Heidt stießen nun ebenfalls zu der Gruppe. »Dienstbesprechung?«, fragte der Chef.

»Ich erzähle gerade, weshalb wir erst zum Kinderheim fuhren«, sagte Schmittke vorwurfsvoll, und sein Blick wanderte zu Rahn. »Oder möchtest du das lieber tun?«

Alle Augen richteten sich auf Holger Rahn, dem das Ganze sichtlich unangenehm war. Doch dann zuckte er trotzig die Schultern.

»Wir haben geknobelt, und ich habe gewonnen. Na und? Hätte ja auch recht haben können damit.«

»Das hätte vor allem gewaltig in die Hose gehen können!«, motzte Heidt. Doch alle wussten, dass sich dahinter in erster Linie Erleichterung verbarg.

Sie wechselten noch einige Sätze, dann löste sich die Gruppe auf. Alle, bis auf einen.

Er starrte schweigend in die Nacht. Folgte den Bewegungen der Menschen. Wollte nicht reden, keine Gesellschaft. Wollte allein sein mit seinen Gedanken.

Ralph Angersbach konnte sich nicht erinnern, wann er zum letzten Mal aus voller Seele geweint hatte.

Doch er tat es jetzt.

EINIGE TAGE SPÄTER

Die wenigen Parkplätze genügten, denn es nahm kaum jemand an der Zeremonie teil. Unweit einer Fabrik und direkt an der in den Basalt gesprengten Trasse der ehemaligen Bahnlinie gelegen, war es kaum vorstellbar, dass sich wenige Gehminuten entfernt eine Totenstätte befand. Keine Grabsteine, keine Holzkreuze oder steinerne Engel. Nur Bäume, manche davon frisch gepflanzt, von denen einige Plaketten trugen. Ralph Angersbach hatte vor ein paar Monaten einer Bestattung im Spessart beigewohnt. Ebenfalls ein Friedwald, so wie in Lauterbach. Es gab sie plötzlich überall.

Egon Reuter hatte ihm mitgeteilt, dass es tatsächlich eine Verbindung zwischen ihm und den Angersbachs auf dem Totenköppel gab. Doch er fühlte sich nicht wohl bei dem Gedanken an ein Familiengrab. Mit Kapelle, Pfarrer und Bibeltexten. Einer Familie zugeordnet, zu der man keinen persönlichen Bezug hatte. Er blinzelte ins Licht, als er die Urne anhob. So behutsam, als beinhalte sie Nitroglyzerin.

»Alles okay?« Janine war neben ihn getreten, sie blies ihm Rauch entgegen. Warum musste sie ausgerechnet jetzt …

Ralph verkniff es sich, den Gedanken zu beenden.

»Danke.«

Er deutete mit dem Kopf auf den Wagen, die Urne umklammert. Janine verstand und schloss die Türen.

Einige Meter entfernt standen Sabine Kaufmann und Michael Schreck, eingehakt, in Schwarz. Der dunkle Ford von Nadine Schygalla näherte sich, der Wagen glänzte und wies keinen Schmutz auf. Auf dem Beifahrersitz, das erkannte der Kommissar erst, als sie in die Parkbucht bog, saß Mathilde Bellermann.
Der Leichenzug war kurz. Er spiegelte das Leben eines Mannes wider, der einige falsche Entscheidungen getroffen hatte. Für den Familie bis zuletzt keine Rolle gespielt und der die meisten Jahre abgekapselt von der Außenwelt verbracht hatte. Den der Tod zu einem Zeitpunkt ereilt hatte, an dem er gerade mit dem Leben ins Reine kommen wollte.
Johann Gründler kauerte in einem Rollstuhl, ein modernes Gerät mit Elektroantrieb. Er hatte eine Decke um die Beine geschlagen, ausgerechnet heute spürte man den Herbst Einzug halten. Wolken hingen tief am Himmel. Um seinen Kopf spannte sich ein Verband. Es hatte nur eine Handbreit gefehlt, dann hätte die Kugel, die Nils Bluhm für seinen Sohn vorgesehen hatte, sein Gehirn zerfetzt. Gründler hatte die Bewegungsfreiheit seines Unterarms genutzt, um die Waffe gegen sich selbst zu richten. Den eigenen Tod zu verursachen in der Hoffnung, dass Bluhm infolgedessen die anderen verschonte. Ralph ertrug diese Heldentat mit gemischten Gefühlen. Er konnte in seinem Vater noch nicht den selbstlosen Mann sehen, über den die Zeitungen lang und breit berichtet hatten. Seine Finger schlossen sich um die Griffe des Rollis. Die Urne befand sich nun im Schoß seines Vaters, der sie mit verkrampften Händen umklammerte. Sie hatten verabredet, dass Ralph ihn schieben würde. Kurz bevor sie sich in Bewegung setzten, räusperte sich Johann Gründler und wollte den Kopf nach hinten drehen. Es gelang ihm kaum, also beugte sich Ralph nach vorn.
»Ich bin froh, dich nicht auch verloren zu haben.«

Angersbach wusste nicht so recht, wie er darauf reagieren sollte. Zu viele Fragen standen zwischen ihnen.

»Danke.« Es kam gepresst. Auch wenn nicht der richtige Zeitpunkt war, er musste es einfach wissen. »Wie lange wusstest du von mir?«

Ihm war, als zucke sein Vater kurz zusammen. Niemand der anderen schien zuzuhören, alle waren in gedämpfte Gespräche vertieft.

»Wieso glaubst du …«

»Weil Bluhm es nur von jemandem wissen konnte, der meine Abstammung kennt. Das Jugendamt scheidet aus, ich selbst ebenfalls.«

»Ich habe es verraten.« Der Blick seines Vaters wurde leer. »Es waren die Drogen. Die Einsamkeit. Das soll keine Rechtfertigung sein.« Eine Träne rann ihm die Wange hinab, während die Augen in Richtung Urne wanderten. Seine Finger schlossen sich noch enger, als er murmelte: »Alles, was geschehen ist, ist meine Schuld.«

Wortlos strich Ralph Angersbach dem alten Mann über die Haare. Er spürte Mitleid, es wog schwerer als seine Wissbegier, warum Gründler niemals den Kontakt zu ihm gesucht hatte. Dann schlossen seine Hände sich wieder fest um die Gummigriffe, und der Zug setzte sich in Bewegung.

Hinter Ralph, der dem Bestatter folgte, trottete Janine. Ein paar Schritte weiter dann Sabine und Michael, außerdem die Wiesbadener und Rutger Heidt. Als Letztes kamen Nadine Schygalla und Frau Bellermann. Da Ralph nur langsam bergan kam, konnte die alte Frau mithalten, ohne zu sehr ins Keuchen zu geraten. Etwas weiter oben stieß Neifiger dazu, gänzlich ungewohnt in seinem abgetragenen Anzug. Sein Wagen parkte in einem Waldweg, Vinzenz lugte aus dem Fenster.

Sabine Kaufmann hatte es überhaupt nicht behagt, dass Michael alleine nach Lauterbach gekommen war. Doch er hatte darauf bestanden. Er nutzte die Gelegenheit, um ein paar Fragen zu stellen.

»Wer hat denn nun Bluhms Vater auf dem Gewissen?«

Sabine sah sich um, denn sie wollte nicht, dass jemand mitbekam, über was sie sich unterhielten.

»Es war ein Querschläger«, raunte sie. Schmittke hatte sich in Wiesbaden hinter die alte Geschichte geklemmt, wofür sie ihm dankbar war. Er hatte ein völlig anderes Ergebnis zutage gefördert als das, was Bluhm sich zusammengereimt hatte. Allerdings hatte er auch bessere Verbindungen, die er spielen lassen konnte. »Friendly Fire«, fuhr die Kommissarin fort, »oder wie auch immer man das nennen will. Bluhm ist einem seiner Kollegen in die Schusslinie geraten.«

»Und sein Sohn hat das nicht gewusst?«

Sabine schüttelte den Kopf. »Es wurde damals aus den Akten getilgt, aber Schmittke hat nicht lockergelassen. Nur deshalb wissen wir es. Bluhm dagegen hat nie Akteneinsicht erhalten. Vielleicht wäre es ihm dann selbst aufgefallen, vielleicht auch nicht. Die Vertuschung war ziemlich gut.«

Michael wollte sich damit nicht abfinden. »Völlig überflüssig, wenn du mich fragst. Querschläger kann es immer mal geben, oder? Stattdessen hat das Ganze drei Menschenleben gekostet. Nach so langer Zeit.«

»Das hat damals keiner geahnt, auch wenn das keine Entschuldigung sein soll. Aber unter uns Kollegen gibt es nichts Schlimmeres, als einem aus den eigenen Reihen zu schaden. Das weißt du selbst. Die GSG 9 konnte sich seinerzeit nicht den geringsten Skandal leisten. Schätzungsweise hat man es deshalb lieber vertuscht.«

»Hm.« Michael rieb sich das Kinn. »Was passiert jetzt mit dem Schützen?«

»Vielleicht treffen sich Bluhm und er da oben.« Sabine deutete mit der Fingerspitze in Richtung der dunkelgrauen Wolken. »Er starb schon vor Jahren.«

»Und diese Klara?«

Sabines Miene verfinsterte sich. »Auf sie wartet das Gefängnis.«

Es war nicht das Fesseln und Knebeln, was sie dieser Frau nicht verzeihen konnte. Doch für das Attentat auf ihren Freund sollte jemand büßen.

Sie erreichten eine Biegung, die Gruppe sammelte sich. Die ersten Blumensträuße waren zu erkennen, die an Stämmen lehnten. Es konnte nicht mehr weit sein, doch eines hatte Michael noch auf dem Herzen.

»Dieses ganze Spiel, dieser ganze Aufwand. Ich verstehe das einfach nicht.«

Sabine hatte darüber lange mit Ralph debattiert. Sie hatte angeführt, dass die Versetzung in den Vogelsberg überhaupt nicht kalkulierbar gewesen war. Angersbach hatte jedoch eingeworfen, dass man nach der Identifizierung Grubers und der DNA-Übereinstimmung ohnehin auf ihn gestoßen wäre. Oder allerspätestens mit der an ihn adressierten E-Mail. Auch die Motive Bluhms hatten sie nachzuvollziehen versucht.

»Stell dir mal vor, du wirst plötzlich mit einem Trauma deiner Vergangenheit konfrontiert«, begann sie. »Die Presse kennt nichts anderes als einen Terroristen, eine Personifizierung dessen, was dir als Kind den Vater nahm. Bluhm und seine Schwester wollten, dass Ralph und sein Vater leiden. Jeder auf seine Weise. Wollten Ralph mit der Nase auf seine Familiengeheimnisse stoßen, ihm dabei zusehen, wie es ihn aufreibt.

Wenn man so auf Rache fixiert ist, kann man das nicht mit einem simplen Todesschuss durchziehen. Bluhm brauchte es lange und quälend, um Genugtuung zu erhalten.«
»Na ja.« Michael war kein Kriminalpsychologe, er nahm die Erklärung aber hin. Sein Kopf nickte in Richtung Rutger Heidts. »Und was passiert mit ihm?«
Sabine hatte ihm unter dem Siegel des Vertrauens von den zwanzigtausend D-Mark erzählt.
»Nichts. Das Geld ist lange abgeschrieben. An den anderen Dingen ist er unbeteiligt.«
»Aber der tote Junge – ich begreife das nicht.«
Sabine fuhr sich durchs Haar. Sie hatte selbst keine absolute Gewissheit, aber eine Vermutung. »Ich erkläre mir das Ganze so: Ein, zwei Jungen, die damals im Heim lebten, fanden das Versteck. Eines jener Materiallager von Terroristen, angelegt in den Siebzigern an strategischen Punkten. Geld, Waffen, Papiere; es gab diese Verstecke quer durch Deutschland. Erinnerst du dich an die A3 bei Heusenstamm? Da befand sich auch eines. Manche sind bis heute nicht entdeckt worden. Die Jungs spielen mit der Pistole, ein Schuss löst sich, Harald stirbt. Aus Angst schweigt der andere. Weil er nichts anderes zu tun weiß, nimmt er das Geldbündel aus dem Versteck und legt es Haralds Mutter vor die Tür. Die Waffe verschwindet wieder darin. Ein dramatisches Ereignis, doch was Heidt getan hat, steht damit in keinem Zusammenhang.«
»Eine vage Theorie.«
»Sie ist plausibel. Man wird den Fall natürlich noch einmal aufrollen, aber das erledigen die Kollegen hier oben.«
Dann stoppte die Prozession.

Es spielte keine Musik, und es gab keine Predigt.

Janine hatte darauf gedrängt, über Handy und Aktivlautsprecher »Nothing else matters« zu spielen. Sie fände das angemessen. Doch Ralph Angersbach hatte sich nicht mit dem Gedanken anfreunden können. Erstaunlicherweise führte diese Meinungsverschiedenheit nicht zu einem kreischenden Wortgefecht und knallenden Türen. Irgendetwas schien sich geändert zu haben. Schließlich hatte er dann doch zugestimmt, aber Janine hatte längst kein Interesse mehr daran.

»Er saß doch im Knast«, hatte sie überlegt. »Was, wenn er es nicht kannte? Oder es überhaupt nicht leiden könnte?«

Also blieb der Wald stumm, bis auf das Rauschen in den Blättern und einen Kuckuck, der in der Ferne rief.

Als sie die mannsdicke Buche erreichten, unter der eine Baumscheibe das ausgehobene Loch abdeckte, trat Ralph Angersbach nach vorn. Das Getuschel verstummte. Aus seiner Jacke zog er ein Papier, von dem er zu lesen begann.

»Ich kannte meinen Bruder nur aus der Presse, wo man ihn über seine Vergangenheit definierte. Er hatte ein Leben, das größtenteils aus Gefängnis bestand. Seine Gegenwart wurde also tatsächlich durch die Dinge bestimmt, für die er sich in jungen Jahren entschied.«

Er machte eine Pause.

»Vor einigen Wochen hat Veith, wie ich nun erfahren habe, begonnen, an seiner Zukunft zu arbeiten. Er suchte seinen Weg in eine Welt, die ihm unbekannt war. Die ihm Angst machte. Ich bin mir sicher, er hätte den Anschluss gefunden.«

Nadine Schygalla schluchzte leise und rieb sich die Augen. Ralph beendete sein Requiem kurz darauf mit einem Adieu, er spürte, wie ihm selbst ein Schleier vor die Augen fiel. Dann spürte er, wie sich kalte Finger um sein Handgelenk schlossen. Nur zögerlich griff er nach der Hand seines Vaters, und dieser nickte ihm stumm zu.

Die Urne wurde versenkt. Jeder nahm Abschied, indem er etwas Erde auf sie schaufelte. Danach wurde die Baumscheibe wieder daraufgelegt.

Er hatte einen Bruder verloren und einen Vater gewonnen.

Den Rest würde die Zeit zeigen.

EPILOG

Johann Gründler erholte sich von seiner Verletzung, und zwar vollständig. Dass ihm künftig ein Teil des linken Ohres fehlen würde, trug er mit Fassung. Solange er nicht ende wie Vincent van Gogh, habe er nichts gegen eine Blessur. Auf Brautschau habe er in nächster Zeit ohnehin nicht vor zu gehen, und im Spiegel Tag für Tag den eigenen Heldenmut betrachten zu können … Ralph hatte über all seinen selbstverliebten Sarkasmus nur grinsen können. Insgeheim fand er, hätte Gründler vielmehr Janines Vater sein können als der seinige.

Für Hedwig Kaufmann sah es weniger gut aus. Drei volle Wochen verblieb sie in der Psychiatrie, zwischendurch durchlebte sie noch einmal eine Krise. In einem langen, unbequemen Dialog mit zwei Ärzten wurde Sabine klargemacht, dass es für die Zukunft wohl nur einen Weg für ihre Mutter gab. Eine gemeinsame Wohnung. Sie brauche nicht unbedingt rund um die Uhr Zuspruch, aber allein die Nächte, in denen sie oft umherwanderte, konnte niemand sonst im Auge behalten. Alles sträubte sich in ihr. Sabine dachte an Michael. Sie waren praktisch wieder zusammen, wenn auch nicht hochoffiziell. Würde ihre Beziehung eine solche Störung verkraften? Durfte sie ihre Mutter als Störung bezeichnen? Sollte sie zu Michael ziehen, wie er es früher schon des

Öfteren signalisiert hatte, und eine Art Teilzeit-WG mit ihrer Mutter führen?
Als die Kommissarin die Besprechung verließ, summte es in ihrem Kopf. Doch ihr war längst klar, dass sie sich ihrer Verantwortung nicht entziehen würde.

Sabine Kaufmann und Ralph Angersbach kehrten nach Bad Vilbel zurück, wo allmählich wieder Normalität in ihr Leben einkehrte. Konrad Möbs beglückwünschte sie geradezu überschwenglich zu ihrem Ermittlungserfolg und tat fast so, als falle ein Teil des Ganzen auf ihn und seine Dienststelle zurück. Niemand widersprach ihm.
Wie beiläufig teilte er den beiden Kommissaren schließlich mit, dass ihre Stellen nicht mehr gefährdet seien. Zumindest bis Ende des Jahres.
Und was die Zukunft bringen würde, nun, wer weiß das schon …

Kultkommissarin Julia Durant ermittelt weiter!

ANDREAS FRANZ • DANIEL HOLBE

Todesmelodie

Eine Studentin, die grausam gequält und ermordet wurde … Ein Tatort, an dem ein berühmter Song gespielt wird … Ein Mörder, der vor nichts zurückschreckt …

Tödlicher Absturz

Eine junge Frau, die brutal misshandelt wird … Ein grausamer Mord in der Silvesternacht … Eine Spur, die in die Chefetagen einer Bank führt …

Teufelsbande

Tatort Frankfurt am Main: Auf einer Autobahnbrücke wird ein verbranntes Motorrad gefunden, darauf die verkohlten Überreste eines Körpers. Das Opfer eines Bandenkriegs im Biker-Milieu? Die Ermittler stoßen auf eine Mauer des Schweigens.

Die Hyäne

Er mordet scheinbar ohne Plan. Er weidet seine Opfer aus und schickt ihre Eingeweide an die Frankfurter Polizei. Wer ist der Serienkiller, der sich »Die Hyäne« nennt?

Mord im Blut

DANIEL HOLBE

Giftspur

Kriminalroman

Ulf Reitmeyer, Leiter eines großen Biobetriebes in der Wetterau, bricht auf offener Straße zusammen. Zunächst deutet alles auf plötzlichen Herzstillstand hin. Doch dann taucht eine zweite Leiche auf – ausgerechnet ein Mitarbeiter Reitmeyers. Höchste Zeit, Rechtsmedizin und Kripo einzuschalten. Kommissarin Sabine Kaufmann, die sich erst vor kurzem vom Frankfurter K11 in die hessische Provinz versetzen ließ, übernimmt den mehr als merkwürdigen Fall. Und wird nicht nur mit einem perfiden Täter, sondern auch mit dem feindseligen Kollegen Angersbach konfrontiert.

Sabine Kaufmann ermittelte zuvor für Julia Durant, die Kultkommissarin des verstorbenen Bestsellerautors Andreas Franz.

KNAUR